U0572159

鲁迅全集

第十二卷

鲁迅 著

王德领 钱振文 葛涛 等审订

一个青年的梦

爱罗先珂童话集

桃色的云

中国科学技术出版社

·北 京·

图书在版编目（CIP）数据

鲁迅全集. 第十二卷 / 鲁迅著. -- 北京 : 中国科学技术出版社, 2024.3

ISBN 978-7-5236-0206-5

Ⅰ. ①鲁… Ⅱ. ①鲁… Ⅲ. ①鲁迅著作—全集 Ⅳ. ①I210.1

中国国家版本馆CIP数据核字（2023）第073731号

目 录

一个青年的梦

爱罗先珂童话集

桃色的云

一个青年的梦

[日]武者小路实笃

与支那[1]未知的友人

我的《一个青年的梦》被译成贵国语，实在是我的光荣，我们很喜欢。我做这书的时候，还在贵国与美国不曾加入战争以前。现在战争几乎完了，许多事情也与当时不同了。但我相信，在世上有战争的期限内，总当有人想起《一个青年的梦》。

在这本书里，放着我的真心。这个[2]真心倘能与贵国青年的真心相接触，那便是我的幸福了。使我来做这本书的见了，也必然说好罢[3]。

我老实地说，我想现今世界中最难解的国，要算是支那了。别的独立国都觉醒了，正在做"人类的"事业；国民性的谜，也有一部分解决了。但是，支那的这个谜，还一点没有解决。日本也还没有完全觉醒，比支那却已几分觉醒过来了；谜也将要解决了。支那的事情，或者因为我不知道，也说不定；但我觉得这谜总还没有解决。在国土广大这一点上，俄国也不下于支那；可是俄国已经多少觉醒了，对于人类应该做的事业，差不多可以说大部分已经做了。但支那是同日本一样，还在自此以后；或比日本更在自此以后。我想这正是很有趣味的地方，也有点可怕，但也有点可喜。我想青年的人所最应该喜欢的时候，正是现在的时候。诸君的责任愈重，也便愈值得做事，这正是现在了。

在现今的独立国的中间，支那要算是最古的国了。虽然受了外国的作践，像埃及、希腊、印度那样的事，不至于有罢。我觉得支那的少壮时期，正在渐渐地回复过来了。我想，如诸君蓬勃的精神发扬

1　此为鲁迅原译，原文并无贬义。"支那"一词是古代印度梵文中支那（China）的音译，也是古代欧亚大陆诸国对中国最流行的称呼。一般认为，中日签订《马关条约》后，日本侵略者开始使用"支那"称呼中国，并带有蔑视和贬义。——编者注

2　现代汉语常用"颗"。——编者注

3　现代汉语常用"吧"。——编者注

起来，这时候，便是支那的精神和文明"世界的"再生的时期了。人类对于这个时期，怀着极大的期待。想诸君决不会[4]反背这期待罢。

"落后的往前，在前的落后了。"第一落后的俄国，现在将第一的在前了。更落后的支那，到了觉醒的时候，怕更要在前了罢。但我绝对的希望这往前的方法，要用那人类见了说好的方法才是。

倘是再生了，变成将喜代了恐怖，将爱代了憎恶，将真理代了私欲，拿到世间方来的最进步的国，我们将怎样的感谢呵。我们也为了这事想尽点力，想做点事。

我希望，因了我做的书译成支那语的机会，就是少数的人也好，能够将我的真心和他的真心相触。我希望，我的恐怖便是他的恐怖，我的喜悦便是他的喜悦，我的希望便是他的希望，将来能为同一目的而尽力的朋友。

我的敲门的声音，或者很微弱；但在等着什么人的来访的寂寞的心里，特别觉得响亮，也未可知的。

我正访求着正直的人；有真心的人；忍耐力很强，意志很强，同情很深，肯为人类做事的人。在支那必要有这样的人存在。这人必然会觉醒过来。

这人就是人类等着的人，或是能为他做事的人罢。恐怕这人不但是一个人，或者还是几万个人合成一个的人罢。不将手去染血，却流额上的汗；不借金钱的力，却委身于真理的人！

我从心里爱这样的人，尊敬这样的人。

在支那必然有这样的人存在，正同有很好的人存在一样。我敲门的微小的声音呵，要帮助这人的觉醒，望你有点效用。

我希望这事。

一九一九年十二月九日，武者小路实笃

4　现代汉语常用"绝不会"。——编者注

自序

我要用这著作说些什么，大约看了就明白。我是同情于争战的牺牲者，爱平和的少数中的一个人——不，是多数中的一个人。我极愿意这著作能多有一个爱读者，就因为借此可以知道人类里面有爱平和的心的缘故。提起好战的国民，世间的人大抵总立刻想到日本人。但便是日本人，也决不[1]偏好战争；这固然不能说没有例外，然而总爱平和，至少也不能说比别国人更好战，我的著作，也决非[2]不像日本人的著作；这著作的思想，是日本的谁也不会反对，而且并不以为危险的：这事在外国人，觉得似乎有些无从想像。

日本对于这回的战争，大概并非神经质，我又正被一般人不理会、轻蔑着，所以这著作没有得到反对的反响，也许是当然的事。但便是在日本，对于这著作中表出的问题，虽有些程度之差——大约也有近于零的人——却是谁都忧虑着的问题。我想将这忧虑，教他们更加感得。

国与国的关系，倘照这样下去，实在可怕。这大约是谁也觉得的。单是觉得，没有法子，不能怎么办，所以默着罢了。我也知道说了也无用，但不说尤为遗憾。我若不作为艺术家而将他说出，实在免不了肚胀。我算是出出气，写了这著作。这著作开演不开演，并非我的第一问题。我要竭力的[3]说真话，并不想夸张战争的恐怖；只要竭力的统观那全体，想用了谁都不能反对的方法，谁也能够同感的方法，写出这恐怖来。我自己明知道深的不足、力的不足，但不能怕了这些事便默着。我不愿如此胆怯，竟至于怕说自己要说的真话。只要做了能做的事，便满足了。

1 现代汉语常用“绝不”。——编者注
2 现代汉语常用“绝非”。——编者注
3 现代汉语常用“地”。——编者注

我自己不很知道这著作的价值；但别人的非难是能够答复，或守沉默的：我想不久总会明白。我的精神，我的真诚，是从里面出来，决不是[4]涂上去的。并且这真诚，大约在人心中，能够意外的得到知己。

我以为法人爱法国、英人爱英国、俄人爱俄国、德人爱德国，是自然的事：对于这一件，决不愿有所责难。不过，也如爱自己也须同时原谅别人的心情是个人的任务一般，生怕国家的太强的利己家罢了。

但这事让本文里说。

这个剧本，从全体看来，还不能十分统一。倘使略加整顿，很可以从这剧本分出四五篇的一幕剧来；也可以分出了一幕剧，在剧场开演。全体的统一，不是发展的，自己也觉得不满足，而且抱愧。但大约短中也有一些长处，也未必全无统一；从全体看来，各部分也还有生气：但这些事都听凭有心人去罢。总之，倘能将国与国的关系照现在这样下去不是正当的事，因这剧本，使人更加感得，我便欢喜了。

我做这剧本，决不是想做问题剧。只因倘使不做触着这事实的东西，总觉得有些过意不去，所以便做了这样的东西。

我想我的精神能够达到读者才好。

我不是专做这类著作；但这类著作，一面也想渐渐做去。对于人类的运命[5]的忧虑，并非僭越的忧虑，实在是人人应该抱着的忧虑。我希望从这忧虑上，生出新的这世界的秩序来。太不理会这忧虑，便反要收到可怕的结果。我希望：平和的理性的自然的生出这新秩序。血腥的事，我想能够避去多少，总是避去多少的好。这也不是单因为我胆怯，实在因为愿做平和的人民。

现在的社会的事情，似乎总不像走着能够得到平和的解决的路。我自己比别人加倍的恐怖着。

一九一六年十二月二十三日，武者小路实笃

4 现代汉语常用“绝不是”。——编者注
5 现代汉语常用“命运”。——编者注

一个青年的梦（四幕）

序幕

（夜间的寺院模样的一间房屋，青年向着大桌子，在洋灯下读书。不知从什么地方进来了一个不认识的男子。）

青年 你是谁?

不识者 就是你愿意会见却又不愿意会见的。

青年 来做什么?

不识者 来看你的实力的。因为你叫了我。

青年 我还没有会见你的力量。

不识者 孱头！能怎样正视我，便正视着试试罢。

青年 我还没有动你的覆面的力量。

不识者 你看着我就是了。我的覆面，连我自己也取不下——是不许取下的。单是谁有力量，便感着我的正体。

青年 在我还没有力。

不识者 向各处说，说一到紧要关头的时候，决不会腰软的是谁呢?

青年 紧要关头的时候还没有到。

不识者 真没有到么[1]? 站在这个我的面前，还说紧要关头的时候没有到么?

青年 我的确站在你的面前。但在这时候，我全不知道了。不知道怎么才好了。

不识者 你真是扶不起的人呵！我当初很有点希望你，莫非我竟错了

1 现代汉语常用“吗”。——编者注

么？我除了再等候能够解我的谜的真天才出来之外，没有法子；除了再等候对于人类的运命，有真能感到的力量的人之外，没有法子。

青年 请你宽恕，我将你叫了出来，还是说这样不长进的话。我见了你，才分明知道自己无力。但不见你时，却又想会见你。总觉得无论如何，想要解你的谜。人类的运命，任他像现在这般走去，是可怕的。我不知道怎么办才好。

不识者 不知道也好罢。你不愁没有饭吃；除了做梦，也没有遇着过死。无论什么时候，总是同合式[2]的朋友看些爱看的东西，讲些爱讲的话。一碰到什么为难的事，说些没有力量未到时候的话就完了。你好福气。已经到了二十多岁，真还会悠然的活着呵。也没有见你用功；你所想的事，也没有出过或一范围以外。除了能够辩正[3]你现在的生活的东西之外，总没有见你跨出一步。

青年 你说的话，都是真的。

不识者 可怕的事，立刻停止了才好呵。

青年 是呀。

不识者 你所怕的事，现在定要起来。没有知道已经起来了么？你该已经知道了塞尔维亚的事罢。单觉得对岸的火灾不过是对岸火灾的人，便解不了我的谜。你不知道这世上可怕的事正多么？能使可怕的事起来的可能性有多少，你也不知道么？你是将那可怕的事装作没有看见的人么？倘若这样，你便是撒谎的专说大话的人。被人这般说，你居然还不开口呵。

青年 请你略等一等罢。

2 现代汉语常用“合适”。——编者注
3 现代汉语常用“辩证”。——编者注

不识者　你有明年，还有后年。你是定会活到四十岁，至少也能到三十六的人么？你嘴里说些人类的爱这等事，也曾感到真的爱么？

青年　仿佛感到的。（被不识者瞪视着，便改了语调。）还有人类的运命的事，也仿佛感到。怎么办才好的事，也仿佛感到。

不识者　昏人！你拿了仿佛感到这件事，在那里自慢着么？要紧的不是从此以后么！你是个不要脸的。

青年　无论被你怎么说，我总没有改变说话的力量。我很怕。生成是胆怯的。想到大事便要畏葸。我的翅膀，被禁着的时候，总没有力。

不识者　你不想你的翅膀强大起来么？

青年　想的。可是怕。

不识者　乏人，一个不协我的心的东西。你是。

青年　……

不识者　但你却还没有装作没有见我的模样。我到这国里来，谁都不想用了自己的眼睛看我，所以很无聊。你大约也是不中用的。但纵使你的国是昏国，小聪明国，拿俏皮话当作真理说的人们集成的一个团块，也该有一两个胜于你的，真心的，为了人类的运命不怕十字架的人罢。然而现在姑且将你锻炼一番试试看。跟了来。

青年　那里[4]去呢？

不识者　单是跟了来。看那些我给你看的东西。

青年　……

不识者　孱头。还不跟了来么？

青年　我去，我去。

（不识者先行，青年惴惴的跟去。）

一九一六，一

4　现代汉语常用“哪里”。——编者注

第一幕

（野外。）

青年 这里有什么事？

不识者 有平和大会呢。

青年 开了平和大会做甚么[5]。

不识者 看着就是。

青年 莫非开些什么平和大会，真有用处么？

不识者 你想怎样？

青年 因为从心底里爱这平和的还不很多，所以这些事大抵总不过是从政治上的意味做的。因为心里以为厌恶战争便不得了，嘴里却唱道着平和主义。因为若不是一面扩张军备，一面说些平和论，现在不能算时道。因为这倒也并不是全无道理。因为稍不小心，便被敌人攻击了；还要被人虐杀，做了属国，破坏了本国的文明，很束缚了思想的自由，硬造成懵懂的人民：这都是些难受的事呵。

不识者 这样说，你喜欢战争么？

青年 不是不是，不是这么一回事。我是最厌恶战争的；是想到战争，便有些伤心的人。但做了属国，也可是难堪的呵。

不识者 这世界上为什么有战争呢？

青年 想来就因为有许多国家的缘故。

不识者 这样说，没有国，便没有战争了。

青年 差不多，就是如此。

不识者 这样说来，你不想去掉战争么？

5 现代汉语常用“什么”。——编者注

青年　虽然有点想，但人类还没有进步到这地方。

不识者　不想努力，教他进步到这地方么？

青年　因为还没有力量。

不识者　而且时候也没有到么？

青年　是的。

不识者　你的照例的兵器又来了。简直是将手脚都缩到介壳里面的龟子之流哩。

青年　被你这样说，也实在回答不得。

不识者　不觉得羞么？

青年　觉得的。

不识者　既然这样，怎么不再进一步想呢？

青年　就因为怕。

不识者　再进一步罢。

青年　叫我主张“人类的国家”么？

不识者　抛了国家。

青年　我还没有这样力量。

不识者　看罢。

青年　都来了，就要开会么？（吃惊，）这是怎的？竟全是怪物呵。

不识者　是一件事的殉难者。

青年　都是死了的人么？

不识者　是的。

青年　这是那里？

不识者　管他是那里，只要你有能看真事情的力量便好。

青年　我看不下去。唉唉，血腥的[6]很。都没有作声。都在那里想。女人也来了。还有孩子，还有婴儿，还有老人。这是怎的？

6　现代汉语中“得”。——编者注

不识者 都是被杀了的。

青年 连这样可爱的孩子么？

不识者 是的。

青年 连那么美的女人么？在旁边哭着的，就是那女人的母亲么？伤痕可是看不见呵。

不识者 衣服破着罢。那便是中了手枪的弹子的地方。

青年 各国的人都聚在这里呢。

不识者 并没有没有战争的国度了。

青年 他们以前都是敌国的人么？

不识者 是的。

青年 可是现在都很要好。

不识者 个人大家是要好的。

青年 在死了以后么？

不识者 不然，活着的时候也如此，便是正在战争的时候也如此。

青年 正在战争的时候都如此么？

不识者 是的，倘在恶魔还没有将这人的心，运到异常的状态去的时候。

青年 照你这样说，我却也听到休战时候，谈判时候，两军掩埋死尸时候的话，说是互送烟卷的火，很要好的说笑。那时候，还该感到特别的爱罢。

不识者 是的。

青年 这有点用处么？

不识者 你自己想。

青年 ……

不识者 怎么不开口了。苦么？

青年 似乎有点头眩了。看了这情形，大约谁也会变非战论者罢。很想拖两三个主战论者到这里，叫他们演说一回。他们不知道这事实。异样的沉默，浸进脏腑去了，似乎要发狂。要叫些什么了。看这模样实在受不得。想到那样青年有望的人，那样天使似的孩子，那样善良的老人，那样年青[7]的女人，都尝了死的恐怖，并且就从人们的手用了无可挽救的方法杀了的事，实在受不得。怎么办才好呢？这许多人们，都是被人杀了的么？

不识者 是的。

青年 诅咒这战争！

不识者 你不想除掉战争么？

青年 一看这样子，无论怎么样人，总该要反对战争罢。至少也总该觉得战争这事，是怎样可怕的事罢。（少停。）唉唉，胸口不舒服了。似乎要发脑贫血了。

不识者 孱头！静静的耐心看着。使这真事情一生不会忘却的好好看着。

青年 谁还会忘记呢。

不识者 尽你的力量看着。老老实实的，不含胡[8]的看着。

青年 ……

不识者 头痛么？

青年 痛起来了。遇着了可怕的事实的人们，渐渐到了。没有穷尽。我觉得单是自己悠悠然地生活着，实在有些对不起人了。

不识者 好好地看。活着的人都不想看这事实。还是你尽量地看着罢。连看的力量都没有了么？平和大会，可就开了。

（鬼魂一走上演坛。）

鬼魂一 承诸君光降。我们今天，得了招待一位活人到这里的光荣。我

7　现代汉语常用“年轻”。——编者注

8　现代汉语常用“含糊”。——编者注

们想从这位活着的人，将我们的心的几分，传布开去，为我们的子孙，早早成就平和的世界；所以今天开了临时会，特请反对战争的诸君光降的。凡是活着的人，总是单知道活人的话。便是对于战争这事，活着的人也只知道没有战死的人的话。没有战死的诸位，因为没有战死的幸福，忘却了真的战争的悲惨这一面，便常有照此说去的倾向。这是我们常常引为遗憾的。我们本来，并没有想要活着的人吃些苦的意思；而且这是我们的主人，就是人类，所不许我们的。我们单想要将我们所受的苦，不但是苦，苦以上的死之恐怖，死之恐怖以上的生之诅咒的万分之一，传给活着的诸君，因此教人类的运命得着幸福，我们所爱的子孙得着幸福——单因为这一点意志，开了这会。我们的主，就是人类，很以为然。诸位也都领会这主意，谁有想传给活着的人的事，便请说罢。有要说的人，请起立。

（鬼魂五六人起立。）

鬼魂一　（指定一人，）就从你起。

（鬼魂二，走上演坛。）

青年　仿佛很面善。呵，是了。在法国的插画杂志上见过的。那人是在荒野里，缚在柱子上死的。一定是这人。

（鬼魂二站在坛上，脸上有四个弹痕，衣服也很破烂。）

鬼魂二　诸君里面，也许有知道的。我就是德国的军事侦探，受了潜入法国的命令的人。我在那时，很以为名誉；而且想到自己的本领，竟得了信用，也很喜欢。很有好好的完了任务给人看的自信。我于是改变装束，混进了法兰西。

（鬼魂一有所通知，鬼魂二点头。）

鬼魂二　要演说的人还很多，而且时间又有限制，所以我的经历，只好省略一点了。总之我是德探，进了法国，而且苦心惨淡，为德国出力。我并不憎恶法国人。因为自己怀着鬼胎，对于法国人的那种好待遇，反觉得感激澈[9]到骨髓。我爱德国人，但也尊敬法国人。到现在，我自然是无论那[10]一国的国民都爱，那一国的文明都尊敬了。但活着的时候，实在是很爱和自己交际最密的法国人。因为法国人相信我，有时也发生嘲笑的意思，然而爱是爱的。见了法国的美的女人，也感到爱。请不要见气。但我并没有忘了自己的任务。因为爱祖国么？也不，就因为是自己的事情。至于自己的事情是怎样的事情这一节，却没有想。单觉得确凿是一件不可不做的事情罢了。我想，我是德国人，应该爱德国。我所做的事，是德国最要紧的事。也常常想，倘若我的事情做坏了，德国怕会灭亡，同胞也不知要受怎样的苦。这些思想在我已经很够了，不必再想别的了。我因此不失名誉不入歧途的生活着的。我想想自己是一个体面的德国人，是一件高兴的事。自觉到为祖国出力，是一件高兴的事。因为做了别人做不到的事，得了称赞，也从心底里喜欢。其时战争开手了，我越加为德国活动。但到底被人看破，将我捉去了。我为德国，忍受着法人的憎恶和虐待。这时候，我倒还没有空活一世的心思。自己以为勇士。众人憎恶我，同时也称赞我。我被人领到荒野，缚在一根柱子上。各人的枪口都正对着我，专等士官的一声“放”的命令。这时候，我才从心底里感到“自己的一生是毫无意思，做了无可挽救的事了”。这实在是说不出的寒心和可怕。“为什么做人做到这地步？战争该诅咒。”我这感想，嘴里是不能说，无从传给活着的诸公。但心底里，却以为“做了无可挽救的事了”。这时已经下了“放！”的命令。我在外观上，可是勇士似的

9　现代汉语常用“彻”。——编者注
10　现代汉语常用“哪”。——编者注

死了。这自然是谁也不见得记念[11]我；倘有人为我下泪，那可未必是德国人，怕还是我的情妇的法国人罢。诸君，不，活着的先生。我从真心说，假使我现在还活着，大约还以为给德国做事是自己的职务。假使战争完结以后，我还没有战死，大约便未必想到战争的可怕，正忙着讲我自己的功劳呢。而且随便到那里，都受优待，只是得意，也未必能想到别的事了。然而从死掉的看来，战争是确乎应该诅咒的。不愿我们的子孙再尝这滋味这一件事，实在是我们全体的心。死在人们的手里，无论如何，总是不合理的。我活着的时候，并非平和论者，而且是从心底里轻蔑平和论者的人；然而现在，对于无论如何没有力量没有结果的平和论者，我可都赞成了。这样下去，是可怕的。没有战死的人还可以，死的人可难受了。就是我们的子孙里的一个人，我们也不愿教他再这样想，我极想会见一位活人，并且请他尽些力，不教战争再来支配这世界。今天竟达了希望，我很喜欢。我所说的，从活人听来，也许是很无聊的话。因为要说话的还很多，虽然可惜，就此终结了。愿身体康健。听说你是日本人，我是没有轻蔑日本人的：就请你将我的意志传到日本去。

（青年很兴奋的想着。）

鬼魂一　这回是你。

（鬼魂三起立，没有两手，登坛。）

鬼魂三　我简单说罢。我的身受的苦痛，实在说之不尽。我是一个平和的人民。我不是勇敢的人，但也不是胆怯的人。我不是主战论者，也不是非战论者；不是国家主义者，也不是非国家主义者。我是画家。虽然不是世界知名的画家，朋友却都以为有望的。我是比利时人。战争的开初，我全不理会。因为我的意思，以为

11　现代汉语常用“纪念”。——编者注

我是画家，画着画就是了；平和的人民，是未必会被杀戮的。我住在街里，德国兵入街的时候，也不很介意。看那德国兵入街的情形，虽然稍稍觉得奇怪，但倒是不很介意地看着的。然而有一天的晚上，四五个德国兵到我家里，硬要拉我的妻子去了，我很愤怒，叱责他们。他们都笑着。并且说要是不听话，没有好处。于是仍然要拖我的妻子去。我愤不过，直扑向一个兵。这时手里拿着一把小刀，定神看时，一个兵叫了一声倒了。一个说道："杀么？"这一瞬间，我早被砍掉了右手，其次便是左手。从苦痛和恐怖间，发出一声"讨厌，砍了罢"的喊，我便被杀死了。我的妻子此后怎样，却是不知道。大约还是含垢忍辱地活着罢。我究竟是何为而生的人呢。难道我遇到这宗事，是应该的么？我想，还有战争的时候，便总有遇到这宗事的人，是一定的事。我实在不能不诅咒人生。不能不以为人的生命只是无意味的东西，不安定的东西。活着的先生，你怎么想？要是你也遇到了这宗事，便怎么样？你的意思或者正以为因此战争万不可打败仗，也未可知呵。从古到今，像我的人不知有几千万了，我为这些人哭。又想到此后遇着这类事情的人没有穷尽，又替活人可怜。什么人道呵，平和呵，爱呵，四海同胞呵，这些事全比空想家的空想，尤其空想。人是禀了被杀的可能性活着的，也有被弄杀的可能性的。倘没有弄杀也不妨事的觉悟，人生是总不能安心的。你有这等决心么？你也同我一样，单以为别人或者遇着，却未必轮到自己身上，便满足么？遇着这些事的人实在不幸、可怜、悲惨，很表同情，很苦了罢，你只是这么想就完了？没有遇着这些事以前，大约谁也这样想。可是遇着了试试罢。（异样的笑，）很是难堪的事呢。不知道怎么办才好了。遇着这些事的人，除了听其自然，便没有法子么？怎么办才好呢？战争为些什么？牺牲者为些什么？被伴侣杀掉的，该怎么办才好呢？一国的战争是什么意思？战胜了又有什么好处？又是谁的好处呢？不全是空而又空的事么？为了这事，便几百万人非死不可么？先生，你见了聚在这里的人们，究竟怎么想？还能漠不关心，还能悠然自得么？这许多人的苦痛，苦闷，恐怖，单是毫无意思的消去么？我们的死，和子孙的幸福绝不相干，却来做增加恐怖的脚色[12]么？单为了扩张军备，增加各国的不和、各国的恐怖、各国的租税，所以流掉我们的血的么？怎么办才好呢？活着的人，到现在还是悠然的活着么？这样下去，会到怎样，谁也没有想么？便是想了也没法么？想了也没法，所以不想的么？不想法子，是不行的。赶快的造起没有战争的国罢。赶快造起人模样的国罢。快造不要国家竞争的国。快造不教别国人恐怖，也不受别人的恐怖的国罢。倘不然，可怕的事要来了。倘使我还了魂，看现在这样生活法，一定要害怕。将来也许有点方法，但照现在这样下去，可是要走进无可挽救的地步的呵。遇着了我这样的事，可是不得了呵。我说的话，也许觉得毫无意思；但到了那时候，“为国家”这事，也会更无意思，要感到更上一层的事实的呵。人类呵，人类呵，再为个人的运命想想罢。照现在这样，个人的运命太不安了。“拔剑而起者死于剑”这句话，其实是真的。不趁现在想点方法，要无可挽救了。怕罢，怕罢。日本的运命，以后有点可怕呢。我对于活人是有同情的，总愿意活人幸福。请在活着的诸君面前问候，愿他们幸福。不要像我们这样，将恐怖和苦痛和血都空费了。在活着的诸位面前请代问候罢。（从演坛下。）

鬼魂一 这回是你。

（鬼魂四登坛，画了十字。）

12 现代汉语常用“角色”。——编者注

鬼魂四 我并非死在这次战争里的；是十多年前，被某国的人杀了的。我是一个大学的学生，当了俄罗斯的军人的。幸福的神明正微笑给我家看的时候，我的爱人正将好意给我看的时候，战争便将我运到离开本国几千里的地方去了。离别的时候，我们都哭了。但看不起对手的我们，却只做着凯旋时的梦，并且单空想着再见时的喜欢。谁知道敌人是意外的利害。有一天的事，我正在一个村庄的人家里面。我军已经退却，是丝毫没有知道的。我们正在说笑。我因为从爱人送到了一张照相，被人笑了。但我却高高兴兴地听着。这时忽听到脚步声。我们心里想，这是谁呀？便向那边看去。谁料进来的人，并非俄国的士官，却是某国的。这时候，我们都明白了。来人虽然只一个，但我们的地位，已经了然了。我们有十多个，来人也吃了一惊，站在门口。我们便昏昏沉沉地跪在这人的面前。何以跪了呢？自己也不知道。总之是意外的事，是没有觉悟的时候，所以我们身不由已地跪下了。死之恐怖和生之执着，教我们身不由已了。敌人的士官的脸上，这时显出了喜和爱了。这人本以为要死在我们手里的，刚吃惊地立着时，我们都已跪下，所以这人的高兴，也实在是应该的事了。某国人，恕我老实说。我们那时从心底里，觉到某国人也是人。这人也亲亲热热地用手摩我们的头[13]。我们以为这人很可靠，有了命了，从胸口里涌出喜欢。我们便伏伏帖帖[14]地做了俘虏，这样便活了命，实在安心了。但我们又从这人交到别的士官的手里。那时这人很高兴似的对别的士官说些话。到临了，我们竟被枪毙了。那里会有这等事呢！心里要发狂似的想，可是我们竟被枪毙了[15]。这怨

13 现代汉语常用“摸头”。——编者注

14 现代汉语常用“服服帖帖”。——编者注

15 此处原文为“可是我们竟枪毙了”，疑为原文缺字，故更正。——编者注

恨至今丝毫没有消。我想这士官竟是欺骗我们罢了。

（这时候一个鬼魂起立。）

一个鬼魂 这是你错想的。

鬼魂四 何以呢？

一个鬼魂 那时候摩你们的头的士官就是我。

鬼魂四 唉唉，是你么？怎的也在这里？

一个鬼魂 那一回的战争，我并没有死。在这回的战争里，可是死了。我常常记起你们的事，自从有了这事以后，在我活着的时候。而且觉得做了无可挽救的事，记起来便心底里都难受。我当初实在以为你们已经有了命的。但在战争，暂时竟把你们的事都忘了。有一回，忽然记起，心里想，怎样了呢？便去会那寄顿着你们的士官——这人现在也在这里，而且还在后悔着——向他问你们的事。我正等候他的好消息。谁料那回答，却说是"护送这一点人，很麻烦，便都结果了"。我听了这话，忍不住生气。我心里想，这真是做了无可挽救的事，口里也说道："你真替我做了糟透的事了。"他说："那几回不是因为没有法么？要是人数多，许可以想点法。"我以为朋友的话，固然也有理的。但自以为救了你们的我，可是很觉得对不起人，觉得伤了男子的体面，便悄然的合了口。朋友说："这样的愿意救他们么？早知道这样，该想点法就好了。"我也不知道怎么说才是。过了许久，想到这事，总觉得做了无可挽救的事，请原谅我罢。

鬼魂四 好好，原谅你了。这也是并非无理的事。

鬼魂一 两人[16]握手就是。

（一个鬼魂走近演坛，握手。能拍手的都拍手。另外一个鬼魂

16 现代汉语常用"二人""俩人""两个人"。——编者注

见这情形，即起立。）

另一鬼魂 我实在做了太对不起人的事了。我凭一点简单的理由，便绝了你们的生命，如今实在后悔。倘若我能够略略推想你们的爱人和你们的父母的心，想来便未必会行若无事的杀掉你们了。倘若你们那时的死之恐怖和生之执着，我能略略感到一点，也许会专从救活你们这一边做了。但那时候，这话虽然很像辩解，其实是我本来也很想救助你们，却因为有谁反对，说活了这几个人也不中用，所以你们竟至于死的。然而，我并不竭力救助你们，反以善人模样为羞，却进了“很麻烦结果了罢”这一党，这实在是从心里羞耻不尽的。我在那时候，还没有真知道死是怎么一回事。我竟是一个不管别人运命的人。我真做了对不起人的事了。今天会见了你，觉得像这样一位人，何以竟行若无事地将他杀了呢，连自己都要问。那时候，见了你那样怕死的情形，却暗暗地以为抛脸的。我实在连请你原谅的资格都没有。只是我现在真心后悔，愿你明白就好。我实在做了无可挽救的事了。

鬼魂四 你讲的话，我都很明白。你做的事，我也并不见怪了。假使我在你这一面，也许变成你一样的态度的。我们若在平和时候见面，怕早成了朋友了罢。我倒并不以你为特别残酷的人，觉得还是善良一面的人。我已经不恨你了。至于那时候，却很以为野蛮无理的人。心里想，活了我不好么？那时我的心，实在是发狂了。心里想，难道竟非杀不可么？这过分的事的怨恨是要报的。现在可是不这么想了，倒反以为也是无怪的。只要你肯，我却很愿意同你握一握手。

另一鬼魂 阿阿[17]，肯宽恕么？肯同我握手么？

17 现代汉语常用“啊”。——编者注

鬼魂四 是的，很愿意做兄弟呢。

（另一鬼魂进前握手，能拍手的都拍手。）

鬼魂四 我们实在是这样的能从心底里做朋友的人。倘使活的时候，能尝到这样的感，不晓得多少喜欢呢。我如果对着爱人和父母说了，他们一定满眼含着泪，从心里感谢你们呢。我很想不使他们伤心，却使他们喜欢呵。

另一鬼魂 我实在惭愧。

鬼魂四 那里的话。我说这话，并非想责难你。我是喜欢着。但现在是一位活着的人在这里。我就想将人们应该"尽能活的活着"这事通知他，并且想他将这意思传给活着的人们。我们是朋友。倘在贵国的风习上没有碍，我愿意抱了接吻；但因为尊敬贵国的风习，所以不敢随便做。但我的心是抱着你们的心的。我们活的时候，不识不知的悠然地过去了。人间最高的喜悦，竟全无所知地过去了。（对一个鬼魂说，）你来摩头的时候，才触着了片鳞，真是连爱人也没有通知过我的一种喜悦——这并非取笑的话。因为已经得了活命，这喜悦固然便就去了。但时时想到这喜悦的片鳞，却总有一种感的。活着的时候，都应该真知道真的人们的喜悦是在那里的，请尽力地传给人们罢。许多人们，连最要紧的东西都没有知道地活着。正尝着最深的喜悦的时候，却做那无可挽救的傻事。正可以留下最深的感谢之念的时候，却演出了留下最深的憎恶的行动。这实在是只差一张纸的，可是许多人们，没有拿那好的一边的资格，都拿了坏的一边了。现在我从心底里，感到这件事，可惜说话达不出这心思。但请你记着我的话。想到的时候，一世里总该有一两回罢。而且请将这事传给活着的人。我们的主，就是人类，对于这事很痛心的。还有许多要讲的人等候着，虽然遗憾，我只好就此完结了。请尽能活的活着罢。我还祝活的诸位的幸福。（鬼魂四行礼下坛。）

（鬼魂四的演说刚要完结，青年的朋友的鬼魂，走近青年。青年见了，两眼都含泪，走近了，握着手暂时无言。）

青年 你在这里么？全没有知道。很苦了罢？

友的魂 唉唉，到死为止是很苦了。一死可就完了。他们都好么？

青年 都好的。

友的魂 你代表了活人到这里来，却是想不到的。

青年 并不是来做活人的代表的。是跟了这位，全不知道地跑来的。

友的魂 听了我死的消息，我的母亲很伤心罢。

青年 真可怜。骤然老了。

友的魂 那人怎样了？

青年 那人也很伤心，总是哭。现在还是很伤心地说梦见你呢。

友的魂 原来，我的事早都忘了罢？

青年 那里，常常提起你的。大家都说，要是你活着，要是你平安回来，我们多少高兴呵。你一定告诉我们许多事情的。怎的就死了。

友的魂 我何尝自己情愿死呢？

（鬼魂五，这时被鬼魂一指出，走上演坛。）

友的魂 再谈罢。

青年 好，好。

鬼魂五 （开始演说，）我从前想，只是以为自己死在战争里是不会有的事，自己的生命以上的东西，并没有切实抓住的我，对于自己死在战争里的事，是万想不到的。战死这类事，别人也许遇着，但决不以为要轮到我。活着的人，大约便是现在，也一定自以为决不是要死在战争的人罢。就是我们里面，谁也未必想到过自己是要战死的人。可是在我们，死是很可怕的东西。我也想不到自己竟会同这么可怕的东西遇着；一切事情，全是有生以后的话。自己一死，何以要战争，便不懂了。我从出战以来，时时想，为什么战争。我以为无论我出战与否，我这F国的运命是一样的。我不知道深道理，单想着并不战死以后的事。幸而我的死是突然的，我死在战场上了。然而觉得“打着了”的刹那的味道，实在不愿意尝到两回。诅咒生来的力量，是尽有的。我并非要在这里诉苦。但战争究竟为什么？起了战争，究竟谁有利益呢？没有战死的人，还有不很负伤而活着的人，大约总将战场上经验[18]过的情形当作一场醒后的恶梦[19]，而且还作为一桩话柄的。没有战死的人，大约总不肯说自己耻辱的事，却单说自己得意的事的。但战争究竟为什么，试问他们看罢。他们能有使我们战死者满足的答话么？诸君以为能有么？有能答的，请出来罢。假使我对活人这样说，他们会说我是发疯；并且一定问，你连祖国亡了也不管么？你的子孙做亡国民也不妨么？我们与其做亡国民，不如战争，不如死。其实我们如果要做亡国民，自然不如死。我的祖国如果要变G国的属国，我自然也愿意拼了命战争的；但虽然这样说，也未必便没有无须战争，也不做属国的方法。我不愿拿别国做自己的属国，拿别国做了属国高兴着的时代，已经过去了。我们至少也须尊重别国的文明，像尊重本国的文明一样。所以我们以为加入灭亡别国的战争，便不免是反背人类的行为。这精神，凡是有心的人，全都有的。拿别国做属国，做亡国民，或者破坏别国的文明，希望这些事是何等耻辱，我们都知道的。我们该是不靠战争也不会做亡国民的

18 现代汉语常用“经历”。——编者注
19 现代汉语常用“噩梦”。——编者注

人们。不战便亡国，这在从前，也许是可怕的真理；不，在现在还是几分的事实，也未可知的。然而奴隶制度已经废止的现在，这可怕的侮辱人类的，侮辱人们的事实，也该废止了。和别国交情好，尊重别国的文明，比那拿别国做成亡国起来，不知道于我们多少利益。我们怕国家的贪欲应该在怕个人的贪欲以上。为本国物质的利益计，灭亡了别国，是不合理的；我们要反对的。人类也反对着这事的。取了别国的领土，拿了别国的人民，这也不合理的，无论如何总是不行的。我们战争的牺牲者，便是这不合理的牺牲者。没有比这事更无聊的。我们是因为本国或敌国的贪欲，被杀掉的；要不然，就是无意义不合理的恐怖或憎恶或无知的牺牲了。我们不将用在战争上的金钱劳力性命做些有意义的事，应该羞耻。单说败了要糟便战争，实在是傻的。我现在在这里拿一个滑稽的例，请看看何等傻气罢。

（鬼魂一向鬼魂五耳语。）

鬼魂五　这回两个人演一点剧，请大家看罢。

（两人之中其一先下坛。都拿了剑，从两边上坛。）

鬼魂五　（独白，）对面可怕的东西来了，拿着大刀。遇着讨厌的东西了。不来砍我才好。有了，还是趁他没有砍我，我先砍了他罢。

鬼魂一　（独白，）对面来了一个拿着大刀的讨厌的东西。这大意不得。他要杀我，也难说的。是呀，还是先杀了他罢。

（两人遇着，交锋。）

鬼魂五　砍人么？

鬼魂一　只是你要砍我。

鬼魂五　抛下刀便饶你。

鬼魂一　你先抛了。

鬼魂五　我不上这个当。

鬼魂一　我就肯上当么?

（两人同时受伤，滑稽的倒地。）

鬼魂五　阿唷[20]好痛。

鬼魂一　阿唷好痛。

鬼魂五　你为甚么要杀我?

鬼魂一　倒是你为甚么要杀我?

鬼魂五　你先下手的。

鬼魂一　倒是你先下手的。

鬼魂五　我单是怕被你杀掉罢了。

鬼魂一　我也这样，要不然，杀你干什么?

鬼魂五　我也这样。何尝要杀人，只是怕你来杀我，才要杀你的。

鬼魂一　我也这样。不愿死在你手里，才要杀你的。

鬼魂五　只要你不想杀我，我何必要杀你呢。但你终于拿了你的刀了。

鬼魂一　你拿了刀，我才也拿了刀的。

鬼魂五　这样看来，只要我不想杀你，你便也不想杀我么?

鬼魂一　自然的事。只要你决不杀我，谁愿意杀你呢。

鬼魂五　早明白这些事，我们两人不死也行了。

鬼魂一　真做了傻事了。

鬼魂五　唉唉好苦。做了挽救不得的事了。我们两人，便这样的死在这里么?

鬼魂一　真伤心呀。

（众人都笑。）

鬼魂五　劳驾劳驾。这样够了。（站起。）

鬼魂一　够了么?（下坛，众人都笑。）

20　现代汉语常用“哎哟”。——编者注

鬼魂五 诸君虽然觉得可笑，但我们所能承认的战争的原因，除了国家的利己家的战争是另一事以外，其实只有怕做属国这一点。这样战争，才是个人或国民可以承认的战争。别的战争，国民都该自己起来反对的。南阿的战争，是英国之耻。青岛的战争，是J国之耻。E国对印度人的办法，应该反对。J国对朝鲜的办法，也是僭越的。即使印度、朝鲜没有独立的力量，然而竟用了怕教这国兴盛似的办法，是可耻的。俄国、德国、奥国对波兰的态度，也该羞耻的。不自然的妨害那地方的人的自由，也是坏事。我们只为怕这一事，才起来战争。当作亡国属国这样看待，实在是难受的。我们不但对于使别国变成亡国属国的事，没有兴味[21]，而且觉得有从心底里出来的反感。使别国变了亡国属国，觉得高兴的人，是一种阶级的人。这一类人，一到社会的道德进步了，也要羞耻那些事。我们，虽说是死人，现在都当作活着的说，因为这么办，可以使活的诸君更容易懂得，所以照了活着一般的说的。我们应该结一个不肯为图别国做属国而战的世界的同盟。倘要别国做属国或亡国，换一句话，就是要别国人做亡国之民，是应该羞耻的事。我们倘若为此而战，便反背了人类的意志，我们单为要免做亡国民这一事，才该战争。但倘若全世界的人只为要免做亡国民才战争，这结果便怎样呢？假使没有那样傻事，像我们刚才所演的傻戏，这战争便大概可以消灭了。许多人也许说，这是理论罢了。但不到这样子却是谎。现在的战争，究竟怎样一回事呢？许多国民，勉勉强强的战着；并不明白将要怎样，单是战着。两面都以为不战便要做亡国之民，因此战着。这一种阶级的人，我不能知道；至于国民，却只是互怕亡国而战，

21 现代汉语常用“兴趣”。——编者注

并非要敌国灭亡而战的，是因为怕做亡国民的恐怖而战的，是同那两个滑稽式武士一样的理由而战的：于是我们死了。这不是太没意思么？然而是事实，是极确的事实。我很望各国民都有一个决心，要是单为想别国做亡国做属国，决不战争。并且也不给别国以这类无聊的恐怖。杀了几万人想夺别国领土的时代，已经过去了，也不能不过去了。我知道战争的太可怕，又想到何以战争的问题，知道除了两面无谓的恐怖之外，并没有别的原因。我们不可受利欲的骗。我们人民，应该同敌国的人民联合，竭力使战争变成无谓的事。我们爱敌国的人民。一到大家相爱，大家知道战争是傻事，战争就可以立刻消灭了。我很希望这样的时候早早出现。活的人也许以为这时候不会到，我却以为一定要到，以为不会不到的。倘若不到，那就是活着的诸君的耻辱了。但愿竭力的设些法，教大家看战争当傻事的时候，早早到来罢。我还有五岁以下的三个孩子，留在地上，委实不愿教他们再尝自己尝过的味道了。

（又另一鬼魂起立。）

又另一鬼魂　你的话太理想了。这么办，战争是总不会消灭的。

鬼魂五　你可有立刻消灭战争的方法么？我可不知道别的了。大约人类也未必知道。

又另一鬼魂　你的话过于调和的，没有权威；为什么不再进一步，提倡绝对的非战论呢，像那真的耶稣教和佛教所说似的。

鬼魂五　你以为这样的无抵抗主义，在这世界上能够通行的么？不能相信来世的人们，能甘心听人杀害，做人奴隶的么？可以成真宗教的素质的人，地上能有多少呢？我说的事，并不是对宗教家说。我单想将战争如何可怕，战争因为傻气才会存在的事，说给人知道就是了。我决不是希望无理的事，也并非说不要管自己的利害。要得到值得生活之道，是在别的路上的。我单要说明那不合理的事是如何不合理；彻底的说明那滑稽的事是如何滑稽，说明那没意思的事是如何没意思：教那些自以为不会死在战争上的人，知道战争的可怕，而且知道死在战争上，是没意思的事；并且希望从心底里，至少也在心里想，各人都愿意去掉战争罢了；希望起哄，满口"战争战争"的人，能少一点便少一点罢了。还不能做到无抵抗主义的我，但深知战争的可怕和无意味的我，要不提倡连自己都能做到的或一程度的平和论，实在觉得不能。你不能满足这些话，也是当然的事。便是我自己，每感到不能用我的法子立刻消灭战争这一节，也很觉得寂寞的。然而我除了说我的非战论之外，没有办法，也很以为惭愧的。但便是这一点，或者也可以供活着的诸君的参考。不要拿战争得意，却拿不战争得意罢。将拿别国人做亡国民的事，自己羞罢。与其憎敌人，倒不如爱罢。他们也并非因为憎你们而战的；倘能做到，还想和你们要好呢。也同你们一样，并不愿意死，却愿意活的。也是人类之一呢。以好战国出名的日本的天皇明治天皇御制里，仿佛有四海都是同胞，何以会有战争这般意思的歌，我也正这样想。我的意见，以为那样滑稽武士的死法，是傻到万分。国民都该开诚相示，大家不要战争。万不可上恶政治家的政略的当。如果有显出要战模样的人，也只因恐怖而起的罢了。自己没有死，总觉战争有趣的人，自然也还多。我就怕这一类人，煽起战争的气势。其实是不论那一国，除了军人之外，谁也不知道军备要扩张到怎么一个地步，正因此都窘着。正都窘着，却又不能不向这窘里走，这便是人类的苦闷的所在。这是怎么一回傻事呢？但这傻事，现在却成了无法可办的事。一想到如此下去会到怎样的时候，我们颇觉得伤心。至少须比列国有优势的军备，是目下的情形，目下的大势。我们的主，就是人类，生怕这大势，是当然的。惟[22]其傻气，所以更可怕。文明愈加进步，知道是傻事，便将这傻事消灭的时候，倘若没有到，也可怕的。我们很愿意尽力做去，教这时候能够早到。我的解决策，也许太简单了，并且有孩子气。但据我现在的头脑，除了这样理想的方法以外，实在没有别的更有效的合理的简单方法：这也是自己很抱愧的。（郑重作礼之后，下坛。众拍手。）

鬼魂一 休息一会[23]罢。

友的魂 刚才的话，你以为怎样？

青年 都不错的。可是拿这话对活人说，就要被人笑话呢。因为活着的人，实在都不以为自己会战死；因为都以为战死的全是别人。况且真怕战争的，也还没有；因为却以为勇气。因为他们以为反对战争的只是一班[24]新式的浅学的少年。因为他们真以为不战便要亡国。真相信不压服外国，自己便要亡了。任你问谁，谁都说战争是悲惨的。但真知道悲惨这事的人，却一个都没有。就有知道的，也不过以为和世上的天灾一样的事罢了。况且许多人，还以为扩张领土是名誉，是非常的利益。这种根性，单是别人死了，是不会消灭的。还有人想，以为如有嫌恶战争的小子们，便尽可不必去，也可以战的。至于别的群众，那更毫不明白了。因为他们连人是会死的事都忘却了，至多也单知道死了便是不活罢了。随便那一国，都有这一种胡涂[25]人，所以很糟的。被大势卷了。便胡

22 现代汉语常用“唯”。——编者注
23 现代汉语常用“一会儿”。——编者注
24 现代汉语常用“一帮”。——编者注
25 现代汉语常用“糊涂”。——编者注

胡涂涂的凭他卷去；一到关头，只叫一声“完了”便归西了。因为从心里感到战争的恐怖这刹那，就是归西的一刹那，已经迟了呢。并且这一种人，倘使幸而没有战死，也就咽下喉咙便忘了烫了。即使没有忘了烫，也做不出什么的。这真不知道怎么办才好呢。

友的魂　活着的人，该很窘罢。

青年　那里，谁也不窘呢。直接窘着的，自然是另外。

友的魂　总该有人担心罢。现在的样子，是不了的。

青年　可是也没有人担心呢。经营惨淡的研究着怎样才会战胜的专门家，或者还有；至于惨淡经营的想着怎样才会没有战争的人，在日本仿佛没有罢。就令也有，也不知道他真意思在那一程度，真感着恐怖到那一程度。就令这样的竟有一两人，却又没有力。不过空想家罢了。因为对于实际问题，还没有出手呢。

友的魂　会到怎样呢？

青年　会到怎样？大约能够扩张军备的国，便只是扩张军备，扩张不完罢了。

友的魂　以后又怎样呢？

青年　大约碰了头再想法罢。

友的魂　这么说，你以为战争竟无法可想么？

青年　倒也不。我想总得有一个好法子才是。

友的魂　假使没有又怎样呢？

青年　那可没法了。

友的魂　不想勉强搜寻他么？

青年　可是麻烦呵。

（男女的鬼魂，都听着青年的朋友的魂的对话；其中一个美的女人的魂，这时发了怒。）

美的女人的魂　说是麻烦？

（青年看见鬼魂都发怒，大吃一惊。）

青年　就因为我自己没有力量。

美的女人的魂　因为没有力，不更该想勉强搜寻么？

青年　这固然是的。

美的女人的魂　你说固然是的，还有什么不服么？你并不希望战争消灭么？以为我们的孩子们，不妨死在战争里的么？

青年　那是决不这样想的。

美的女人的魂　照这样说，你是嫌恶战争的么？

青年　嫌恶之至。

美的女人的魂　照这样说，该希望战争消灭罢。

青年　自然。

美的女人的魂　既然如此，还不想出些力，教战争消灭么？

青年　出力是很想出力的。

美的女人的魂　很想了，以后怎样呢？

青年　我没有力量。

美的女人的魂　这也未必。你单想悠悠然的对着书桌，写些随意的话罢了。你是小说家，并且不愿意做费力的事。这事烦厌是委实烦厌的。你不愁没有吃，眼力又坏，不上战场也可以。要是敌人到了，可以和家眷搬到安全的地方去的。你何必真要没有战争呢？只要空想着战争的悲惨，写了出来，便得到良心的满足，也得了名誉和金钱了。好一个可羡的身分[26]呵。但是到这里来干什么？来听我们的话做什么呢？单因为仍然以为没有法，以为麻烦，不要再想什么战争的事，才到这里来的么？（少停，）怎么不开口了呢？

26　现代汉语常用“身份”。——编者注

友的魂　你答复几句罢。

青年　这并不然的。去掉战争这件事，我的确想着。不过我还有许多事；不能将我的一身，都用在去掉战争这一件里。

美的女人的魂　这样的么？你年纪还青[27]，所以还想做各样的事罢。但是，战争的牺牲者的心，你可知道？如果不知道，说给你听罢。

青年　请宽恕我。战争的可怕，我知道的。

美的女人的魂　真知道么？活着的人真能知道？

青年　这却未必知道。还是不知道的好罢。

美的女人的魂　对于人类的运命，没有担心的资格的人，固然还是不知道的好。但是你，已经被命到这里的你，却不许进这种悠然党的。别人都全不知道的活着，也可以的。但是你，竟也能到这里的你，就令不能够免去战争，也该知道做了战争的牺牲的苦到怎样罢。

青年　你讲的话，都很对的。

美的女人的魂　你脸色变了。有什么不安么？

青年　在你们中间，我觉得自己悠然地活着，有些对不起了。

美的女人的魂　这倒也不必。能够悠然的活着的时候，是谁也悠然的活着的。但我却不愿你悠然地活着，因为想将我们对于战争的诅咒，渗进你的心里呢。谁也不可怜我们。我们真是毫无意味的死了。是受了所有侮辱，尝了死之恐怖而死的。我们为什么死的呢？我很想问一问活着的人们。从古以来，在像我一样的运命之下，死掉的人，固然不知道有几万几十万几百万了；所以也许说，这是不得已的事。但能够冷冷的讲这种话的，其实只

27　现代汉语常用“轻”。——编者注

有活人，倘使像我们的身受了的，便谁也不能这样说了。以为谎么？也请你尝一回死之恐怖试试罢。

青年 请恕请恕。真表同情的。正想着怎么办才好呢。

美的女人的魂 这里为止，是谁也能想的。要紧的是从此以后呢。

青年 很是。

美的女人的魂 你是知道到此为止的事的，然而还没有想以后的事罢。为什么有战争这东西？

青年 因为国家和国家的利害冲突罢。国家和国家之间，不许有太强的。

美的女人的魂 也许如此。但从用去的金钱、劳力、人命这边一想，那些什么利害，不是全不足道么？

青年 我也这样想，但也有种种别的事情的。战争开初的原因，固然是利害的关系；然而一到中途，利害早不管了，变成拼死战争的发狂时代了，为难的就在此。这变化也只有很少的一点；但这一变，无可开交了，为难也就在此。以后便只是气势。后悔也无用了。战争到一两年，便谁都希望平和，可是气势却不准他了。没有法想，一路打去的。

美的女人的魂 这不是太傻么？我们却因此死了，并不愿死，并不愿给人杀掉的呵。

青年 我表同情。

美的女人的魂 你以为有了口头的同情，我们就满足了么？你以为只要说，这是大势，没有法，真是奈何不得，你只能眼看着自己的孩子被杀，忍耐着自己的被辱，打熬着自己的被杀，我便满足么？唉唉，连想也不愿了。我是诅咒生来的。我为什么生来的呢？如果生来是无意味的，又为什么有战争这些事呢？我活着的时候，全没有想到别的事。只是自己的事、丈夫的事、孩子的事、菜的事、衣服的事，所想很是有限的。这样过去了许多日月。有高兴事便笑，有伤心事便哭的。孩子生点病、受点伤，便非常着急的；伤了一点指甲，也要大嚷的。现在想起来，很觉得异样。何以不能生活在平和里，何以该打熬这可怕的事呢？你也是生活在平和里的罢。昨天晚上到那里去了？

青年　看戏去了。

美的女人的魂　有趣么？

青年　老实说，实在是看懵了戏，什么也不觉了。伤心时便都哭，但自然是舒服的便宜的眼泪；发笑时便一齐笑了，从肚底里来的。我现在羞愧着这件事。

一个少年的魂　不羞也罢。喜悦的时候，还是喜悦的好。我们身受的死之恐怖和悲哀以上的悲哀，倘给活人尝了，要发狂的。人类不愿这样。

美的女人的魂　你的话真对。我并不想给活人没意味的凄凉。可是想活着的人，谁也不遇到无可挽救的事呢。

少年的魂　我能知道你的居心。但活着的人们，是不懂你真的居心的。就是我，也何尝喜欢战争呢？但我竟出去战争了，而且也杀了人，看见伙伴给人杀了，所以想杀人的。活着的时候，说到敌人这东西，是最容易发生敌忾心的。现在想起来倒不懂了，那时可总想想些法子呢。只要一些事，立刻发恨，觉得只要能多杀人，便自己死了也可以。听到自己的同胞给人杀了，被人辱了，听到自己的祖国危险了，真觉得自己是不算什么的。这虽然可怕，但实在觉得如此。而且遇着敌人，单是杀了还不够，还想将他惨杀哩。

美的女人的魂　战争会到这样，所以可怕。两面都因为同伴被人杀了，便越发增加了憎恶的心思。总该趁这势子没有到这地步的时候，想点法才好。即使已经到了这地步，也得怎么的使这势子变化了爱之喜悦才好呢。这真可怕。因为一点发狂，后来却会不知道到怎样的。同我这样，就为着这飞灾，受了说不出的辱，还被杀掉的。还有我的丈夫，我的丈夫那里去了？

其夫的魂 （近前，）在这里呢。

美的女人的魂 这种事真怕再遇到了。

其夫的魂 不再遇到也尽够难受了。人是天生的止能[28]受到或一程度的苦的东西，苦到以上便发狂，所以还好；但便是想想也就难堪呵。我们遇着这事了，许多人们，大约还正在重演这罪恶，教人正受着死以上的苦罢。

少年的魂 但人里面坏东西还多呢。别人苦了，他却高兴的东西还多。因为污辱[29]惨杀了本国人，也毫不介意的东西也还有哩。这类东西，许多混进了战场，所以更难堪了。好的自然也有。但被恶人杀了的人，就是善人到了，也活不过来了。这实在是没法的事。

美的女人的魂 的确是的。杀了的人，就令居心怎样好，也不能遇了善人的清净的爱，便洗干净的。最难堪的，竟还有不得不生出敌人的孩子的女人，而且还不止一两个。总之教人遇到无可挽救的事，是不行的。教人遇着要诅咒生来的事，更其不行的。我是这样想，（对青年说，）你不这样想么？

青年 这样想的。从心底里这样想。

美的女人的魂 请看在这里的人们罢。全是托了战争的福，弄得不能不诅咒生来的这些人们呢。你竟还不想去掉战争么？

28 现代汉语常用“只能”。——编者注

29 现代汉语常用“侮辱”。——编者注

诅咒生来的刹那时，你知道？

青年 在梦里知道的。

美的女人的魂 就在梦里也很难受罢？

青年 说不出的难受。这味道再多一分钟，大约便要发狂的。

美的女人的魂 醒后就好了罢。

青年 哦哦，在这一瞬间，我就醒了；心里想，幸亏是做梦。

美的女人的魂 我们可是醒着身受的，而且受到十分二十分钟以上呢。实际上便是尝了一秒的百分之一，便已很难受；我们可是尝到半日以上呢。以后的结果，就是弄杀呵。我这里，（指着胸口，）还有三个伤呢。

青年 我明白，我明白。

美的女人的魂 你看在那边的孩子。看那个年富力强的青年和样子很高尚的那老人。看那些思虑很深的男人们，看那个纯洁的十六七岁的女孩子。你想，这都是在地上，因为人们的暴力失掉的。你也该有爱人在地上罢？这人若像我这般死了怎样呢。你若正在这年青时候，非死不可，又怎样呢？你只要想定现在没有法，做牺牲者也没有法，便能满足么？能漠不相干似的，说别人的苦别人的死在现在这世界上是没有法么？倘想到这些可爱的人死了，便是你也总该略略有点心痛罢。总而言之，我想，战争是应该竭力免去的。

青年 我也这样想。但麻烦便在这以后，试将你的话，对着活人说一回看罢，都要笑呢。倘使他们遇着了像你的事，大约要发狂。可是还都说，正因为不愿遇着像你的事，所以定要战争呢。况且别国的女人遇着像你的事，他们只要笑笑就好了。所以战争这问题，实在为难。

美的女人的魂 因为难问题，所以更是活着的人应该想法的问题。假使是容易解决的问题，那该早已解决了。

青年 解决也有过的。耶稣、释迦以来，许多人都下过解决。只是人们还没有实行这解决的力量就是了。

美的女人的魂 说没有力就算了么？

青年 算是不能就算了的。我想这问题，总该有些怎样的办法；可是全没有怎么办法；所以很凄凉。另外，应该解决的问题没有解决的也还有。

美的女人的魂 这样情形，你还悠然的过去么？

青年 无从措手，所以正茫然呢。

美的女人的魂 也未必无从措手罢。许多人都措过手了。

青年 我还没有确信的道。而且我生成不是实行家。无论什么运动，我都不愿意加进去。我单想在书桌上做点事。向谁也不低头，和谁也没交涉，写些要写的东西。

美的女人的魂 好一个可羡的身分呵。这样的人，何以到这里来呢？

青年 跟了那一位来的，因为不得不跟了。至于我自己有没有到这里的力量，可是不知道。倘说没有，便对不起有的人，也对不起你们诸位；如果说有，又仿佛有点太骄傲了。我到这里来，也并非代表活人的。

美的女人的魂 但是到了这里，还客气着，是卑怯的事呵。我们请你到这里来，并非想从你听些暧昧的回话；是想从你听一个有责任的答复，要听你对于战争的意见，才请你到这里来的。将对于战争的真意见，说给我们听。并且将怎么办才好的意见，说给我们听罢。

青年 倒是我正想听你们的意见呢。

美的女人的魂 不行，你该毫不客气地说出你的意见来。

青年 我没有这资格。

美的女人的魂 到了这里，却又默着回去，是卑怯呵。是日本人的羞耻呵。

青年 既这样也许另有适当的人罢。

美的女人的魂 谁?

青年 那可不知道。

美的女人的魂 日本没有平和协会么?

青年 有的。

美的女人的魂 谁是会长?

青年 ……

美的女人的魂 不知道么?

青年 知道的。但说出来，实在是日本的羞耻。

美的女人的魂 何以呢?

青年 因为这人是撒谎有名的人。因为就是说“为要平和所以战争是必要”的人。因为他做了平和会长，便一面对世界宣言说，没有军备，就得不到平和，一面却拼命地扩张军备的。不但如此，他很喜欢战争。现在这里的我的好朋友，就是因此死掉的。

美的女人的魂 阿呀，你的国里，这等人是平和会长么?

青年 是的，实在是羞人的话。真知道爱平和的人，怕一个也没有罢。说起来也惭愧，就是我自己，也没有真知道的，只是茫然的慕着平和罢了。

友的魂 不至于如此罢。

（铃响。）

鬼魂 诸君！诸君里面，想对活着的人说些话的，想必很多。可是时候不够了。我们的主，就是人类，对于这特地光降的日本的活人，命他讲些话。我们也很愿意知道活在日本的人，怀着什么意见。这回便是活着的人要演说了，请静静地听。这位活的人是日本人，是想为人类的运命做事的人。年纪也还青，想来以后为人类的运命做事，正多着呢。这样的人出来，人类很喜欢，我们也很喜欢。并且能听这样人说话，更是无上的喜欢，而且以为光荣的。

（手上没有伤的都拍手。青年茫然的聚集了众人的注意。）

美的女人的魂　还踌躇什么呢？

友的魂　想什么说什么就是了。你没有想过的事，谁也没有想听呢。

不识者　你不能不上演坛去。

（青年没奈何，上了演坛。）

青年　我是因为受了站上来的教命，站在这里的。我自己觉得并没有站在这里的资格，但既然受了教命，便不能不上来。照自己所做的事一面说，如果还要踌躇也要算卑怯，所以站在这里了。我到这里，并非代表那活着的人。对于战争，我也毫无知识，无论那一面，生怕都不能有使诸君满足的议论，这实在是很抱歉的。我只能将我的所感，老实说出。这也不是解辩[30]的话，也要请体谅的。我是想到战争，便觉得寒心的人。这并非因为怕自己要死在战争里。只要想到死在战争里这事，本来就很凄凉的。然而可怕的，是一切生人，都以为战争是不可免的事，而且以为不爱战争似乎是一桩抛脸的事。国家看那害怕战争的事，比什么都害怕。说弱于战争，便是国家灭亡的意思。大家都这样想；不但是想，却不能不信以为是一件要发现的事实的。这在古代是事实，现在也还是存在的事实。有些话，虽然前回这一位，已经说了，但我想亡国的恐怖，是谁的脑里，也都渗进着的，照现在这样下去，其实也不是无端的恐怖。倘不去掉了战争原因的原

30　现代汉语常用“辩解”。——编者注

因，却要消灭战争的枝叶，实是无理的话。从国家主义生出战争，是必然的结果。在仅计本国的利益，而且以仅计本国利益为是的现代，战争不能消灭，是当然之至的。如果国家主义无错误，是真理，战争也就不可免，而且是美的了。所以国家主义的人，赞美战争；战胜的事，算最勇，算最美。取了别国的领土，不是耻辱，是名誉；使别国人做了亡国之民，也不是耻辱，是光荣。英国拿了印度，在英国不但有了利益，同时也得了名誉的。忍辱这件事，在个人是美德，在国家是无比的耻辱了。杀人是不行的事，抢别人的东西是坏事，扰乱他人的平和与自由是讨厌的行为；但一为国家，这些恶德便不但都得了许可，而且变了美德了。这类事情，从死了的诸位看来，大约是不合理；但从活着的我们看来，却是当然的。孔子和苏格拉底，在或一界限上，也以这事为当然的事。他们并没有说，别国人的侮辱是应该忍受。他们也没有明白说，战争是一件罪恶；因为他们是承认国家的。至于耶稣、释迦便不认国家了，所以也以战争为罪恶。倘若孔子、苏格拉底的教支配了人类，战争当然不能消灭；但耶稣、释迦的教，若当真支配了人类，战争却该消灭的。然而倘使发问，这时候会到么？说不会到，是不错的。我们也想像着一个没有战争的时候，但不以为能从耶教、佛教这样无我爱，或无抵抗主义的倾向，可以到来。只有羼入了尤其主我的、利己的立脚地以后，要消灭战争，战争也就消灭，我想只有我们更加聪明一点，涸竭[31]了共同的不幸的源泉，战争才会消灭的。再回到上文说，无论是圣人是君子是哲人，只要承认国家的存在，便承认战争的必要，而且也不能不承认的。这世界上不能塞满了圣人和君子。承认国家，便须承认别国了，也不得不承认其间的利害关

31　现代汉语常用"枯竭"。——编者注

系，也不得不承认因此冲突的事了。于是军备成为必要，怎样防御敌国侵入的事成为问题，征兵也必要，重税也必要，杀人的器具，愈加精巧了。内行似的讲些尽人皆知的话，要请诸君原谅。这结果，便造出了诸君这样牺牲者了。在以战争为不得已，以战争为皇帝[32]、为国家、为同胞是必要，因此死了为光荣的时代的人，便做了战争的牺牲，也许便能满足罢。但使看那不可不战的理由为无意味的人们，也做战争的牺牲，可是太悲惨了。我在这里，伤心的是不能说诸君的死是光荣的，所以诸君可以瞑目的话。伤心的是只能说诸君的死是不得已，现在没有法，忍耐罢，体谅罢，表同情的这些话。我知道就是现在，每日每时间，勒令尝那死之恐怖如诸君的人，正是很多，此后也不知将有多少：想来总很难受的。然而伤心的是现在的时候，除却说些遇到这事是无法可想，只能算了之外，别无方法了。

旁听的一个鬼魂 这些事都知道的。要问的是怎样才会没有战争。你如果在战地里，给人捉去枪毙的时候，只要说现在的世界无法可想，算了罢，你便狗子似的死掉就算么？想想才好。

青年 这话是不错的。我不见得就算了，但我是不能不死的。

旁听的一个鬼魂 如果对着这样死去的人，真心表同情，便早一天好一天，赶快去掉战争罢。少一个好一个，赶快减少那诅咒生来的人们罢。

青年 倘能做到这件事，我也不知道怎样喜欢呢。因为世上有战争，在我是很凄凉的。战争之外，世上也还有种种不幸的事。但不能说世上有种种不幸的事，战争的不幸便可得了辩正了。

（鬼魂一对青年耳语，青年点头。）

32 此处原文为“以战争为为皇帝”，疑为原文多字，故更正。——编者注

青年 说些尽人皆知的事，空费了诸君贵重的时间，于心委实不安。竭力的简单说罢。我相信战争是会消灭的，而且也不能不消灭的。请不要疑心罢，我想倘若人间还未生长到“人类的”，战争是不会停止；照现在这般国家依然存在，战争是不会没有的，或者战争反要利害，至少是对于战争的恐怖，也一定反要加增。我想现在还不觉醒，可怕的时候便来了。第一，军备便是不了，这事不必说，是诸君都很知道的。我们怎么免掉呢？这只有一条路。就是我们不用国家的立脚地看事物，却用人类的立脚地看事物。真知道别国人不害我，给我利益，因为民族的互助，才能增进幸福的事。我们不能拿别国人当作恶魔一样看。我们实际上，从别国人互得了利益的。我们不愿失掉了德国人，就从俄国人、英国人、法国人，实在也教了我们许多事。他们的文明，都可以互助的，其实也确凿互助着的。我们也不可不尊敬支那[33]和印度的文明，要他发达。喜欢邻国的争斗，喜欢支那文明的破坏，是不行的。就是我们日本，现在也一定可以证明是人类里不可缺少的人种。我们其实是应该承认别国人的长处，发挥这长处，从这里取出可取的东西，因此得到利益的。破坏了别国的文明，就在这上面建设自己的文明，是一件发昏的事，违背人类的意志的。现在试想，如果全世界的文明，都成了德国式罢。别国人无须说，就是德国人，也要说不甚舒服的。即使法国的文明支配了全世界，我们能够高兴么？我们还不如种种文明，在地上存在的更多，发达的更盛的好。倘早如此，便种种的发明也更多，文明也更进，种种的艺术品也存在的更多了罢。这世界也是更有趣的世界，人类也该有更多的

33　此为鲁迅原译，原文并无贬义。“支那”一词是古代印度梵文中支那（China）的音译，也是古代欧亚大陆诸国对中国最流行的称呼。一般认为，中日签订《马关条约》后，日本侵略者开始使用“支那”称呼中国，并带有蔑视和贬义。——编者注

东西了罢。我想妨碍别国文明的发达，是应该诅咒的。使别国成亡国，妨害他人民的生长，无论如何，是不行的。我们没有怕这世界上人种的种类太多的理由，倒该怕现在的人种有灭亡的。从种种的人种，在这世界上创造出种种的美，是我们所希望的。在这世界上创造种种的文明，是我们所希望的。而且或一文明，能知道别文明所没有知道的，别文明所没有具备的东西。譬如或一人种发明了一种药；受这种药的恩泽的人，决不是限于一人种。这些事，是尽人皆知的。但在现代，却现出异人种间互相轻蔑互相憎恶互相灭亡的倾向，我要责备这狭量与不合理。我们不要暗地里从别国人或别人种，竭力取了利益，却互相忘记了这恩惠。应该知道本国的文明，如何受别国文明的帮助，互相称赞的。应该撒下爱的种子的，却撒下了憎恶的种子了。别国不灭亡，自国便不能存在这种思想，是最为人类所愤怒的。说别国的文明不灭亡，自国的文明便不能存在，也大错的。脱离了别国的文明，本国文明在真意义上却不能存在，是人类的意志。人们不知道尊重人类的意志，所以不行的。（拍手，）从蔑视人类的意志的地方，起了战争的。可敬可爱的诸君，诸君的血，都因为蔑视人类的意志流掉的。人类一定从心底里，为诸君的不幸伤心。人类要将国家主义这一个大病，使个人知道。照这样下去，在人类是可怕的。在人类是可怕的事，不消说在个人自然也可怕，在国家自然也可怕的了。倘若国家还是这样，我怕总要感到自己渐渐的走进了无可奈何的狭路。我是感到了。国家便要觉醒，托人类替他想点方法的。现在为止，国家当作无上的东西而存在。就是现在，也还是当作无上的东西而存在罢。诸君便是做了这牺牲的。然而以后，国家未必是无上的东西罢。正如前回的演说者所说，我们能将别国人作朋友看的。无论是战胜者战败者敌国人，都只当作人们看的时候，一定要来的。被人占领，在古代是死以上的恐怖。但被占领等于不被占领的时代，一定要来的。现在这样说也许觉得奇怪。但人类是这样希望；个人和国家也就要这样希望罢。到这时候，战争便不必要了，征服者须向被征服者讨好的时候便来了。到这时候，战胜变了无意味，战争也成了无意味了。这些事，现在似乎是太如意的空想罢。然而个人的自觉，不到这地步是不肯干休的。人类希望着如此的。用暴力迫压[34]别国，占领别国，送去本国的人迫压了别国，妨害思想的自由，阻遏他的文明，移植了本国的文明，消灭了那一国的自立的力量，这都是现在殖民地的办法。然而解放了奴隶的人，大约必不许有再使别国人受奴隶以上的苦的事的。我们不许有将人不当人的待遇。倘若各人都将人承认是人，真心的图谋他的发达和幸福，战争便该消灭了。这样时代，一定要来的。

（鬼魂渐渐隐去，青年没有觉得。）

青年 我们极希望这样时代到来。而且应该尽力，使这样时代到来。将人不当人的压制的政治，渐渐的会从这世界上消去，使一切的人，都像人样的生活着的时代能够到来，是我们活人应该尽力的。到这时候，战争也便从这世界上消去了。无论如何，使善良的人遇着要诅咒生来的事，是不行的。使不喜欢战争的人，不得不战，决不是可喜的事。并不愿战争的，却强要他战争，也决不是好事。这样不合理的事，在这现世已经任意推广到“没奈何”这一个理由以上，傲然的显出一副美德似的相貌，支配着这世界。无论如何，想来总觉寒心的，总是不行的。至于对着别国人，出了无理的难题目，说不听便要战争，那可更是不好的事。

34 现代汉语常用“压迫”。——编者注

我憎恶这样的战争，尤其恐惧这样的根性。希望以有这样根性为羞的时代到来。我们爱本国的国民和文明，同时也应该尊重别国国民的权利和文明。应该尽力于互相利益，相爱相亲的。喜欢使别国民发生反感，扰动民众，是不行的。别国的幸福，决不是祖国的不幸。外国文明的进步，并非可悲，是可喜的。外国的武器的进步，军备的扩张，不是可喜的事。然而依着人类意志的文明的进步，是可喜的。我们该在真的意味上，更做到人类的人。并且也像在本国国民间禁止奴隶制度一般，对于属国国民用那对付人间以下的态度，也应该改过的。我们很怕人类的运命的进行，取了现在这般国家主义的进路。这意思明明就是不幸。我们为避掉人类将来的不幸起见，目下应该改变了这人类的进路的。这就是使人们像人模样的生活这一件事。就是已经知道了人类的运命照现在这般进行是可怕的各国人，互相连合，竭力的免去这不幸。就是使国家遵从人类的意志。就是人民与人民，都真明白了战争的悲惨，互相尽力的免去这战争。这些情形，大约是谁都知道的，大约诸君是尤其从心底里感到的。我因为诸君，尤其感到战争的悲惨了，总想去掉这战争。我真心仰慕着平和。我想诸君一定很难受，我可惜没有慰藉诸君的话。因为诸君的死毫无意味，所以对于诸君，更表同情了。我说的话，都是常谈，不能使诸君满足，很觉抱歉。然而今日的情景是不会忘却的。我从此以后，大约总要时时想到诸君，也便时时想到人类的运命。请宽恕我的无力，宽恕我的话的无力罢。但我心里所有的对于美丽的国的仰慕，却要请诸君体察的。许多时候，将不得要领的话渎诸君的清听很是惭愧的事。但实在因为没有力，只能请诸君原谅了。（青年这时才觉到鬼魂都已隐去；只横着许多枯骨，大吃一惊。）

不识者　谁也没有哩。只有枯骨纵横哩。

青年　我很凄凉。

不识者　那边去罢。

青年　人为甚么活着的？以前的人，为甚么活过的？

不识者　这些事管他什么。那边去罢。

青年　那些人们，究竟为甚么活过的呢？

不识者　遇到这些事的人们，从古到今，多的很了。死了以后，这人活的时候的事业就完了。

青年　倘若我遇到这样事情呢？

不识者　没有遇到的时候，是没有遇到的，不也好么？

青年　可是。

不识者　那边去罢。遇到这样事情的东西，以后还不知要有多少。那边去罢。

（沉默，退场。）

（幕。）

一九一六，一，二一 — 二，一六

第二幕

（一条街的郊外。）

青年　乏了。肚子饿了。

不识者　买点东西吃不好么？

青年　我没有钱。

不识者　那便只好熬着。即使两三日不吃什么，也不见得便会饿死。

青年　这是那里？怎么才能回家呢？

不识者　你没有将所看的事看完，回家不得。其实是只要你叫喊起来，便能回家的。

青年　母亲在家里愁罢？

不识者　没有事，母亲只以为你梦中呻吟着罢了。

青年　梦罢？

不识者　是比真更真的梦哩。

青年　可是肚子饿了。历来没有这样饿过。而且也乏了。一步也不愿走了。

不识者　没志气的；这样子，以为能做大事么？

青年　做大事的时候，决心是两样的。可是现在连想做事的意思还没有呢。

不识者　既然如此，就在这里歇一会罢。

青年　肚子有点痛了。（坐下。）

（绅士夫妇带着孩子走过。绅士落下钱包。）

青年　钱包掉了呵。

绅士　多谢你。

（绅士拾起钱包。乞丐上。）

乞丐　布施一个钱罢。

（绅士给与[35]银钱。）

乞丐　多谢多谢。

（卖面包人上。）

乞丐　买面包。

卖面包人　要那一样？

乞丐　要这个。

卖面包人　是。

35　现代汉语常用“给予”。——编者注

孩子　妈妈，我要买面包。

母　可以买给他么？

绅士　好好，买给他。

母　买面包。

卖面包人　是是。

母　要那一样呢？

孩子　这个和这个。

母　那就要这个和这个。

卖面包人　是是。

（乞丐站在路上，吃着面包。）

（孩子拿了面包刚要走，一条狗跑出，便给了狗。绅士等退场，狗跟下。劳动工人等上场，都买了面包，很亲热地吃着、笑着走过。青年忽然将两手缩入袖里和怀中，看着。）

不识者　你做什么？

青年　我正想该有金钱在什么地方满散着呢。

（卖面包人之外，皆退场。）

卖面包人　先生不要面包么？

青年　要是要的，可是没有钱。

卖面包人　没有钱么？一文也没？

青年　忘记带来了。改天还你，你可以赊一点么？

卖面包人　这真是对你不起的事。

（卖面包人退场。）

青年　这样下去，怕要饿死了，如果再不想法弄一点钱。

不识者　不愿意讨饭，便只好做工。这是一定的事。

青年　既这样，便去寻点事做罢。

不识者　事也不能便寻到：无论什么事，都很不容易寻到的。

青年 可不是么。然而也不能不寻去；因为这样下去，怕要倒毙了，况且在这地方，也没有一个熟人。无论什么事，我都做呢，只要为饭计，为生存计。因为不活着，便没法了。我为生存计，做什么事都不羞的。

不识者 这么说，刽子手也做么？雇到屠牛场去也行么？

青年 这可有点为难。不做这些事，也未必便会活不成的。

不识者 假使不做，竟活不成呢？

青年 这么生存，是诅咒哩。

不识者 现在寻些什么别的事呢？

青年 就是有赚钱的事，这种事也不是一定愿意做。倘使一向学着这种事，现在也不见得便不愿；但是同我这样，是向来没有学做什么事的，所以无论做甚么事，都觉得有点不很舒服了。

不识者 你是想不做事而活着的人们这一类罢。

青年 事是想做的。但不愿意做替不爱的人赚钱的事，却要做一个人不得不尽的义务的事罢了。可是现在寻不到这等事。愿意的事，一时也想不出。可是肚子这样饿了，再不吃便实在难过。因为一文也没，是毫没有法想的。

不识者 这样说，究竟寻怎样的事呢？

青年 寻起来看罢。可是寻的时候，肚子饿了。我从来没有这样饿过。有人来才好呢。我要借一点钱，照现在这样，是挨不下去的。

（女上。）

不识者 向伊借罢。

青年 对女人说，总有些不好意思。要是以后见了男人，再向他借罢。

（女退场。男上。）

不识者 喂，向他借罢。

青年 随便对着毫不认识的人说话实在有些为难。

不识者 现在已不是讲究这些事的时候罢。

青年 打定主意说一回看罢。(走近男子,)先生,我拜托你一件事。

男 什么?

青年 这也实在很冒昧,肯借我几个钱么?因为肚子饿极了,又忘记带了钱来。

男 这样事情,还是托你熟识的人去罢。

青年 这里没有我熟识的人。

男 看你倒是一个很像样的身体。但你的手是怎的。不还是一双没有作过工的手么?我对于有满足的身体,却毫不劳动而没有饭吃的人,是没有同情的。这是自作自受的事。劳动去罢,劳动去罢。

青年 有什么好的事情,我就做去。

男 自己寻去——自己。在这样地方逛,寻不到事做的。(打量着青年的形状,)如果是乞丐,便该像乞丐模样,蹲在地上,说一声布施我一文钱。对着毫不相识的人,说要借钱,实在是怪事。劳动呢,乞食呢,做贼呢,都不愿,便倒毙罢。你便是死了,谁也不会吃惊的哩。

青年 不借就是了。我并没有说一定要借。

男 因为肚子饿了,借我一点钱,这是乞丐的话呵。就是肚子饿,也装着没有饿的样子才是。

青年 这些事我知道的。

男 既然知道,何以做出刚才那样不要脸的事呢?简直用了一礼拜没有吃的声音,却还能说要脸么?我是嫌少年人要别人帮忙。自己寻事去,做一个额上流了汗换饭吃的人罢。

青年 ……

男 我的话懂了没有?(少停,)有什么不服么?不服不要默着,侃侃地说罢。

青年 也没有什么不服。我已经不必和你说话了。

男 这也不然。须明白我的话才好。像你这样盛年的，身体好好的，无论那里，你总不是废人。这样的人，却满口“肚子饿肚子饿”，懒懒地活着，从国家上面看来，也就无聊。还是做事罢，什么都好的。想依靠别人的慈善心这种事，是应该羞的。

（男退场。上回的乞丐上，走近青年。）

乞丐 你太老实了，所以不行。不是卑躬屈节的讲话，是做不了乞丐的。像你这样被别人说了几句，便受不住的人，是做不了乞丐的。这里有一个钱，送与你罢。

青年 多谢。我可是不要。你自己留着罢。

乞丐 一个钱算什么，立刻可以要到的。送与你，拿罢。

不识者 拿了就是。

青年 多谢。那便拜领罢。

乞丐 哈哈哈。说拜领可是惶恐了。然而我却不是寻常的乞丐呢。实在是做了乞丐和世间玩笑的。本来是托钵和尚，后来真做了乞丐的。你也做乞丐试试罢，非常舒服哩。乞丐固然也有许多事，有地段等等[36]各样麻烦的事。我可是和这些伙计们毫没关系地过去了。倘不乖巧一点，什么事都不行。像你这样傻老实，单说一声给我钱，给你的只有教训罢了。教训是饱不了肚子的呵。

青年 你在那里要着饭做什么？

乞丐 要了饭就吃。

青年 吃了做什么？

乞丐 吃了就睡觉。

青年 单是吃了就睡觉么？别的时候，你想些什么？你不是一个不是寻常的乞丐么？

---

36 此句式在现代汉语中常用一个“等”。——编者注

乞丐　闲空是多着呢。想些想了也无聊的事罢了。

青年　怎样的事?

乞丐　女人的事。

青年　还有呢?

乞丐　吃的事,睡的事,那里睡的事。

青年　还有呢?

乞丐　人为什么活着的事。

青年　这事你怎么想?

乞丐　我想人是错生下来的东西。是不生本也可以,却生了来的东西。活的时候,姑且活着,也不必硬要寻死。待死到来,那就死了。

青年　你不想做富翁么?

乞丐　倒也不想了。从前也曾想过,我可本是富翁的儿子呢。因为好玩,同女人逃出了老家,在各处浮荡着,用完了钱,被这女人舍了,回家看时,父亲已经死去,钱财也都处分好了。我没有送父亲的终,却像回家特为要钱似的,便生了气,一文也不要,仍旧飞出了老家,进了托钵和尚的队伙,但说到经,又觉得傻气了。以为学做废人,还比出卖佛菩萨的好。因为顺顺当当的便做了,毫不觉得为难的。一时也想学学好;但便是学学,也有什么意思呢。

青年　舍掉你的女人怎样了?

乞丐　做了太太了罢——一定是的。我可是并不恨。我是不怕甚么的。因为活着也不觉什么有趣,死掉的事,也就不觉什么可怕了。什么也不愿做,所以什么都不做,只是睡着的。碰到了吃的时候便吃,碰不到的时候便只是碰不到罢了。就是生了病,也没有人服侍,可是死了也就没人哭了,什么时候总会倒毙的,倒也不觉得甚么可怕呢。因为生来的事已经错了,现在再也没法归原哩。

青年　你对于战争怎样想呢?

乞丐 战争这事，在不愿死的肚子饱的这些人们，也许是一个问题；在我可是全不算什么一回事呢。单觉得好事的任性的这班[37]东西要打，便随便打去就是了。然而喜欢战争的这些东西，无论怎样看法，只是傻子罢了。你肚子饿了罢。因为挨饿的工夫，你还没有修炼呢。一看见你，就使我记起少年时候的事了。还有面包，你请用罢。

青年 多谢。

乞丐 似乎有点脏罢。倘使这面包不经过我的手，却从美人的手里交到你的手里，总该觉美过十倍罢。这时候，大约便是所谓"乐"了。不要客气的吃罢。碗在这里，给你舀一碗水罢。一看见你，很使人觉得愿意替你做点事呢。

（乞丐退场。）

青年 那个乞丐是什么人?

不识者 就是如你所见这样的人。

青年 不是寻常的乞丐罢。

（乞丐登场，青年怕脏似的吃着面包，合了眼喝水。）

乞丐 便是一样的水，从乞丐的碗里喝了，味道也该两样罢。比在美人的手里喝水，意思是不同的。明白之后，虽然一样是溪水；没有明白时候倒反好呢。就是我，也从美人的手里喝过水，喝过酒，拿了触过美人的嘴唇的杯子，战战兢兢的心跳着，送到过自己的嘴边的。人们才是可笑的东西哩。因为他是生成的肉麻当有趣的。无论怎么，人们总是生成照样，不会再高明的。便是我讲的话，也同这碗水一样，比方是圣人说的罢，你就要感激万分，跪听这一样的话了。这样倒反好罢。

青年 你想照这样下去，世界会怎样呢?

37 现代汉语常用"这帮"。——编者注

乞丐 在想那世界要怎样之先，略想想心里的事看。刚才的面包和水，你如果不从乞丐，却从美人要来，便怎样呢？你大约要很高兴，要感激涕零罢。一样的面包和水，也是如此。这样肮脏的乞丐和你要好，你不舒服罢？

青年 没有的事。

乞丐 那里，看你的脸色就知道的。比方我并非美人，却是你尊敬着的人，或是世间尊敬着的人，便怎样呢？我的手不比美人的手更高贵，我的碗不比黄金的杯更高贵么？

青年 这却是的。

乞丐 如果你的心里有爱，坦然地受了我的好意，那便刚才的面包和水，比实际的味道，你该觉得美过几倍罢。

青年 这是很确的。

乞丐 你以前不说过“为不爱的个人劳动有些傻气”这类意思的话么？

青年 说过的。

乞丐 你的意思，不是以为同一劳动，为嫌憎的人做，便是苦，是无意味；为爱的人做，便是乐，是有意味么？

青年 是的。

乞丐 所以爱这世间的，爱这人类的人，比那追寻快乐的，更能高高兴兴地做自己的事。如果这世间的劳动，与爱这世间爱这人类的人的意志有违的地方，那便对于这等人，不是一个打击么？

青年 是的。

乞丐 现在有许多人，还没有真觉到这件事。释迦和耶稣都不拣劳动生活，却拣了乞食生活，似乎原因便在此。倘若做了这世间的谬误的机关的手足，也就是承认这机关了。但一到理想的世界到来，便是做了一定的劳动之外，另做自己的事；做自己的事，也就是比一定的劳动更于世间有利的事，这是我们该做的了。

你不是这样想么？

青年 是这样想的。

乞丐 所以现在的世上，劳动者得不到尊敬的。受尊敬的不是勤苦人，却是悠悠然活着的人，人们并非为人做事，是为钱做事，所以富人便得着尊敬，穷人只能得到轻蔑了。这不是尊敬人，只是尊敬钱罢了。人们如果为了金钱不得不劳动，人们便不想人类的事，只想金钱的事了。并且忘却了用钱也买不到的宝贵东西，却只知道用钱能买的什么快乐什么尊敬什么利益什么便利什么安逸之类，以为是现世能得到的顶上的东西了。现在的时代是国家主义时代，也是金钱的万能时代，只要有钱，便无论到那一国里，都可以摆起架子，拿这国里的穷人，像奴隶似的使唤。有钱的外国人，比穷的本国人尤其尊敬，尤其欢迎。金钱的价值，全世界都通行；金钱的要紧，人们都澈骨[38]地感着，过度的感着。这也不但俗人，便是宗教家也不免的。穷人的一文钱和富翁的一文钱，只能一样使用。也不但世俗，便是宗教家也不免的。而且有钱的宗教家所说的话，也格外通行。穷的宗教家，受了俗人的轻蔑之外，也还要受宗教家的轻蔑的。所谓托钵和尚，并不是一个尊称。其实托钵和尚里面，也很混着许多无聊的人的。他们并不想什么高尚生活，只是度不成寻常生活，所以做了托钵和尚，在那里仰慕着富翁罢了。

青年 你也是因为传道起见，所以做乞丐的罢。

乞丐 并不是。我没有这么尊！我可是热望着尊的东西，热望着不灭的东西。站在虚伪的东西上面，却悠悠然的得意着，是不肯的。我们先该打胜了那死亡。就是决不度违反自然的意志和人类的意志的生活。我曾经想做过不背自然的结婚，想和我真心所爱

38 现代汉语常用“彻骨”。——编者注

并且爱我的女人结婚的，而且以为已经有了这样的女人了。然而，这结婚，父亲不肯，金钱不肯，女人自己也不肯。实行理想的自觉和这自觉的价值，我自己是相信的。但这自觉，从用了寻常的眼睛观看东西的父亲和女人看来，只是一个笑话。这样的人，既不能教他认知自己的行为，也不能勉强他取同一的行动。略略能够实行自己的意见的，只有自己。如果以为可以教妻子也照自己的意见做去，那只是一想情愿的空想罢了。我于是想，就是我一个人不再度自己不愿意的生活罢。我没有能赚钱的事，我便做了乞丐。做了乞丐以后，虽然也想做点别的事，可是脑和心都疲乏了。就是做乞丐，想起来也不算正当。即使乞丐，倘若活在这世上，便总被支配这世间的不可见而且不很高尚的势力支配着的。你看，警察来了。我不逃就要被捉，要被踢的；因为这村里是不准乞丐跨进一步的。

青年 在那里？

乞丐 从那边来的。阿阿，仿佛已经觉察了。再会。你看见这可怜的样子，不要见笑。有空再出来罢。

（乞丐躲下。警察慌忙登场。）

警察 （喘着气，）没有乞丐在这里么？在这里罢？

青年 在这里。有什么事呢？

警察 这里是不准乞丐进来的。而且那个乞丐，是有过立即捕拿的命令的。那里去了？

青年 那里去了呢？忽然不见了。

警察 那乞丐跑得真快，容易拿他不住。和你说过些什么话罢？和那样乞丐讲话，没有什么好处的。跑到这边去了罢？

青年 唔唔，这边去是那里？

警察 是一条街。

青年　这街叫什么名字?

警察　管他什么名字。只是因为上头若知道我见了乞丐,却不追赶的事,便要算作怠慢职务的。

（慌忙退场。乞丐从草地里露出头。）

乞丐　那里去了?

青年　那边去了。

乞丐　可怜也诚然可怜,可是听他拿去,也麻烦的难过。

青年　他说你跑得真快呢。

乞丐　就有这样的谣言罢了。幸亏如此,我所以不必跑到远方,只是就近做一个躲避的地方便够了。

青年　又来了呵。

乞丐　又来了么?（将头藏下。）

（警察登场。）

警察　终于跑了。从这条路去,是可以走到X街的。那个乞丐对你说些什么?

青年　也没有说什么。

警察　没有说些对于这社会有点不平似的话吗?

青年　倒也没有说这宗话。

警察　那个乞丐没有什么好话。那个乞丐已经有些学生了,就因此很着忙呢。

青年　有了怎样的学生了?

警察　无非只是些不成器的东西。别的坏事也没有做,只是说些什么这世间是立在谬误的基础上,教这基础坚固的事,还是不做的好之类,似乎一种不三不四的社会主义的话罢了,倘若以后再遇着他,还是不和他讲话好。

青年　多谢。

警察 再见罢。

青年 再见再见。

（警察退场。乞丐又将头伸出。）

乞丐 走了么？

青年 走了。

乞丐 你也真会撒谎哩。

青年 因为一讲真话，你便要被捉了。

乞丐 是一文钱的好处么？（走出。）

青年 那警察倒也是一个好警察呢。

乞丐 是的。所以这样尽职，真冤人哩。

青年 你是社会主义者吗？

乞丐 不，我是不很知道社会主义的事的。但我想，这不是未免有点不将感谢播布在他人的心中，却去播布了憎恶，教人感到自己的罪恶之前，却先计算他人罪恶的倾向么。然而这或者也只是末流的话罢了，我是不希望人心中发生憎恶的。以自己力量太少和自己正当生活着的力量不够为羞的心，我是尊敬的。这种心能够将爱叫醒，将感谢叫醒，能够起正经做事的心，起随喜别人的幸福，悲悯别人的不幸的心。这时候，这人便决不要再用憎恶和不平和嫉妒，来苦恼自己的心。自己很正经，却从社会得到迫害，自己没有罪，却受着苦；然而不做一毫好事的东西，却在那里享福。这样想固然也难怪。但这样想便是教这人更加苦恼的事，应该羞耻的。这样的心，是抬高富翁的，是发起金钱万能的思想的。这样的人们，一旦有了钱，比现在的富翁，未必更为高尚，也一定要瞧不起穷人的。这种低级的心，不能改良现代的制度，却巩固现代制度的基础，教人愈加觉得金钱的要紧，金钱的万能的。我们如果憎恶现在的富人，便该有即使有了钱也不学现在的富人的决心。然而许多穷人，却想学现在的富翁，想得富翁的所得，都羡慕着，这样的不平家，我们不能靠他。而且利用这种根性，也应该羞耻的。我想现在的社会主义者，似乎有点煽动这低级的嫉妒。这虽然也难怪，但增长了这种心，这世界是决计弄不好的。到那时候，从这根性上，恐怕也不能生出比现在更美的调和。我辈不愿在憎恶上做事，总想竭力地立在人类的爱的上面做点事情。

青年 这样说，你以为怎么办才好呢？

乞丐 我等候着立在爱的上面思索物事而且想实行他的人，就是多一个也好。我想竭点力增加这样的人，就是多一个也好。而且想从人的心底里改变了他们的人生观。充满着爱与感谢的心，这样的心，我想在这世间，教他加多，就是多一个也好。你是做什么事的呢？

青年 我想弄文学。

乞丐 文学！做些给懒惰人赏识的文学，是不行的。亲近了能赚钱的快乐，是不行的。利用了这世上的不合理，想有所得，是不行的。女人上也该小心。你对于女人，很有些入迷的地方哩。

青年 那里，不要紧的。我是生成的不会被女人喜欢的。

乞丐 然而倘被喜欢，便浑身酥软的性质，应该小心呵。为了真理，破坏现世的法则，固然可以，然而为了快乐是不行的。前者有能打胜现世的法则的力，后者是没有这力的：你应该深知道这件事。为你的将来起见，说给你听了。总会有记起来的时候罢。

青年 多谢。

乞丐 许多人从那边来了。那些人全是有趣的人们，但单是有趣的人们罢了。在那些人们，只有日曜日的。可是我辈也偶然爱那日曜日呢。

青年 我还有许多要请教你的事。

乞丐 我也还有许多要告诉你的事。以后总有告诉的机会罢。

（少年男女数人登场。看见乞丐。女一，很熟识似的走近乞丐，略带玩笑模样。）

女一　先生！遇见的真巧。

乞丐　（在女人的手上接吻，）列位，这里绍介一位新朋友罢。

（各各[39]很熟识似的招呼。）

乞丐　这位的肚子饿了。谁有吃的东西，拿出来送给他罢。

女一　我送这个。

女二　我送这三个点心。

女三　我送这三个鱼饭。

男一　我就送这一个水果。

男二　我没有带着什么，去舀一杯水罢。

女一　我来削水果罢。

（青年略觉踌躇，但仍然连说"多谢，多谢"，受了食物，一样一样地吃。）

乞丐　列位，仍旧只是玩罢。

女一　（用了演说的调子，）诚然。然而我们是并非用了金钱，买卖快乐的。我们是玩，不是献媚，玩的时候当玩，学的时候当学，遇见的时候当遇见，要睡觉的时候当睡觉，时间与劳动万不可卖的。都应该随自己的意，这里就生出新的必要，这里就生出新的秩序。该高高兴兴地听从这秩序，该将时间与劳动，献与[40]顶高的秩序。这秩序不可站在金钱的上面，不可站在憎恶的上面，该站在爱的上面，大家的幸福的上面。不可站在不公平的上面，然而应该站在身分相当的上面。我们的老师这乞丐，这样说也。（行礼。）

（都笑。）

39　现代汉语常用"各个"。——编者注

40　现代汉语常用"予"。——编者注

乞丐 诸位似乎也玩得太过了。

女二 没有的事。我们这六日间，是在家里做事呢。我们已经决定了在这六日间决不白花一文钱呢。正想那取得时间与劳动的自由的计画[41]呢。我们的财产是无量数，已经有了一百十二圆五角六分五厘了。

女一 里面的一圆五角六分，是我的针黹钱。

乞丐 佩服得很。

女一 先生也捐一点罢。

乞丐 就捐一分好吗？

女一 一分！好的。（受了钱。）帐房[42]先生，我们的财产有了一百十二圆五角七分了，记在帐[43]上罢。

乞丐 内中的六分，是我捐的罢。

女一 唔唔，是的。可是我们有一元六角二分捐给先生的。

乞丐 这种事都还记着么。这位因为没有钱，正在为难呢。

女一 这样么？

青年 不不，我不要。

女一 不不，你是我们的朋友。没有钱，很不自由罢。现在奉上一元，倘不够，再可以奉送的。

青年 不不，我不要这许多。只要发一个电报到家里，便会寄来的。（从女一取了钱，）多谢。

女一 你还靠家里养活么？

青年 是的。

女一 你靠家里养着，想做什么呢？

青年 想弄文学的。

41 现代汉语常用“计划”。——编者注
42 现代汉语常用“账房”。——编者注
43 现代汉语常用“账”。——编者注

女一 文学也有种种哩。

青年 总想竭力做点正经的事业。

女一 不必为金钱劳动的人，如果不做点正经事，真是说不过去的。

青年 我也正这样想。可是不知道的事太多，也很为难。

女一 这是当然的。倘使什么都知道，也许不能像我们这样活着了。人的活着，都是单看见自己的力量的东西的，不能看见更在以上的东西，正是自然的意思呢。（略看乞丐，）先生。（忽然向着青年，）但是你坦然？

（女一，突然取出手枪，对准青年的胸口。青年大惊。）

青年 并不坦然，并不坦然，不要取笑了。

（女一，将手枪对着青年胸口，画一小圈。）

女一 你以为我真要放？

青年 不不，知道你不会放的。

女一 如果我当真放了呢？

青年 那我就死了。算了罢，这样玩笑。

女一 我不是玩笑呢。我要听听你的本心，胜于死的东西是什么？

青年 我现在，还没有把住胜于死的东西。现在一死，就都完了。

女一 什么是都完了？就是说都完了，死了也一样的。

青年 但是，现在还不能死哩。你安心不开枪，所以能够坦然的取笑，我可多少难过呢。歇了罢。

女一 我要听一听你的对于死的意见呢，要听听弄文学的人的不愁吃的人的。

青年 该做的事，我都还没有做，现在不能死的。

女一 但只要一放，你可就死了。真就死了呢。

青年 这是知道的，这是知道的。所以请你歇了罢。

女一 不要紧，我不放呢。（愈将手枪瞄准，装作要放模样。）

青年 （流着油汗，）不放是知道的。歇了罢。

女一 你知道死以上的东西么？

青年 死以上的东西，也并非没有知道。可是死以上的东西，在现在刹那间，不能教他在这里活过来。现在一死就是白死，同被强盗杀了一样。

女一 我，不是强盗呢。

青年 然而现在被杀，总是不满意的。

女一 然而倘是事实，便没有法。死这东西，不是专杀满意于死的人的。对于死的满意与否，全在这人的力量，死是不知道的。

青年 诸位，不要只是看着，劝他歇了罢。

女一 我要歇的时候就会歇，要放的时候就会放呢。

青年 你竟在那里拿我做玩具么？

女一 你因此不服么？

青年 你不觉得取笑得太凶吗？

女一 既这样说，便问你什么时候才可以死？

青年 过了九十岁，老衰[44]的时候，要做的事，都做了之后。

女一 还有。

青年 别的死法都是无理的。然而到了活着却是耻辱的时候，也许情愿死；爱来要求死的时候，也许情愿死；不是否定了真理便不能活的时候，也许情愿死。但这样的真理，还没有切切实实地把住呢。总而言之，现在的死是不愿的；现在一死，是难堪的。

女一 为什么难堪的？

青年 就因为什么事都还没有做。

女一 无论做了没有，死了就一样了。

青年 可是活的时候，这样是不行——生成是不行的。从不知道什么，

44　现代汉语常用“衰老”。——编者注

受过“在这世间做了该做的事来”的命令的。所以，若不能得到已经做了该做的事的感，人就要烦闷的。男人大抵是这样。

女一 女人呢？

青年 女人的事，我不知道。总之，歇了罢。

男一 够了。歇了罢。

女一 （歇手，才笑着说，）请你不要见怪。这不是真手枪，是玩具的手枪呢。做得不真像么？

青年 （用袖子拭汗，苦笑着。）真真吃吓了。拿着这样东西做什么的？

女一 我们想串一点外行人戏剧，所以拿来的。

青年 要演剧么。在那里？

女一 就在这里，并且想请先生看的。

青年 我也可以看吗？

女一 好好，也请你看。是一点很短的戏。

青年 这手枪是你用的吗？

女一 是的，就像刚才这样用的。你怕？

青年 已经知道是玩具，不妨事了。

女一 其实并非玩具呢。那边有一个雀子，打给你看罢。（装弹。）

男一 算了罢。

女一 若非神之意旨，则一雀亦不死。（放枪，雀子落下。）

青年 你刚才说的话，我最犯厌。

女一 何以？

青年 因为照这话说去，那杀人、战争、虐杀这些事，便都只是神的意旨了。我幼小的时候，曾以为不是神意，便是马蚁[45]也未必死；死的马蚁，都是应该死的。便用石头去砸马蚁，砸了一看，马蚁死了；许多马蚁，一个也不留的死了。自己却以为行了神意，仿佛小恶魔的

45 现代汉语常用“蚂蚁”。——编者注

居心呢。但以后却也不很舒服了。总之虐杀之后，却以为因为神的意志，那个东西是本有被虐杀的资格的：这般想，是不了的。

女一 你是人罢。

青年 你不是这个是甚么？你对于我的话有些不服么？

女一 没有什么不服。因为第三者不喜欢看见虐杀的脾气，是神造的。

青年 （看着手枪，）你是说谎的。刚才不说是玩具么？

女一 因为说是玩具，你就放心了。人是受了骗，却会放心，会高兴着的。对着没有听真事情的资格的人，说些真事情试试罢，他便用谎包裹了；做成了容易中意的东西了。就是佛教、耶稣教罢，遇着末世的教徒，也就同遇着了贵显绅士的嘴一般，都包了谎。能做的巧，这谎还要同珠子一般贵的。我们遇到了不很便当的真理，也便含胡一点，教他容易活着呢。这样的反通行，那就是现世还站在虚伪上面，弄到免不了革命的。

青年 实在是的。演剧在什么时候开手呢？

女一 就开手罢。

男一 开手罢。

男二 开手罢。

青年 著作的是谁？

男一 是我。很无聊的。

女一 （画一条线，）这里算舞台罢。我来开场。诸君，到脚色出台为止，都先进去罢。（女三和别人都退场。女一立在中央，）诸君，我们在这里演一折戏请诸君看。有趣么，没有趣么，我们不很知道。在诸君的心里，有响应么，没有影响么，也不知道的。只是我们想做这样的东西，所以做了。觉得无谓的，请不必看；要看的就看。也没有定出什么题目。时间和地方，也没有一定的。演剧便开始了。我算是一个美人，美到使一个男子失恋之后，至于自杀的。现在是这样的美人，一个人跑出了家，正在树林里行走呢。（巡行。）

青年 （对女三，）你呢？

女三 我是扮看客的。

（男一登场。）

男一 你在这里么？

女一 唔，在这里呢。什么事？

男一 事是没有。可是他们都着急呢。

女一 所以你来搜寻的吗？

男一 是的。

女一 你也着急？

男一 我也着急了。心里想，莫非竟发了疯了。

女一 我发疯倒没有。

男一 你整天的拿着手枪罢。

女一 不，我没有拿着这样的东西。

男一 可是都因此着急呢。

女一 怕我自杀吗？

男一 他战死之后。

女一 我，没有想着他的事呢。谁来想死人的事。

男一 但死人这东西，是有魔力的。

女一 活人的眼睛里，就没有魔力么？我是活着的。然而竟有中了我的魔力的男人呢，很可笑的男人。

男一 你说这男人就是我么？你的事，我早没有想了。

女一 还是真的？那人战死的时候，我以为心里欢喜他战死的，这世上竟有一个人呢。

男一 我像这样的人么？

女一 如果你是正经人呵。

男一 请原谅罢。

女一 我也不说这事是应该见怪，然而教恶魔喜欢，是不行的。他为什么死了，为战争罢，何以不能不出去战争呢？因为是兵，因为有了长官的命令，因为体格好，因为不是近视眼像你一样罢。你没有死，他却死了。你的恋爱的敌人，你的事业的敌人，而且总是对于你的胜利者，你的好友，是死了。虽说好友，冷淡的凶呢。他死了的时候，你也哭了，我并不说是假泪。但那人为什么死了？世上没有愿意他死的人么？你告诉我罢。

男一 我的心，你是知道的。

女一 呸，那边去。不要跟着我。你该有别的事罢。你以为那人失掉的东西，都能自己得到么？那边去。不去就是这个。（出手枪对着。）

男一 仍旧，你拿着手枪。你想自杀。

女一 你怕这手枪打死我之前，还有尤其可怕的东西，你知道？

男一 不知道。

女一 你才是发了疯呢。这手枪现在是要谁的命？（显出开枪模样。）

男一 你不打我。

女一 以为不打么？

男一 给我手枪。

女一 不怕么？

男一 （跪下。）给我手枪。你死了是不行的。

女一 你却可以死么？

男一 我曾经愿意为好友死掉的。

女一 为谁？

男一 为你。

女一 再这样说，须不教你活着呵。说这样话，自己羞罢。

男一 教我怎样才好呢。

女一 忘记了我。

男一 不能。

女一 不能？再说一句看。

男一 不能。

女一 你是不要脸的卖朋友的人。

男一 任凭怎么说罢。

（女一赶快藏了手枪。）

女一 站起来。妹子来了。我什么都不愿意教妹子知道。

（女二登场。）

女二 姊姊[46]在这里？父亲和母亲，都着急呢。快回去罢。

女一 我就回去，你先走。只要说已经寻到我，请放心罢。

女二 姊姊，你拿着手枪罢？就先将手枪给了我。

女一 即使给了手枪，只要想死，随便那里都可以死呢。我可是不死的。不是被杀不是生病，我是不死的。放心去罢。我拿着手枪只是护身，因为这里会有虎狼呢。

女二 这样地方没有虎狼的。

女一 虎狼是无论那里都有。到了年纪，虎狼会变了男人进来的。到这时候，倘不知道人和狼的分别，那就险极了。

女二 姊姊，当真回去罢。

女一 你知道为什么有战争么？我呢，就因防着战争时候，所以拿手枪走的。我是打枪的好手，打下那边的雀子给你看罢。

女二 算了罢。可怜相的。

女一 在这世间，用可怜这句话，是不行的。用快意这一句话罢。人被杀了，快意呵。儿子死了，快意呵。丈夫故了，快意呵。自戕了，快意呵。遭了雷死了，快意呵。倘没有这样的脾气，在这世

46　现代汉语常用“姐姐”。——编者注

间是活不下去的。

女二 可是。

女一 还说可怜么？谎呵，谎呵。觉得可怜，只是撒谎罢了。一日里要死掉几万人，我们真觉到可怜么？怕未必比自己养着的小鸟儿死了，看得更重罢。可怜的话，只是口头罢了。因为还有听到自己的好友死了，倒反高兴的人呢。

女二 这样的人，也未必有罢。

女一 如果竟有，这人是人呢，还是禽兽？

女二 这人，不是人了。

女一 可是这样的却是人呢。人的里面，伏着这样的根性呢。活人是可怕的，是靠不住的。摆着圣人面孔的人，教他对了女人住一两日看罢。对你说这些话还太早。不干净的也不只是男人呢。那边去罢，这里不是人们停留的地方。

女二 姊姊回去，我就也回去。

女一 不回去么？你，无论如何不回去么？

女二 吓人呵。显出这样面孔来。

女一 怕就回去。

女二 一个人不去的。

女一 不去么，一个人？便是这样，也还要在这里么？（将手枪对着女二。）

女二 姊姊，饶了，饶了罢。

女一 那就回去。那人死了之后，我容易生气了。

男一 还是回去好罢。阿姊[47]的事，有我在这里，放心回去罢。

女二 是了，这就回去。（退场。）

女一 你也回去。要不，就是这个。

男一 我相信你的，你不会杀掉我。

---

47 现代汉语常用“阿姐”。——编者注

女一 说不杀的么？

男一 唔唔。

女一 你不怕死？

男一 也难说。

女一 我以为你应该怕死才是，因为你的心愿已经满了一层了。你也曾有想死的时候罢。但在那时候，你还是咬住了所做的事没有放。到现在却想死，真有点太不挣气[48]呢。

男一 我对于他，其实并没有如你意料这般冷淡。我是爱他的。和他谈到出神的时候，时常落泪的。说我免不了有点“倘若他能死了”的意思，固然不能否定。但其实还是愿他活着的意思居多呢。你以前说他做事总胜过我，我也不想争辩。但就做事一面说，却愿意他活着。老实说，在做事这一面，我却并不如你所料，觉得他可怕呢。

女一 不要对着故去的人，说这样话罢。对着那样的心的广大清净的人，说出这些话，该自己羞的。（大哭。）

男一 不要见怪，不要见怪。我并不想侮朋友，也并不说那人是一个比不上我的人。

（女一默着，将纸片递与男人，又哭。男一读了纸片也哭。）

女一 喂，羞罢。他是人，你是畜生了。

男一 （全被折服。）听凭怎样说罢。我算是罪人，站在他的面前。他究竟是出我意料之外的好人。

女一 他说死了才可以看。他说未死之前看了，是不行的。这是秘密的。他出去战争，并没有预备战死，很希望用不着这封遗书。但你想，我在什么时候开了这遗书呢？他出门不到三日，我就小心着用了看不出暗地开过的方法，悄悄地开看了。仿佛因为和别的女人有了关系，在里面谢罪的书信似的。我竟是怎么一

48 现代汉语常用“争气”。——编者注

个卑鄙的人呢？我没有料到他尊敬你到这地步。他固然常常称赞你的。但不料有这样尊敬你，也想不到这样的爱的。我曾对丈夫说，愿他不去战争，却是你去才好。那时候，他毫不为意地说：“我去战争，他留着，也是天的意志罢。可是比我不堪的东西，还多着呢！”我当时虽觉得这话奇怪，却也就忘记了。自从看了这封遗书之后，我才诅咒着，再看你的信，也看他的。女人是何等浅见，何等可怕的东西呵。还只是我一个人可怕呢？我想还是不看的好了。老实说，我在他活着的时候，已经以为你比他似乎伟大，觉得你的爱也仿佛比他的深。自己疑心我对于他的爱，或者因为他的相貌、他的门第、他的名誉了。然而，他一死，我才知道他的可贵。他是一个万不可不愿他活着的人，知道他是我的最要紧的人了。我才真明白他的爱了。我真想要跪在他的面前，我并且自己觉得是罪人了。贱呵，贱呵。我于是觉得不得不跪在他的面前了。我从此常常梦见那人，我并且从心底里哭了。我揪住他说，死了是不行的，是不行的，怎的便死了呢。他并不愿意死，他自己这样说的，说是并不愿意死的。但在这世界，说这样话是不行的罢，谁也总是要死的呢。不知道何以活着，实在寒心。就是用这一粒小弹子，人也容容易易地死掉呢。为什么活着的？我什么也不知道。单愿意那人活着，而且看着我笑，说是不要哭了，我活着呢。我忘不了他。你能忘却，我是忘不了的。何以活的人一定要死，你知道么，人间真是无聊，同虫子一样。神的意思是以为人和虫子是同格的罢，一定是的。我也有点烦厌活着的事了。

男一　人应该活的。

女一　何以，何以，何以？

男一　你死是不行的。

女一　何以，何以，何以？他却可以死？

男一　他死也不行的，但是。

女一　但是没有法，算了么？算了。人死了就算了。这样的人死了都算了——从心底里爱着我，爱着众人，想为人类做些好事情的人，算了是不能的。

男一　还是到他们那边去罢，他们都正在着急。不觉得对不起人么？

女一　他受了重伤，说是苦了两昼夜呢。临死的时候，并且叫了我的名字的。我可什么都没有知道，还和妹子闲谈呢。我，（哭，）什么也不知道了。

（男二登场。）

男二　哥哥。

男一　什么？

男二　你的朋友来了。

男一　嗄。教他等一会。

男二　说有要紧事，就要回去的。

男一　嗄。

男二　你就来罢。

男一　既这样，我就失陪一刻罢。

女一　不来也可以了。

男一　我就来。离这里很近的。

（男一、男二退场。女一走近看客方面。略在以前，女三向乞丐说些话，乞丐微笑。女一略看男一的后影，仍然啜泣。）

女一　唉唉，厌了，厌了。

（乞丐走近女一。）

乞丐　你为什么哭着的？

女一　……

乞丐　你的恋人，死在战争里了罢。做了死掉几万人中的一个了罢。

女一　你怎么知道的。唉唉，你偷听了罢。

乞丐　大略是的。我是睡在这树阴[49]下的，听到了你们讲话的声音。像做梦一样，忽然醒来，却见你拿着手枪，正做壮士演剧模样的事，因此着急，再也睡不着了，并不故意要听的听了的。叨光养了精神了。

女一　为什么到这里来？对我有什么事？

乞丐　就因为你哭着。我想我走来谈谈闲天，或者可以消遣一点。

女一　让我一个人在这里罢。

乞丐　不不，你一个人想不出什么好事。

女一　同你讲话，就能想着好事么？

乞丐　许能想着的。

女一　（注视乞丐的脸，）战争为着什么，你知道？

乞丐　因为贪欲和坏脾气和嫉妒和刚愎的诸公，都挨靠了住着，所以不了的。

女一　为战争死去的人，是为什么死的？

乞丐　为什么？没有这等事。

女一　少壮的，苦苦的死了有什么用？

乞丐　别的也没有什么。说是为死的苦，为活的苦就是罢。但一死也就完了。

女一　他能够超生么？

乞丐　死了都一样。

女一　不愿意死的罢，他是。

乞丐　不愿死的时候，是不愿死的罢。苦的时候，是苦的罢。可是消失了苦，就换了死了。

49　现代汉语常用“树荫”。——编者注

女一　一秒的苦痛尚且受不住，却说是苦了两昼夜呢。多少难受呵。那时候，我还悠然的毫不知道呢。

乞丐　肉体的苦痛，不传给别人的肉体，是大可感谢的事哩。

女一　但也因此有了杀人的事。还有甚么比肉体的苦痛更讨厌的呢。

乞丐　……

女一　便是他，对于十字架的苦痛，也还是忍耐不惯的呵。我是受一点轻伤都要哭的，“痛呀痛呀”地叫着，所以我不愿死，连想也不愿想的。然而，他……

乞丐　人们遇到事实，没有法子，愿不愿都没有法子。

女一　人这个东西，多少不行呵。自己也以为不要死是不争气呢。人看死掉这件事，不能坦然，是不行的。

乞丐　这也不然。人应该总愿意活着，一有隙，便踏破了死，一直进去的。

女一　可是人们总须死掉呢。我，不愿意看见骸骨；然而我，要变骸骨的。可是人是可笑的东西呵。竟有拼命地爱着这个我的人，将我当作“不灭的人”的人呢。自然是恶作剧的东西罢。什么父母爱子，男人爱女人，甚么要活着，不愿意死掉，要吃美味的东西，要穿好看的东西，要长得美，都是可笑的本能，自然的恶作剧罢了。这样小虫，做梦似的乱爬着为什么。这样小虫也要活罢，也怕死罢。有一时候，这虫便遇到异性罢。多可笑呢，这样的虫。这样地杀了，这虫也便结果了罢。人们也一样，只是会想些无谓的事，有点不同罢了。虫子也许会想，但自己的生活是错着呢，是没有错着呢，却没有想罢。自己一生的无意味，许没有想罢。便是伙伴被杀了，自己的子女被杀了，自己的男人失掉了，也都坦然罢。而且便即刻寻一个别的男的罢，这种虫豸是。

乞丐　刚才在这里的人，你不爱么？

女一　问这事做什么？

乞丐　爱着罢？

女一　你多少失礼呵。

乞丐　失礼就请原谅。

女一　得了我的爱便都要死的。说是怨鬼缠着我，这全是胡说罢。可是也说有恋着我，竟至死了的人呢。说要杀掉了为我所爱的人呢。我听到这事的时候，说请你杀罢。心里说，那有这样的事呢？没有的罢，可是也许会有呢。我，自己怕哩。

乞丐　没有的事。

女一　没有罢。但你知道？真知道么？也许是偶然的事，可是他竟死了。我还能行若无事么？

乞丐　偶然罢了，暗合罢了。

女一　却是一个犯忌的暗合哩。我，愿意死，但也还想活呢。

乞丐　那便活着就是了。

女一　可是也怕活着。我杀了两个男人了，虽然说并非我的罪。就是为我自杀的人，我也并没有翻弄了这人的心。这人只是自己恋着我，寄了几次书信罢了。虽说我并不回答，便和那人订了婚，也不能算是我的罪罢。虽说和那人高高兴兴地走着的时候，给这人看见了，也不能算是我的罪罢。这人恨了我，给我最后的书信，死了的时候，我是发怒的，是嘲笑的。到后来，每在梦里遇着这人，我便不愿意活着。我怕这人到这地步了，还对这人谢罪呢。但到醒来，却又嘲笑这人，说你要杀掉我最爱的人么，请你杀杀看呢。还相信有怨鬼，我很以为耻的。然而，说是不缠我，却要缠着做我丈夫的人，那人究竟死了呢。这事和那件事，我自然以为全不相干的，可是一件犯忌的暗合哩。况且还有“有两次便有三次”的话。我虽然说没有罪，却也可以说是我杀了两个男人。倘若第三个也死了，即使单是暗合，和我全无关系，也很难堪的。那时我便成了被诅咒的人,连辩解都不能成立了。

乞丐　你的心绪我很明白。

女一　我怎么办才好呢?我全不知道了。我也觉得我的迷信是傻气,觉得归在运命交给我的男人的手中,或者就是我的运命,但这样一想,便觉得害怕。然而要放下这事,却又有点留恋了。到现在,甚而至于以为要避掉运命所给与的东西,是不行的事。可是这也许就是向着可怕的运命,走进一步呢。不能放下一边,也不能走进一边。也想活着,对了诅咒,嘲笑他一番;也想死了,对着兴旺的人的运命,祝福他一番呢。你以为那一边是对的?但你如果说出那一边对,我是要反对的。(少停。)你不知道罢,谁也不知道的。要在从前,有做比丘尼这一条路。可是我,做比丘尼是不肯的。我也想放下了那人的事。也想那人嫌憎我,但是,这也是谎罢了。我大约用情太过罢。

乞丐　(突然说,)你的令妹是一个美丽的人哩。

女一　还是孩子罢。是蓓蕾呢。

乞丐　不不,是快开的花了。你的令妹也爱那人罢。

女一　没有这回事。

乞丐　令妹和那人是有做夫妇的运命的。

女一　没有的事,没有的事。

乞丐　如果竟有,你喜欢么?

女一　喜欢的,为两人计,如果竟是有。但是不会有的。

乞丐　两人的幸福能救了你。

女一　说两人的幸福能救我么?

乞丐　你嫉妒两人的幸福么?像那自杀的男人一样。

女一　现在,不要提那男人的事了。为什么有恋爱的?如果单为了生孩子,恋爱是太阔气了,也太不经济了,只要情欲就满够了。无论什么男人都会生孩子的，定要执着了一个男人一个女人，不是笑话么。但已经生成了，也是没有法的。然而又要放下这恋爱，不是笑话么？倘使一边不愿意，那自然是没法。然而我是被诅咒的人呢，不能说阔气的事的。都很阔气地生了来，这世上的种种事情，却总不能如意的罢。倘使如意，便不是这世上罢。这世界也太狭罢，倘为那要活着的种种东西设法。

乞丐 是的，所以孔子要贵礼。

女一 我，什么礼是烦厌的。然而在这世上，谁也该顾虑些就是了，从前那人是顾虑的。至于现在，倘使你的话当真，那就是妹子或是我。妹子是惯会顾虑的；便是恋爱正烧着，也还是顾虑，和我正相反的。顾虑呢，战斗呢？战斗起来，我一定得胜，妹子会很容易的罢休的，即使你的话都对。但也很愿意教伊喜欢呢。（少停。）如果我没有被诅咒。（少停。）什么嫉妒，不是更其可笑的事么。

乞丐 令妹来了。

（女二登场。乞丐又做看客。）

女一 你又来了么？

女二 本来母亲要来的，忽然来了客了。便教我再来看看。愁得很呢。你不要生气呵。

女一 给我看你的脸。你竟成了大人了。

女二 我，已经十八岁哩。

女一 你长得这样好看，倒是没有料到的。

女二 我，没有什么好看呵。

女一 你还没有觉到自己的好看呢。正以为你是孩子，却已到了年纪了，真是可笑的东西呵。什么时候，谁也没有留心，你已经成了大人了。

女二 这样看法，怕人呢。

女一 我的眼睛可怕么？我的脸可怕么？我的心可怕么？自然已经允许你牵引男人的心了。竭力的捉住高贵的男人的心罢。你一定喜欢着自己的美丽起来罢，在心底里；而且有种种空想罢，快乐的。

女二 我，凄凉呢。快乐的空想，没有允许我的。姊姊，不要舍掉我罢。我似乎感到这世界上，成了单身了。

女一 感到点“不为爱人所爱”罢。你在那里羡慕我罢。心里想，如果有我这样的性质，我这样的美，像我这样的人。

女二 是的，这样想的。

女一 而且也想，如果像我一样，为恋着的人所爱罢？你眼睛湿了呢。你小心紧闭着的心的门，隐隐的有欢喜的使者来访了。给他开门罢，开一点，谨慎着。

女二 姊姊也哭着呢。

女一 欢喜正等候着你呢。

女二 姊姊，不要舍掉我罢。

女一 你却要舍掉我哩。

女二 那有这事呢？姊姊不要哭。

女一 我没有哭。笑着呢。只是你不在那里哭么？

女二 我，姊姊是顶要紧的，你不要死。

女一 我如果死了，你该欢喜罢。

女二 说是什么？

女一 倘使我是你。

女二 姊姊的话，我不懂呢。

女一 欢喜的使者，要来访我的心的。看见开着的我的心，踌躇了，去访你的心了。你的心虽然很谨慎地关着，在里面却预备的很美备，欢喜的使者便停在你的面前了，静静的叩你的门。

女二 姊姊的话，我不懂呢。

女一 你的门不要关地太紧罢，不要关出了欢喜的使者罢。顾虑是无用的；对我顾虑，尤其无用的。进了我的里面，这欢喜要变悲哀的。只有在你的里面，这欢喜是合式的。你有福气。不要忘了这姊姊的事罢。

女二 姊姊的话，我不懂呢。

女一 可是很舒服的在心里响应罢。你一面顾虑一面等候着的幸福，或者撞到自己这里来的希望，已经醒了罢。你真美呢。我很愿意看到你身体的少壮上，受着欢喜的光的时候呢。不知多少光彩哩。送给你这簪子罢，这簪子是欢喜的使者所喜欢的。这镜子也送你，这梳子也送你罢。欢喜的使者，都喜欢的。

女二 姊姊的话，我一些都不懂呢。

女一 你的心底里可是高兴着罢。哪，送你这个。

女二 不晓得怎么，有点吓人哩。

女一 这样不值钱的簪子，抛掉罢。这梳子也抛掉。（弃去，）还是这个合式呢。

女二 不晓是怎么，我有点怕哩。

女一 怕就给你这个，这该好罢。（递与手枪。）

女二 多谢，姊姊多谢。（要取手枪。）

女一 且住，还装着弹子呢。（开枪，）好，这就放心了。

女二 多谢，姊姊多谢。

女一 回去罢。拿了这个回去。

女二 是是，我回去。

女一 我也就回去的。

女二 还是早早地回来罢。

女一 好好。

（女二将退场，遇见男一，两个默着行礼。女二退场，走到看客这一边。）

男一　刚才听到手枪声音，真吃吓了。没有什么么？

女一　什么也没有。有点事叫你罢了。

男一　可是吃了惊呢。什么事？

女一　有想要叫你看的东西哩。

男一　是什么？快给我看，因为教人着急呢。

女一　你已经见过了。

男一　见过什么？

女一　妹子长得美丽了罢。

男一　是的，长得美丽了。

女一　料不到会长到这么美了罢。

男一　和你很相像的。

女一　是罢。虽然比起我来，是一种太有顾虑的美，可是只要看着，也就可以当作阿姊了。

男一　说要给我看的是什么？

女一　我的处女模样。

男一　你的处女模样？

女一　看见了妹子，没有这样想，没有留心簪子么？

男一　没有留心。

女一　不行的，你这人，只看着女人的脸的。我初次会见你的时候的簪子。妹子戴着呢。

男一　这是你刚才戴着的。

女一　将这个给了妹子了，什么都给了。

男一　这和我有什么相干呢？

女一　手枪也给了。

男一　你预备活着了罢。

女一　活着的。

男一　多谢多谢。

女一　可是推测地太快，是不行的。我单是活着罢了，像死尸一样。

男一　只要活着，便又……

女一　便又什么呢？我只是作为妹子的姊姊活着，作为故去的丈夫的妻子活着罢了。我都明明白白知道的。

男一　知道什么？

女一　三个人的运命。

男一　怎的三个人？（少停。）你误解了。你的令妹，我毫没有想到呢。

女一　你才误解哩。

男一　误解什么？

女一　你自己。

男一　你想错了些什么事罢。

女一　你死也可以？

男一　我已经不愿意死了。

女一　也想做事么？

男一　我现在只想着一件事。

女一　你是畜生。

男一　怎的是畜生？

女一　你如果是人，该怕运命的。人不怕运命，是不行的。

男一　我怕运命。

女一　要避被诅咒的运命么？

男一　要避的，但是。

女一　（抢着说，）想求被祝福的运命么？

男一　求是想求的……

女一 羞罢?!

男一 死了的人,原谅我的。

女一 还有一个死了的人,没有原谅呢。

男一 那样汉子的诅咒,能算什么呢?

女一 在我的里面,可是生了根的。

男一 掘出了这根,抛掉就是了。

女一 想抛掉,根却更深了。

男一 忘了罢。

女一 想忘却,愈加记得了,倘若那人没有死。

男一 这两个之间,没有关系。

女一 没有!以为没有,却是有了。以为有的,虽然并没有;以为没有,却是有了呢。

男一 这样想,是可怕的事。

女一 这可怕的事,已经缠住了我的运命了。你不要取了被咒的运命,却取那被祝的运命罢。这是人从自然借来的义务呢。对着运命,不要做冒险的事,这应该怕的。

男一 这么说,你又怎样呢?

女一 我么,谨慎着,并且等候着像耶稣这样的人出来。

男一 如果不出来呢?

女一 永远等候着。不能很谨慎地等着,便自暴自弃地等着,等候那能够修正"运命的失常"的人。

男一 自暴自弃地等着,不就可以么?

女一 但来做所爱的人的运命的障害[50],无论怎么说,是不肯的。我正在这里得到救济,所以等着的,人类都耐心等着。便是我也等着的。你看罢,那边过来的人。

50 现代汉语常用"障碍"。——编者注

（稍在以前的时候，乞丐与女二一同隐去。）

女一 是我的妹子，那是受了运命的祝福的。很谨慎地等候着要到来的东西的。那人的脸，只在清白人的心里，发生光彩罢。我为着快乐，从运命钻了出来。那个孩子，是正经的谨慎的孩子，正等候着受了祝福的运命到来呢。那孩子是一定能生好孩子的。我等候着这事哩。

男一 你真是空想家呵。

女一 我是仰慕着的，永远的平和。

男一 永远的平和，不教人类的命运失常的人们的平和，倘使这样的时代到了。

女一 我便喜欢得跳了。

男一 你真是空想家呵。

女一 你有力量，和现实扭结着。那人是做了牺牲了，我是被诅咒了[51]。妹子是有拿着感谢收取现实所给与的东西的资格的，愿你得胜罢，经过了被运命祝福的路。

男一 我只有很小的力，但只要运命肯祝福我。

（女二与乞丐登场。）

女二 姊姊，叫我什么事？

女一 我没有叫。

女二 原来，可是，这一位来通知的，说是姊姊叫了。

女一 原来，这么的。（与乞丐照眼，）不错，我叫了。想教你和这位做做朋友。因为你到了年纪了，不知道各样的事情，是不行的。两人握手罢。

女二 姊姊。

乞丐 运命失了常，还要复原。对于想要回复运命的失常的人，祝福

51 此处原文为“我是被了诅咒了”，疑为原文多字，故更正。——编者注

呵。对于运命的失常的牺牲者，愿有神的爱呵，愿有人的爱呵。

（这时，以前的警察忽然出现，捉住乞丐。）

警察 这回逃不了啦。

乞丐 （回头与警察照面，）哈哈，终于给捉住了。也不再逃哩。

警察 便是这么说，也决不疏忽的。（将乞丐捆讫。）

男一 这人有什么罪呢？

警察 这村子里，乞丐、要饭的是禁止的，而且这乞丐是有缉捕的命令的。

男一 命令的是谁呢？

警察 不知道是谁，从上头来的。

男一 你知这人是怎么样人么？这人也想着你们的事呢。

警察 这些事都不知道，也没有知道的必要。只要照命令做，就好了。

男一 那命令的内容，可曾想过么？

警察 没有想他的必要。

男一 你的职务是什么呢？

警察 保这世间的秩序，使良民得以安眠。

男一 给人们安眠的事，我们是尊敬的。然而，这世间的秩序，是不正的。

警察 这些事和我们全不相干。

男一 你是保护着拿你做奴隶的东西哩。你为吃饭计，拣了这职业，我们固然同情你。

警察 我不要你同情。

男一 小心些，不要太做了站在错误的位置上的人类的拄杖罢。

警察 你也带着危险思想哩。你叫什么名字？

男一 不不，这却不必劳你着急的。可以放了这一位么？

警察 那可不行。

乞丐 你们不必管我罢。只要有人的地方，我都喜喜欢欢地走去，在那里正有生长我的心的空地呢。我无论遇着怎样生活，都不以为苦的。我的法律上的罪，不见得能久累我的自由。即使久累了，我也能忍耐：头里面有自由的。我不怕死，也看不出有怕死的必要。比我更没有准备的几百万人，正尝着最苦的死呢。我能在无论怎样的境遇上，自以为并非不幸的人并非败北的人这一点修养，是已经有了。我不能遇见你们和自由，是寂寞的。也许要被驱逐，离开这地方。但我不论走到那里，总该能寻出人的心罢。我感谢你们的爱，望你们成了被运命祝福的人。也愿你们时时想到这乞丐，从这里寻出一点什么美的东西来。这如果能够给你们多少安慰，便是我的感谢了。都保重身子罢。

众人 （带哭的声音，）请先生也珍重，先生也珍重。决不忘了先生的事。想到先生，定会涌出力量来的。请保重罢。

乞丐 多谢，多谢。（对警察说，）劳你久候了。

（不识者和青年之外，都要退场，青年想跟去。）

不识者 你到这里来。

（青年略踌躇，但难于跟去，便站住。）

青年 诸君，再见，再见。

男人和女人 再见，再见。珍重，珍重。（退场。）

不识者 你到这里来。

青年 是，是。（看着遗迹出了神，却要向反对方面退去。）

（幕。）

一六，五，十二 — 二十

第三幕

第一场(风上。)

(四十五六岁的画家正在作画。青年与不识者一同登场。)

青年 你不是B君么?

画家 是的,我是B。

青年 原来竟是B君,正想见一见面呢。

画家 你是谁呢?

青年 我叫A。

画家 就是做小说这一位么?

青年 做是做的。

画家 原来,我也正想见一见哩。

青年 你知道我的名字么?

画家 岂但知道,大作的书,都极喜欢看的。

青年 这当真么?

画家 没有假。这里就有你的书呢。(从怀中取出书来给青年看。)

青年 承你看了么?

画家 而且很佩服地看了。

青年 这怕未必罢,这样无聊的东西。

画家 那里。很佩服地看着呢。这书的里面,确有好的东西的。失礼得很,请问几岁了。

青年 二十四了。二十四岁还只能做这样的东西,很幼稚的。

画家 你不是被谁说了幼稚。曾经生气么?

青年 这是对于这个人所谓幼稚的内容,有些不服气罢了。倘若说

“有些好的地方，也还有幼稚的地方：此人的未来，因此还有希望”，我便没有什么不服。然而却用了无望的口气呢。

画家 你的里面，的确有好的东西，这东西长成之后，我想对于人类，你的著作不会无意义的。

青年 请不要说这样可怕的话。但只要力量能做的事，是想做的。

画家 下了一定成个气候的决心做去罢。下了自己不出来别人做不了的决心做去罢。

青年 看你的画，便很能觉到这意思。你不是也被人说过坏话么？

画家 还说着哩。但是，我相信自己的力量。知道我的事业，是将人类和运命打成一气的事。知道我是画家，我将美留在这世上。我教那在我画里感到我的精神的人的精神清净，而且增加勇气，而且给他慰安[52]。我的美，我以为有这样力量。

青年 这是确乎有这样力量。有你生在这世上，我很感谢的。这次看见你作画，实在高兴得了不得呢。我的朋友，也都从你的画得了力量。人类能够有你，都夸耀感谢着的。

画家 你也能成这样的人哩，只要打定主意。

青年 请不要说这样可怕的事罢。我就要不知道怎样才好了。

画家 你已经抓到了自己的路，对着进去罢。什么也不怕的，单跟自己的良心进去罢。走邪路的所不知道的正确的路，你耐心着走罢。

青年 多谢。你对于这回的战争，什么意见呢？

画家 战争？请你不要提什么战争的事。这和我的事业有什么相干呢？我只要做我的事就好了。他们是他们。人类教我为人类作画，教我为活着的以及此后生来的人的魂灵作画，却没有教我研究战争。

青年 但是令郎……

52 现代汉语常用“安慰”。——编者注

画家 请你不要说起儿子的事。儿子是儿子，我是我。儿子死在战争里了，我却活着——这样活着呢。活着的时候，无论别人怎么说，画笔是不肯放下的。

青年 听说令郎是一位很聪明的人呢。

画家 聪明也罢，胡涂也罢，死了的是死了。活着的可是不能不做活着的事。（少停。）其实这本书便是儿子的书，儿子极欢喜看你的著作的。

青年 这实在是不幸的事。出了无可挽救的事了，想来府上都很悲痛罢。

画家 他的母亲还一时发了狂，因为失了独养儿子呢。我可是没有失了气力。看这画罢，有衰减了力量的地方么？便是一点。

青年 一点也没有。

画家 是罢。失了儿子是悲惨的事，你们少年人不能知道的悲惨的事的。然而我并没有败。我活着的时候，总不肯死的。即使有热望我倒毙的东西，也不能使这东西满足的。即使我废了作画，儿子也不再还魂了。

青年 战争真是不得了呵。

画家 （发怒模样，）世间悲惨事尽多着呢。我可是只要作画就好了。

青年 如果到了你不能作画的时候呢？

画家 那时候又是那时候。但还在能画的时候，是要画的。

青年 不想去掉战争么？

画家 如果能去呢？然而，画笔是不放的，因为我是靠着这个和自然说话，和人类说话的哩，精神的。

青年 作画以外，不想做别的事么？

画家 我是画家呵，并非社会改良家。是生成这样的人呵。

青年 对于现世，没有什么不平么？

画家 不平？没有不平，只有点不安罢了。我的画里没有显出这个么？从不安发出来的人类的爱？

青年 单是作画，没有觉得什么不足么？

画家 你以为我并非画家么？我不是无情的人，然而是画家，然而人却是人呢。倘不能读我的精神，便不懂我的画。你单想会见我的声名罢了。在正合谬误的定评的人里，搜寻正合定评的人，无论到那里，都寻不出的。

青年 我真实爱你的画，请不要疑心罢。

画家 你单爱着活在你的里面的歪斜的我罢了，没有爱着真的我。

青年 但是一看你的画，真觉得便触着你的精神哩。

画家 知道我的精神的，不会对我说儿子的事。

青年 冒犯得很，实在失礼了。（沉默。）

画家 你爱我的儿子么？

青年 是的。听说的是一位好人。

画家 单是这样么？不不，我并不说单是这样，就不服了。那孩子是做了可哀的事，做了可惜的事。但是活着好呢，死掉好呢，在死了的人，都不知道了。全是一样的事，因为自然是再不虐待死了的人的。而且想做不朽事业的执着，自然也并没有赋给死了的人的。我们活着，所以要做的事没有做，便觉得过不去；可是死了的人，未必再想这样事情罢。老实说，我实在不想他死。只要是父母，谁都望孩子回来的。画了画，孩子也不来看了。我想如果孩子叫一声阿爹，竟回来了呵。（含泪。）请不要见笑，我并不想说酸心话。失了孩子的人们，不知道有多少，对于这样的人们，表同情罢了。无论怎样伤心，我总要做自己的事。胸口愈涨，也便愈要画。画算什么？恶魔这样说。生存算什么呢？恶魔这样说。我为儿子设想，也愿意这是事实哩。然而，在活着的人，可是不同了。我是将我的心，活在这里的。在看画的人的心里活着，使看画的人活着，所以将这画送给人类的。送给寂寞的人的心，以及对于生存怀着不安的人们，对于生存怀着欢喜的人们的。我受了做这样赠品的命令，因此辛苦了二十多年了，画笔是不肯放下的。

青年 请不要放下罢。

画家 不放。任凭谁怎样说，总不放的。教我活着，将我放在能画的境遇里，便不能教我不作画。就是释迦、耶稣来禁止了，出了Savonarola（译者按：十五世纪时意大利的改革家）来烧弃了，我也有确信的。人类希望着。即使不为现世，也为人类。人类所要求的，不单是为现世做事的人，是要求各样的人的。我也是被要求的一个人，我不疑惑的。

青年 你真是幸福的人呵。

画家 我幸福么？所谓幸福，是怎样一回事？是死了孩子，还会作画的事么？

青年 就因为你能画出真为人类有功效的画。

画家 认真的比随便的幸福么？我的脸有点幸福么？

青年 我以为Rembrandt（译者按：十七世纪荷兰画家）是幸福的人。

画家 从第三者看来罢了。人在心里苦着的，是幸福么？

青年 但也有辛苦的功效呢。

画家 然则立刻感到辛苦的，比将辛苦含胡过去的还幸福了。

青年 你不是幸福么？

画家 幸福？我生来成了画家，并不以为不幸。我生成是天才，所以比别人多尝些过度的紧张，也不以为不幸，我也有感谢的地方。但到现在，知道了人在自然之前是平等的，做了不朽的事业没有，都一样的。

青年 可是受一世轻蔑，也难堪的呵。

画家 不然，无论怎样天才，都受一世轻蔑。

青年 然而一面也被崇拜哩。

画家 不然，无论怎样痴人，总有一面崇拜。

青年 这样事……

画家 但事实确是这样。

青年 然而存活着，对于自己的事业有确信，用了自己的事业存活自己的人，是幸福的。

画家 用自己的事业存活自己的人，这是幸福的。我的儿子，可是为了别人的事，杀了自己了。但到现在，在我的儿子都一样，固然无疑了。然而活着的时候，他也想做点什么事的：然而什么也没有做的死掉了。但到现在，也都一样了。

青年 照这样说，譬如令郎活着的时候，有人说令郎活着或死了都一样，便要杀了他，你又怎么办呢？

画家 如果儿子活着呢，然而儿子并不活着了。你真是很凶的触着了我的伤，触了这有了年纪的我的伤。

青年 请原谅罢，请原谅罢。

画家 一死之后，便一样了；但在活着的人，却不一样：这是自然的意思。所谓美哪，所谓魂哪，也是如此，一切都如此。我们决不能教死了的人喜欢或悲伤了。我常常想到儿子的事，觉得可怜。我想他受了伤，乱跳的时候，不知道怎样苦痛呢。临终的时候，不知道怎样口渴呢。我憾不得我的妻子亲手给他水喝，临死时候，憾不得亲在身旁。一样了，一样了，到了现在，都是一样的了。然而究竟有些遗憾，可也没有法。我想要对着儿子认错，却不知道怎样认才好。儿子同你差不多年纪，倘使见了你，一定高兴的。可是已经死了。一死之后，便一样了。像我这样人，是没有记念儿子的资格的了。儿子也没有要我记念的必要了。

儿子是死了，然而我们却活着。即使寂寞，即使怎样，总是活着的。以后大约就会渐渐地不再想到儿子罢。我也就会死去罢。画些画做什么？（用力敲着图画。）然而我是画家，我是活着的。然而，儿子是不会还魂了。（哭，沉默，忽然抬头。）

画家 我虽说是哭，却请你不要见笑。没有失掉过孩子的人，不能知道我的心。我也知道遇到像我一般的事的人们不下几万几十万呢，然而我总不能不记得自己的儿子。这样的遭遇，人们是还不能避的，然而遇到了这样事，要毫不介意，却很难的。像我这样，还要算善于决绝的人。至于妻子这等，还只哭着，说我太不记得儿子，儿子可怜哩。我见了伊的脸，便要一齐哭，同时也要笑了。便觉得不肯败北；男子的感，在胸中苏生过来。要硬做：觉得无论怎样想教我哭，我偏不哭，我偏不放我自己的事业。可是一个人的时候，我却哭了。当你到来之前，我实在独自哭着的。谁也不见地流着只有丧了亲生儿子的人才能知道的眼泪。在这世上，遇到这样事的人真多。我自从失了儿子，才觉得有许多人带着病，还失了儿子呢，实在吃惊了。心里想，他们竟还能活着哩。想要为他们做点什么事业了。以为万难忍受的事，这世上却到处都有，而且人们都不能不很谨慎的忍受。凡是笑的，可以当着众人笑；然而哭的人，却该躲避了，很谨慎的哭。哭丧脸是不能给人看的。我便想为尝着这样感觉的人出点力。这样的人真多，而且我现在，也被逼进了这队伙了。（少停。）失了孩子是可怕的事，失在战争上，实在更可怕。单是想也难堪的。但这却成了事实，正追袭着种种人。被袭的人不能不想尽方法照了身分，忍受这可怕的事。我不能不照画家这样忍受，照我这样忍受。我现在已经被勒令忍受了。我不想装丑态，但很想要独自尽量的哭哩。

青年 实在是的，实在是的。

画家 这样，就失陪罢。说我的儿子战死是名誉，高兴过的村长从那边来了。再见罢。（拿了画想退场。）

（村长登场。）

村长 （对着画家，）多日没有见了。

画家 唔唔。

村长 画好了画么？给我瞻仰瞻仰罢。

画家 我得赶紧呢。

村长 其实是，我想对你讲几句话。

画家 什么？

村长 同你一样的事，轮到我自己身上了。

画家 令郎也受了征集了么？

村长 是的。

画家 原来，恭喜恭喜。

村长 请不要这样讽刺罢。父母的心是一样的。

画家 这才明白了我的心么？

村长 明白了，战争怕还要继续罢。

画家 怕要继续呢。

村长 想起来，你实在是不幸，虽然说是为国家。

画家 这是名誉的事呢。

村长 我也曾对着许多人，说过这是为国家，只要一想国家灭亡，我们将怎样，便送儿子去战争，也没有法子这些话的。

画家 我也是听的一个呢，现在成了一个说的人了。

村长 送儿子出去战争，我也并没有不服。可是送儿子去上战场的人的心，十分明白了。他的祖母和母亲都只是说不会死么不会死么的愁着。

画家 你该早已觉悟的罢，一直从前。

村长 请你不要这样报复罢。因为我以为我的心，只有你明白。

画家 这是明白的，可是有点以为自作自受的意思呢。我的儿子死了，你怎么说。不是板着一副全不管别人心情的脸孔，只说是名誉的事，是村庄的名誉，落葬仪式应该阔绰么？我这时候想，须你自己的儿子上了战场看才好哩。

村长 实在难怪的。这话不能大声说，我的儿子只有这一个像样，别的都不成的。

画家 我的家里，可是只有一个儿子。

村长 是呀。战争这种事，赶早没有了才好呢。

画家 在我呢，便是立刻没有，也嫌迟了一点了。然而，战争呢，自然是最好莫如没有。

村长 为什么要有战争呵？

画家 不是为国家么？你不是这样对大家说么？大家后来都笑着，说拉了自己的儿子去试试才好呢。

村长 是罢。如果我的儿子出去战争，竟死了，大家怕要高兴罢。儿子真可怜。

画家 别人的儿子死了，谁来留心呢？嘴里虽说可惜，心里却畅快，以为便是活着，也只是一个不成器的东西哩。

村长 唉唉，大抵如此罢。

画家 我们大家，各不能有什么不服的。

村长 虽然确是不得已的事，战争可真真窘煞人了。

画家 你是主战论者呢。曾经说过若不战争便是国耻的。我听过你的演说，说是即使我们都死，也不可不战的。

村长 那时候却实在这样想。

画家 现在不这样想么？说是我们该为祖国效死的，我们里面生出例外来了。我们，但除了我家么？

村长　这却决不是这意思。

画家　现在的味道，牢牢记着罢。战争完结令郎活着回来以后，也将现在的味道，牢牢记着罢。

村长　如果儿子能够活着回来呢……

画家　便要终身做主战论者么？又会有战争，又会拉走的呢。我的一个相识，前回的战争活了命，却死在这回战争里了。

村长　不要这样吓人呵。

画家　我说的是真事情。到现在，战争为什么，该已经切实明白了罢。

村长　现在，请不要这样窘人了。

画家　我并不因为想报仇，才这样说。可是以后，你不要再说空话才好。这村庄里的人每去战争，你总是首先高兴，叫着万岁万岁的。

村长　这单是想鼓舞他们罢了。

画家　可是我的儿子出征时候，你发出破锣似的声音叫万岁，现在还留在我的耳朵边呢。也不是使人舒服的声音哩。

村长　可也并没有坏意思。

画家　可是样子很高兴，毫不见你有一些同情呢。我并非因此便怨恨你。单觉得你那时的态度，总不免轻薄罢了。我们是不反对现在制度而活着的人，是承认现在制度的人，至少也是屈服于现在制度的人；所以这必然的结果的战争，也默认的，所以掩去了自己的儿子，也不得不承认的。因为既然承认别人的儿子出去战争，也就不得不承认自己的儿子出去战争了。然而，自己的儿子并不自告奋勇而拉去战争的事，却不愿别人代为喜欢：这是不很畅快的。到了现在，你也该明白了这意思罢。

村长　我明白了。

画家　人情没有什么两样的。我们实在没有趁风趁水赞美战争的资格。倘是自愿出战的人，自愿自己的儿子出战，真心以为只要为国家，便死了也立刻非战不可的人，或者还可以。但即使这种人，也该比战争尤爱平和的，况且不愿自己的儿子出战的人，却替别人和别人的儿子出战高兴，这事是断然不对的。他们是因为我们还没有生活在真平和的资格，连累地做了人牺。我们应该教不必送自己和别人和自己所爱的人去做人牺的世界，早早出现。至于什么时候，我可不知道了。

村长 战争实在是早早没有了才好。我的儿子是很胆怯的，一匹[53]鼠子尚且不敢杀的，而且很怕死；听到雷声，便变了脸色发抖呢。

画家 就是我的儿子，也没有预备青青年纪便死掉哩。你的儿子，却许会凯还的。

村长 要能这样，真不知道多少高兴哩。

画家 我的儿子可是永远不回来了。你说这是名誉，说是这村庄的名誉。名誉这句话，能否使我的儿子欢喜，我不知道，也不要知道；但是在现在的世间没有法这件事，却知道的。既然承认了现在的制度，从这制度产出的东西，我便除了默认以外，也没有别的方法，我是画家，不知道什么制度，我只知道将我的血，灌进画里去就是了。

村长 我很明白你的心。

画家 不不，还没有明白。要明白我的心，你的儿子也得死。

村长 我的儿子也未必有救哩。

画家 然而也许回来的。已经死掉的和还活着的，不能一概而论呢。

村长 你想什么时候才会没有战争？

画家 这还早得很罢。

村长 怎么办才会没有呢？

53 现代汉语常用“只”。——编者注

画家 这是我不知道，也不是我的事。总而言之，世间照现在这样下去，战争不会完，牺牲者也不会完。但问怎么办才好，我可不知道。在那边的少年只要肯想，也许能想罢。

村长 那少年？

画家 是的。

青年 我没有这样力量。

（此时汽车经过，满载着出征的军人。汽车虽然不见，却听到声音也听到欢呼的声音。）

画家 汽车来了。

村长 那些人也都上战场去的哩。

画家 摇着旗呢。

村长 喊些什么呢？

画家 异样的声音哩。

村长 孩子们都很高兴地叫着万岁似的。

画家 我的儿子也这样去的，可是不回来了。

村长 我的儿子，现在也正在这样去罢。

画家 这些里面，该有去了不再回来的人罢。

村长 也该有回来的罢。

画家 个个都以为自己能回来罢。

村长 可是总觉得异样罢。

画家 ……

村长 渐渐近了[54]。

画家 那声音，是异样的声音。那些人们，正对着祖国的山谷告别呢。在那些人们的眼中，这些山野，一定不是平时的情景哩。

村长 觉得异样哩。

54 此处原文为“渐渐近来了”，疑为原文多字，故更正。——编者注

（沉默。画家脱帽，合了眼，对着远处的汽车作似乎祝福模样。）

画家 你没有叫万岁罢。

村长 没有要叫的意思。

画家 这一端，你和我就是朋友。我明白你的心的。

村长 我真心同情于你。

（沉默。）

画家 竟听不到什么了。

村长 还留在耳边呢。

画家 同回村庄去罢。

村长 奉陪罢。

画家 （对青年，）再会。

（青年恭敬默礼。画家村长退场。）

不识者 那边去罢。

青年 是。

六，二六

第二场（小小的神社前。）

（不识者、青年登场。）

不识者 你想些什么？

青年 我的意思，有些以为要战的东西，便随意自己战去；然而将不愿战的人，都带上战场，是太甚的事了。各国既不教不愿战的人战争，到了须上战场，立刻战争的时候，便谁也没有，敌人和同人都没有，这样光景，正画出在脑里呢。而且以为能够如此的时代倘若一到，不知道怎样痛快哩。不愿战争的人，各国都轻蔑他，各国都不难将他枪毙，我以为未免有些不合理。倘使两边的本国都以为正在战争，两边的军队却互相握手，要好，说说笑笑，停了战争，只是悠然地玩着的时代一到，不知道怎样愉快哩。现在却暂时不行罢。但到了兵器更加发达，知道战争便必死，一面人智也更加长进，彼此明白了本心的时代一到，也就到了各各知道无意味的死是傻气，还不如打打猎，或者开一回竞技会，玩玩的时代了。我们这时代的人们，还如古人一样，没有真实感到无意味的事、不合理的事、可怕的事、不像人样的事。如果真从心底里感到了，大约许会想些什么好好的避掉战争的方法的。这样时代，赶快的来了才好呢。但照现在的制度，现在人们的我执，战争怕未必便会停止罢。做那牺牲者，实在是难堪的。但我想，只要不从国家的立脚地看事物，却从人类的立脚地看事物，各国的风俗和习惯，在或一程度调和了，各国的利害，也在或一程度调和了，不要专拿着我执做事的时代一到，战争也便会自己消灭了。但在以前，不先去掉各种不合理的事，是不行的。

不识者　什么是不合理的事？

青年　就是将人不当人的事，以及喜欢别人不幸的事；不怀好意，因为私欲心或恐怖不合理的迫压别人的事；夺了别人的独立和自由，当作奴隶的事；用暴力压服的事。总而言之，凡是将人当人以后便存立不住的怪物一般的东西，总须从这世间消灭了才好。（向看客一面说，）这是怎的？冈下不是来了许多人，对着我们这边看么？

不识者　这神社前面，现在正要演狂言（译者按：狂言是日本的一种古剧。）呢。

青年　我们在这里，可以么？

不识者　坐在那边的树底下看罢。

青年 有甚么事?

不识者 是这社的祭赛。因为要纪念供在这社里的神,对于聚在这里的两国的人们,有怎样的功劳,所以演这狂言的。

青年 从那边过来的老人是谁?

不识者 那便是这里的神了。

(白髯的老人登场,坐在社前的石上。少顷,两边各现出一个异样装束的军使,用了一样的可笑的步调,走到老人面前。并未看见老人,两人照面,恭敬行礼。)

军使甲 好天气呵。

军使乙 真好天气呵。

军使甲 足下是从敌军过来的使者罢。

军使乙 足下也是从敌军过来的使者罢。

军使甲 恰巧遇见了。

军使乙 真是恰巧遇见了。

军使甲 足下为什么到这里来?

军使乙 倒要问足下为什么到这里来?

军使甲 足下先说。

军使乙 还是足下先说。

军使甲 既然这样,还是从我先说罢。是昨天的事。

军使乙 不错,是昨天的事。

军使甲 正要出战的时候。

军使乙 不错,正要出战的时候。

军使甲 来了一个阴阳家。

军使乙 不错,来了一个阴阳家。

军使甲 说要见见王,通知一件大事情。

军使乙 不错,不错。

军使甲 王说，通知我什么事呢？

军使乙 是如此的，全如此的。

军使甲 阴阳家便说道，请息了这回的战事罢。

军使乙 不错不错，一定如此。

军使甲 哼，两面一样罢。

军使乙 唔唔，两面一样呢。

军使甲 足下的王怎么说呢？

军使乙 说是无论怎样说，这回的战事是不能歇的。

军使甲 的确如此。于是阴阳家便说，既这样，你便是死了也不妨么？一战便两面的王都要死，却还能战么？

军使乙 不错，于是王说，性命是早已拼出的。

军使甲 阴阳家说，拼了命打仗为什么呢？

军使乙 王说，因为敌人可恶，攻来了。

军使甲 阴阳家说，倘使敌人停了战呢？

军使乙 王说，敌人是要进攻的。你是敌人的间谍哩。

军使甲 阴阳家说，这样愿意死么？这样愿意国乱，愿意妻子受辱杀身么？我是知道平和的路，才到这里的。说完，便默默地注视那站着的将士的脸了。那眼光多么尖。

军使乙 简直不像这世间的人了。

军使甲 他一个一个地指着说，你也要死的，你也要死的。

军使乙 而且说，其中的我，还要被残酷的虐杀哩。

军使甲 不错，说我也这样。这样一说，便是我也禁不住发抖了。

军使乙 从来没有遇到过这般扫兴的事呵。

军使甲 不可怜百姓们么？成熟的田畴，蹂躏了也好么？可怜的孩子们，成了孤儿也好么？这样以后，得的是谁呢？

军使乙 大家默然了。

军使甲 女人孩子都哭了。

军使乙 王默默地想，阴阳家也默默地看着王的脸了。

军使甲 王说，到了现在，非战不可，我不怕死的。于是，便要进兵了。

军使乙 阴阳家说，倘能够免了战争，两国都很和睦的互相帮助，两国便会太平无事的兴旺罢。不希望如此么？却还要大家相杀么？在转祸为福的目前，却说不怕祸，简直是呆话了。

军使甲 住口！王这样说。而且还教人捉这阴阳家。可是谁也不来捉他了。

军使乙 拿你祭旗，王这样说。然而，一眨眼间，王的两只手拗上了。大家都嚷着，可是一点没有法。你听着，将我讲的话，从心里听着，你这呆子！明日的早晨，太阳将你的影从东南横到西北的时候，不要错过的派遣一个使者，这使者呢，须选那有一战便被残酷的虐杀的运命的人，教他到这山上。一定也有一个使者，从敌人派遣来的。

军使甲 正是呢。倘不然，要战就战罢。要抛掉你的生命，便抛了试试罢。不知道畏惧神明的东西呵。阴阳家这样说，悠然地消失了。整顿了战事的准备，我们的兵已经都在那山脚下。

军使乙 而且等候着我们的回话。

军使甲 我们怎么回话才好呢？

（老人起立，走近二人。）

老人 两位，来得好。

军使甲乙 （合，）是。

老人 两个都回去，并且说——战争能免是免的好。我们想将互杀改了互助；想将相憎改了相爱；想将记仇改了记恩；骂詈改了赞扬，仇敌改了朋友。大家有错便改了罢。倘若发怒，便原谅罢。我们是人，都不能没有缺点，然而有过便改了罢。倘能不战，我们便称你为人民的恩人，我们的生命的救主罢。这是神明所欢喜的。如果能够，两国便永远不背神明，永远传给子孙的不要再战罢。倘有商量，也用了平和的心商量罢，而且不要强勉做罢。我们做一个世界的和平的先驱，再不要以憎恶回报憎恶罢。——这样说罢。看呵，太阳明晃晃了，杀气也不升腾了。在今日里，可以不被杀却的幸运者呵，高兴着回去罢。你是能救自己和别人的使者哩。

军使甲乙 （合，）是。

老人 那就回去，并且做个平和的使者。今天晚上，举行那生命扩大的祝贺罢。

军使甲乙 （合，）是。（退场。）

老人 （前进，）田畴的五谷呵，欢喜罢，你可以不被糟蹋了。百姓们欢喜罢，你们是家财和生命都可以不必失掉了。看呵，那山间升腾的杀气突然消灭了，听到欢喜的歌了。地呵，你可以免被人血污染了。大气呵，你可以免被断末魔的叫唤伤你的心了。几千人得救了生命，几千妻子再得见丈夫和父亲的笑脸了。欢喜着，欢喜着，可爱的人们呵。你战争换到了平和，死亡换到了生命了。我也免听到断末魔的叫声，却听到和解的言语；免见到憎的心，却见到爱的心了。朗然的天地呵，欣幸这平和罢。小鸟呵，你该欣幸你不必受惊了。然而，谁能知道我的欢喜呢？我无限的欢喜，我欢喜到几乎要哭呢。不要笑我流泪罢。我喜欢哩。我感谢哩。唉唉，神呵。

（老人立着默祷。幕。）

六，二九

第三场（平原。）

（青年被不识者引着登场，遇见朋友五六人。）

青年 啊，在意外的地方遇见了。

友 A么？你以前在那里？都寻你呢。

青年 在各处走呢。你们那里去？

友 因为有人来寻事，正要去闹事哩。

青年 和谁闹？

友 不是从来总是和下级学生这小子么？

青年 下级的小子又说了不安分的话么？

友 岂但说话，竟打了我们同级的加津了。

青年 怎的？

友 加津正说下级生的坏话，下级的小子们听到了，便生了气，打了。

青年 坏话谁都说，便是下级的东西，也常说我们级里的坏话。

友 的确。便是打了加津的时候，也说我们这一级是乏人，说是你被打了，即使气愤不过，无奈同级的小子全无用，帮不了忙，实在可怜哩。

青年 说这样话么？

友一 所以我们不能干休了。便在这平原上，要和下级的小子们闹一回。

友二 我们教认错，也不肯认。

友一 以前太忍耐，纵容到不成样子了。

青年 下级小子真妄呵，惩治一番才是。

友一 你也这样想么？和我们一起闹罢。

青年 你们被人打了，我能看着不动么？

友一 你肯加入，我们便放心多了。

（这时青年忽然觉着不识者，有些出惊。）

青年 然而争闹总是中止的好。

友一 何以?

青年 争闹之后,即使胜了他,也算什么呢?

友二 什么是算什么?你怎么忽然怕事了,想到了下级的利害东西了罢?

青年 这却不然。但反对战争的我,在理也不能赞成闹架。

友 闹架不是好事,便是我们也都知道。但是中止了看罢。他们说不定要怎样得意。这才即使被说是乏人,我们除了默着之外,没有别法了。

别的友 不错,要是被说了乏人还默着,不如死的好。

青年 你们的意思是死掉都可以么?

友二 这是男子汉的意气。能做到怎地[55],便只好怎么做去。因为不能吃一吓便退避了。

友一 况且下级这班东西多少傲慢。假使不理论,要遇到像加津一样的事的人,一定还有。因为下级的小子们是结了党的。只好现在便闹,说些道理已经不行了。

友二 不错。你不愿意闹,看着就是。因为即使我们被人打,你是决不会痛的。然而我们受了侮辱,却不能毫不介意哩。

友一 而且我们这边,已经决定争闹了。现在也罢休不得。

青年 你们的意思我明白,然而我总不能颂扬闹事。

友一 何消说呢?但不闹也未必一定比闹好。胆怯的不闹,也不是好事。

别的友 (合,)不错不错。

友三 你不赞成全级的决议么?

青年 我以为对于争闹这件事,还有应该仔细想想的地方。

友一 没有工夫了。也没有想的必要。现就有男子受不住的侮辱哩。朋友被人打了,默着是不行的。

55 现代汉语常用“怎的”。——编者注

友四 一定的事。A君是空想家。强盗来杀的时候，倘像A君一样，须先想杀人是好事还是恶事，没有想完，早被杀掉了。

青年 可是加津说人坏话，也是错的。

友一 你先前不是说，下级的坏话谁都说过么？便是你，不也说得很多么？

青年 说过的。但若被打，我也以为应该，没有贰话。

友一 但被打的却不是自己呵。朋友打了，而且是当众受了侮辱的。

青年 便被说是乏人，不也可以么？

友四 你可以；我们却不是乏人，所以干休不得。况且不依全级的决议，有这样办法么？

青年 没有人反对么？

友一 都赞成了。

友二 还有什么赞成不赞成呢。朋友被打了，再不理论，不知道要被侮辱到怎样地步。因为挂上了乏人的牌号，是再也抬头不得的。

青年 便是被说是乏人，只要不理会他，不就好么？

友二 加津被人打了，你不理会？

青年 这是打的人不好；好的一面，不理会就是。

友一 你怎了？人家都说你便是撒了和下级争闹的种子的人呢。你先前演说，牵涉着下级，便是这回的远因呵。便说加津被打是托你的福，也都可以的。现在你却来消灭本级的锐气么？不是卑怯么？

青年 并非要来消灭锐气。

友一 想逃掉责任，不是卑怯么？

友四 的确卑怯。嘴里讲些大话，一到紧要关头的时候，腰就软了，这便是卑怯。

青年 卑怯？我并不比你们卑怯。

友二 但是不愿意受伤罢。

友一 你毫不管全级的名誉么?

青年 级的名誉，可以挣回来的别的方法多着呢。也可以在较好的事情上，表示并非乏人的。

友一 但现在，却不能这么说了。下级的小子们，也许立刻便到。到现在，还能说不要闹了，我们委实正如你们所说，都是乏人，情愿认错，请你们饶恕么?下级的小子们，说不定要怎样得意哩。想想也就够难受了，你不么?

青年 倘在平时，我也许同你们一样，愿意争闹一场。因为我想到下级的小子们，便心里不舒服的情形，并不亚于你们呢。然而现在，我被这一位带领着，恰恰看过许多事情来的。并且从心底里以为战争不是好事，想将在自己里面的产生战争的可能性，仔细研究一番，倘若做得到，便想将他去掉。这时候便遇见了你们了。我不说无聊的话，只是请不要争闹罢。我可以做和睦的使者。

友三 不行。你去就要被打;下级生里面，最恨的便是你呢。

青年 要打，打就是了。

友一 但你的意志，那边是不会明白的。你忽然被打了，我们也不能单睁着眼睛看。总之，争闹是免不掉的了。你到这里来一会罢。

青年 可以。

（两人稍与众人离开。）

友一 我拜托你，不要反对这争闹了。好容易，这回我们的全级竟得了一致。照这气势，闹起来一定胜的。但是一说破坏一致的话，便挫了勇气，保不定下级的小子们会得胜了。总之这事已经免不得，所以还是望我们得胜的好。为朋友计，这一点事，也应该做罢。

青年 我苦痛呢，一想到这回的远因却在我的演说这件事上。但我总以为争闹是没有什么免不了的。

友一 真这样想么?你简直说出下级生的间谍一样的话来。

青年 你真这样想?

友一 由我看来,单觉得你只指望我们这一级败北罢了。

青年 那有这样道理呢。

友一 然而据事实,却是这样。因为好容易全级刚要一致做事的时候,你却冒昧羼入,要破坏这一致,挫了我们的勇气——教我们向下级认错哩。不要再开口了罢。倘再开口,我们便要将你当作敌人的间谍了。因为在这样紧要时候,被你折了锐气,是不了的。

青年 然而我总反对。

友一 要反对,反对就是。我们却是不睬你。

青年 众人里面,未必没有心里和我的意见相同的人罢。

友一 我就怕这事。

青年 不必勉强这类人去争闹,不很好么?

友一 这可不行。下级的小子们也都一致的。

(一个友人走来。)

一个友人 听说敌人便要到了。

友一 原来。你肯拼命打么?

一个友人 何消说得呢。与其受辱,不如死的好。

友一 (向青年,)你便在这里站着罢。要是动一动,你可没有什么好处呵。

(友一走入众人队里,青年的同级生渐渐增加。)

友一 望见敌人了么?

友二 是的,从那边来了。

友一 多少人?

友二 说是一共三十人。

友一 有趣。预备妥当了罢?

友四 唔唔,早妥当了。A 怎么了呢?

友一 不理会他就是。

友四 都在发怒哩，说是毫无友情。虽然也不像竟至于此的人。

友一 被什么蛊惑了罢。

友四 都说他也许变了敌人的间谍了。或者从敌人的谁的妹子，听了些什么话了。

友一 那还不至于此罢。

友四 都想打哩。

友一 都想打，便打罢，因为本来是背了全级一致的东西哩。

友二 但也不至于打罢。

友四 不不，还是打好。一打便发生了勇气，都冒上杀气来了。

友一 多数决罢。赞成打 A 的人，请举手。举手这一面，少两个。

友四 你倘说不要打的人举手，便能得到五六人的多数决，早打了 A，现在可是弄糟了。因为虽然未必要打，却也不至于举手，打不打都随便的人，可有五六个呢。

友一 你们无论如何，总须打胜。无论吃了怎样的苦，万不可降服。下级的傲慢模样，是天所不容的。正义是在我们这一面。我们的愤怒，也并非不正当的愤怒。下级的小子们，做了不该做的事，说了不该说的话；为学校计，他们是不可饶恕的人。在今天，你们须拂除了侮辱，表示我们同级的人们并非乏人才好。

（青年正注视着不识者，此时忽然说。）

青年 你们，究竟要打架么？打架胜了，有什么益处呢？

友一 住口！

青年 不能，我不能不说。你们竟不能忍一时之耻么？不知道争闹的结果，如何可怕么？不知道和解的欢喜么？

友四 你们或者任他胡说，我可忍耐不住了。（友四走近青年，后面跟定五六个人，都注视青年，都愤怒。）

友四 你何以不去对下级生说，教他们不要争闹，却希望我们这面，干不了事呢？

青年 我讲的是真话。你们争闹之后，成了残废怎么好？砸着头，弄坏了脑怎么好？还不如忍了一时的耻辱，在永远之前取胜罢。

友一 （也走近青年，）对不起你，现在你倘使还不闭口，我便要加制裁了。你还是保重自己的头罢。小心着自己被打罢。

（众人围住青年。）

青年 无论怎么想，争闹总是傻气。便是胜了，也只留下些怨恨。受了一时愤怒的驱使，所做的事，一定有后悔的时候的。你们还是忍了一时的耻辱，打胜自己的天职的好。这是真胜利；这件事，便是人类也欢喜的。

友一 虽说是一时的耻辱，但听凭那下级生跋扈起来看看罢。说不定会做出什么坏事，而且还要堕落了少年的精神。

友四 你的话，都理想得太过了。我们呢，看见下级小子，傲慢的侮辱我们，不承认我们的权利，愈打我们愈有得，我们却愈被打愈受损，不能只瞪着眼睛了。你也许能罢？但在我们里面的血却是不答应，这拳头不答应。

友二 A君，你以为到了此刻，我们还能向下级认错么？

友四 教我们无条件降服罢。你是……你是Love着下级生的妹子，所以不行。

青年 没有这事。

友一 敌人便要到，不必理会A了。有话说，后来再听罢。

友四 我就这样。

（四五人都打青年，青年默着。）

友三 差不多了就算罢。

友四 不问是谁，只要违反了级中的一致便得这样。

友一 走罢，闹去罢。

众友人 （合，）走罢，走罢。敌人已经摆了阵了。

一个友人 下级的使者来了。

友一 带他到这里来。

（下级生的使者被带上。）

使者 我们不觉得有容受你们的要求，须对你们谢罪的理由。现在大家都在这里了。你们倘不撤回要求，无论什么时候，都可以奉陪的。

友一 很好。便请你回去说，我们并不愿意争闹，但尤不愿意受侮辱。

使者 知道了。

友一 此后还给你们十分钟的犹豫时间；在这时间里，你们如果没有谢罪的意思，便不再犹豫了。我的表上，现在十点十分。一到十点二十分，便要闯到你们这边去的。请你这样说。

使者 知道了。（取出时表，对准了时刻。）刚过十点十分。

友一 是的。但倘若你们这面愿意早些闹，也都听便。

（青年走入队伙中间。）

青年 （对使者，）你们这面，没有和解的意思么？

使者 如果你们这面不承认我们所做的事是十分正当，便没有和解的意思。

青年 你们这面也以为争闹是名誉么？

使者 你们以为怎样呢？

青年 我是不消说，不以为争闹是名誉。

友四 这不是你开口的时候。去罢，事完了便快回去。战场再见罢。

使者 再见。

许多友 再见。

青年 （对友一，）你们不闹，总不舒服么？你们里面，没有欺了自己，怕着多数的人么？

友一 这样卑怯的人，一个也没有。

友四 你还不够打么？

友一 A！都杀气弥漫着呢，藏起来罢。我不骗你的。

青年 我也极愿意藏起来呢。但我总不觉得你们的争闹是正当的。

友一 这早知道了。但我们的血，没有你的血一般凉。不能单算计利害关系。

青年 以不正报不正，是不好的。

友三 但以沉默与卑怯迎不正，尤其不好哩。

友四 再说，又都要打了。倘若真打仗，你的头可要不见了，如果说这话。

友一 要知道不见了头，便再不能反对战争了。

青年 但在活着的时候，是要反对的。你们何以定要站在同敌人一样的位置，难道没有更美的地步么？

友四 乏人的地步，不是美的地步。

友一 是时候了。走罢。

众友人 走罢。

友一 都喝了水。

（都喝水。）

一个友人 敌人来了。

友一 走罢。

（都大叫疾走。青年目送众人，默默地站着。）

不识者 寂寞么？

青年 我不知道怎么办才好。

（两面的人混乱着，互相追赶，相打，相扭结。在青年的面前，友三被下级生摔倒，按着打。）

友三 A君帮一手。

（青年默默地看。）

友三 我到了这地步，你也毫不帮忙？对于我没有友情么？

青年 不，不，我不愿加入争闹里去。

（下级生要扼友三的咽喉。）

青年 咽喉可是扼不得呵。

一个下级生 什么？局外的也来开口。

（友四走来。）

友四 A做什么，看朋友被人打么？

（突然推开了下级生，便打；下级生逃去。）

友三 多谢。你救了我了，你真是救命的恩人。这恩一世都忘不掉。

友四 什么话，朋友相帮，不是彼此的事么？走罢，他们正都苦战哩。

友三 （回顾青年，）记着罢。

（青年苦闷。友四苦斗恶战，本级形势转盛。下级生拔刀。）

众友人 不要动刀，不要动刀；卑怯呵。

一个下级生 什么？要命的便逃罢。（砍进。）

（有喊痛的。都拔刀。）

青年 不要动刀，不要动刀，不要动刀。

（刀口相斫，棍棒相击，有倒地的人。青年时时看着不识者，只是默默地看；也有呻吟的人，远远地听到手枪声。不一会，许多友人逃来，一个拿手枪的人在后追赶，后面又跟着下级生。）

拿手枪人 要命便投降罢，投降罢。

一个友人 谁投降？

（正要反抗，被手枪击毙。接连如此者两三人。）

下级生们 不必管他。都打杀罢，打杀罢。

（此时乱发手枪，三四人大叫“打着了”，或负伤，或死去。青年觉得不识者也拿着手枪，便默默地取过来，打杀了拿手枪的人。）

青年 并不想打死的，但是杀人太多了，看不下去，这才打死的。不回手的都不杀，放心罢。

（从死人手里抢过手枪。）

下级生们 什么？你是朋友的血仇！

青年 走近便死。跑罢，跑罢，逃跑便不杀了。

下级生们 要杀就杀，要杀就杀。

（八九人抖抖地围住青年，仍复前进。有人掷了石子，正中青年额上，流出血来。都想逼近。）

青年 这可不饶了。

（开枪，一人倒地。此时青年的肩头被一人砍伤，也倒地。众人都砍青年；夺了手枪，逃去。四围忽然寂静，青年躺着。）

不识者 哙，起来罢。

（青年睁眼，向各处看。）

青年 刚才的是梦么？

不识者 你这样，还是爱平和的么？非战论者么？

（青年仿佛梦醒模样，跪在不识者面前。）

青年 宽恕我罢。

（幕。）

一九一六，八，二〇 — 二一

第四幕

（戏棚。）

青年 这里有什么？

不识者 这里有乡下戏剧哩。

青年 真小戏棚呵。不几乎没一个看客么？

不识者 并不有趣，所以不来的罢。

青年 这样无聊的戏么？

不识者 仿佛是的。

青年 这样东西，便是看了也无聊罢。

不识者 也不一定；怎么样地方藏着怎么样人，都料不到的。

青年 但是这样戏棚，未必能做高尚的戏罢，总不过日本的东西罢。我现在没有看这样东西的工夫呢。

不识者 且住且住，不要性急罢。

青年 我要静静地想各样事情哩。

不识者 思想的事，回了家再说。现在还是看了能见的好。

青年 铃响了就要开幕罢。看客这么少，做的一面也振不起精神罢。

（粗拙的幕开处，内有黑幕，前面站着滑稽装束的神和恶魔。）

神 哼，你说要杀尽世人给我看么？这可不能。无论怎样可怕的病，怎样的天灾，凡是你的手头的行贩货，总灭亡不了人们的。

恶魔 很好。你说一定不能么？我并不要借重那病和天灾的手。只要在人的头里，下一两粒种子，就够了。

神 哼，你倒总是看不起人们哩。将亚当和夏娃赶出乐园的虽然是你，人类却进步，没有退步呢。诺亚的洪水时候，你想淹死诺亚，可是终于没有死。说要教约百堕落，你也终于不能教约百堕落。你的事业，一时虽然兴旺，终究却只是我利市。为你自己计，还不如适可而止罢。

恶魔 以前坏了几回事，就因为太看错了人了。释伽和耶稣出世时候，我也很着急，可是终于没有什么事。只有以为生出这样的人们来便可放心的你，才是恭喜的神明哩！看着罢。这回要劳你吓破胆子了。

神 想吓破胆，试试看罢。只是你不要“将费力赚了乏力”显出哭丧相才好。我可是要去睡午觉了。(退场。)

恶魔 傻子走了。看着罢，要给撒上容易寄生在爱国心里的霉菌哩。(从藏着的袋中，抓出种子，作散布模样。)这够了，这够了。国家和国家就要闹架了。我便在其间做一个谋士，两面都点火。有趣呵，有趣呵。(退场。)

(黑幕收去。德大登场，想着些什么事。恶魔便出现。)

恶魔 这不是德大兄么？想什么呢？

德大 舍间军队太少，有些为难哩。现在正要想一个容易简便却能招集许多军队的法子。

恶魔 怎么一点事，也值得想么？只要将一定年纪的人，一齐叫来，尽量的挑取了要用的人就是了。这就好。

德大 这样巧事，当真能做么？

恶魔 有什么不能做，只要说"为国家"就是。如果有不听说话的东西，也不打紧，只说是"国贼"，抓进监狱里去就是了。造出了这种规则，谁也不敢说不服的。这么一办，你的国便是世界中第一强国了；你也可以做如心如意的事了。

德大 真不错，教了我好法子了。若说"为国家"，便谁也不会反对的。如果竟有，便立了法律，将这种不念国家，亡国性的东西，都关到监狱里去。如果还不行，便杀掉也可以。因为这种不顾本国的东西，是没有放他活着的必要的。

恶魔 委实不错，委实不错；这种东西不是人呢。喜欢亡国的奴才，你的国里不会有的。不喜欢本国富强的东西，你的国里也不会有的。立刻实行罢。

德大 这便实行去；不必明天，就是今天实行去。别国的小子们，怕都羡慕罢。这样的好方法，倘被人学了样，虽然也不妙，但我这一面，回去之后，总便立刻召集大众，教他们实行就是了。此后再有好的法子，还要请你赐教哩。

恶魔 很愿意教。我最爱你的国；因为是第一个门生呢。

德大 拜托拜托。时光要紧，就此失陪了。他们听到这样好方法，都该吃惊罢。（退场。）

恶魔 高高兴兴地走了。以后便都要学样；因为不学样的国，是要亡的。这样办，说不愿战争的小子们，在这世上便活不成了；想活在这世上的小子们而且身体好好的小子们，便不能不上战场了。我还要教他们发明好兵器。不愿去战争的小子们都死，去战争的小子们也都死。便是在我，不也得算一条好计算么？早都来了呵。

（俄大、法大登场。奥大、意大、英大、日大跟着登场。）

俄大 哙，法大。

法大 什么？

俄大 听到了没有？

法大 什么事？

俄大 就是邻舍的德大，想出了希奇[56]法子的事。

法大 听到了。总是想些讨厌的方法罢了。

俄大 然而一不小心，却危险哩。

法大 不错。这样简便容易地造出许多军队，实在当[57]不住。要是不小心，大家的国度可真险了。

俄大 是呵。还是学样罢。

法大 学样却也不甘心哩。

俄大 不学样，危险呢。

法大 因为国家一亡便不得了，所以要学样么？

奥大 你怎样呢，意大？德大兄的法子，听说法大和俄大都要学，这么

56 现代汉语常用“稀奇”。——编者注
57 现代汉语常用“挡”。——编者注

一来，大约我们也得学罢。

意大 自然要学的。当初一听，虽然似乎是奇怪方法，免不得发笑，但越想越觉得是好法子了。

奥大 这就因为是毫无破绽的德大的方法呵。但是实在想出了意外的事了。

法大 英大兄，国民都有当兵的义务这新发明，你也实行一回，怎么样?

英大 多谢你关切。但我还是算了罢，因为叫不愿意当兵的人们当兵，将不愿意战争的人们赶出去战争，都不很好的。因为我们这里，是尊重自由的。做出这样事来，大家都不见得会答应，而且对绅士加些强迫，也是不很舒服的。

法大 这固然也不错，但在德大想出了那样方法的现在，已经不是讲这样道理的时候了。你这边也还是一定采用了这法子好罢。

英大 可是我这边，不愿意学德大哩。到了最要紧的年纪，便唤去当兵，无论对谁，都不是好事。只要勤勤恳恳的各做自己的事业，就很好了。只要愿意做了军人为祖国打仗的人，做了军人，我的国家便满够安稳了。一到时候，都会高高兴兴地为我的国家出力的。若说强迫，倒反轻蔑了我国的人们的爱国心了。

俄大 这也好罢。因为你的国和德大的国，还隔着一道海呢。然而我们，都不能说这等话。我们也明知道这事并不很好，但也没有别的法子了。还是再见罢，再见再见。法大兄，一起走罢。

法大 好好，一起走罢。英大兄，再会。

英大 再会再会。

奥大 我辈也走罢。

意大 走罢。诸位，再见。

众 再见。

（英大和日大之外，都退场。）

日大 英大兄，德大的法子，是什么意思呢？

英大 想出了一件傻事罢了。就是将已经到了一定的年龄的人们，都叫到官署里，脱得精赤条条的检查了身体，将身体好的人们，随着要多少兵，便拿去多少就是了。

日大 能这样办么？

英大 这很容易办。因为不依的人，只要罚就是；无论怎样的罚，都可随意制定的。总而言之，不外乎用了德大式，想出了一个能够很容易地造成许多好军队的法子罢了。这真真胡闹，简直毫没有替捉去当兵的人们想一想。这意见，才真像不爱人民冷酷小气的德大的意见哩。我这一边，却不能做这种不合人情的事，所以不做的。

日大 这样一回事么？

英大 我也还是走罢。那么就再会。（退场。）

日大 再会。

（日大想着事，恶魔近前。）

恶魔 日大兄，想什么？

日大 正想着我的国度，怎么办才好。

恶魔 你不像有钱，除了学德大之外，怕没有别的法子罢。要不然，你的国怕会倒哩。可是学了德大，造起军队来试试罢。你的国便是东洋第一的国；在亚细亚洲，只有你的国是阔气的国，而且全世界都要害怕，会挨进第一等强国的队伙里面去呢。

日大 真的么？

恶魔 自然是真的。那时朝大的国便是你的，支大须看你的脸色，俄大惧惮你，也怕敢伸出手来了。

日大 这真的么？

恶魔 自然是真的。

日大 既如此，便学德大罢。

恶魔 实在只有学这样一条法子。

日大 不知怎的，仿佛已经得了全世界似的，喜欢的无可开交了。就失陪罢。再见。（退场。）

恶魔 （目送着，）听说倒是一个很能办事的小子。上了当哩。英大这小子，胆敢说些费话[58]，现在也要教他学德大去。怎的？德大又来了。

（德大登场。）

恶魔 怎么了？

德大 承你的情，教给我好法子。现在法大、俄大，都学着做哩。要是这样，好一个新发明，也就无用了。

恶魔 你放心罢。你的头很聪明，只要想出些好兵器就是；并且瞒着敌人，多练些军队就是。即使略略加些租税，也未必便有人叫苦。须得用点手段，在不至于叫苦的程度上，渐渐的加多租税，用到军备里去。这么办，便毫不妨事了。俄大虽然魁梧，却是很笨，不要紧的；法大固然性急，然而有点过于文明了，也不要紧的。打起精神做去罢。

德大 你实在是我的老师。听了你的话，便仿佛世界是自己的东西一样了。

恶魔 这很的确。只要专心致志，你想怎样，世界一定便怎样。

德大 早能够如此才好。

恶魔 不添造军舰，也不行的。殖民地也不要赶不上英大呵。

德大 英大这小子。我肯赶不上他么！

恶魔 然而最可怕的却是英大哩。

德大 我也这样想。

恶魔 切实的干罢。

德大 干去，竭力的干去。

58 现代汉语常用“废话”。——编者注

恶魔 这是你的事，总该不至于失著的。倘不多设些工厂，夺了英大的富力，怕英大还要大造军舰哩。

德大 是呵，这也去竭力办。请你看着罢。

恶魔 我专等好消息呢。

德大 那便立刻去竭力的制造军舰罢。

恶魔 这才好。

德大 那便失陪了。

恶魔 再会。再来罢。

德大 多谢。再见。（退场。）

恶魔 如何，我的手段？很有趣的办下去了。（坐在石上，）有点乏了，睡一刻罢。（刚入睡，忽然又张开眼。）又谁来了似的。英大罢？一定是的；究竟是的。有些张皇着呢。

（英大登场。）

恶魔 英大兄，怎了？

英大 德大这小子造起许多军舰来了；大约想要收拾我的国罢。

恶魔 这是一定的事。德大在世界上，最怕你的国，最嫌你的国哩。不小心就会上当，因为德大是执念很深的呵。

英大 我正因此着急呢。大约还没有什么要紧，然而不小心也不行。

恶魔 这何消说得呢？但是，教给你一条好法子。德大这野心家，法大和俄大也都怕；你便引诱了他们，三个人同盟起来就是。这样办，便是德大，也就不能出手了。

英大 实在不错。赶快同盟罢。（少停。）但我和俄大同盟，虽然也好，俄大在西方放了心，在东方就容易出手了。我也有些放心不下哩。

恶魔 然而那个是那个，这个是这个呵。为挤德大，要用俄大；为挤俄大，也未必便没有别的好法子罢。

英大 懂了。你的意思，是说要教俄大不能向东方伸张，便和那日大同盟，利用他就好罢。

恶魔 是的，真聪明，不愧是你。

英大 这样，我就放了心了。我一直从前，早看上了日大，现在顺便给他高兴高兴；那小子一定当作光荣，要竭尽忠勤的。

恶魔 而且增加军舰的事，也千万怠慢不得。

英大 这自然。

恶魔 尽心竭力，极周到地办罢。

英大 自然，极周到地办去。

恶魔 好好的办罢。

英大 多谢。竭力的、好好的做就是了。再见罢。

恶魔 再见。

（英大退场。）

恶魔 真忙呵，睡觉的闲空都没有了。

（法大、俄大登场。）

法大 英大到你这里谈过事没有？

俄大 谈过了。

法大 怎么办？

俄大 想答应他；因为德大近时，只是敷铁路[59]、立工厂、扩张军备呢。

法大 是的，倘使不理会，实在危险，如果三国同盟了，该可以忌惮一点罢。

恶魔 法大兄，实在不错。德大的野心，是在奄有世界哩。不小心，你的国要给收拾的。

法大 这样么？还要收拾，可是难受了。既如此，还是三国同盟好罢。

恶魔 自然。海里有英大，后面有俄大，你的国也就放心了。

法大 既这样，我就答应英大的话。

59 现代汉语常用“敷设铁路”。——编者注

俄大 我也便答应罢。这才有点放心了。

恶魔 而且土大和日大这一面也可以伸出手去了。

俄大 是的。听说日大这小子，还学着德大的样呢。

恶魔 学了学了。因为这小东西，倒是大野心家哩。

俄大 这大意不得呵。

恶魔 怎么大意得呢。

法大 这就失陪了。

俄大 以后再见，我还要和这一位说几句话。

法大 那就以后再见，再会。（退场。）

俄大 再会。（对恶魔。）日大是这样可怕的国么？

恶魔 是的，是东方第一个野心家哩。你看，练兵的法子，教育的法子，兵器的改良，都不下于你的国；况且英大又暗地里推着他，正想要利用日大呢。小心点罢。

俄大 英大么？

恶魔 正是正是，要知道英大是靠不住的。

俄大 这却是的。

恶魔 所以我通知你，倘不趁没有和英大结党之前，挤倒了日大，是危险的。

俄大 那便立刻办罢。

恶魔 愈早愈好；而且须想法子，使交通万分便利才是。

俄大 不错。再见罢。

恶魔 再见。须得切切实实地办去呵。

（俄大退场。）

恶魔 哈，一下子，便教俄大和日大闹架么？大闹倒也未必，总该可以杀掉十万以上的壮丁罢了，便教几十万的人们都别了他最爱的人罢。来了，日大。这小子得意的很哩。

（日大登场。）

恶魔 怎了？

日大 刚才英大来说，要我同盟。

恶魔 同盟了么？

日大 唔唔，不消说，同盟了。从此别的国都不敢看不起我的国了。

恶魔 小心着英大罢。

日大 唔唔，英大想利用了我，别有所得，我自然是知道的。但我这一面，也无非想利用了英大，别有所得，所以反正是一样的事。我虽然摆着一副被人利用了也冥然罔觉的脸相，却究竟不是傻子，所以英大何以要和我同盟的缘故，是明白的。请放心罢。

恶魔 这才好。被人利用，却精通利用的神髓，在这世上是得胜的。

日大 不错。深知道这神髓的。人民们[60]不明白，我却知道。国和国的关系，总只是一个互相利用。那里有什么正义呢？昨天的敌人，今天的朋友；今天的朋友，明天的敌人：信不得，靠不住的。只有尽量的利用罢了。

恶魔 但最要紧的是实力呵。

日大 实在不错，所以正在竭力地用那富国强兵主义哩。请放心罢。

恶魔 听了这些事，我也放心了。有了这样的觉悟，便和英大同盟，也就可以了。但竭力扩张军备这件事，一刻也忘记不得。因为你的国正在可怕的位置，但也是有趣的位置哩，只要有实力。

日大 多谢你的忠告。我想到自己的地步和位置，也就涌出力量来。我以为愈有祸患，便愈可以显出自己的力量请你看。

恶魔 然而也须小心。因为一吹着文明的风，人们便要舍不得性命了。

日大 真不错，我正也暗暗地着急。幸而健全的爱国的分子还很多，不妨事的。但总得小心着。我正想竭力的教我国的人们的心，

60 现代汉语常用“人民”。——编者注

都专为我延烧呢。

恶魔 这比什么事都紧要。没有这决心便是亡国，因为许多猛兽一样的东西正在徘徊，等着机会呵。

日大 不错，实在大意不得。这就失陪罢。

恶魔 且慢且慢，还有事情通知你，小心着俄大罢。

日大 留神着的。

恶魔 此刻办才好；倘不早办，俄大的军备就完整了。

日大 赶快办去。再会。

恶魔 再会。

（日大退场。）

恶魔 呵，德大又来了；很慌张哩。

（德大登场。）

恶魔 怎了，德大?

德大 英大这小子，和俄大、法大同盟了想灭我的国哩。怎么办才好?

恶魔 这除了和奥大、意大同盟之外，没有法子。这么办，更得了平均了。

德大 真是的，这样办罢。

恶魔 但也大意不得。海军还该振兴呢。陆军这一面，倒也很整顿了；铁路和兵器，也都办的周到罢?

德大 都在周到的办，不如此，便危险的。英大多少狡猾，实在大意不得。现在便和奥大、意大商量去罢。

恶魔 正好，那两个都来了。

德大 这来的真凑巧呵。

（奥大、意大登场。）

德大 恰巧遇见了，我正想到你那里去哩。

奥大 原来，我也正要会你呢。

德大 为什么?

意大 没有知道么？英大已经和俄大、法大同盟了的事。

德大 不知道还了得；实在就为了这事，要会你们。

意大 原来，我们也为这事，正在寻你呢。

德大 你们什么意思？

奥大 就是只要我们也同盟了就是了。

意大 要不然，他们三个同盟了，我们便抬头不得哩。

德大 是的，我也这样想。赶快同盟罢。大家都去扩张了军备，不要输与[61]他们。大家立起同盟的誓来罢。

（拔了剑立誓。）

德大 这就稳了，不必怕英大和法大、俄大了。

恶魔 然而若不设法，教军备没有逊色，是不行的。

德大 这不错，便到那边商量军备的事去罢。

（三人退场。）

恶魔 有趣起来了。呀，神来了，似乎愁着哩。

（神登场。）

恶魔 如何，我的手段？

神 日大和俄大开始战争了。你该高兴罢？

恶魔 那里话，那些事情，还不能算我的事业的开端。此后正要将我的事业给你看哩。

神 教给了征兵的法子了罢？

恶魔 教给了，好意见罢？

神 正像你的意见罢了。

恶魔 怎样，不很高兴罢？

神 不不，这么一点事，没有什么的。

恶魔 俄大和日大，都只叫着你的大名呢。

---

61 现代汉语常用“输于”。——编者注

神 他们是将你当作我了。

恶魔 教谁胜呢?

神 不管他就是。

恶魔 你好冷淡呵。

神 应该给与人们的东西，我都给了，以后任便。

恶魔 死的很多哩。

神 然而人类，生长是总要生长。你的事业，不过做我的衬垫罢了。

恶魔 然而个人不也可怜么?

神 我不是人，所以没有所谓可怜这类感情。人们不设法，是人们的罪，我只要做了我的事就够了。

恶魔 你说，该给人们的东西，全都给了；然而教我说，却只觉得你没有将人们造得完全，单是造的傻气。我略一煽动，便将最要紧的性命，都看成尘芥一样了。

神 我没有将人们造得完全。我单撒了一粒种子；要看这种子落在地上，怎样变化。要看种种东西生来之后，想要生存的情形。只是这样就好了。看此后的人们将地上弄成怎样，是我的慰藉。人们成了完全无缺的东西太早了，我不很喜欢。但到达完全的地步之前，人们便灭尽，我也不喜欢的。

恶魔 我却要灭尽他们请你看哩。要不然，便赶他们到邪路上，教他们陷在无可奈何的境地。教人们只以为活着比死去还苦，只以为活着的事是无意味，单是可怕，于是教他们自灭给你看。

神 倘你能够，试试就是。倘你能将人们对于我的爱和信仰，加些损伤，切成两段，切一回试试就是。我还没有将人们造的这样脆呢。

恶魔 好，看着罢。

神 默默地看着。

恶魔 竟是日大这一边利害哩，仿佛还没有知道性命的可惜似的。大家都说为本国战争，却又有战到本国人一个不留的气势哩。好笑话呵。给与了这种本能，做甚么的？

神 倘没有给与这种本能，人们怕早不愿活着了。造成是胡胡涂涂，造成是傻气不以为傻气，人们才能活到这地步哩。

恶魔 但看他们到现在还没有除掉这种根性，也未免太傻了。这一节，你也该后悔罢。请你看着，这本能便是灭亡人类的关键。我已经确有把握了。

神 你的脑简单呢。人们却不会这样的合你意思呵。又要睡觉了，躺一会罢。（退场。）

恶魔 真会睡呵，这小子，我可也太忙。日大来了。

（日大登场。）

日大 如何？托你的福，大概是胜的。

恶魔 好好地干罢，一定是你胜。金钱和人民，以后总有法想的。世界出了惊看着你，惊叹着，看起了你哩，怕了你哩，从前看你不起的东西，也佩服你了。干得好，以后也发狂变死的干去罢。

日大 一定干。我国的人们，为了国家是不怕死的。人们多得很，简直太多了，所以便是死掉一些，也不妨事的。只是近来颇有些危险思想流行起来了，却也有点可虑呢。

恶魔 这种东西，不必顾虑的。以为可虑，只要抓进监狱里就是。

日大 正在这样办呢。

恶魔 还不行，杀掉就是。用你的力量，要做什么便什么都能做到，何必这样的怕几个空想家，还是拼命战争要紧。只要国家的意气增高了，胜利便是你的了。神曾说，他在你这一边呢。

日大 是罢，觉得是天佑的事真多哩。

恶魔 这就对了。总之切实办罢。这正是亡国和跳上一等国的分界线呵。

日大 感激得很，这就告辞了。

恶魔 再见。我望着你得胜。

日大 多谢。再见。（退场。）

恶魔 再见。得意着呢。这得意可是真有用处，东洋只要有这一个小子，就尽够了，假使这小子不强，我实在也就为难了。阿呀，俄大到了，怒得不寻常哩。

（俄大登场。）

恶魔 怎么了，俄大？

俄大 小子们的不要命。真窘了人了。无论威吓，无论什么，都不以为意的。因为所谓性命可惜这件事，还是全没有知道哩。

恶魔 这也未必罢。

俄大 而且内部也似乎要骚扰；真也窘人。这样黄色的小东西，本该不会输给他，但他不要命，所以为难了。大约还有英大暗地里推着罢？那小子本该是这边的帮手，但见我向东洋方面伸出手去，仿佛不很喜欢哩。

恶魔 先前已经说过，那小子是靠不住的。可是军舰还须多派；便将日大的军舰赶掉就是了。这样办，日大也便什么事都不能做了。

俄大 然而派军舰也为难。

恶魔 已经不是讲这样话的时候了罢。在东方就要伸手不得哩。

俄大 冒险一回罢。

恶魔 这才对。

俄大 你既然这样说，那就办罢。再会。

恶魔 就走么？

俄大 赶快派了军舰吓日大去。不将那得意的鼻子折了，是放心不下的。再见。（退场。）

恶魔 谁胜谁败，都好的。只要人们死的多，我就高兴。都听了我的话，拼命地扩张着军备哩。只要大家的竞争心和敌忾心，越发加添速度就成了。我也休息一会罢。先起一回地震消消闲才好。(摇动树木。)至少也得死掉二三千罢。其次还不如撒一点病毒。但这些事,也不很有趣。须得人们的精神从里面萎缩了;人们的精神进了邪路,绝望了,神这小子才吃惊罢。至于这小子的自负,实在奈何不得。总须按倒一回才好。现在便要按倒哩。用了人们的力,灭亡人们。这样一来,小子该吃惊了。赌的事是我胜利了。布置已经有点定局,姑且睡觉罢。阿呀,还大意不得哩。(望见了什么似的。)俄大的船出来了。阿呀,渐渐的弯过去了。虽然这样慢,在人们的力量,却总要算全力了罢。他还不知道日大的船在那里呢。阿呀阿呀,愈走愈近了;有趣呵,就要遇到日大的船了;哈,打了。俄大的船糟了,日大一定得意罢。虽然俄大的船也很想巧巧的逃出,送两三个弹丸给日大的内海岸的。但教他得意着,也很不坏。俄大这小子该失望了罢。这战争也慢慢地教完了罢。因为我的紧要事业,还预备在后来呢。日大来了。

(日大登场。)

日大 如何,英雄罢?

恶魔 佩服佩服。可是你的陆军,似乎有点疲乏了。

日大 我也正微微的着急呢。

恶魔 到了差不多的地步,歇了好罢。渐渐深入了俄大的国里,你也许碰到可怕的事呢。现在便是歇手的时候罢。

日大 我也这样想。但是我国的小子们,怕未必肯答应哩。因为上了战场的小子们虽然渐渐地想要回家,住在本国的小子们却以为即此便可以永远战下去呢;因为看同胞的死亡,全不当什么一回事呢。

恶魔 这样才好。为你的国家计,这应该贺的。单看见白色人在地上行势[62]的时节，说到有色人种，却只有你的国不缩头，这一切，我最佩服。没有这样的意气，是不行的。

日大 可是出去战争的小子们不能如此，所以为难了。

恶魔 这也没法。可是只要在国里的小子们元气旺，出外的小子们也容易办的。但现在也正是歇手的时候罢。俄大那一面很愿意歇，因为怕起内乱哩。然而内乱是起不来的，便是俄大，要按下内乱这一点力量，却还有呢。

日大 不错。俄大的国度大，以后可以随意送到多少军队，我可不能这么办。

恶魔 是的，照你的实力，早该加倍的扩张军备了；你没有做，所以不行。

日大 就因为金钱为难呵。

恶魔 再收些税就是。

日大 这也很难。

恶魔 那里有难的道理呢？国家灭亡了便糟，应该谁都知道，而且武器也得改良哩。近来捕获了几条军舰罢？战争完结之后，倘不制造到现在的加倍以上，也怕不行。

日大 钱也很不容易办。

恶魔 总须设法才是。你的国里的人们，为国家做这一点牺牲，都应该欣然罢？

日大 可是近来很有点不行了，因为染了西洋气了。

恶魔 这却很有些不妙哩，但战争完结之后，千万大意不得。因为你的国的位置，比先前更加危险了，况且版图一广，也更要金钱和军队。

日大 的确是的。一定设法，可以对得起你的忠告。

62 现代汉语常用“行市”。——编者注

恶魔 肯这样办，你的国便是世界的惊异，全世界都怕你，敬你了。

日大 极愿如此。失陪罢。（退场。）

恶魔 早以为变了世界的一等国，得意着走路了。有趣有趣。阿呀，俄大来哩。

（俄大登场。）

恶魔 怎了，俄大？

俄大 听了你的怂恿，吃了亏了。

恶魔 也不是要这样失望的事。

俄大 也没有怎样失望，然而也不很舒服哩。而且国内的不平党要闹事；属国也想造反；乘机视隙的东西，各处现出影子；又少不得钱用：这回的战争，实在有点后悔了。太看低了别人，所以糟的罢。

恶魔 正是呢，然而反可以当一服药罢。不要以为很强了，只是自负才是。而且不将兵器改良，也不行的。其实可怕的并非日大，却是德大；不小心，也不行的。

俄大 但倘使战争下去，也该可以得胜，然而也想歇了。照这情形再拖几时，是不了的。

恶魔 这也好罢。可是战争完结之后，不小心不成。

俄大 好好，小心就是了。现在停了战，虽然受一点损。

恶魔 那里话，也受不了什么损的。因为日大这一面，也暗地里愿意休战哩。况且想要一个翻本的机会，随便什么时候都行。

俄大 这不错。我也知道和日大的争闹，这回是初次，却不是末次哩。

恶魔 只要等着机会，好机会一定来。日大已经很得意了；如果没有利用的必要，他们一定竭力地想灭日大。这时候，你要什么拿什么就是了。现在还是教他得意一点好。

俄大 实在不错。这样子，便停战罢。

恶魔 再见。万不要忘了扩张军备和兵器的改良。

俄大 不忘记的。(退场。)

恶魔 呵,我也睡觉罢。神小子睡眼蒙胧[63]地跑来了。

(神登场。)

恶魔 如何?

神 我依旧闲着;因为无论那一国,都不来和我商量。然而我放心的。看罢,俄大和日大,我虽然睡着,也自和解了。

恶魔 然而这和解,是最合我的意思的和解方法呢。现在要拼命地取了租税,用到军备上去了。为了那边指顶大的地面,日大却牺牲了几万人哩。你看罢,那便是日大的国里的人们,因为平和了,正在生气,说更须战争更得利益呢。

神 然而我是放心的。又要睡了,我的觉醒,人们仿佛不喜欢似的。然而我相信最后的胜利。便是你,也不过在我的手下差遣着的罢了。

(退场。)

恶魔 真教人吃惊呵,这小子的自负,而且也真会睡。我也睡一刻罢。阿呀,似乎德大到了;我简直没有睡觉的闲空了。神小子说,他醒来的时候,人们都不喜欢;我睡下的时候,人们却也仿佛都不喜欢似的。这样看来,人们大约以为我这一边,是一个万不可缺的东西哩。

(德大登场。)

恶魔 德大,怎了?多日没有见了。

德大 就是忙;如何,我的国渐渐兴盛了罢!这就因为我国的人们和别国的人们,脑髓构造不一样的缘故;不问什么事,全是合理的做去的缘故;而且别人不会再想的地方,我国的人们却能硬着头皮再想进去;什么事都用了好法子,耐心做去。买卖这一面,现在便可以胜过英大给你看了;因为最可怕的只是英大呵。俄

63 现代汉语常用"睡眼朦胧"。——编者注

大这回成什么样子，竟被我的徒弟一般的小小的日大，治了一下子就坏了。唉，我的世界，目下就要到了。

恶魔　这实在佩服；我希望的就是你。陆军无论怎么说，自然是你的国超等，可是海军总还得算英大哩。

德大　请你看着；就要将保守的英大，吓他一回给你看。能够飞在空中的完全的飞船，已经发明了；就要成一件像样的东西了。

恶魔　这才是好法子。总而言之，不要输与英大呵。

德大　目下定要胜他，请你看着。已经有了成算了。请你再等十五年罢。现在失陪了。

（英大登场。）

德大　英大兄么？总是很兴旺，好极了。

英大　你这一面，英年锐气，这才很兴旺，好极了。

德大　然而无论如何，总赶不上你，因为海洋是总是你的。

英大　这已经要成过去的梦了。

德大　这是谦虚的话。

英大　并非谦虚的话。像你这般的元气地出了世，我这一面，也疏忽不得呢。

德大　我这一面是毫无野心的，请放心罢。

英大　军舰造得颇不少了罢？

德大　你这一面，造得更多罢？

英大　因为国防上必要的数目，总得造的。

德大　为了国防，大家都得费去许多钱，实在是可叹的事呵。

英大　真的。这样下去，会成国防倒帐了。你这边顾虑一点，可好呢？那么办，我也就顾虑了。

德大　我这一面，实在没有造到必要以上呵。不要担心就是了。可是你这一面，仿佛有点野心，我却担着心哩。

英大 这话是应该我这一面说的。我这边总是被动。所谓野心，我这边实在没有。

德大 但愿这话可以相信就好了。

英大 请放心罢。

德大 还是你放心罢。告别了，再会。

英大 再会。

德大 （退场时独白，）这小子又图谋着什么哩？这小子的没有破绽，实在教人吃惊。小心着才是。（退场。）

恶魔 英大兄，什么事？

英大 德大来做甚么的？

恶魔 来自慢[64]的。说就要收拾你。给我看呢。

英大 想收拾，收拾就是。我这一面，也不是这样的傻子哩。我认定德大是世界的恶魔；要教全世界知道他是世界和平的仇敌。

恶魔 他是对于你的利益最有妨碍的国这一节，却瞒起来么？

英大 这种事何必特地嚷出来呢。这单是我国的事罢了。我的事情说给别人听，也无聊的很呵。

恶魔 总之你的国，本国虽小，依然是世界第一的国哩。老实的国，一定都如你的意的。

英大 这是因为我帮他们的忙，所以感激着呢；而且利用他们，就是为他们谋幸福，这一举两得的外交的秘诀，我是捏着的。这一点什么德大，也及不上我的皮毛；因为他只想着自己的事。这种思想的国，在现世定要亡掉的。因为先行尽量地利用了，然后慢慢地拿出暗拳来，才是外交的秘诀，征服世界的秘诀哩。

恶魔 实在不错。德大不是你的敌手呵。你为了金钢钻[65]，不惜打了杜

64　现译“得意”“骄傲”。——编者注

65　现代汉语常用“金刚钻”。——编者注

兰的手段，我也始终佩服着呢。

英大 不要提起这事了，因为现在倒反后悔了。

恶魔 那便还了他罢。

英大 这可不能，为此死了许多人呢。

恶魔 真不愧是你，虽然后悔，既得的东西，却不再吐了。

英大 倘使这么老实，在这世上活不成的。无论那一国，这一节全都相同。因为强者的正义和弱者的正义，模样有些各别[66]的。

恶魔 这也是的。

英大 弱国做强国的饵食，正是自然的法则呵。然而我却并不专管自己一面的事；对手的利益，也想到的；而且也知道该给对手满足，不要撩他生出不平来。决不像暴发的德大，只是鲸吞虎咽[67]的。

恶魔 你真是很可怕的小子呵。

英大 然而假使没有我罢，俄大和法大，一定要做德大的奴隶；为世界的平衡计，我是万不可少的。

恶魔 委实不错，你和德大，正是好对手哩。

英大 为我计，德大是必要的。为德大计，我是障碍？为我计，德大可是必要的。这就是我的伟大的地方，无论德大怎样不舒服，总不过做一个为我利用的家伙罢了，然而这是笑话。再见罢；再会。（退场。）

恶魔 再会！这东西比那德大，真真胜过一筹。神小子还睡着罢？以后可是有趣了。先在小事情上闹一点事，逐渐的做到大战争，教这小子看看我的事业，多少可怕。谁都整备着，馋急着。这就是我所瞄准的地方；因为有此，我才能成我的事业，将人们拖下灭亡的谷里去。姑且在小事情上，使他们争闹起来罢。便就近投一星小

66 现代汉语常用“个别”。——编者注

67 现代汉语常用“鲸吞虎噬”。——编者注

小的火，再去睡一会罢；起来的时候，全世界都该烧着了。早都准备了，油也浇了，只渴望着火；傻小子呵，为了一点小贪欲，却舍了性命和财产；大家拼命相杀哩，全不想到自己也会被杀哩。神造的东西，全都是这样的昏虫罢了。专管目前，贪欲没有底，利益上毫不放松。但一到紧要时候，便发了昏。说是要杀就杀，我不要命了！要便拿去，可是要取你的命哩。哈哈哈，为要活着而贪的呢？还是为要死掉而贪的呢？实在索解不得。说是如果有损，而且别人有所得，还不如死的好，所以可笑哩。神小子。真造了太可笑的东西了。那小子也有点老昏了。但人们善于自负的地方，却真不愧所谓神之子哩。哈哈。火是延烧起来了。准备了醒来的高兴，先睡一会觉罢。（躺下。）

（少女，就是第二幕中的女三，略异以先，坐在看客席上，正当青年的背后；此时拍着青年的肩头，青年回顾。少女微笑，略打招呼。）

青年 你怎的在这里？

少女 来看戏的。

青年 别的几位呢？

少女 都在后台哩。

青年 那一位乞丐呢？

少女 不久也即释放了，赶出了那个村庄，到了这里了；现在也在后台。还说很愿意再和你见一面哩。

青年 原来，还有著作剧本的那一位呢？

少女 扮着恶魔的，就是那人。

青年 这么一说，就觉得无怪声音有些耳熟了。这回的剧本，又是谁的著作呢？

少女 也是那人。那人也说正想和你会一面呢。

青年 这样么？我也正要见他。

（此时寥寥的几个看客，吹唇教静。）

青年 那便再谈罢。（复了原状。）

（神登场。）

神 恶魔这小子睡着哩。（遍看各处，）阿呀，又闹玩意儿了。淋漓的浇了油；点上火了；而且将导火线纵横绷着哩。然而便是人们，也还没有如恶魔意料中这般简单，切断导火线这点事，也还知道的。但也危险，给他灭了这飞火罢。又想睡了：人们的小子，总不愿意我起来。被我看见，还有些羞罢。不久成了不至于羞的模样，便会自来叫我的罢。还是安心睡觉去罢，虽然常常醒过来，但当真醒了看人类，大约还是略略后来的话哩。睡罢。火势有点衰了。然而目下还只好让恶魔高兴。做了恶魔的牺牲的人们，虽然可怜，但既然吃了智慧果，便免不得有身受这运命的飞沫的东西。除非人们自己小心，不受这飞沫。好好，我再睡罢。

（退场。）

恶魔 唉唉。（欠伸着起身，遍看各处，）阿呀，好奇怪，火消了。怎的会这样？怎么一回事呢？阿呀，谁将导火线割断了。不近人情的东西！但是看罢，这回一定留了神，弄出大战争来给你看。德大、俄大、法大，以及奥大、意大、日大，都要扯他们进了战争的深渊。神小子已经想出了飞机，兵器也很有长进了；教他们应用了这些，做一回大布置的杀人罢。我不会错，神小子该出惊罢。而且还要教英大采用征兵主义哩。看着罢。但从那里先点火呢？还是叫了俄大的外甥塞大，挑拨一下罢。塞大来呵！这小子正恨着奥大；而且也是很容易挑拨的小子哩。塞小子，已经到了。

（塞大登场。）

塞大 什么事呢？

恶魔 倒也没有什么别的事，听说你的伙伴，正挨着奥大的辣手哩。

塞大 是的，正挨着辣手哩。

恶魔 不生气么？

塞大 怎不生气，但现在没有报仇的机会呵。

恶魔 那里话，要造报仇的机会，多少都有。况且你的后面有俄大，奥大也不敢轻易动手的。不要太畏葸罢。

塞大 但是我这边，战事刚才完结，国有点疲乏了。

恶魔 不要说没志气的话。你的国是强的，全世界都承认：奥大也有些惧惮呢。这样费了气力，那利益都被奥大胡乱拿了，同胞还要被迫压，怎样忍得过。还是做一番，教他知道你的国也有骨气才好罢。

塞大 倘有好方法，也愿意做的。

恶魔 不必别的，只要治了奥大的皇太子夫妇就好。这小子一定要成可怕的暴君，不趁现在治了，实在是后患。他的老爹已经老昏了；可怕的便是他们两个。只要杀了那两个，怕死的人对于你的同胞，便会比现在宽大不少罢。

塞大 可以行么？那两人倒实在有治一下的价值。为了那小子，我们的同胞无罪入狱，甚而至于还有被杀的哩。但是，成了国际问题，那就麻烦了。

恶魔 那里，不妨事的。如果事情弄大了，俄大会来帮忙。

塞大 那时德大又怎么办呢？

恶魔 出了这样事情，实在是大不得了，所以该会想法子中途捺消罢。不必愁的，一定是杀了上算。单是杀人的勇士，你这里也没有一个么？

塞大 多着呢，但顾忌着国的运命哩。

恶魔 还管这等事，说不定奥大要凶到怎样哩。

塞大 的确不错。给他看点斤两罢。

恶魔 那便奥大要吃惊，要慌张了。

塞大 对于将我同胞不当人看的罪，给他天罚。

恶魔 好好地做罢。

塞大 好好地做去。怨恨浸透了骨髓哩。再见。

恶魔 什么时候办？

塞大 立刻办给你看。（退场。）

恶魔 雄赳赳地去了；看这样子是要做的。我连结[68]着的导火线上，这可落了火了。便在我也要算好方法了；这回一定教成功。仿佛已经办了哩。奥大来了。连奥大这宽气儿，也怒的利害哩。

（奥大登场。）

恶魔 奥大怎了，何以这样发气？

奥大 塞大国里的小子，将我国的皇太子夫妇害了。

恶魔 这真真是万分可恶的东西呵。

奥大 这事很像受了塞大自己的意志做的。

恶魔 这是一定的事。

奥大 我也以为一定如此。我所以和塞大理论，要报足这怨恨；要教他后悔这次的行为。

恶魔 这是当然的事。遭了这样的毒手不开口，是男子的耻辱哩。

奥大 是呵，无论怎样，这仇一定要报的。

恶魔 这样才是正办。你的国民，也要求如此罢？

奥大 不知道有没有例外，假使竟有，这便是不能称为国民的人了。

恶魔 不错，实在不错。

奥大 国民还都说，要满心满意的报仇；倘不满意，是不应承的；很有免不了示威运动的势子哩。

恶魔 这实在是意中事呵。

奥大 这便要开强硬的谈判去；倘不听，便是战争也顾不得了。

68 现代汉语常用“连接”。——编者注

恶魔 这是当然的事。然而，俄大也许暗地里帮着塞大呢。

奥大 无论谁帮着，也不能闭了口躲起来了。况且俄大出面，德大也就出面，到这样，便闹糟了事情，所以俄大也未必开口罢。但也没有闲空，再顾忌这等事了。

恶魔 是呀，这才是奥大哩。（拍奥大的肩，）切实的办。

奥大 切实办去。我如果被人看作受了侮辱，也只能缩着颈子，那便即使亡了国，也要战的。此后要提出洗刷国耻的要求，给国民几分满足哩。再见罢。（退场。）

恶魔 再见。全照我的意思一样了，有趣。（巡行。）

（塞大登场。）

恶魔 办的好罢？

塞大 办是办得好的。但奥大怒极了；而且对了我这边，出了无礼的难题目。奥大简直用了不将我当作一个国的态度，说若不依他的话，就要用兵哩。他这般说，我这边也就不能默着了。

恶魔 那是一定的。奥大因为你小，不当东西哩。

塞大 是的，所以令人生气，但也想问一问俄大兄的意见哩。

恶魔 这一定得问。俄大为了你，未必不帮忙罢。

塞大 总该如此。阿呀，俄大替我着急，正从对面来了。

恶魔 正好正好，好好地对他说罢。

（俄大登场；塞大忙跑上前，握手。）

塞大 血族受人侮辱，请你当作对于自身的侮辱一样看罢。

俄大 一样看的。你的不幸，便是我的不幸；你的损，便是我的损；你的耻辱，也便是我的耻辱呢。奥大对着你，提出了无礼的要求，也就是看不起我，以为我打不过日大，便容易对付哩。你放心罢，我居中给你说话，我没有答应，奥大也未必敢糟蹋你。

塞大 拜托拜托。可是托着奥大肩膀的还有德大，也得留神才好。

俄大 但没有最后的决心，便要受敌人侮慢，给他看倒的。已经有了最后的决心了罢？

塞大 已经有了，请放心做罢。

俄大 但还是由你回答的好；到时候，我来说话就是了。无论如何，奥大是不必很怕的。我出面，德大也就出面，他是野心家，说不定会做出怎样事情来呢。然而德大动手，法大、英大也便坐视不得。这么来，事情可就闹大了。现在还是只装着你和奥大闹事的样子罢。

塞大 这样子，奥大便要看低了我了。

俄大 露一点我的意思给他看就是。但要小心；然而怕奥大是不必的；便是奥大，也知道我帮着你，而且法大、英大帮着我呢。无论怎样生气，危及国家的事，也未必做的。

塞大 然而示威运动很猛烈呵。示威运动固然也许含着外交的策略；但蠢笨的群众，便会因此发昏，再没有想到什么国家的事的余裕了。

俄大 我不怕奥大；只是在他背后的，苦心经营地想寻机会征服世界的野心家，名誉心很强的德大，却怕哩。这小子什么事都会做；况且军备也周到了，自负又利害。

恶魔 （插嘴，）然而俄大兄，现在德大倒还没有什么可怕；德大欲望大，还候着更好的机会罢。现在就起来，料德大也还没有预备得这般周到；再迟四五年，许会兴高采烈地起来罢。所以，塞大兄也可以强硬点，外交一让步，是没有底的；就要得步进步的。而且别人就以为这国度没有战斗力，国力已经疲弊[69]了。被敌人这般想，还了得么？况且奥大又实在这般想，看低了你的。你能强硬，奥大便要吃惊。你的国自有你的国的法律；蔑视这法律，就同不认你的国为独立国一样了。这样的侮辱，那里还有呢？切实干罢。

69 现代汉语常用“疲敝”。——编者注

塞大 切实干去。我为平和计，可以让步的总想让步；但不能让步的事，是不能让步的。我不是奥大的属国哩。

恶魔 一点不错，一点不错，断然地回绝他才是。俄大兄，你也这么想罢？

俄大 实在是断然地回绝了好。

塞大 那便去断然地回绝他。失陪了。

俄大 那么我也同走罢。

（塞大、俄大退场。）

恶魔 毫不招呼地走了，很张皇哩。这回该如我的意了；不会不如意的，已经浇了油，用导火线二层三层的联着。塞大的回答，奥大定要发怒；往返一定不调，谈判定要炸裂的。神小子这回醒过来，定要出惊了，这一回，可再不给他说“我相信人们”了。呵，奥大发了怒来哩。

（奥大登场。）

奥大 欺人太甚了；便要教你知道。

恶魔 奥大，独自说些什么？塞大又说了无礼的话么？

奥大 是的，我的要求，竟不当一回事；以为只要威吓我，我便会撤回要求哩。就令那边跟着俄大，跟着甚人，正当的要求，也没有撤回的理。国民全部“战争战争”地喊着哩。塞大那一面，摆着不怕战争的脸；我这一面，也决不怕战争的。无论怎样，还没有老昏到竟须受塞大的欺呵。我国皇太子夫妇被害的情形，已经烙印在国民的脑上了。做这事的是发疯是正经，有无塞大的意志这等事，一看就明白；想含胡过去，是不能的。就令惹出怎样可怕的事，罪孽总在塞大；正义之神是在我这边的。我决不能将要求收回一些了，须做到底才罢休。现在我这一边，倘若略略让步罢，怎么能教国内平静呢？我不让步的，决不让步的。

恶魔 对呵，你的要求的正当，谁都承认的。塞大真真是胡涂小子呵。

况且俄大抬着肩膀，便愈加让步不得了。

奥大 俄大算什么？输给日大的俄大算什么呢？俄大起来，德大也就起来。俄大不是德大的敌手呵；便是那小子，也未必这么傻罢；也该知道自己站出来，便要闹出可怕的事罢。所以想来只是恐吓罢了。我不上恐吓的当；但即使当真出来，我也不怕的。

恶魔 德大从对面来了。

奥大 德大来了么？

（德大登场。）

奥大 （跑上前，握手，）来得真好。

德大 惦记着你的事，特地来的。你放心；即使俄大、法大、英大都转到那边去了，也不必愁的；因为这一点预备，我早已整顿好了。喜欢战争的必要，固然不必有；但恐惧敌手的必要，也不必有的。何日何时，陷落那里的京都，攻进那里的京都，我都清清楚楚了；一日里调动几百万军队，也容易的。有我帮着，只要放心就是。

奥大 多谢，听了这话，我就放心了。

德大 （露出臂膊，）这臂膊正在纳闷哩。（拔剑，）这剑正要喝血哩。我也并不喜欢战争；但这回再不战，在这世上，可没有伸张力量的余地了。切不要怕战争。但能平和而得到光荣的解决，却也可以的。只是我也想将我的武力，给世间看看；将我的脑怎样能干，给世间看看。（且走且说，）奥大，好好地做去；运命所给与的东西，不必怕的。

奥大 听了你的话，我也放心了。决不做辱没我们种族的事。

德大 以后总有细细商量的时候罢。总之，不要怕。

奥大 不怕的，这就失陪了。

德大 再见，祝你幸福。

奥大 多谢。（退场。）

德大 （看见恶魔，现出快意的笑容，）终于来了，料定了的时候。

恶魔 你该高兴罢。

德大 并不高兴，但也没有不高兴。这是成败关头呵；不能单是高兴的。

恶魔 然而胜利该是你的罢。

德大 这大约是我的。

恶魔 胜利的喜悦，是赋给人们的最大喜悦呵。你想尝这喜悦罢？

德大 这是想尝的。

恶魔 像这回的机会，是不会再来的呵。

德大 这我也知道。

恶魔 你抱了多年的期望，这番该要成功了。

德大 料来最后总要成就。但英大许要作践了殖民地哩。

恶魔 但倘若取了比大的国，……

德大 那边是中立国呵。

恶魔 然而你的方略，不是从此侵入么？瞒也无用的。

德大 委实如此，并且用飞船、飞机和潜水艇，赶掉了英大的军舰，攻进他本国里的时候……

恶魔 这也不是做不到的事。只要用了你的缜密的脑髓，科学的智识[70]，你的耐心和固执，送陆军到英大的本国里，也未必是做不到的事。

德大 我也这样想。一个月之内，先破了法大的首都，顺势再进俄大的首都请你看罢。

恶魔 你的陆军，这一副力量该是尽有的。

德大 我也怕战争的悲惨；但在这世上，太怕这事，也不能了。好歹总要打一仗的。英大所有的是教我国灭亡了才罢的意志；不到一边再也站不起身的时候，是谁也睡不稳的。运命倘教我战，我便拼出死力，去治这奸佞无比的英大。他随处妨害我，我和他

70 现代汉语常用“知识”。——编者注

已经成了不能两立的关系了。这事英大也明白；现在不治，不知道又要计画怎样可怕的事了。

恶魔 都不错，你和英大，正在不能并立的关系上哩。

德大 请你看看。倘使此番趁这机会，起了大战争，而且不知道是侥幸还是不幸，竟和英大战争了，我一定要惩治英大给你看。虽然隔着海，可是现在不比先前了；一定渡过海给你看。

恶魔 只要渡得海，你的胜利便无疑了。

德大 一到动手的时候，我的活动，怎样灵敏周到，都请你看着就是。

恶魔 我看着，好好地干。

德大 请看着就是，胜算（拍着胸口，）在这里哩。再见。（退场。）

恶魔 再见。我多少聪明呵；全照我的预算办了。然而德大，照你这预算却不行；你的预算太如意了。我的妙算，是要两边一样力量，互相残杀的；这一边轻轻地胜了那一边，并非我的希望。我是公平的；而且战争愈长久，我也愈喜欢；而且战争的牺牲愈多，人们诅咒自己生来做人的事愈凶；也便是我得胜。神小子什么都不知道的睡着；醒来不要出惊！

（英大登场。）

恶魔 英大兄，想甚么？

英大 奥大和塞大的闹架，像要闹大了。

恶魔 似乎总要闹大。

英大 我也愿他闹大，但也怕呢；因为我的帮手，有点靠不住。想起来，总还是德大强些哩。

恶魔 然而你的本国和殖民地，是万全的。

英大 这该万全的罢；或者用了飞船，加一点恐吓罢了。殖民地自然也无碍；我却要全取了德大的殖民地哩。我所怕的，只在德大去夺那中立的比大的国，以及占领了法大的海岸线。

恶魔 未必会有这等事罢。

英大 即使法大的海岸线不足虑，比大的海岸线却容易占领的；因为德大确乎想走过了比大的国，来威吓法大和我的国呢。这东西是野蛮，便是侵入中立国，也不介意的。

恶魔 但比大有很好的要塞罢。

英大 这是有的。比大也未必肯听德大的无理的要求；我想比大也还会战争，但万一吓倒了，竟依了德大的话，可就糟了。

恶魔 这只要和法大兄商量妥当，一用你的专长的外交法，比大总该加入你们这一面的。听到随便走进自己国里的要求，便是比大，也未必舒服罢。

英大 比大如果肯拼命，法大和我的军队都去救，海岸线便不会落在德大掌中了。这时俄大也进攻；法大以为报复多年的仇恨，正在此时，也拼命地战了。奥大是毫不足虑的。意大近来颇恨德大，大约未必帮德大的忙罢。

恶魔 无论如何，你总有增加军队的必要呢。义勇兵容易招集么?

英大 自然，立刻招集给你看。

恶魔 可是这回的战争，义勇兵有点难哩。

英大 不妨事的。义勇兵不行，你说怎样?

恶魔 除却用德大发明的征兵制度，没有别法了。

英大 我不想将不愿出征的人，赶上战场去。倘若必须借了心里怕死，抖抖的出战的人们的力量，才能保得住国，还不如亡掉的好。我国的人们，对于受了强制，为国效死的事，是很以为耻的。这简直是将人不当人的行为；这是只有德大才能想出来的，抹杀了人的价值和祖国的爱的制度呵。

恶魔 但许多国都实行了。

英大 即使所有国家都实行了这制度，独有我的国里，却不许这样腌髓制度进去的。强制他们，用死来吓，这样的事能行么？我只是将为着祖国自愿出征的人，送上战场去；还要冠冕堂皇的打胜了给你看哩。

恶魔 你倒总是绅士模样的意见呵。但这意见，现在须取消了才是。

英大 请放心，单用义勇兵就够战；单用那因为祖国非战不可的人们，战给你看。

恶魔 能够如此，实在是你的国家的光荣了；好好办去，不要失却这光荣罢。

英大 便要教失却，也不会失却的。战争定要开手罢？

恶魔 德大的殖民地，这便是你的了。你正在最好的位置哩。

英大 正义是在这我一边的。

恶魔 我也在你这一边。因的你能知道正义可以利用的哩。正直是最大的政略，所以你要正直，这便是我所极顶中意的地方。这回开战，损最少得最多的该是你了；因为将德大关在本国里，使他动弹不得这件事，在你做起来，比一抬手还容易呢。

英大 （露出会心之笑，）现在正是时候了。我对于运命所给与的东西，决不逃避。正义在我这边，还有胜利和利益，也在我这边。不趁此刻治了德大，怕未必再有这般好机会了；而且要成无可挽救的事了，俄大和法大，都要将我当作救主看罢。战事一定要有罢？

恶魔 战事是未必能免了。

英大 德大！要断掉你的手足了，要教你再也站不起身了。谁想和我竞争，不知道我的利害的，便都要按倒，再也站不起身。

恶魔 对面俄大和法大都来了。

英大 来了么？

（俄大、法大登场。三人无言，握手。）

俄大 英大兄，正寻你呢。

英大 闹出大事情了。我正在担心哩。

俄大 奥大和塞大的战争，终于不能免了。

英大 这样么？那也无法。你也想和奥大开战么？

俄大 此外也没有法；因为塞大的国，倘被奥大占去，那就糟了。

英大 你起来，德大也要起来罢？

俄大 就防这一著[71]。

英大 （对法大，）假使德大加入战争，你也就加入战争罢？

法大 自然，不能单听俄大兄吃亏的。你呢？

英大 自然，和你们做一伙。

俄大法大 （合，）肯做一伙么？多谢多谢。

英大 自然做一伙。但我姑且装作中立模样，教德大加入战争的时候，能够愈拖延便愈好。

法大 这么办，我这边便有救了。

英大 因为德大这边，准备都已完全了；一要起来，几百万的兵，立刻便能动。你们的国却不能。因为德大真是一个可怕的东西哩。

法大 委实不错。但三人这样联成一气，便无论德大怎么挣，都不妨了。这般野蛮国，在我辈身边威阔，实在不太平；除却治他一番，没有别的法子。

英大 是的。这一回，定要大家团结，无论怎么辛苦，也得将德大治到站不起身才好。即使德大开初顺手，两三年后，我们这边的准备也就停当了。只好耐心做去。大家各用百来万的牺牲，也是没法的事。

法大 是的，除了不管用多少牺牲，将他治服[72]之外，没有法子。

俄大 只要战争能够延长，便是我们的胜利。照现在的情势，已经顾不得牺牲了。

71　现代汉语常用“这一招”。——编者注
72　现代汉语常用“制服”。——编者注

英大 有这样决心，胜利定是我们的。只要按倒德大，天下便许太平了——实在是危险的国度呵。

法大 实在是人类文明的破坏者，所以容不得。对于人间最美的事，也全然是无知的。单听到他的语言，也就心里不舒服了。

英大 总之大家起一个誓，战到最后的胜利才歇手罢。

（凭了神和剑，立誓。）

英大 三人这样联成一气，德大便随便那里都不能伸手了；只要三面围起来。

（塞大慌忙登场，和三人匆匆招呼，走近俄大。）

塞大 俄大兄，糟了，战争终于开手了。

俄大 诸君，那就失陪了。

英大 小心办罢。

法大 祝你胜利。

俄大 多谢，诸事拜托。塞大，诸位都肯相帮，放心就是。

塞大 诸君，感谢之至，拜托拜托。

英大 请放心，大家一定要合起来，将奥大和德大都治了。

塞大 听到这话，真教人喜欢。（一一握手，）这就告辞了。

俄大 （用两手向英大、法大同时竭力的握手，）拜托。

英大 请放心。

法大 上心干罢。

（众人都说着再见再见，回顾着或目送着塞大和俄大退场。沉默。）

英大 你的国里，没有人反对战争么？

法大 就同没有一样。不赞成的人，也许有的；便是敢于反对的人，也许有的。但有什么用呢？不过毫无力量的反对罢了；舆论不会理他的；而且国民的势焰，因此只会激昂，却不会衰弱。对于德大，都怀着恶感哩；都不喜欢祖国的文明被德大破坏，祖国的风俗受了德化，也都真心憎恶的；而且我们的语言被德大的语言压倒，也都不高兴；与其如此，倒不如死了。从前属我国，现在成了德大的东西的二州，已经德化到怎么地步，只要想到，心里便难受，对着德大，不能不涌起憎恶了。我国的人民，定然一致，为祖国的文明、风俗、习惯、语言战的。

英大 听过你的话，便放心了。倘使那野蛮的、粗杂的、无趣的、冰冷的、理智的、单讲科学的德大的空气，当真支配了世界，我们的国民便难望活着了。

法大 只要听到那种语言，便实在令人胸口作恶，而且那气味也难受，正如我国的一个诗人所说一般。

英大 总之，亡在德大手里，便不得了的。除却惩治到底，使他再也起不来之外，没有法子。

法大 很是很是，你这一边，也都有战争的决心的罢？

英大 这自然，放心就是。然而，大意不得的便是德大也会侵入中立国的比大的土地这一著。

法大 我也正怕这事哩。可是比大不喜欢德大文明的很多。比大只要一想，那德大的兵，在自己国里随意走动用了兵力，提出无理的要求，也未必能轻轻答应罢。

英大 那国里，许多是说着和你相同的国语，赞美你的文明的。这由来已久了，所以未必肯做于你有损的事。但我们两人仍得小心；因为万一竟听了德大的要求，那就糟了。

法大 不错，倘若比大的海岸随便给德大使用，你的国也就糟了。

英大 我的国倒还在其次；因为军队通过中立国的理，是没有的。万一竟有这事，而且德大也做得出，我总要对于德大，提出抗议去。你还是尽点力，嘱咐比大，假使德大有这要求，教他不要依罢。

法大 这事一定尽力做去，总之要趁这机会，捺倒了德大才好。俄大也想必真心战争的。

英大 但我们更该真心的不怕牺牲的战争。

法大 对面比大来了似的；来的正好。

英大 无论如何，必须拉比大成了一气才是。假如侵入了比大的土地，还得托比大便在他这里阻住了，愈久愈好；要不然，可就糟了。

（比大登场。）

法大 比大兄，一向好么？

比大 闹大了事了。俄大对奥大出了宣战布告了，德大也终于起来了。

法大 如此么？那是我也不能这般含胡了。

比大 你也要战么？

法大 如果德大起来，我自然也加入战争去。不但我，一到紧要关头，英大兄也便来做我们的帮手。

比大 这样么？我还听到了一件怪事哩。

法大 怎样的事？

比大 便是德大定了计画，要通过我国，攻进你的国里这件事。而且很像真的哩。

法大 倘若竟有这般无理的要求，你怎么办呢？甘心依么，这不合理的要求？

比大 不不，不依的。我的国里，作战的准备虽然不充足，但我既是一个中立国，想来总该尊重我这一点权利。如果竟不承认这权利，硬要用了兵力，达到要求，我们也不能说因为可怕，便默默地依了。我为中立国的尊严计，羞听人说是“因怕战事依了要求”呢。

法大 这就放心了。真有意外的好心呵。被德大的风俗习惯转化，我们应该怕，应该羞的；做德大的属国，我们应该羞的。

比大 要是做那恺撒的臣民，还是死的好。但如果不幸，竟须和德大战争，还请为我国帮点忙呵。

英大 自然。为人类计，为人道计，倘若德大敢用一个指头来拨动你的国，我们决不答应。尽力地帮忙不必说，此后还要永远为你的利益出力呢。

法大 这一节请放心，我们决不肯教你上当。

比大 听了这话，我就放心了，决心也坚固了。这就告辞罢。

英大 我们也都走罢。为世界的文明，为人类的和平，又为人道，大家都出个死力罢。

比大 我的国虽然是中立国，我国的人民爱重人道这一点，却不下于别国呢。

英大 我对于你国的历史以及国民性，本来早就钦敬的哩。

（英大、法大、比大退场。）

恶魔 好容易做到这地步了，现在我也要算好收成了。英大虽然说过大话，不久却要觉到义勇兵的单是费钱而无实用，一定另外设些什么口实，采用那强制征兵主义了；那时候的一副正经脸才好看呢。德大来了，这小子也生了气哩。

（德大气愤愤的登场。）

恶魔 怎的这样生气？

德大 他们只说我“野蛮野蛮”，为人类起见，灭亡了才好。我的国里出过怎样的哲学者、音乐家、诗人、科学家、医学家，他们都装着忘掉了的脸，想从人类的历史上，抹去了我为人类尽力的功绩，而且加上我一个名号，叫作“人类之敌”，说我应该灭亡。我本来早准备被人这般说，而且也养好了不至灭亡的力量了，然而事实总是事实，想将我为人类尽力的事实与否定，是做不到的。惟其有我，人类才有生气。他们都是下火，已经老昏了，竟还说过分的话；人类进步的障碍，其实正是他们；治了他们，才正是为人类。我已经忍不住了，为免去我民族的灭亡计，要大闹一番了。

恶魔 是的，不这么想，你的国就难保；现在不胜，便没法了。

德大 我也深知道这事。请你看着罢，不出三星期，就要将我的国旗，插上法大的首都呢。

恶魔 穿了比大的地方过去罢？

德大 自然。敢抵抗，便踢掉了这障碍物过去。

恶魔 然而用心办才好。

德大 都准备了。总之这回的战争，非胜不可。

恶魔 不要怕牺牲。

德大 不怕牺牲的。谁敢遮拦我内面烧着的力的，得诅咒呵！

恶魔 这回的战争，是国家存亡的岔路哩。

德大 真实不错，我定要战到得了最后的胜利。

恶魔 最后的胜利，一定要归你的。

德大 我也相信如此。我的民族上，有神和人类的祝福；而且我的民族，也有这般的价值。

恶魔 （手拍德大的胸膛，）好好地干，为你的民族的光荣。

德大 好好干去。这就失陪了。

恶魔 愿你康健。

德大 多谢。（退场。）

恶魔 高高兴兴地走了。这就结定了仇；以后只要尽着力量，煽起他们的残酷性便好了。但这等事，原也不必我出手；人里面尽有着十二分呢。祝福这复仇心，祝福这赋给人们的复仇心呵！神小子大约还睡着；就令起来，这边的安排早停当了。这一回，神也该吃点惊罢。可是这小子很冷酷，自负又很强，平常事情是不会动心的；诺亚的洪水时候，也面不改色地看着呢。然而这回，是从人们的根性上延烧起来的灾祸哩；而且正是自夸文明的所在，发生的大布置的互相杀伤哩；而且飞火要飞到那里为止，也都不定；况且还要飞机乱飞，在平和的人民的头上，投下炸弹哩。人们对神的信仰，因此定要减少了。战争终于开了手了。无论那一面都好，死罢，死罢，至少也得多死些罢；而且尽力苦苦的死罢。有趣呵。这模样，还说人是有理性的动物么！

（神登场。）

神 为甚么，你这般喜欢着？

恶魔 请看，请看，德大的兵，已经走进中立国比大的地方，开了战哩。

神 这样孩子气的事，也会有趣么？

恶魔 什么是孩子气？你的光彩的人们，互相残杀着呢；用了大布置。

神 这样的事，我早知道了。

恶魔 知道？你何以不去阻止呢？

神 没有阻止的必要。

恶魔 人们的不幸，你竟高高兴兴的看着么？

神 不是你，并没有高兴；但默默地看着，也并非不能的事。

恶魔 可怜的人们多着呢。

神 这我知道。

恶魔 人们诅咒那生来的感觉，你知道么？

神 我不是人，所以不很知道。

恶魔 死之恐怖，在人们怎样可怕，你知道么？

神 这也不知道。

恶魔 这不是全是你所给与的感么？

神 我给与了。

恶魔 为要人们苦么？

神 我没有想要人们无端受苦。

恶魔 你请看，许多东西，正无端苦着呢。

神 这只是因为人类的生长尚未完成。

恶魔 假使我做了你，决不将人们造成这样的傻子，照现在看来，竟像你造人们，是专为他们来做我的奴隶似的呵。

神 要这样想，便这样想罢。

恶魔 难道这还不对么？人们本来平和的度日就好，可是正在战争哩；大家正在相杀哩。那是为什么的，因为人们太多了么？

神 就因为还没有将我所给与的东西十分弄活的缘故。

恶魔 正因为弄活了你所给与的东西，所以这世上才有不幸罢。

神 不然，将我所给与的东西，活的偏而不全，所以才会如此。我于人们，给与了战争的本能，给与了贪欲的本能，给与了复仇心，也给与了群集心理；但我所给与的，并非单是这一点。我给与了人们和人们战争的可能性，但并非单是这一点。将我所给与的东西，偏活了一面，所以那一面便生出牺牲者了。自作自受罢了。

恶魔 但是，恶的得胜，善良的被杀，也是自作自受么？

神 人类还没有进透了活透自己的路，所以个人的牺牲，是没法的。

恶魔 是个人来做人类的牺牲么？没有或一个人来做或一个人的牺牲的事么？

神 也并非没有。但这就因为人类的制裁，还未十分实行的缘故。然而人类，总还正在渐渐地变好。从前的战争，不比现在的战争。那时公然将人们做奴隶变卖，谁都不说错，最正经的人，抢了敌人的妻女，也毫不以为耻的。人类的制裁，究竟长进一点了。

恶魔 请看罢，大白昼做着极凶的事呢。兵器比先前发达了，杀人术也发展了，而且都想将敌人灭个干净。便是兽性，也不见得不及从前哩。

神 人们还没有完全。人们还要很受苦，做了牺牲的人们，可怜的。

然而人们不会灭亡，也不退步。总要自觉到自己应走的路，一步一步地进去的，也要渐渐感到在自己里面存着的不合理的事的。

恶魔 这是靠不住的。人们各各分了国度，不将敌国弄成亡国，大家都有些不耐烦，而且要战到两败俱伤呢。老实说，和睦本来是最好的事；可是动不动便翻脸相杀了，好容易才建造成功的好都市，也互相毁坏了。

神 你就喜欢着这些事罢。然而人们却比你所意料的还要复杂。一到万分危急时候，定会想出巧妙的逃路的。

恶魔 总之算不得聪明呵。都要性命，却又说性命不算事，互相杀害着，这不可笑么？杀了对手，能成什么呢？大家既然都有爱国心，便对于这心表了同情，互相尊敬着，不很好么？不是因为互助，才有人类的进步的么？虽说是为国家为人民，战争有什么为国家为人民呢？照目下的气势，人们生在世上，似乎专为着做军备了。非互相杀害便生存不得的根性，渐渐要加强了；而且若不毁了别国，自国便发展不得的根性，渐渐要加强了。人们的末路近哩。生来做人，不像是幸福，也不像是荣耀哩，以为现在这世间，人类能有幸福，可是想错了：你该对我低了头，说道“你的话对，人们真不聪明，这样下去是危险的”才是。你看罢，连我也要掉过脸去的凶事情，不是到处盛行么？飞火是愈飞愈远了。连日大都加入战争了；那国度，也不难便亡在剑上罢。你默着，你长太息了。你还相信人们么？这悲惨不知道什么时候才了呢。德大从心底里希望英大的灭亡；英大呢，不将德大治服，是不肯停止战争的。照这情形下去，人们要动弹不得，被祸祟围困着，一步一步地走近灭亡去了。

神 灭亡？灭亡是决不会的。

恶魔 但照这情形下去看罢，人们决不是幸福哩。国和国的不相信以及憎恶，按了加速度增加上去。大家竭尽力量，扩张军备，当不起这负担的苦的国度，逐渐灭亡；那风俗、习惯、言语、文明和自由，也都失掉了。并且因为竭力要使人没有谋反的力量，便都成了懒惰无气力的人了。至于战胜的国呢，国家增加了费用，又惴惴的怕着谋反，扩张着军备，心就粗暴起来了。随便那一件，都是人们的进步的敌呵。然而这气势很不能免。除却说是人们此后的运命就要走到尽头之外，没有别的话。这些事你不能懂么？你太迷信着人们了。这气势，人们的力是毫没有方法的。人们留心到自己走着的路的错处，已经有点迟了；留心着自己的位置，便愈留心愈是大家扩张军备，准备一齐倒塌的。个人的运命，愈加不安了。你看罢，都叫着你的大名求救呢。然而一点没有法。还有什么行为能比用人们的手杀害人们更加失坠人们的价值的呢？你用可爱的人们的手杀了人们，默默地看着，居然还是人们的神么？你真是毫没力量的，只将大样子给人看，哄骗人们罢了。你毫没有法子办罢，连这我也没有法子办哩，单是看着，人们向你求救，只是表示人们的至愚极蠢罢了。你只是默着？你打呵欠了，你想睡罢？人们在你之前尽力地献上了供养，说些一想情愿的事，倘知道了你的本心和你的无力，该要惊倒罢！

神　我要睡哩。（*靠着岩石睡去。*）

恶魔　真教人出惊的小子呵。可是，神小子默着了；天下是我的了，如我的意了。

（*德大登场。*）

恶魔　怎了？

德大　总不能如意地做去。

恶魔　造些更大的大炮，并且用那毒气罢，并且用飞船将炸弹抛到英大的那里去就是；不管是孩子是女人，愈多杀愈好。在比大的地方，却很作践了呵。

德大 这是大家恰恰杀气升腾了；蒙比大的照应，像算有点乱了。

恶魔 不妨事的。干罢，干罢。将敌手当作人看待，是不能战争的。

德大 要干的。忙得很，就告辞罢。（退场。）

恶魔 都是杀气升腾了，不如此不行。英大来了似的。

（英大登场。）

英大 德大的做法，是违背人道的。

恶魔 何消说呢？你这边也不要不及他，单是义勇兵，许赶不上罢。

英大 我也悟了，单是义勇兵，也仍是赶不上。觉得有强制的必要的。

恶魔 悟得好，这才英大万岁了。你这边一定胜。

英大 我也这样想。

恶魔 不是大家格外决心，将德大断送不行；那是可怕的东西呵。

英大 是的。我煽动所有国度，都对着德大战争。

恶魔 德大完结，便是你的天下了。

英大 这还请你秘密着。

恶魔 好好地做。须小心，不要使大家失了勇气。

英大 小心就是。

恶魔 德大如果用毒气，你这边就用更凶的毒气；德大如果杀了平和的人民，你这边也就加甚的杀。不要将德大的一伙当作人看。不管什么孩子什么女人，都当作仇敌，使他们格外吃苦才是。因为德大这边先就预备这样的，打沉了无罪的商船，还高兴着哩。

英大 便是我这边，却也没有什么不及他的。这就再见。（退场。）

恶魔 再会。看罢，英大终于进了将拒绝出战的人们当作罪人以上的罪人，孱头以上的孱头，国贼以上的国贼这一伙了。何如？我这力量。何如？这世间都如我意了；是我的东西了。现在不但是国和国的争闹，还有穷人和富人的争闹，工人和资本家的争闹，平民和贵族的争闹，要用了这些争闹，尽量地作践了这世间请赏鉴呢。没志气的讲大话的神，你总是睡觉；人们永远用不着你；还是等到人们衰弱透了之后，再慢慢地醒来罢。以为和外国只有战争这一条路的人们呵，战罢，战罢；直战到大家亡掉罢。要用了个人的诅咒，包裹了这世间哩。是的，是的，国家和国家呵，互相战争罢。总之，总之，用了你们自己的手，将你们的血，多流一滴到地上，我便喜欢的。因为这便是将创造人们的东西的愚昧，在宇宙上发表哩。是的，是的，各国呵，再扩张军备罢，扩张军备罢，尽力地，不，尽力以上的。要不然，你的家要亡了。将这事铭心刻骨，万不要忘了。哈哈哈。

（神醒来，起立。）

神　但我相信人们的。

恶魔　你将理性给了人们没有？

神　的确给了。

恶魔　你因为迷信着自己，所以也迷信了人们。人们可是这样的到了穷途，动弹不得了。倒想要看看那时的你的嘴脸呢。

神　人们一定就要走进较正的路，而且更为大家互相的幸福想法罢。

恶魔　那么样的也能么？那么样的也能么？

（在第一幕出现的战争牺牲者的不断的一列，续续走过。）

恶魔　出了这许多牺牲者了；岂但没有醒，还想弄出更多的牺牲者哩。而且国和国的关系，也只坏下去，坏下去罢了。这样子，你还相信人们么？

神　相信的。

恶魔　哈哈哈。（黑幕垂下。）

女三　我告辞了，因为在这一场须出台呢。

青年 原来，那就再见。

女三 不不，也许从此再不能见面了。

青年 这是怎的？

女三 就因为演剧完了之后，我有点事情，而且你也未必能长在这里罢。

青年 这样的么？那就什么时候再见罢。

女三 愿你康健。

青年 多谢。

女三 再会。

青年 再会。

（女三退场。男一登场。一半还是恶魔的装束，手拍着正在出神的青年的肩头。）

男一 （快活地说，）久违了。竟承你来看这样无聊的东西。

青年 很有趣地看了。

男一 虽然是无聊的东西，但请你对朋友谈谈。

青年 我谈去。

男一 其实，此后人们的运命，倘照现在这般进去，是不了的。

青年 真的呵。虽然这么说，但革命却也觉得可怕。觉得不知道怎么办才好，很想冷眼旁观着似的，但又觉得这也可怕。

（乞丐登场。）

青年 听说你释放了，恭喜恭喜。

乞丐 那一边恭喜，很难定哩。能看到这般的戏剧，总算托这福荫罢。

青年 你以为这世间怎么办才好呢？

乞丐 是的。也仍是除却仗着实行，使人们从心底里知道多谢的东西的真正多谢之外，没有方法罢。也仍是除却从民众觉醒过来之外，都不中用罢。

青年 这可不得了呵。这以前，不会有可怕的事出来么？

乞丐 出来又另是出来的时候了。知道那多谢的东西的多谢，就令这事又作别论，在人们许是必要的。知道撒了祸的种子的可怕，也必要的。在人们所可怕的，并非战争，却是产生战争的东西。在尽力地将活力给与产生战争的东西的这现世，生出战争，也是当然的事罢。

青年 倘不将活力给与产生战争的东西，国不会亡么？我是想不亡国而去掉战争哩。

乞丐 着了。但如果所谓“国”这思想，全如现在，那可不能。须凭着民众的力，改换了国的内容才是。世界的民众成了一气的时候，从根底里握住手，那时战争便许自然消灭了。民众无端的恐怖着；互相误解着；不能真明白彼此都在两不可无的关系的事，至少是平和地下去却是彼此幸福的事，所以不行的。还没有真明白凡有损人利己的人们，不管是本国人是外国人，都应该当作平和之敌，加他制裁，所以不行的。承认现在的国家，却否定现在的战争，这可绝没有这样的称心事呵。

青年 我也觉得如此；但要改变现在各国的意志，又觉得是不可能的事呢。

乞丐 全在根，全在根，全在民众呵。人们再进步些就好了，再一步，再两步。

男一 你竟像我所写的神一般的乐天家哩。

乞丐 是的，我相信人们。比那一位神尤其相信人们哩。

（铃响，都拍手。黑幕抽上。平和女神和侍女们在一起，都饥饿着，脸色青白，而且瘦；平和女神更没有元气，一点事便哭。）

青年 这一位平和女神，是先前会见过的。

男一 不错。就是曾经用了手枪吓过你的人。前一场是我的著作，这场都听凭女人们了。怎样做法，连我也不知道，但梗概自然是接洽过的。

青年 原来。

侍女 便是像你这样的丧了气，也是无益的呵。

平和女神 但你看，人们已经不要我了。侮辱我。我只等着死了。

侍女 都仰慕你的，只是时候不肯罢了。

平和女神 诳呵。我很知道人们的心。人们说爱我，然而其实并不真爱我。真爱的美，人们是不知道的。

侍女三 没有这事的。

平和女神 真知道我的美的人，一亿万中怕难得一个罢。便是这一个，也仍然不知道我的真的美和威严。将真心献给我的，一个也没有。我们快要饿死了。我在先前，虽然也并未为人所爱，但瘦到如此，却是这回第一遭哩。照这样下去，我再不将人们放在心上，但我眼见人们受苦，却又觉得可怜了。说是自作自受，固然也是自作自受，但也如最爱我的人在十字架上所说一般，“他们不晓得”的缘故呵。除却饶恕他们，也没有别的方法了，但岂不傻气么？

侍女四 这是人们傻哩。以为使别人苦，这才自己有所得，而且想教同类的人受了苦，自己独独作乐呢。

平和女神 这也从傻气来的。以为不如此，国便不富，国便要亡了。富人以为没有穷人便得不到自己的快乐。只要有能懒惰着而沉在酒和女人里的，人们便以为第一的幸福了。钱，钱，什么都是钱呵；以为凡是人们所要的东西，都可以用钱买得的。用钱买不到的真心、美、爱、感谢，在人们是最无聊的东西了；不能变钱的东西，是无聊的了，还说“这样的东西，可以吃得么？”哩。人们若单要吃，其实只要少许的钱便满够了，可是既有了钱，还说倘没有更多的钱，便吃不成吃不成呢。所以，我的兄弟食品神因此生了气，说要毁了人们的胃哩；说人们在这难处的世上，绝没有爱我的闲工夫的哩。这也许有这样的人，然而也不尽然的。因为都过着不健全的生活，还没有知道我的真美的时候，已都扑进刺戟更强的更烈的地方去了，用钱能买的东西里去了。便是我，倘能将我的功效，用钱另卖，大家就要较为尊重罢；但我将自己的身子这么轻贱，是不肯的。凡是用钱买不到的东西，人们便都看不起。真傻呵，真傻呵。我的好朋友空气也说过。空气在人们是最紧要的东西，然而全是白得，便以为无论弄到怎样脏都无不可了，所以空气也生气。战争用了毒气，空气是非常之生气。还有那人们的难听的被杀的声音；身体被那声音摇动了，说是不舒服之至哩。因为空气是最喜欢干净的。

侍女五 真的呵。

平和女神 人们真是傻小子呵。既现出这么一副脸，那便不再战争，岂不好么？你看，死了的人们的脸，多少难看呵；我最嫌这副脸相的。我所喜欢的人，是温和的脸相的。外貌虽然可怕，却真个在深的喜欢时的人们的脸，只有我知道。非现在那副嘴脸不可的境遇，人们便不再使人们遇着，不也好么？

侍女六 真傻呢。我真气愤的，气愤的没有法想；教人太难耐了。你的温和的心，怎的人们竟会不懂的呵。

平和女神 人们略一见我，便觉得生在这世上，有些厌恶，觉得这可怕。而且欲神也讨厌我，因为那神专做些媚人的事，而且要到我这里是很难的，因为我的所在太高了一点了，但假使到那低一点的所在，使他们一面争闹着，一面领略我的美罢；我的职务便没有了。仰慕着我的人，将不幸给与别人，我是不喜欢的；但现在的人们，却正在若不将不幸给与别人，便生活不成的位置哩。话虽如此，再爱我一点，不也可以么？然而竟轻蔑我，这可太过分了。所以碰到这样的境遇的呵。那声音真难听。将那难听的声音，给喜欢战争的人听去才好；并且将那嘴脸给看去才好。碰到这般境遇是难堪的事，怎么会不知道的呢？为甚么要送这样的牺牲呢？我虽然很要说，惟其不爱我，所以碰到这境遇，是应该快意的事；但人们碰到这般的境遇，我是不喜欢的呵，不喜欢的呵，不喜欢的呵。

侍女二 这样哭，也是无法的呵。

平和女神 人们是傻的呵，傻的呵。使同胞碰在这样的境遇上，全是傻气所致的呵。已经这样了，还喊着“战争战争”呢；忘却了自己正碰在这样的境遇上，却喊着“战争战争”呢。这些人们，却也并非这么坏，都能够大家要好，能够更为幸福的。虽说是自作自受，可也教人烦厌呵。我烦厌了，烦厌了，不愿意再想人们的事了。请随意做去罢，全都战死就是了。但听到那声音又难受。可能有什么方法呢？到这样，人们怎的还不爱我呢？将真心献给我的人，难道已经没有了么？我委实凄惨了，因为对于不爱我的人，我却不能不爱哩。我愿意人们赶早地赶早地明白些子，抛掉了在别人的不幸上接插自己的幸福这种呆念头才好；因为这念头，以为一定得到幸福，便轻轻地将自己弄成不幸，生出祸殃，将全心都用在下等的快乐里，却反得意着了。照这情形下去，人们真不知如何得了哩。我真真着急以为赶快地生出好人来才好呢。然而无论生了何等样人，也恐怕都一样罢，或者也就有人得救罢。照现在这样是，照现在这样是太不成事了。

侍女七 （就是女三，指着青年，）在那边的那一位，正含着眼泪向你这面看呢。

平和女神 那人将我们的心绪传布出去，我是高兴的，但便是如此，也未必有什么用罢。那边站着战神，正在得意哩；“还要战。还要战，战的不够！”的正吼着哩。这小子得意到什么时候才了呵。那些被杀的人们的脸，我真不愿看，不愿闻了。真是怎么办，人们才肯听我的话呢？现在为止的牺牲者，真是独独吃亏了。我是希望人类的幸福的。然而人们还轻蔑着我哩。

侍女六 所以碰着这难堪的境遇的了。好一件快心的事呵。

平和女神 不要诅咒人们。我因为要为人所爱，所以在这里的。人呵，从心底里爱我罢。我是爱你的呵。（黑幕垂下。）

男一 这就告辞了。

乞丐 我也走了。

青年 走么？诸事感谢的很。

（男一和乞丐退场。）

不识者 这回放你回地上去罢。以后大家想罢！

（不识者抓住青年，从窗口掷出。幕。）

一九一六，一〇，一五 — 二八

后记

我看这剧本，是由于《新青年》上的介绍。我译这剧本的开手，是在一九一九年八月二日这一天，从此逐日登在北京《国民公报》上。到十月二十五日，《国民公报》忽被禁止出版了，我也便歇手不译，这正在第三幕第二场两个军使谈话的中途。

同年十一月间，因为《新青年》记者的希望，我又将旧译校订一过，并译完第四幕，按月登在《新青年》上。从七卷二号起，一共分四期。但那第四号是人口问题号，多被不知谁何没收了，所以大约也有许多人没有见。

周作人先生和武者小路先生通信的时候，曾经提到这已经译出的事，并问他对于住在中国的人类有什么意见，可以说说。作者因此写了一篇，寄到北京，而我适值到别处去了，便由周先生译出，就是本书开头的一篇《与支那[1]未知的友人》。原译者的按语中说："《一个青年的梦》的书名，或者小路先生曾说想改作《A与战争》，他这篇文章里也就用这个新名字，但因为我们译的还是旧称，所以我于译文中也一律仍写作《一个青年的梦》。"

现在，是在合成单本，第三次印行的时候之前了。我便又乘这机会，据作者先前寄来的勘误表再加修正，又校改了若干的误字，而且再记出旧事来，给大家知道这本书两年以来在中国怎样枝枝节节的，好容易才成为一册书的小历史。

一九二一年十二月十九日，鲁迅记于北京。

---

1 此为鲁迅原译，原文并无贬义。"支那"一词是古代印度梵文中支那（China）的音译，也是古代欧亚大陆诸国对中国最流行的称呼。一般认为，中日签订《马关条约》后，日本侵略者开始使用"支那"称呼中国，并带有蔑视和贬义。——编者注

爱罗先珂童话集

[俄]爱罗先珂

序

爱罗先珂先生的童话，现在辑成一集，显现于住在中国的读者的眼前了。这原是我的希望，所以很使我感谢而且喜欢。

本集的十二篇文章中，《自叙传》和《为跌下而造的塔》是胡愈之先生译的，《虹之国》是馥泉先生译的，其余是我译的。

就我所选译的而言，我最先得到他的第一本创作集《夜明前之歌》，所译的是前六篇，后来得到第二本创作集《最后之叹息》，所译的是《两个小小的死》，又从《现代》杂志里译了《为人类》，从原稿上译了《世界的火灾》。

依我的主见选译的是《狭的笼》《池边》《雕的心》《春夜的梦》，此外便是照着作者的希望而译的了。因此，我觉得作者所要叫彻人间的是无所不爱，然而不得所爱的悲哀，而我所展开他来的是童心的、美的，然而有真实性的梦。这梦，或者是作者的悲哀的面纱罢？那么，我也过于梦梦了，但是我愿意作者不要出离了这童心的美的梦，而且还要招呼人们进向这梦中，看定了真实的虹，我们不至于是梦游者(Somnambulist)。

一九二二年一月二十八日，鲁迅记。

狭的笼

一

老虎疲乏了……

每天每天总如此……

狭的笼，笼里看见的狭的天空，笼的周围目之所及又是狭的笼……

这排列，尽接着尽接着，似乎渡过了动物园的围墙，尽接到世界的尽头。

唉唉，老虎疲乏了……老虎疲乏极了。

每天每天总如此……

来看的那痴呆的脸，那痴呆的笑声，招呕吐的那气味……

“唉唉，倘能够只要不看见那痴呆的下等的脸呵，倘能够只要不听到那痴呆的讨厌的笑呵……”

然而这痴呆的堆，是目之所及，尽接着尽接着，没有穷尽，渡过了动物园的围墙，尽接到世界的尽头；那粗野的笑声，似乎宇宙若存，也就不会静。

唉唉，老虎疲乏了……老虎疲乏极了……

老虎便猫似的盘着，深藏了头，身体因为嫌恶发了抖，想着：

“唉唉，所谓虎的生命，只在看那痴呆的脸么？所谓生活，只在听那痴呆的哄笑的声音么？……”

从他胸中流露了沉重的苦痛的叹息。

“喂，大虫哭着哩。”看客一面嚷，一面纷纷地跑到虎槛这边来。

虎的全身因为愤怒与憎恶起了痉挛，那尾巴无意识的猛烈地敲了槛里的地板。

他记起他还是自由的住在林间的时候，在那深的树林的深处，不知几千年的大树底下，饰着花朵的石头的神祇来了。人们从远的村落到这里来，都忘却了他在近旁，跪倒在这石头的神祇面前，一心不乱的祈祷。

时时漏出叹息来，时时洒泪在花朵上，这泪混了露水，被月光照着，可难解，夜明石似的发光。或者充满了欢喜在花上奔腾，或者闪闪的在叶尖耽着冥想，而且区别出人的泪和夜的露来，在那时的他是算一种心爱的游戏。

有一夜，他试舐了落在石神祇面前的，宝石一般神异的闪烁着的人间的眼泪了。他那时，还没有很知道在神祇之前，人们的供献[1]中，无论比宝石，比任何贵重的东西，都不能再高于眼泪的供献。因此他只一回，但是只一回，舐着看了，于是就在这一夜，他被捉住了。他以为这是石神祇的罚。

现在一想到，虎的胸脯便生痛，痛到要哭了。他也学那人类在石神祇面前，虔诚地跪着祈祷这模样，向了石神祇，跪下叫道：

“神呵，愿只是不看见那痴呆的脸呵，愿只是不听到那痴呆的笑呵……”

这其间，不知什么时候，那痴呆的笑声已经渐渐的远了开去，低了下去，春梦似的消在幽隐里，老虎侧着耳朵听，在他耳中，只听得清凉的溪水的微音，而且要招呕吐的人类的臭味，也消失了，其中却弥满[2]了馥郁的花的香气。

老虎愕然地睁开着眼睛，张皇地四顾。

1　现代汉语常用“贡献”。——编者注
2　现代汉语常用“弥漫”。——编者注

谁能想像这老虎的欢喜呢。觉得窘迫的笼中，人类的痴呆的影子，此刻全都不见了。他睡在不知几千年的大树底下的饰着花朵的石神祇面前。人的眼泪，还是映着月光，神奇地在花上闪烁。

现在才悟得，当想舐泪珠的时候，他便睡着了。

"阿阿，愉快，一切全是梦，唉唉好高兴呵。"

老虎跳起来，尾巴敲着胁肋，在月光中欢喜的跳跃奔走，那胸膛里满了自由，那身体里，连到细小的纤维也溢出不可思议的力，凛凛的颤动。

"阿阿，愉快，我只以为狭的笼和人类的痴呆是真实的，却也不过一场可厌的梦罢了，但无论是梦是真，可再没有别的东西比笼更可厌。"

"只有这一点是真实，只这一点，我便是到死也未必忘却的。"一面说，老虎并无目的地在树林间走。

二

忽而跳，忽而走，在草地上皮球似的翻腾，或则辗转，老虎已自不知经过了多少里了，待到或一处，正要走出大平原去的时候，他嗅到异样的气味，急忙立定了，他的巨大的鼻子，因为要辨别这气味，哆索[3]的动了。

"哦，是羊哪，什么近处该有羊在那里……

但是，仿佛觉得久违了似的……"

一面说，老虎暗暗地藏着足音，将羊膻气当作目标，在高的草莽中匍过去。

暂时之间，他前面看见高峻的围墙，而且渐听得圈在那围墙里

3　现代汉语常用"哆嗦"。——编者注

面的羊的懵懂的声息。这样的围墙，老虎是已经见过几百遍的罢。而且，几百遍跳过了这样的围墙，捕过羊与小牛的罢。但今夜，一见这围墙，虎的心里却腾起了不可言说的愤怒的火焰了。

“笼，狭的笼……”

他说着，疾于飞箭地扑上去，吐出比霹雳更可怕的咆哮，用了电光一般的气势，径攻这围墙。被那非将一切破坏便不罢休的大风似的，他的足一掊击，这用大柱子坚固的造就的围墙便如当风的蛛网一般摇荡起来。一刹时[4]，那茁实的粗壮的柱子，仿佛孩子玩的积木的房屋似的，一枝一枝的倒下去，两三分间，高峻的围墙便开了一个通得马车的广大的门。

“喂，羊们。可爱的兄弟们。到自由的世界去。快出笼去呵。”他一面雷也似的吼，一面仍接续着围墙的破坏。但怕得失神的羊群，却在墙角里挤作一堆，毫不动弹，只是索索地抖。老虎以为从羊群看来，似乎再没有比自由世界更可怕，于是烈火般怒吼起来了。

“喂，人类的奴隶，下流的奴隶们。不要自由么，狭的笼比自由的世界还要舍不得么？下劣东西。”

他说着，攻进了发抖的羊群中间，从一端起，用了他的强力的足，一匹一匹的捉了摔出围墙外面去。

虽然如此，那放出外面的羊，却发出一种仿佛用了钝的小刀活活地剜着肚肠似的，凄惨的哭声，又逃回原地方来了。牧人和守犬，却被这情景吓住了，只是惘然的拱着手看，但元气渐渐恢复转来，要打退这老虎，便一齐来袭击。两三粒枪弹打进了老虎的身中，犬群发出可怕的嗥声，摆好了伺隙便咬的身段。

“羊呵，你们才是下流的奴隶，你们才是无法可想的畜生哩。

4 现代汉语常用“一刹”或“霎时”。——编者注比愚昧的狗还要下等的东西。你们才是永久不得救的！”

老虎吐血似的独自说，只五六跳便进了树林。于是，那形相随即不见了。蹲在石神祇面前，他舐着伤痕，而且哭着。

“唉唉，但愿只是不听到那凄惨的声音……”

他塞住两只耳朵，祈祷石神祇。

“只是不听到那可怕的声音……那一直响到世界尽头的凄惨的奴隶的声音……”

他哭着。

三

老虎经过了拉阇[5]的壮观的别馆的旁边。他动身向着喜马拉牙[6]的险峻的山，作长路的旅行的时候，在孟加拉未加斧钺的郁苍的森林和荒野中，来往奔驰的时候，他在这别馆前面，已经走过好多回了。对于那高的石墙和深的濠沟[7]，他常给以侮蔑的一瞥。

然而，这一回刚到别馆前面，老虎却仿佛被魔鬼攫住了似的，突然在濠端立定了。心脏的动悸[8]很剧烈，呼吸也塞住了。

“笼，又是狭的笼……”

宏壮的别馆里，拉阇的二百个美人花一般装饰着，在那里度着豪侈的生涯。

走过这别馆的村人们，不知怎样的羡慕着那些女人的生活呢。年青的女儿们，当原野的归途中，许多回伫立在濠沟的树影里。而且背着草笼，反复的揣想着那奢华的却又放恣的生活，直待走到伊

5 Rajah，东印度土著的侯王，旧翻曷罗阇者即此。
6 现译“喜马拉雅”。——编者注
7 现代汉语常用“壕沟”。——编者注
8 现代汉语常用“悸动”。——编者注

的穷乏的茅庐。然而怎的呢？老虎现在觉得明明白白地听到那美的女人们仰慕自由的深的叹息了。

他轧轧地切着牙齿。

他前面，看见石墙围着的别馆的高壮的屋顶，在树缝里，映了强烈的太阳，黄金似的晃耀；墙外是锁链一样，绕着深的二三丈的濠沟。

老虎是从小便嫌憎人类的。从很小的时候，从还捧着他母亲的乳房的时候，但虽如此，现在却连自己也不能解，一想到那高的石墙围着的女人们，他的心便受不住的突突地跳，那呼吸也塞住了。

他巡视了别馆两三回；他刚在大的铁门前面，惘然地看那从濠的那边曳起的长桥，便听得大路上有人近来了。

老虎跳进丛莽里，将身体帖[9]着地面，等待人类的到来。停了一会，许多侍从环绕着的华丽的行列，从树木间通过了。在行列的中央，看见奴隶抬着的美丽的帖金的肩舆两三乘。一乘是拉阇的肩舆，一乘是拉阇的妙龄的第二百零一位新夫人的肩舆。没有知道丛莽阴里躲着的老虎，静静的过去了。老虎看见了拉阇的燃着欢乐之情的愉悦的脸，而且也看见了从头到脚裹着宝石和绮罗的拉阇的第二百零一位新夫人，然而颜面遮了面幕，他却没有见，只看见美而且柔的春天似的蔚蓝润泽的眼美丽生光。一见这眼，老虎禁不住栗然了。

"我确乎在什么地方见过这眼的，确乎。那优美的，悲哀的，因为恐怖而颤抖的眼……"

"哦，有了。确乎是的。"

老虎悲哀地笑了。这眼，和老虎捉过许多回的鹿的眼，是完全相像的。

9 现代汉语常用"贴"。——编者注

老虎凄凉的笑了。

想着这些事情的时候，拉阁的行列已经走到别馆这边去。长桥徐徐地放下，大的铁门开开了。将脸藏在这门的面幕后边的拉阁的二百夫人们，含着笑迎接这两人。

然而，桥便曳上，门便关闭了，虎的耳朵中，只听得下锁的大声长久地长久地响。

太阳跨过了西方的山，看不见了。豺犬的吠声来告人夏夜的将近。别馆的屋顶在树木深处溶入暮霭里，老虎仿佛受了石墙的蛊惑一样，茫然地伫立在濠沟的旁边。

老虎也有做不到的事。这二三丈阔的濠沟和那高的石墙，谁能够跳过去呢？

老虎叹息了。

“唉唉，老虎也有做不到的事……”

正对面有些声音，有谁逃着，有谁赶着。老虎睁了眼向着石墙那边看。这上面忽然现出面幕盖着脸的美眼睛的妙龄的女人。伊还穿着结婚的衣装，跣足立在石墙上。伊的袅娜的身躯充满了恐怖在晚烟中发抖；老虎很懂得，这全如鹿被老虎所逐似的。

伊想跳到濠沟里，但当伊将跳的时候，伊的眼突然遇到了立在对岸的看定伊的闪得奇异的眼。伊本能的一退后。这瞬间，后面奔来的拉阁便捉住伊，老虎衔鹿一般，硬将伊带走了。

虎耳里只留下伊的绝望的微声。一听到这声息，老虎便忘却了一切，全身火焰似的燃烧，栗栗地颤抖了；他出了全力忘其所以地跳下濠沟去。两三分时之后，他攀上石墙如一匹极大的猫。于是不久，他在墙头出现了。在这里立了片时，他便消失在拉阁的庭园里。

这地方已经一切都寂静。只是喷泉的清凉的声音。只是花的低语……虎的心逐渐沉静了。他暂时站住，嗅着什么似的，使鼻子翕翕地动。

弥满了花香的夜气，茫漠地漂流，觉得消融了人类的臭味。老虎深吸了这香气两三次，这才分别出正在寻觅的香来。他全不出声地上了宽阔的廊沿，窥向天鹅绒的帷幔里。广大的华丽的房屋里，没有一个人，老虎偷偷地进去，再看一回这房屋。空旷的屋，因为壮丽的器具和宝石的光气，满着奇妙的光辉。靠近廊沿，放在云石台上的大玻璃匣中，金鱼正和月亮的光线相游戏。屋的一角里，金丝雀在豪华的笼的泊木上，静静的睡眠。老虎一见这，忘却了一切，又复怒吼起来了。

"笼，又是狭的笼……到处都是笼。"

老虎轻轻一跳，到了鸟笼的近旁。

"金丝雀呵，快出去，外面去罢，飞到自由的世界去。那美丽的树林浴着月光，正在等你呢。"一面说，老虎将一足轻轻一扑，便打破了这笼的一半了。金丝雀吃了惊，抖着身子，逃向笼的最远的角落里，想躲起来，拍拍的鼓翼。

"我是给你自由的。快飞出这狭的笼去。快飞到自由的世界去……"

但似乎在金丝雀，是再没有比自由更可怕，再没有比自由世界更不安的吓人的东西了。

"人类的下流的奴隶。下劣东西。不要自由么？"

老虎将一足伸进笼中，抓住了拍拍的金丝雀，扯出外面来。但到了外面的金丝雀已经不呼吸了。老虎将小死尸托在掌上，暂时就月光下茫然的只是看。

"虽然是奴隶，却可爱哪，而且美呢……"

然而似乎忽而想到别的事了，他将死了的冷的金丝雀放在屋正中最亮的处所，又轻轻地跳到金鱼这边去，他由月光透了水看那玻璃匣里的金鱼。

金鱼张开大口。一口一口地吃着映在水中的月，时时一翻身，显出肚子，和月光游戏起来。

虎眼中露出同情之色了。

“可怜的小小的金鱼呵，我带你到广而且美的恒河去罢。在那里是流着更干净的水。我带你到广大自由的无限的海里去罢……在那里是浮着更美的月亮。同到这自由的美的世界去罢……”

但金鱼吓得沉下去了；似乎在金鱼，是再没有比美的恒河更可怕，再没有比广大自由的海更不安的吓人的东西了。

“奴隶，又是人类的奴隶，到处都是奴隶。”

老虎将右侧的前足伸下水里，想去捉金鱼，然而金鱼却嘲笑他似的，毫不费力的滑出他足外去，老虎愤怒了。用后足坐着一般的直立起来，两个前足都浸在水中，要捉金鱼，泼削泼削的搅着水。

虽然这样，金鱼却箭似的从足间巧妙的滑出了。

“畜生，人类的奴隶！”

老虎很愤怒，更厉害的搅水，因这势子，玻璃匣失了平均，一声很大的声响，落在地板上了。被这声响吃了惊的虎，便本能的跑到门口去。不出二三分时，从屋的深处，忽然掣开了帷幔，跳出右手拿着手枪，只穿寝衣的拉阇来。奋然地飞奔前来的拉阇的眼和怒得发抖的虎的锐利的眼，一刹那，只一刹那，对看了，……

尖锐的手枪声，连别馆的根基都震动了的虎吼。人类恋慕生命的最后的呻吟。

于是，又接着印度之夜的不可思议的寂静。

只是喷泉的清凉的声音，只是花的低语……而壮丽的大厦的地板上，浴着月光，金鱼泼剌的跳着，拉阇的二百零一个女人们，连呼吸的根也停着。

四

老虎睡在森林深处的神祇前面，舐着胸间的深伤。胸脯、足、全体，无不一抽一抽的作痛，但他已经不愿意哭了；他只露出痛楚的深的太息。他并没有向石神祇祈祷，要治好他胸间的伤，他单是装着忧郁的脸，沉没在思想里。他已经不愿意像人类一般，向石的神祇求救了。

印度的夏夜又近了晚间，用那黑的外套静静的掩盖了一切。豺犬的远吠来报告他的来到了；虎也想睡，而远地里听得禽鸟的带着忧虑的声音。这不平安似的夜的寂静，使老虎难于平心静气的睡觉。他抬起头来，耸着耳朵，看定了前方。

“什么呢？许是人罢……

“哦，大约又有谁来祈祷了……阿，还不止一个人。

“几个呢？一个，两个，三个，四个……呵，了不得。来的多着哩。”

他忧愁似的要辨别出气味来，使鼻子凛凛的动。

“阿，也有认识的在里面，是谁呢？

“不是猎人的及谟……

“也不是樵夫的阿难陀……

“也不是托钵和尚的罗摩……哦，是了。像鹿的女人么？呀，也有拉阇的气息……

“不要胡闹，将他的头本已打作四片了的……确乎是打作四片的了。

“还有婆罗门在里面。一个，两个……究竟什么事呢？

哦，秘密的组织又是将活的女人和棺木烧在一处么？未必便是那像鹿的女人和拉阇的棺木烧在一处罢。”[10]

他抖着说。

“这却不许的。”

“无论怎样，只这像鹿的女人是。”

他躲在丛莽的阴影里探着动静。正在这时候，相反的方面[11]起了一阵静风，将新的气息，通过林木送到虎的鼻间来了。

“那究竟是什么呢？”

他翕翕地动着巨大的鼻子，很注意的要辨别这气息。

“阿阿，又是人类么？

“也有火药气。哼，印度土兵么？

“还有白种人许是官……

“危险，似乎就要围住这地方，不给谁知道……

“究竟想要怎样呢，仿佛就要捉谁似的……

“未必要打猎罢。来的好多呵……

“也许有百人以上哩。”

婆罗门引导着的，二三十人的壮观的葬式的行列，停在石神祇面前了，但是婆罗门以及伴当的人们，都似乎有所忌惮，怯怯的，竭力的要幽静，而且都露出恐怖的颜色，慌慌张张地看着近旁。像鹿的女人也将忧愁似的眼光射向树林里。这在老虎，也分明感得，伊仿佛等着什么人，想有谁快来，将伊救出婆罗门的手里去。

“等着我罢，没有知道我便在这里……

“叫我出林去呢。”

老虎的心喜欢……老虎欣然地笑了。

10　这便是所谓“撒提”，男人死后，将寡妇和尸体一处焚烧，是印度的旧习惯。印度隶英之后，英人曾禁止这弊俗，但他们仍然竭力秘密地做，到现在还如此。

11　现代汉语常用“方向”。“方面”现指相对的或并列的人或事物中的一方或一部分。——编者注奴隶们动手做起事来，不到十分时，美的森林中央便成了一坐[12]高的柴木的山。然而，像鹿的女人还在祈祷。这悲哀的祈祷似乎没有穷尽。婆罗门和别的人们都焦急了。

“赶紧罢，赶紧罢，圣火等着你呢，提婆[13]等着你的灵魂，等着你的清净的灵魂呢。”

奴隶们将壮丽的金饰的拉阇的棺材静静地放在柴木上。然而，像鹿的女人还在祈祷，没有忙。伊用了绝望似的眼，透过了印度的夏夜叫着谁。老虎欣然地笑了。

婆罗门的小眼睛，针似的在骨出[14]的脸上，锋利的发光。

“赶快罢，赶快罢，摩诃提婆等着你的最后的清净的牺牲，等着你对于丈夫尽了最后的义务。”

奴隶们执着蛇舌一般通红地烧着的炬火，等久了婆罗门的号令，点火于柴木的山。

像鹿的女人向林间一瞥，伊最后的眼，被两个婆罗门几乎强迫的引上柴木的山去，在微风飘动的面幕底下，老虎分明看见伊的比面幕更加苍白的容颜。

婆罗门开始了异样的祈祷，奴隶们四面点起火来。

稀薄的烟如最后的离别的叹息一般，静静地升上夜的空中去。

老虎已经忘却了一切，便想跳到人中间去了。然而这刹那，却有直到这时候，谁也没有留心的红的军队，箭似的从四面飞到葬地这边来。婆罗门的脸和那伴当的脸，一见这印度土兵，便化成恐怖，都站住了。而且像鹿的女人的满心欢喜的呼声，仿佛到那远的喜马拉牙山也还发响。

这呼声，便短刀似的穿透了老虎的心胸了。

12　现代汉语常用“座”。——编者注
13　此翻天。后文又有摩诃提婆，此云大天。
14　现代汉语常用“鼓出”。——编者注

“并非我，是等着白人。”

他用两足抱了胸膛，使他不至于痛破……他用两足按了胸膛，使他不漏出悲哀的痛苦的叹息来。白人挥着异样的纸片，发了什么号令，于是忽然将像鹿的女人带下柴木，抱在自己的胸前。一见这，婆罗门的眼是闪电一般发光，而虎的心胸是拆裂似的痛。

不知道因为恐怖呢还是愤怒，婆罗门全身发着抖，高擎了两手，大叫道：“印度的神明，伊古以来守护印度国的神明众。今以无间地狱之苦，诅咒离叛诸神明的这女人！”

那伴当们都谷应似的复述道：“诅咒这女人！”

“诅咒爱印度之敌，爱印度的国民之敌，离叛了服役于印度诸神明的我辈的这女人！”

伴当们都一齐叫道：“诅咒这女人！”

听了诅咒的话，像鹿的女人颤抖了，然而白人愈听诅咒，却愈将发抖的女人紧抱到自己的胸间去。因为得胜而闪出喜色的白人的脸，凑近了像鹿的女人的脸了；而且老虎觉得听到了恋爱的言语。

于是，拉阇的棺被奴隶抬着，婆罗门和那些伴当被军队带着；像鹿的女人抱在白人的手里，仿佛夏夜的梦，毫无痕迹地消灭了。

只有稀薄的烟如最后的叹息一般，微微的舞上空中去。

五

老虎跳起来了，那胸脯是受不住的痛，那胸脯是燃烧着连自己也不知道的到现在未尝感着过的苦痛的热情。他不出声音的，不使石神祇看见，也不使有人留心，静静地在高的草莽里匍过去，去追蹑那夏夜的梦一般的消去了的人踪。印度的夏夜是悄悄的深下去了，不知几千亿的树林的叶片们，浴雨似的浴着月光，都入了深沉的酣睡。

突然听得有谁的尖利的叫声，破了夜之寂寞了，接着是枪声两三发，人们的动摇。暴风一般飞过树阴中的黑的影。于是那不可思议的夜之寂寞又复连接起来。

老虎暗暗地出了平原，那路上还看见微温的血迹，他从旁一瞥石神祇的脸。

“不妨事，什么也不知道，便是知道也没有什么大干碍，不过少了一个白人。”

他自己说着，又隐在丛莽的阴影里；但便是他，却也没有再到石神祇面前睡在那花上的勇气了。印度的夏夜以黑外套掩盖一切，很安静。

豺犬的远吠来通知到了夜半了。

忽而破了夜的黑外套，从林中到石神祇面前，来了那像鹿的女人，雪白的面幕拖在后边，那毫无血色的苍白的脸上披着头发。那美的润泽的眼正如失望的象征，伊的纤柔的手里闪着锋利的银装的匕首。

跪在石神祇面前，伊想祈祷了，然而一切祈祷，一切祈祷的话，伊便是一句也忘却了。

这被月光照着的，将祈祷的话便是一句也忘却了的像鹿的女人的脸，石神祇定是永远不忘的罢。即使一句也好，伊要想出祈祷的话来，然而无效，因为那祈祷的话，在伊是便是一句也忘却了。

“我是为国里的诸神明所诅咒的，我是违背了圣婆罗门的意志的。我爱了印度的敌人，印度诸神明的敌人。在我只剩了到地狱里去的路。”

伊手里的银匕首，明晃晃的闪在伊的胸前。

老虎如自己的胸脯上中了利刃似的叫喊起来，而且跳出丛莽中，他用一足举起那倒着的像鹿的女人的头来看。他从伊胸前拔出匕首来看……石神祇是先前一样的立着。向这神祇作为最后的供献的，女人的胸中的血，滴在花朵上。老虎看着渐次安静下去的女人的脸而且想。

他这才分明悟到，人类是被装在一个看不见的，虽有强力的足也不能破坏的狭的笼中。一想到笼，老虎又愤怒了。

"人才是下流的奴隶，人才是畜生；但是将人装在笼里面，奴隶一般畜生一般看待的，又究竟是谁呢？"

他从旁一瞥石神祇的脸。

"不，不是那东西，那东西是什么都不知道……那么，谁呢？……"

落在花上的血点，和了露水，映着月光，不可思议的宝石似的晃耀。

"奴隶的血很明亮，红玉似的，但不知什么味，就想尝一尝……"

他又从旁一瞥石神祇的脸。

"不妨事，不知道的，只尝一滴——只一滴……"

他悄悄地要尝那落在花上的宝石一般发光的奴隶的血去。

这其间，宝石一般发光的血、石、石的神祇，都渐渐地远离了去，溪水的清凉的小流，不知几千年的大树的低语，都渐渐地变成人声了。消融心神的花香，不知什么时候变了要招呕吐的人类的群集的臭气了。

老虎睁大了眼睛向各处看，他盘着睡在狭的笼里面。向这笼的前面看，旁边看，目之所及都是狭的笼，以及乌黑的攒聚着的痴呆的脸，此外再不见一些别的东西了。老虎失望似的怒吼起来。

"狭的笼和人类的痴呆的脸，也终于是事实……"

看客喧哗着，大得意地喝采[15]道："大虫吼哩，大虫起来哩。"

15　现代汉语常用"喝彩"。——编者注

老虎跳起身，用全力直扑铁阑干[16]，但他的足已经没有破坏铁阑的力量了。

他又发出可怕的呻吟，重行跳起，而且将自己的头用力地去撞铁阑干，浴了血倒在槛里的地板上。

当初吓得逃跑了的看客，又挤到虎槛这边来，高兴的笑。

“唉唉，那痴呆的脸，那痴呆的下流的笑声……”

老虎闭了眼睛。

于是在自己面前，再忆出一回石神祇的形像来。

“石的神祇呵，

“将这血献给你，作为最后的供献。

“但愿只是不看见那痴呆的脸，

“但愿只是不听到那痴呆的下流的笑……”

这是对于印度的石神祇的，印度的虎的最后的祈祷。

这其间，痴呆的笑声渐渐远离了去，变为印度夏夜的低语了。

人类的群集的臭气，渐渐地变了印度原始森林的香。然而，虎已经不因为看那自己所爱的美的空地、石的神祇、不知几千年的大树、宝石一般不可思议的发光的奴隶的血，再睁开眼睛来。要睁开眼睛，在他已经没有这勇气了。

16　现代汉语常用“栏杆”。——编者注

鱼的悲哀

一

那一冬很寒冷，住在池里面的鱼儿们，不知道有怎样的窘呢。当初不过一点结得薄薄的冰，一天一天的厚起来。逐渐的迫近了鱼们的世界。于是，鲤鱼、鲫鱼、泥鳅等类的鱼儿们，都聚在一处，因为要想一个防冰的方法，开始了各样的商量，然而冰的迫压是从上面下来的，所以毫没有什么法。到归结，那些鱼们的商议，除了抱着一个"什么时候会到春天"的希望，大家走散之外，再没有别的方法了。所有的鱼儿们，便都悄悄地回到家里去。

那池里面，住着鲫鱼的夫妻，而且两者之间，已有了一个叫作鲫儿的孩子。鲫儿在这夜里一刻也不能睡，只是"冷呵冷呵"地哭喊着。然而在池底下，是既没有火盆，也没有炬燵；既不能盖上五条六条暖和的棉被去睡觉，也不能穿起两件三件的棉衣服来的；鲫儿的母亲毫没有法子想，窘急得不堪，只好慰安鲫儿道："不要哭罢，不要哭罢，因为春天就要到了。"

"然而母亲，春天什么时候才到呢？"鲫儿抬起泪眼，看着母亲说。

"已经快了。"母亲便温和的回答他。

"这怎么知道的呢？"鲫儿说，看着母亲的脸，有些高兴起来了。

"因为每年总来的。"母亲说。然而，鲫儿却显出忧愁似的颜色，问道：

"然而母亲，倘若今年偏不来，又怎么办呢？"

"没有那样的事，一定来的。"母亲抚慰似的说。

“但是，母亲，为什么一定来？”鲫儿想像不通地问，母亲却不再说什么话，默着了。

“但是，母亲，鲤公公曾经说：‘倘若春天有一回不到来，大家便都死了。’这是真的么？”鲫儿又讯问说。

“这是真的呵。”

“那么，母亲，‘死’是什么呢？”

“那就是什么时候总睡着。你的身子不动弹了，怕冷的事、要吃的事都没有了，并且魂灵到那遥远的国里去，去过安乐的生活去了。那个国土里是有着又大又美的池，毫没有冬天那样的冷，什么时候都是春天似的温和的。”

“母亲，真有这样的好国土的么？”鲫儿又复有些疑心似的，仰看着母亲的脸问。

“哦！有的。”母亲回答说。

“那么，母亲，赶快到那个国土去罢。”鲫儿这样说，母亲便道：“那个国土里，活着的时候是不能去的呵。”鲫儿又有些想像不通模样了，问道：“为什么活着的时候不能去呢？母亲，认不得路么？”母亲说：“是的，我不认得路呢。”“那么，寻路去罢，快快，赶紧去。”鲫儿即刻着起忙来。

“唉唉，这真窘人呵，”母亲吐一口气说，“没有死，便不能到那个国里去，不是已经说过了么？”

“那么，赶快死罢，快快，赶紧快。”

“说这样的话，是不行的。”

“便是不行，也死罢。快点，因为我已经厌恶了这池子了。”鲫儿全不听父亲和母亲的话，只是纠缠着嚷。因为这太热闹了，邻居的鲤公公吃了惊，跑过来了，而且问道：“哥儿怎么了呢？”母亲便详细地告诉了鲫儿嚷着要死的事。于是，鲤公公向鲫儿说：“哥儿，鱼到这池子里来，并不是为了专照自己的意思闹。是应该照那体面的国里的神明爷所说的话生活着，游来游去的。”

“公公，那神明爷怎么说？”鲫儿问。

“第一，应该驯良，听从父亲母亲和有了年纪的话[1]。其次，是爱那池里的大哥们和陆上的大哥们，并且拼命地用功，成一条体面的鱼。那么办去，那个国土里的神明爷便会来叫哥儿，给住在那好看的大的池子里面的罢。”老头子说。

从这时候起，鲫儿便无论怎么冷，无论怎样饿，也再不说一句废话，只是嬉嬉地笑着。等候那春天的来到了。

二

春天到了，鲫儿一样的诚恳贤慧[2]的小鱼，池里面和邻近的河里面都没有。而且鲤鱼哥哥们和泥鳅姊姊们，也是爱什么都比不上爱鲫儿。鲤鱼哥哥们和泥鳅姊姊们虽然都比鲫儿年纪大得多，但因为鲫儿很贤慧，所以无论什么时候总是一起到各处去游玩。因为是春天了，细小的流水从四面八方地流进池里来。因此，无论是山里、林里、树丛里、田野里，随便那里都去得。鲤鱼哥哥们便将鲫儿绍介给山和林里的高强的先生们。这些先生们中，有一位称为兔的有着长耳朵的和尚。这和尚是一位很伟大的和尚，暗地里吃肉之类的事是一向不做的，也有从别墅里回来的黄莺和杜鹃等类的音乐的先生们，还有长着美的透明一般的翅子的先生们，因为鲫儿好，也都非常之爱他，并且将地上的世间的事，各式各样地说给鲫儿听。而鲫儿最爱听的话，便是讲人们。那谈话里说：“名叫人类的哥哥们，

1　此处原文为“听从父亲母亲和有了年纪的的话”，疑为原文多字，故更正。——编者注

2　现代汉语常用“贤惠”。——编者注

是最高强最贤慧的东西。”对于这一事，是大家的意见都一致的。也说：“自然，山上的政治家的狐狸、艺术家的猿婶母、鹦哥的语学家、乌的社会学家、天文学家的枭博士，高强固然也高强，但比起人类的哥哥们来，到底赶不上。”

有的又说：“人类的哥哥们虽然比陆上的哥哥们走得蠢，但是不特会借用马的脊梁桥，还造出称为自动车呀、电车呀、汽车呀、自转车呀的这些奇妙的东西来，坐在上面走，比别的还快得多呢。游泳的本领，并不很高，飞在空中是丝毫不会的，然而人类的哥哥们却做了很大的火鱼、大的翅子的鸟，坐在这上面，在水上自由的游泳，在空中自在的飞翔。人类的哥哥们可真是不可思议的东西呵。”鲫儿遇到这类的话，便听得不会倦，几次三番的重重说，而且愈是听，便愈是不由地想要见一见所谓人类了。

三

那春天实在很愉快。从早晨起，黄莺和杜鹃这些音乐的高强的先生们便独唱，蜜蜂的小姐们和胡蜂的姑娘们是合唱，蝴蝶的姐儿们是舞蹈。到晚上，青蛙堂兄的诗人们便开诗社，开演说会，一直热闹到深夜。这些集会里，鲫儿也到场，用了可爱的口吻，去谈“那个国土”的事。

“倘若我们大家个个都相爱，快乐的生活起来，便可以到那更好的更美的国土里去的。那个国土里，没有缺少粮食的事，没有寒冷的事，也没有不顺手的事。鱼也能在地上走，能在天空里飞，鸟也能在透明的水里面进出，和鱼们一起游泳的。”鲫儿常常这样说。而且不多久，这“那个国土”的事，便成了音乐的作曲的材料，舞蹈的动作，演说和歌诗的资材。于是，连那些苍蝇蚯蚓水蛭之流的靠不住的东西，也都谈起“那个国土”的话来了。

到黄昏，远远的教堂里的钟一发响，鱼的哥哥们便浮到水上，蛙的堂兄们便蹲在岸上，蝴蝶的姊妹们便坐在花上，都静静的倾听这晚钟的声音。

这钟声，正是人类的哥哥们，为了自己的小兄弟们的，那住在树上的鸟，浮在水里的鱼，宿在花中的虫而祈祷，祝他们平和快乐的过活呢。于是，鱼和蛙和黄莺，也都祷告，愿人类的哥哥们也都幸福的过活。这祷告，带着花朵的美丽的香，和黄昏的金色的光，静静的升到“那个国土”的神明那里去。

那在远地方的教会里，有着一位哥儿，那哥儿也如鲫儿一样，又贤慧，又驯良，所有的人们都称赞。小狗哥哥也极爱这哥儿，每逢来喝池水时候，往往提起哥儿的事。鲫儿久听了这些话，也渐渐地爱了这哥儿，想要和他见一回面，极亲热地谈谈心了。

四

或一时，池旁边很喧闹。鲫儿不知道甚么事，出去打听时，却见蛙的堂兄们轩着眉，耸着肩，兴奋之极了，“阁阁阁阁”的吵架似的说着话。鲫儿试问是什么事呢，却原来就是刚才，兔和尚仍如平日一样的坐着禅，正在梦中的时候，那教会里的哥儿便走来，撮住兔和尚的长耳朵，捉了带回家去了。

都愕然，在这里茫然的相视，无所适从的慌张，其时又飞到了燕婶母，来通知一件骇人的事，是就在此刻，哥儿又捉了黄莺去了。黄莺因为想造一个不知什么歌的谱，刚在热心的用功，便被捉去了。而且这一夜，恰是十五的夜，蛙的堂兄们以为时世虽然这样不安静，但如并不赏月，却去睡觉，对于月亮颇有失礼的心情，于是依旧登了山，在那里开诗社。这时候，哥儿又跑来，捉了一个最伟大的诗人逃走了。

堂兄的诗人们很惊骇，这晚上所做的诗都忘却了。这一晚，池里面无论谁，都没有一合眼，只是谈着各种的话，一直到天明。而且一到天明，大家便立刻都出来，开一个大会，商量对于哥儿这样的胡闹，应该想一个什么方法的事。

在这会议上，鲫儿是跟了父母来出席的。鲫儿仿佛觉得世间很黑暗，似乎什么都莫名其妙了，鲫儿问父亲说："为什么，哥儿做出这样的事来呢？"父亲道："在地上的人类的哥哥们，高强固然高强，但常常要做狡猾的事。而且这世上，是再没比人类的孩子们更会狠心的胡闹的了。过几时，那些孩子们还要拿了钩和网，到这边的池上来，种种恶作剧，给我们吃苦哩。"鲫儿忧愁似的，慌忙又问他父亲说："孩子们做了这样的事，怎么能到'那个国土'去呢？可有什么搭救他们的方法么？"问的话还没有完，从陆地上，蝴蝶姊姊像被大风卷着的一片树叶似的，慌慌张张的飞来了。那脸已经铁青，翅子和触角都吓得栗栗地发着抖。大家围上去，问是怎么了呢？蝴蝶姊姊好容易略略定了神，这才坐在花朵上，说出话来了。那是这样的事：

这早上，天气非常好，恰恰闲空的胡蜂们，便忽然来约去看花，到了牧师的庭园里。春天正深了，这庭园中，红的白的和通黄的花，无论在庭树间，在花坛上，都缭乱地开着，花蜜的浓香，仿佛要渗进昆虫们的喉咙里似的流了进来。胡蜂们因为太高兴了，便忘却了怕这现在的世间的忧愁，或歌或舞地玩耍，不料又来了那照例的牧师的哥儿，突然取出小网，将许多同伴捉去了。

这新消息，使这日里的会议更加喧闹了。样样的议论之后，那结果，是待到黄昏，听教会钟鸣，人类的哥哥们开始祷告的时候，就请金色的蝴蝶姊姊到教会去，对人类的哥哥们说了分明，请他们劝止了哥儿的胡闹。

黄昏到了，聚在这里的动物们，却都放心不下，不能回到自己池中的洞穴里和巢上去。默默地，定了睛互看着各人的脸。心底里只是专等那金色的蝴蝶姊姊的回来。

不多久，金色的蝴蝶姊姊回来了，一看见悄然的那脸，聚在这里的大众便立刻觉得自己的心，仿佛从荷梗上抽出来的曼陀罗华似的，很不稳定了。而且谁也不说什么话。

“一切都是诳呵，”没精打采地坐在花上的蝴蝶姊姊说，“我们是无论怎样，总不能到‘那个国土’里去的。”听了这话，大家都骇然了，根究说：“为什么不能去呢？”却道：“我们没有灵魂。灵魂是单给了住在地上的人类的哥哥们，单是有着这灵魂的人类的哥哥们，才能到‘那个国土’里去呢。”听了这话，大家都骇然了。个个一齐回问说：“这没有错么？”或说：“这不是有些弄错着么？”蝴蝶姊姊答道：“不，一点都没有错的。因为在‘那个国土’的神明的书上，明明白白写着呢。”大家接着的质问是：“那么，我们究竟到那里去呢？”蝴蝶姊姊道：“说是我们的被创造，是专为了娱乐人类，给人类做食料的。”这样说着，用了悲哀的大的眼睛，怜悯似的爱惜似的对着大家看，但因为早晨以来的疲劳和心坎上所受的伤，也便倒了下去，成了可惨的收场了。大家对于单为给人类的哥哥们做食物而被创造的自己的运命，都很悲哀。鲁莽的鲤鱼哥哥们已经很兴奋，叫道：“胡闹，没有这样的话。”仿佛那将自己造出这样运命的对手的神明，就在这里似的，怒吼着直跳起来。而温顺的泥鳅姊姊们，却昏厥了，许多匹躺在池底里。

为大家尽了力，死掉了的金色蝴蝶的葬礼，在所有动物的热泪中，举行得很郑重。胡蜂哥哥们奏演葬礼的音乐。黄莺姊姊们唱着

“伤心呵我的朋友”的哀歌，田鼠叔父掘坟洞。

这晚上，大家都很凄凉，而且叹着气，早就絮叨地说：“作为人类的东西而活着，可是不堪的事呵。”一面各自回去了。

五

在这一夜，回到池里以后，鲤鱼和泥鳅和蛙的堂兄弟们是怎样的只是哭，只是哭到天明呵，而且朝日也就起来了，然而出来迎接太阳的，却一个也没有。

鲫儿的悲哀也一样。怀着对于这世间毫无希望的心情，正在不见鱼影子的水际徘徊的时候，哥儿将小小的网伸下水里来了。“这是来捉我们的呵。”鲫儿一经这样想，便因了愤怒，全身仿佛着了火，索索的颤抖得生起波澜来。“请罢，捉了我去，没有捉去别个之前，先捉了我去。看见别个捉去被杀的事，在我，是比自己被杀更苦恼哩。”一面说，也就走进网里去。哥儿很高兴，赶紧捉住鲫儿，放在自己的桌上了。这屋的墙壁上，挂着黄莺先生的皮和兔和尚的皮，桌子上还散着他们的骨殖。玻璃匣里，是用留针穿过了心脏，排列着先前多少亲密的好几个蝴蝶姊姊们。桌上的解剖台中，前晚恰在赏月时候所捉去的蛙的大诗人，现在正被解剖了，摘出的心，还是一跳一跳的显出那“死”的惋惜。

见了这样的东西，鲫儿是心胸都梗塞了。要想说，然而一开一合地动着嘴，说不出什么来，只用了尾巴劈劈拍拍[3]的敲桌面。

过了一会，哥儿也便解剖了他，但看见鲫儿的心脏，是早已破裂的了。为什么，这小鲫鱼的心脏破裂着呢？却没有一个能将这不可思议的事，解说给哥儿的人。能将这因为悲哀，鲫鱼的心所以破

3 现代汉语常用“噼噼啪啪”。——编者注

裂的事，给哥儿说明的，是一个也没有。

这哥儿，后来成为有名的解剖学者了。但是，那池却逐渐地狭小了起来，蛙和鱼的数目也减少了，花和草也都凋落了，而且到了黄昏，即使听到了远处的教会的钟声，也早没有谁出来倾听了。

我著者，从那时起，也就不到教会去了。对于将一切物，作为人类的食物和玩物而创造的神明，我是不愿意祷告，也不愿意相信的。

池边

黄昏一到，寺钟悲哀地发响了，和尚们冷清清地唪着经。从厨房里，沙弥拿着剩饭到池塘这边来。许多鲤鱼和赤鲤鱼，吃些饭粒，浮在傍晚的幽静的水面上，听着和尚所念的经文，太阳如紫色的船，沉到远处的金色的海里去。寒蝉一见这，便凄凉地哭起来了。

有今朝才生的金色和银色的两只蝴蝶。这两只蝴蝶看见太阳沉下海底去，即刻嚷了起来。

“我们没有太阳，是活不成的。这究竟是怎么一回事呢？”

“呵，已经冷起来了，没有怎么使那太阳不要沉下去的法子么？”

这近旁的草丛中，住着一匹有了年纪的蟋蟀。蟋蟀听得这年青的蝴蝶们的话，禁不住失笑了。

“真会有说些无聊的事的呵，一到明天，又有新的太阳出来的。”

“这也许如此罢，但这太阳沉了岂不可惜么？”金色的蝴蝶说。

“不可惜的，因为每天都这样。”

“然而每天这样的太阳沉下海里去，第一岂非不经济么？还是想些什么法子罢。”

“不要做这些无聊的事罢。这怎么能行呢，况且明天太阳又出来的。”

但是，今朝才生的年青的蝴蝶，不能领会那富于常识与经验的蟋蟀的心情。

“我无论如何，总不能眼看着太阳沉下去。”金色的蝴蝶说。

“大约未必有益罢，总之先飞到那边去，竭力地做一番看。”于是，金色的蝴蝶对那银色的说，“成不成虽然料不定，但总之我们两个努力一试罢，要使这世界上没有一分时看不见太阳。你向东去，竭力的使太阳明天早些上来；我飞到西边，竭力的请今天的太阳再回去。我们两面，也不见得竟没有一面成功的。”

有一匹听到了蝴蝶的这些话的蛙，他正走出潮湿的阴地，要到池塘里寻吃的东西去。

“讲着这样的无聊的话是谁呀？我吃掉他！世界上有一个太阳，已经很够了。热得受不住。池塘里早没有水，还不知道么？今天的太阳再回来，明天的太阳早些上来。要这世界有两个太阳，是什么意思呢！其中也保不定没有想要三四个太阳的东西。这正是对于池塘国民的阴谋。吃掉！谁呀，讲着这样的话的是？”

蟋蟀从草丛里露出脸来说：“并不是我呵，我的意思是以为什么太阳之类便没有一个也很好，因为这倒是于池塘国民有益处的。”

然而，蝴蝶说一声“再会”，一只向东、一只向西的飞去了。

寺钟悲哀的发了响，太阳如紫色的船，沉到金色的海里去。寒蝉一见这，便凄凉地哭起来了。

老而且大的松树根上，两三匹大蛙在那里大声地嚷嚷。这松树上有衙门，猫头鹰是那时候的官长。

“禀见。禀见。”蛙们放开声音的喊，“祸事到了。请快点起来罢！”

“岂不是早得很么。究竟为的是什么事呢？”猫头鹰带着一副睡不够的脸相，从高的枝条的深处走了出来。

“不是还早么？”

“那里那里，已经迟了，已经太迟，怕要难于探出踪迹了。”那蛙气喘吁吁地说，“树林里有了造反，有了不得了的造反了。”

“什么，又是造反？蜜蜂小子们又闹着同盟罢工了么？”

“不不，是更其可怕的事。是要教今天夜里出太阳的造反。”

“什么？怎么说？”猫头鹰这才吓人的睁开了他的圆眼睛。“这是与衙门的存在有直接关系的问题了。这就是想要根本的推翻衙门，这就是想要蒙了一切官长的眼。这乱党是谁呢？”

“喳，乱党是那蝴蝶。一个向西去寻太阳，一个向东去寻太阳早些上来。”

于是，猫头鹰大吃一惊了。

“来！”他拍着翅子叫蝙蝠，“来，蝙蝠快来！闹出了大乱子来了。赶快来！”

蝙蝠带一副渴睡[1]的脸，打着呵欠，走出松树黑暗的深处来。

“有什么吩咐呢？大人！”

“现在说是有一只向东、一只向西飞去了的蝴蝶，赶紧捉了来！”

“喳，遵命。但是，大人，怎能知道是这蝴蝶呢？”

“一只金色，一只银色的。”

“而且是四扇翅子的。”蛙们早就插嘴说。

“你们，不是早有研究，只要一看见无论是脸，是翅子，是脚，便立刻知道是否乱党的么？”猫头鹰因为蝙蝠的质问，很有些生气了。“还拖延些什么呢，赶紧去，要迟了！”他怒吼地说。

两匹蝙蝠当出发之前，因为要略略商量，便进到树林里。

“不快去是不行的。我们要辨不出蝴蝶的踪迹的。”

“你以为现在去便辨得出来么？哼。”

“但是造反的乱党岂不是须得捉住么？”

“阿呀，你也是新脚色呵。一到明天，蝴蝶不是出来的很多么？便在这些里面随便捉两只，那不就好么？用不着远远地到远地方去。”

“只是捉了别的蝴蝶，也许说道我们不知情罢。”

“唉唉，你真怪了。便是捉了有罪的那个，也总是决不说自己

1　现代汉语常用“瞌睡”。——编者注

有罪的。这是一定的事。倘若这么办去，即使小题大做的嚷，这嚷也就是损失了。走呀，山里去罢。”

明天，小学校的学生们被教师领到海边来了。在沙滩上，看见被海波打上来的一只金色蝴蝶的死尸。学生们问教师道：“蝴蝶死在这里。淹死的罢？”

“是罢。所以我对你们也常常说，不要到太深的地方去。”先生说。

“但是，我们要学游水呢。”孩子们都说。

“倘要游水，在浅处游泳就是了。用不着到深地方去。游水不过是一样玩意儿。在这样文明的世界上，无论到那里去，河上面都有桥，即使没有桥，也有船的。”教师擎起手来说，似乎要打断孩子们的话。

这时那寺里的沙弥走过了。

“船若翻了，又怎么好呢？”沙弥向教师这样问，然而教师不对答他的话。（这教师受了校长的褒奖，成为模范教师了。）

中学校的学生们也走过这岸边。中学的教师看见了这蝴蝶的死尸。

“这蝴蝶大约是不耐烦住在这岛上，想飞到对面的陆地去的。现在便是这样的一个死法。所以人们中无论何人，高兴他自己的地位，满足于他自己的所有，是第一要紧的事。”

然而，那寺的沙弥不能满意于这教训了。

“倘是没有地位，也毫无所有的，又应该满足于什么呢？”沙弥这样问。站在近旁的学生们，都嘻嘻地失了笑。但教师装作并不听到似的，重复说：

“只要能够如此，便可以得到自己的幸福与国家的幸福。使人们满足于他自己的地位，这是教育的目的。”（这教师不久升了中学校长了。)

同日的早上,大学生们也经过这地方。教授的博士说:“所谓本能这件东西,不能说是没有错。看这蝴蝶罢,他一生中,除却一些小沟呀小流呀之外,没有见过别的。于是见了这样的大海,也以为不过一点小沟,想飞到对面去了。这结果,就在诸君的眼前。人生最要紧的是经验,现在的青年们跑出了学校,用自己的狭小的经验去弄政治运动和社会运动,正与这个很有相像的地方。”

“但青年如果什么也不做,又怎么能有经验呢?”沙弥又开了一回口。然而,博士单是冷笑着说道:“虽说自由是人类的本能,而不能说本能便没有错。”(听说这博士不远就要受学士院赏的表彰了,恭喜,恭喜。)

(沙弥在这夜里,成了衙门的憎厌人物了。)

但是,两只蝴蝶,其实只因为不忍目睹世界的黑暗,想救世界,想恢复太阳罢了,这却没一个知道的人。

雕的心

雕这样体面的自由的鸟，是再也没有的了。雕这样强的勇的鸟，是再也没有的了。而且，在动物里面，像雕这样喜欢那高的冷静的山的，是再也没有的了。雕是被称为鸟类之王的。在人类里，虽然没有叫自己的王或豪杰们显出力量和勇气来看的人，但在雕队伙中，却即使翅子和嘴子生得大，也不能说是豪杰。这是雕的古来的习惯。

无论怎样的雕，都说不定能做王或豪杰，所以大家互相尊敬着。像人类的王或豪杰似的，借了自己的下属的力量和智慧，来争权利，以及为了一点无聊事，吵闹起来的事，是没有的。大家各各努了力，使自己的翅子和嘴愈加强，爪和眼睛愈加锐，至于这个吓那个，或者讲些客套的事，在雕世界里，是一直从古以来所没有的。

就这一节而论，雕和人是一直从古以来便不同的了。欺侮弱者，压迫弱者，取了弱者的力气和智慧，随便给自己用，这似乎是一直从古以来的人类的习惯。因为强者总是私有了弱者们的力气，所以不能真自由，而弱者也就非常之不幸了。

人类是怎样的倒运的动物呵，而人类却还说自己是万物之灵。这不是刻毒的笑话么？

一

却说山的国，被那比邻的大国度占去了，不拘什么时候，这两国总就是争闹。这国的最高的山上面，很幸福地生活着许多雕。这些雕，从古以来，几千年几万年的接连了燃烧着一种的希望，都便是要飞到永久温暖永久光明的太阳上去。他们相信，只要每日努力的向上飞，积练上几千年几万年，则雕的子孙们，大概一定可以到得那太阳。这事一连的积上了许多代，所以翅子的力量比祖宗强，也确然是事实了。

爱太阳，
上太阳！
不要往下走，
不要向下看！
慕太阳是雕的力的源头，
上太阳是雕的心的幸福。
不要往下飞，
不要向下看！
下面是暗的狭的笼，
下面是奴隶的死所。

不要往下飞，
不要向下看！
下面是弱者的世界，
下面是无聊的人类的世界。
不要往下飞，
不要向下看。

这是雕的母亲们一直从古以来教训那雕的孩子们的歌。受着压迫的山的国民们，听了这歌，不知道怎样的心情呢。雕王的心是在最高的山的最冷静的岩石上。王和王妃之间，有了两个可爱的王子。每早晨，王带了大王子，王妃带了小王子，都到岩石的尽边，便在这里将王子们直踢下去，他们刚近下面时，却又抓回岩上来了。这是每早晨的功课。到后来，王子们便能容容易易的飞到岩上来，飞到下边去了。王和妃见了很欢喜，于是将王子们高高地抱上空中，试使他们跌落下去看。最初，王子们也完全发了昏，但练而又练，翅子渐渐的强了，从很高的空中，早能够容易地回到自己的窠里了。有一天，王对王妃说，今天要教孩子们落到那深谷底里看了。于是便将王子们带到很高的天空，给掉向那深的谷底去。这两个王子们，本也尽着所有的力来飞，然而才到中途，翅子已经乏了力，小王子叫道："哥哥，我早没有力气了。"大王子便聚起残余的力量来，要救他兄弟。王和妃远远地眺望着，鼓着翅子只喝采。正在这时候，两地之间流过了不知那里来的云。便再看不见王子们了。王和妃都吃惊，比箭还快的穿出云间，飞下谷里去，却已经太晚了。大王子帮着小兄弟，自己也乏了力，气厥了，石子一般的径向谷里掉。王和妃刚要抓起气绝的王子们的时候，忽然现出一个强有力的猎人来，带着两个儿子，要捉王和妃。王和妃也暂时护着王子们，很奋斗，但猎人既然过于强，又以为王子们已经断了气，便舍了王子们，飞上天空去了。然而王子们其实没有死，待到带回猎人的家里，便已回过呼吸来。猎人剪了他们的翅子的翎，分给他两个儿子了。那时猎人的大儿子是七岁，其次是六岁，都很爱雕王子，无论到那里，总携着一同去，但猎人叮嘱说，只有山上万万去不得的。这山国的人们，听得谷里落下两个小雕来，以为一定是什么好兆头，个个很欢喜。他们的心里，暗暗地希望着，想不远便到来两个雕，救了这国度，于是嘱托猎人，教他好好地看待雕的王子们，然而不到七天，异事出现了。这时失去了猎人的小儿子。据他的朋友说，从天空里，闪电似的飞下一匹很大的雕来，抓了猎人的儿子去了。大家听了很骇异。然而，两三日之后，更奇异的事又出现了[1]。这是又失去了猎人的大儿子。

对于这事，山国的人们也有许多的议论，只有猎人却默默地不开口。他像先前一样，用心的养育着雕的王子们。王子们当初很凄凉，常常有不自由无宁[2]死的模样。然而，大王子爱抚小兄弟，小王子慰藉他大哥。他们被村中的孩子们所珍爱，渐渐的习惯了人间，爱好了人类了，只有被长链子系在木桩上这一节，总还是很难忍。

二

五年经过了。雕的王子们早长大，翅子也强壮了。正当五年以前王子们落在谷里这一日，猎人开了锁，带他们上了高山，而且放了他们，于是默默的回家来。

一听到放掉了两个雕，山国的人们便都嚷起来了。人们还在嚷的时候，先前不见了的猎人的儿子，都从山里回来了。

两个完全改了样，当初一见，谁也不知道是猎人的孩子们。他们都裸体，头发很长，身体是石一般坚，手脚有铁一般固，眼光锐利，鼻子是雕鼻似的弯曲了，牙齿是狼似的大了，指爪是虎似的尖长了。山国的人们见了他们，都很吃惊，而且兴致勃勃的连日去听他们的话。说是他们被雕王攫去之后，便养在雕窠里，始终受着王和王妃的珍重。每天，王和妃背了他们，飞上空中，将他们摔在云里，又帮他们下来，此外还有各样奇怪的事，孩子们虽然这样说，但听的人却不知道是真实还是说诳，只是飞腾、上山、浮水这些事，

1　此处原文为“更其奇异的事又出现了”，疑为原文多字，故更正。——编者注
2　现代汉语常用“毋宁”。——编者注

山国的人们里却是没一个比得上他们，也没有一个有他们这样的要自由的生活。这孩子们深知道用什么方法，可以燃烧山国的人们的心；而且，用人类的语言，不够表明“自由”的意义的时候，他们便雕一般的叫。

他们这才教给山国的人们以雕的歌：

爱太阳，
上太阳！
不要往下走，
不要向下看……

他们实在是不可思议的孩子们，山国的人们称他们为“雕的心”。见了这孩子们，受着压迫的山国的人们的心，不知道涌着怎样的希望呢。

三

那一面，雕王和王妃看见两个王子平安地回了家，自然很欢喜，但一检查他们的翅子和嘴、眼睛、指爪，便知道这些是全不中用了，雕王们看出了翅子和嘴上没有力，眼睛和指爪都钝了，真不知怎样的痛心哩。况且王子们的勇气，以及爱自由的事，从王和妃看来，不知怎么的也总觉得有些不可靠。

每天，雕王和妃便来剧烈的锻炼王子们。每天，王妃唱着“爱太阳，上太阳！不要往下走，不要向下看！”的歌，竭力的想奋起两个王子的已经疲弱的心来，使将来可以成就勇敢的王。十年之间，每天每天地接连着，想从王子们的心里，除去那些人类的心；于是王子们终于比雕王和妃飞得更高，爪和眼也比他们更锐利了，独有那心，却总在什么地方有些不像雕的心，似乎带着近似人心的脆弱。王子们便是飞向太阳的时候，总仿佛眼睛看着下方；便是翱翔于无限的太空的时候，那心也似乎留恋着山谷；而且比别的雕飞得更高的时候，也不从胸中发出自喜得胜的叫喊，却只听得一种悲哀的寂寞的倦倦于下面的谷里的生活的声音。有时候，王子们竟两三天不去求饵，什么也不吃地饿着；或者捉住饵食，却又将他放走了，雕王们对于王子们的这模样，或耳闻，或目睹，那心里正不知怎样的悲哀呵。王子们的朋友们，都说他们的坏话，称他们为“人心”。一面则王和妃常常很恼怒这王子们，说他们是家门的耻辱。有一天，大王子飞翔空中之后，回到家里，坐在父亲的面前，凄凉地看着他的脸，说道：“父亲，一直从古以来的上太阳这一个雕的理想实在是呆气罢了。向着太阳只是飞，是无谓的事。即使真能够上了太阳，雕也未必因此便幸福。父亲，我今天曾经要上太阳去，尽力的飞到高处去了，然而愈上去便愈冷，愈高便愈眼花，终于头眩，我便近乎昏厥地落了地。愈近太阳就愈冷的事，我以为很确凿的。所以上太阳这事，我要停止了。”

王子这样说，雕王叫一声“人心”之后，便用爪攫破了他的喉。王子只发出一种爱慕下面的凄凉悲哀的生活似的叫声，全不抵抗，死在王的爪下了。

这晚上，小王子也从外面回来了，坐在王妃的面前说：“母亲，向着太阳飞，我已经不愿意了。这事是全没有什么用处的。我决计到下面的谷里去，在树上造起窠来，就在那里和人类以及别的动物和睦的过活。说雕的幸福就散满在太阳上，是不能相信的事。然而人类的友情中，便有着幸福，却是我已经经验了的。”

这样一说，王妃便叫道“卑下的人心”，扑向王子用爪抓破了他的喉。王子只发出一种留恋山谷，企慕人类的友情似的声音，毫不回手，死在王妃的爪下了。这一夜，雕王们便将死掉的王子们带到下面的山谷里去，放在先前养育了王子们的猎人的门前。从此以后，王子们所唱的“爱太阳，上太阳！不要往下走。不要向下看……”的那歌，便仿佛有些警诫“人心”似的了。

到早晨，山国的人们一看见两匹死雕，又发生了一顿嚷。这时候，山国的人们正被那称为“雕的心”的两个兄弟带领着，对于邻国起了大革命。两员大将“雕的心”，极有机谋，邻国的人们毫没有对付的方法，正要败下去了。但现在一发见[3]这两匹被杀的雕，虽然嘴里都不说，而各人的心中，却疑心这两匹雕便是这回的革命终于失败的前兆。山国的女儿们用美丽的花朵，装饰了死雕，唱着勇敢的“雕的心”弟兄所教的“爱太阳，上太阳！不要往下走，不要向下看……”的歌，将他们埋葬了，作为国里的英雄。

四

邻国的首都很热闹，很繁华。家家饰着灯火和旗，祝炮的响声，花火的炸声，鼓动欢心的音乐，远远地飘来，市人穿了好衣服，摇着提灯和旗，来来往往的走。首都的一切街，真像是美丽的串子了。一切人，都显得高兴。只有立在最大的一条街的大空地上的断头台见得凄凉。人们都凑到空地里来，唱着国歌，似乎等着什么事。在这晚上，在这台上，称为“雕的心”的两弟兄，要处死刑了，人们都谈着山国的话。于是从远地里，发出“反贼到了，反贼到了”的低语来，大家立刻都沉寂，现出了兵卒环绕着的两弟兄，人们都沉默，大街就像坟墓一般静。只剩了“篷篷[4]，篷篷”的鼓声。称为

3 现代汉语常用“发现”。——编者注
4 现代汉语常用“砰砰”。——编者注

“雕的心”的两兄弟微笑着。那眼珠里，仿佛耀着无边的勇，而且满着使一切人心全都炎烧起来的力。他们含笑上了断头台，“篷篷，篷篷”的鼓声便停止了。人们咽着唾沫，看定称为“雕的心”的弟兄们。两弟兄全没有改了先前这模样，抬眼看着空中。这时候，静的空气微微地发抖，听到勇敢的雕声了。刚觉得空中发出应声，从天空里，蓦然间闪电似的飞下两匹很大的雕——市人们从来没有见过的这么大的雕——来，抓了“雕的心”两弟兄。刚一抓，便又蓦然间飞上天空去了。人们一见这，都变了僵石似的不动弹。全市街[5]仿佛成了一个坟墓。人们的头上，只听得传来了这样的歌：

下面是狭的笼，
下面是奴隶的死所。
不要往下飞，
不要向下看！
下面是弱者的世界，
下面是无聊的人类的世界……

五

在邻国正在大排胜利的贺筵的时候，革命失败了的山国里却很静。失了丈夫，抛了儿子的女人们的心，这夜里不知道怎样的凄凉呢。都说，今天的夜，正是称为“雕的心”的山国的英雄临刑的夜。女人们都带着小孩子，聚到称为“雕的心”的弟兄的门前来。那些女人的心的凄凉，谁能够知道呢！但是，虽然凄凉，女人们还将剩下的幼小的孩子们，动到无限的空中，将长大的孩子们给他们看，

5　现代汉语常用“街市”。——编者注

而且因为要救这山的国，祈祷在这些剩下的孩子们里，也给与那“雕的心”。一切都寂静，星星沉静的晃耀，而且在夜的寂静中，作为祈祷的答话，不知从那里听到了这样的歌：

不要往下走，
不要向下看！
慕太阳是雕的力的源头，
上太阳是雕的心的幸福……

读了这说话的诸君，也请祈祷祈祷，使能给以救这世界人类的“雕的心”罢。

春夜的梦

一

很远的很远的，从这里看不见的山奥[1]里，有一个大的美丽的镜一般通明的池塘。这四近，是极其幽静而且凄清，爱在便利地方过活的轻薄的人们，毫不来露一点脸。只有亲爱自然的画家和失了恋而离开都会的苍白的青年，有时到这里来，从那眼泪似的发闪的花，接吻似的甘甜的小鸟的歌曲里，接受了不可见的神明的手所给与的慰藉，欢悦他们的心。但在近时，画家以为这山的自然，不如自己的画室美，这美丽的通明的池，还不如做画范的姑娘的可爱了，所以便卷起画布来，回到东边的都市去；还有失了恋的苍白脸色的青年，也因为想用了猛烈的市街的灯火和香气极强的酒的沉醉，来忘却他灵魂底里的悲哀，便回到西边的港里去，因此这池边便看不见一些人影子了。

然而，一到春天，却因为鸟兽和昆虫，这池塘很热闹。

有一年的春天，这池塘曾经有过格外好看的事。黄的睡莲、红的白的莲花，在平静的水面上，仿佛是展开了不动的梦似的，开得极美的浮着。莲花的妖女也因为再没有捉拿伊嘲笑伊的人类在这里了，便放心的出现，在透明的水里和金鱼游嬉，在花朵上和蝴蝶休息，给寻蜜的蜜蜂去帮忙。便是深夜中，妖精也在无所不照的月光底下，或者舞着欢喜的舞蹈，或者和火萤竞走着游戏。这样的美的东西们都在一处，所以火萤、蛙、蝴蝶、禽鸟，都给这美所陶醉

1　现代汉语常用“山坳”。——编者注

了，而做着春夜的梦。金鱼的游戏、鸟的歌、蝴蝶的舞，凡有一切，都因此美起来了。

二

有一晚上，温和的晚上，一个有着金刚石一般发光的翅子的美的火萤，慢慢地在池旁边飞舞。因为月光照着的池，太富于诗趣了，火萤便不知不觉地到了这池的中央。在这里，对着映在池中的美的月影，只是不倦的看。到后来，他觉到自己的翅子已经废乏了。

“快回到花的卧室去罢。”火萤这样说，想飞向岸这一面去。然而略略一飞，他便知道了自己已没有到岸的气力。

“唉唉，伤心！这样的诗的晚上，这样的又静又美的地方，而我非死不可么？”他说着，再一看自己的周围。他的上面，罩着一片装饰着辉煌的月和闪烁的星的深远无限的太空，他的下面，在幽静透明的池塘里，也展开着一片深远无限的太空，饰着闪烁的星和辉煌的月。上上下下，除了深远无限的太空之外，这之外，再看不见一些别样的东西。

“美丽的星，深远无限的天空，美的月，美的世界！告别了！”萤这样说，收了翅子，要落到水里去。

这时候，忽然从深的池塘里，现出一匹小小的金鱼来。这在火萤，仿佛是从无限的太空的深处，飞来一个身穿金氅的天使了。

“萤君，怎样了？”金鱼柔和地问说。

“我疲乏了！我已经没有飞到岸上的力量，所以只好离开了这美的世界。没有力，仿佛便没有活在这世界上的权利似的。”火萤吃了一惊，这样答。

“不不，没有这等事！”金鱼的和婉的声音，在平静的水面上造成波纹，扩大开去了。“说翅子的筋肉上没有力就应该死，是再没有比这更其糊涂的话了。感情的优丽、物的美，便都是世界的力。在许多优丽的和美的里面，说筋肉的力算最小，也无所不可的。赶紧到我的脊梁上来罢。你一面歇歇力，我就送你到岸边去。”

因为金鱼说得这样的恳切，火萤红了脸，说道：

“那就劳驾了。”他便坐在金鱼的脊梁上。

金鱼径向岸这一面泳[2]过去。在途中的时候，金鱼忍着剧烈的羞愧，用了微细的声音说：

“我每晚上看着你飞。并且想，怎样的能够和你做朋友才好。像你这样美的，池里面并没有。”于是置身无所似的，暗地里漏出叹息来。

“我也常常看你在水里面游泳。”萤这样说，“而且一看见，我的心里便总觉得寂寞起来了。像你这样优美的姑娘，在飞行空中的一伙里是没有……”说到这里，萤的声音便中止了。

这晚上，萤和金鱼的话只是这一点。但从这时候起，金鱼和火萤便每晚上都会见了。每晚上，他们一同在池塘里往来，一同在水边的芦苇里休息，金鱼对萤讲些池中的事，萤对金鱼讲些山上的事。而且两个都做着春夜的梦。

有一晚，莲花的妖女和山的精灵将莲叶当了船，在这上面游戏。这时候，金鱼和火萤正散步，恰巧走过了这地方。莲花的妖女看见了，伊道：“像那火萤的翅子这样美的，世界上可是没有呵。”

“优丽如那金鱼的鳞的，在那里都没有见过。”然而，山的精灵说。

妖女又道：“倘使你也如那火萤一般，有着美的翅子，你不知要显得怎样的美哩。”

精灵也道：“倘将那美的鱼鳞做了冠，戴在你的头上，那便无论

2　现代汉语常用“游”。——编者注

在池里或山里，未必再有像你这样美的妖女了。”

“我便在梦中，也只看见美的事。”

“我也是无论睡着或醒着，都只想着美的事。”

这晚上，他们的话只是这一点。

有一晚，从池的左近的别墅里，走出一个十二三岁的公爵的小姐来。左手拿一个华丽的绿绢做的小小的萤笼，右手里是捕萤的兜网，走到池塘的近旁。

从小路上，走出一个十三四岁的百姓的男孩子来了。左手拿一个小小的金鱼钵，右手是钓鱼的竿子，到池这面来。小姐一看见他，略略行一个礼，说：“我是这里的公爵的女儿。”

“我是公府对门的百姓的儿子。”男孩子这样答。

“我坐在家里的廊下的时候，男孩子便常常来走过我们的庭园。”小姐这样说。

“我坐在家里的廊下的时候，女孩子便总在庭园里散步。”男孩子这样说。

“我最讨厌男孩子。”

“便是我，也并不喜欢女孩儿。”

“男孩子总是用些下等的话，做些粗卤[3]的事，毫不知道规矩和礼仪。”

“女孩儿总是装着瞌睡似的脸，而且用了吞吞吐吐的句子，说些梦话一般的话，全不知道说的是甚么东西。”

“男孩子总想着打架和吵闹。这我顶犯厌。”

“女孩儿总是想着衣服和首饰和香粉的事。所以我更嫌憎。比什么都嫌憎。”

3 现代汉语常用“粗鲁”。——编者注

公爵的小姐和百姓的儿子，在平静的池边的绿树阴下，争闹的没有完。聚在这里的蝴蝶、蜜蜂和小禽鸟，全吃了惊，仿佛说是人类的孩子们可以这样争闹似的，从枝上和树叶间，诧异的只对着两人看。

“男孩子总是衣服稀破，说到脸便漆黑，手脚也脏，而且有着异样的气味，好看的地方是一点也没有的。”小姐又开始说。

“便是女孩儿，也少穿衣服，脸是苍白的，手脚又细弱，全像一个死尸。”男孩子也回报说。

“我想，与其看男孩子，远不如看那美的火萤儿好。”

“我呢，与其看死尸似的女孩儿，倒不如看那美丽的金鱼好得多。”

“我一见男孩子，总想踢他几脚。”

“我呢，倘看见女孩儿，就想给伊几拳，按捺不得。”

两人的话在这里间断了。近旁的树上，寒蝉像是蓦然记得了似的，大声地叫起来了。

“我想将这火萤笼，放到南檐下，那园墙的低矮的地方去。”停了片时，小姐说，“再见！”

“再见！”男孩子回答说，“我想将这金鱼钵，放在北檐下的，那没有墙的地方去。”

“实在是失礼了。”

“那里话，只是我失了礼。”

两人这样说着，行了礼，女孩儿向右，男孩子向左，分道走散了。

这晚上，伊和他的话，只是这一点。

三

从那一晚起，有着最美的金刚石一般发光的翅子的萤，便关在笼中，挂在公爵的别墅的南檐下（园墙低的廊沿下）。而且，他所爱的最美的金鱼也装在金鱼钵子里，放在对面的百姓家的北檐下（那没有墙的廊沿下）了。萤和金鱼的悲哀，恐怕是无论用笔或用话，都未必表达得出来的。

然而，那山的精灵，听了他们的话，却非常忙碌了。夜一深，百姓家里寂静了的时候，他便暗暗地跑到廊下来。

"金鱼君，真是出了不可收拾的事了。"山精这样凄然的低声说，"况且你也未必知道罢，你的亲爱的萤，关在笼子里，挂在对门的宅子里面了。"

金鱼为了极深的悲哀，单是用头撞着钵的口。

精灵重复说："假如给萤得了自由，你怎样报答我呢？"

金鱼回复说："我这里，除了生命——悲惨的生命之外，再没有别的东西了。倘使为火萤得自由计，这生命也有一点什么用，便无论何时都可以心悦诚服的奉献的。"

"生命这些是不要的！"山精慌忙打断了金鱼的话，"但将你那美丽的鳞给了我罢。倘这样，我便为萤的自由尽力去。"

"赶快拿去！"金鱼浮上水面来了，"倘若这鳞，和我的亲爱者的自由有关系，我是连最后的一片也不惜的。赶快，不留一片的取了去。因为我希望着自己的亲爱者，早早地完全地得到原来的自由哩。"

山精全取了美的鳞，说道："金鱼君，切勿灰心。我还要想些救你的方法哩。"于是便向对面的宅里走。但金鱼却失了神，石块一般沉到钵底下去了。

百姓的儿子，因为这低微的声音，忽然张开眼。

"廊沿下，有谁说话似的。"他说着，慌忙起身，走出檐下看。然而这里已经没有人。只一个小小的谁的影，经过了公爵的别墅的墙根下。向钵子里一望，这中间抖着批了鳞片的金鱼。

“畜生！可恶！”男孩子愤怒的这样叫。

这其间，山精到了公爵别墅的南边的廊下了。

“萤君，真是出了不可收拾的事了。”他小心着提在手里的装着鱼鳞的袋，一面说，“你也许已经知道了罢，你的亲爱的金鱼也在对面的廊沿下，装在钵子里了。”

然而，萤因为非常之痛心，说不出一句话。只用两脚按住胸膛，将金刚石一般发光的翅子来遮了凄凉的脸。

山精重复说：“假如我使金鱼自由了，送回池里去，你怎样报答我呢？”

萤回答说：“我的生命——这充满了苦辛的梦的生命之外，我已经什么都没有了。为金鱼谋自由，这生命倘也有什么用，就请即刻拿去罢。”

“生命这些是不要的。”精灵这样说，“但是将你那金刚石一般发光的美的翅子，给了我就是。”

“你，”萤的悲哀的眼里，略有些非难之色了，“你要我的翅子么？”

“是的。要你那美的，金刚石一般发光的翅子。”山精没有去看萤的脸。

“可以。请拿去！”萤的微细的声音，临末却是听不分明了。这瞬间，山精已经开了笼，取去了萤的美丽的翅子。

公爵的小姐正在这时候醒来了。

“的确有谁在廊下呢。”伊说着，慢慢地起来，向廊下望出去，在那里并没有人，只一个异样的影子走向园墙对面的百姓家去了。小姐赶紧走出廊下来看，萤笼里躺着没有翅子的火萤。

“阿，太难了，将火萤弄成这模样！”一面说，小姐哭起来了。

这晚上，只是这一点事。

太阳快要下去了。被照着那离别的光，池塘是仿佛为热情所燃烧似的晃耀。一切都寂静。只听得小鸟的狡狯的饶舌和归巢太迟了的蜜蜂的羽声。睡莲也受了亲昵的太阳的接吻，静静的合了瓣。

莲叶上面，坐着取去了金刚石一般发光的翅子的萤。就在近旁歇着金鱼，一半的身子出了水。

“我冷！我已经没有活着的元气了！”并不对谁，金鱼独自说。

“我凄凉！我的使命是在于飞的。没有翅子，也不要生命了！”火萤这样絮叨的说。

“但因为要救你，全给了自己的鳞，我却毫不以为可惜的。”

“因为要你得自由，卖了自己的翅子，在我是最满足的事。”

两个拥抱了，最后的话是这几句。

太阳下去了。照着这光，池塘像为热情所燃烧似的晃耀。而且，太阳下去了之后，金鱼和萤的性命也和那最后的光一同下去了。那性命是溶在[4]光中上了无限的太空呢，还是溶入[5]花香成为轻霭而飞去了呢？这在我可是不知道了。

一切都寂静。只有小鸟的渴睡似的叫声，归巢太迟了的蜜蜂的羽声，睡莲也已经睡了觉。

四

月亮慢慢地起来了。因为迎接这月亮，出来了许多美的萤。山的精灵们都高兴，在月光底下开始了跳舞。而在他们里，最美的是有着金刚石一般的闪闪的翅子的山精。

从莲花中，笑嘻嘻地走出妖女来了。金鱼的鳞所做的，惊人的

4 现代汉语常用“融在”。——编者注
5 现代汉语常用“融入”。——编者注

美的冠，明晃晃的戴在那头上。妖女恭敬地对月行了礼，静静的遍看伊周围；忽而在莲叶上，看见了萤和金鱼的尸体。

“诸位！赶快来！”伊发了吃惊的声音说。欣然的跳舞着的妖精们，都停了跳舞，嚷嚷的奔来。

伊指着两个[6]尸体道：“那是什么？谁杀了我的宝贝的萤和宝贝的金鱼了？”

大家看了这个，都默默地不开口。

“那萤的翅子是谁拿去的呢？那金鱼的鳞是谁拿去的呢？”伊仿佛悲痛似的，用手掩了脸。

“昨天的晚上，孩子们捉了他们去了。”有着萤的翅子的精灵说，“萤将那翅子给了我，金鱼是给了鳞。我便救出了他们。而且，那用鳞造成的冠，是明晃晃地在你的头上。”

“唉唉，伤心呵！你是怎样的一个残酷者呵。我不要那样的冠。”

“但是，若要金鱼的鳞，只能从金鱼身上取；要萤的翅子，只能从萤身上取。这是造不出来的。”

“你是残酷的。你杀了他们了。”妖女这样说，并且哭起来了。

“我没有杀他们。那萤和金鱼，是并非一没有翅子和鳞，便非死不可的。我没有翅子的时候，也活着；你没有鳞，岂非也并不死掉么。那两个是自己死的。”

山精静静的剖白，但妖女没有从脸上除下伊的手来。

“我厌了这世界了。有所要，便不得不从别个那里取。一要鳞，便须从金鱼身上取。我有所得，对手便不能不有所损了。唉唉，好伤心的世界呵！”伊这样说着，进了莲花里。

妖精们两两的配着，开始了悲哀的舞蹈。只有有着萤的金刚石一般的翅子的山精，独自一个坐在寂寞的池的石上。

6 现代汉语常用“具”。——编者注

“造这世界的小子，是怎样的吝啬的东西呵。萤的翅子和金鱼的鳞，都略略多造些，岂不便好！在偌大的世界上，那有这样俭约的必要呢！”他惘然的絮叨着说。

公爵的小姐左手提着萤笼，右手拿了捕萤的网，静静地走到池边来。从小路上，百姓的儿子左拿金鱼钵，右拿钓竿，也静静的走出树林来了。

小姐谦恭地行过礼，说道：“我最讨厌百姓的男孩子。”

男孩子也谦恭地行过礼，说道：“便是我，也并不喜欢什么贵族的姑娘呢。”

“百姓的男孩子不但是衣服破，手脚脏，连心也残酷。”贵族的小姐说。

“贵族的小姐是只有衣服好看，那心的污秽，却没有东西可比了，我想。”百姓的儿子说。

“昨夜里，取去了我那捉住的火萤的翅子的是，总该是百姓的儿子罢。”

“昨夜里，将我的捉住的那美的金鱼的鳞，统统取去了的，一定是贵族的小姐了。”

“倘知道那取去了我的火萤的翅子的百姓的儿子是谁，我很想给这孩子一顿嘴巴。”

“我倘知道了拿去金鱼的鳞的贵族的姑娘是那一个，就很想敲杀了这姑娘。”

然而，两人最后说：

“这回却打算将这萤笼，搁到那有着高墙的南边的客厅的窗间去。”

“我这回要将金鱼钵放在北边的有着旧扶阑的屋子的窗下去了。”

“再会！”

“再会！”

“实在失礼了。”

“好说好说，倒是我失了礼。”

他们略略行过礼，一个向右，一个向左，分了道回去了。

公爵的小姐静静地在池边走，看见了坐在大石上的小精灵。

“阿阿。那就是，乳母时常讲起的僬侥人儿了。”伊说着，竭力地不出声地走上石块去，想捉这精灵。其间脚一滑，伊便和山精都落在池子里。

“救人！”小姐吃了惊，高声地叫，山精也很吃吓，便用了暗号，向池的王送了一个求救的通知。

正同时，那隔岸的百姓的儿子，也看见了坐在莲花上的妖女了。那妖女，有一顶用很美的鱼鳞所做的冠，戴在伊头上。

“阿阿，那就是，母亲喜欢讲的池的妖女罢。”他这样说，偷偷地走近花丛里，赶快地伸出手去，想拗那花，因为太急遽了，失却平均，便落在池里面了，他慌忙叫道：“救人！”

“快来救！”妖女也发一个通知池的公主的暗号。

不到一分时，池的王便从深处上来了，而且不到一分时，公爵的女儿、精灵、百姓的儿子、妖女都从王的魔力之杖救了命，而且都站在王的面前了。

“在这样静的地方，在这样静的夜里，谁想要胡闹呢？”池的王推问说。

于是，山精禀告道：“胡闹的是，照例是人类这东西。”

“照例的，胡闹的是，两只脚的污秽的废物。”妖女也这样的一气说。

“然而，人类如果胡闹，淹死这些小子们，不就好么。这方法，你们该是知道得很多的。淹死些什么人类之类，无论多少，我一点都不管。因为这是鱼和螃蟹，池的国民的最愉快的事。岂不是用不着小题大做地将我请出深处来的么？”说到这里，王的口气全都改变，显然是涌出深的愤怒来了，“一到春天，你们还做得好事呵。金鱼和萤的话，也有些传到了我的耳朵里。这等事，也不像你们这样体面的妖精所做的事。”

池的王似乎一无所知，而却是无所不知的。

“这事情，我想了一晚上。因此，被这可怕东西捉住了。”山精很认错。

“我也伤心着金鱼的死，在花里面哭了一晚上。”妖女也很后悔，“因此，被这丑陋东西捉住了。因为我没有了反抗的力气，所以求陛下的救的。”

池的王的脸和善了一些，指着公爵的小姐说：“这个可怕东西，就是想捉精灵的么？”

“我并不是可怕东西。”小姐几乎要哭了，说，“我是公爵的女儿。我所爱的是美的物事，昨晚上虽然捉了萤，却有谁取了翅子去了。后来连那萤也不见了。今晚看见了这可爱的娃儿，是想捉了去疼爱他的。然而，滑了脚，落在水里了。对于美的物事，我捉去并不因为虐待，是因为疼爱的。”

“还有这丑陋的废物，是甚么呢？”池的王向着百姓的儿子说。

“我不是丑陋的废物，是百姓的儿子呵。我昨天捉了金鱼，也并非要虐待，是因为要疼爱才捉的。但有谁取了鳞去，而且金鱼也不知道那里去了。今夜看见这美的姑娘，也并不是为要虐待，却因为要疼爱，才想带回家去的。”

百姓的儿子这样回答的时候，王又较为和气了，转脸对着山精这一面道：

“那就，你为什么给萤和金鱼吃苦，取了翅子和鳞的呢？”

“我是为了爱美而活着的。萤的翅子非常美。我想，倘戴上金鱼的鳞所做的冠，不知道要见得怎样美呢，所以想给戴到头上去。是从这样想，取了萤的翅子，也取了金鱼的鳞的。然而毫没有想要杀掉他们。”精灵这样答。

“我也想要金鱼的鳞的。”妖女也接着说，“并且想，那萤的翅子假使精灵有着，不知精灵要显得怎样的美了，但是杀掉萤和金鱼，以及硬取那翅子和鳞都是梦里也没有想到的事。”

这时候，王才现出爽朗的美的笑脸来。

“你们，仿佛都爱那美的事物似的。这就够了。因为这个，因为爱美，便被宽恕了许多罪。但从此还应该进一步去。凡有美的东西，无论是什么东西，倘起了一种要归于自己，夺自别人的心情，好好地记着罢，这心情，便已经不纯粹了。这时的爱美的心情，已经是从浑浊的源头里涌出来的了。见了美的东西，爱了表现在这里的美，若不涌出为此尽点什么的心，为此献点什么的心，则在这爱里，在这心情里，便不能说是不至于会有错。将这一节好好地记着罢。倘爱美，则愈爱，你们便愈强。人比兽强，就因为爱美。精灵和妖女比起人来，美的感觉更锋利，所以比人类有势力。天使的爱美的力，比精灵和妖女尤其大，所以比他们更其强。而且在一切东西上——即在丑的东西上，也感着美，对于一切东西，因为美，所以爱的，就是神了。”于是，池的王对山精和妖女说：“因为你们的爱美的心情是失败了，所以便是这孩子们也能捉。”于是，对孩子们说：“因为你们想将美的东西作为自己的东西，所以连你们的性命也几乎不见了。爱美的心，是主宰宇宙的力。然而，这爱美的心情，却是损害生命的破坏。将这事牢牢记着，此后可万不要错误了。”王说，呼呼的挥着魔力的杖。

五

睡在岸边的石上的公爵的小姐忽而醒来了。

“我什么时候睡在这样的地方的呢？”伊说，看着周围。

幽静的透明的池水里，愉快地游泳着金鱼。有着金刚石的翅子的萤，在这上面飞舞。

对面的岸上，百姓的男孩子忽而醒来了。

“奇怪。甚时候睡着的呢？”他一面说，慌忙地起来，环顾那照着月光的池的四近。

树林的深处。美的精灵们舞蹈于月光中。而且看着这个，莲花的妖女很美的笑。

两个孩子们，大家互相发见，互相走近了。

公爵的小姐略略行了礼，并且说：“我想，捉那火萤之类，是可怜的。因为也许有谁来取翅子去。”

百姓的儿子也略略行了礼，答道：“我也没有捉金鱼的意思。就是怕有谁取去了鱼鳞。”

“倒不如每晚到这里来，看看萤的飞翔好。”

“我也还是每晚到这里。在透明的水中，看着金鱼的游泳，好得多哩。”

两人并排地坐在这地方，对那仿佛从春夜的欢喜中，涌溢出来的泪一般的露草的花，摘来投在池里，拧来撒在水里。

“百姓的儿子是，衣服破烂，手脚也脏，然而也还有不招厌的地方似的。我想，如果给他穿上新衣服，干干净净地洗了手脚，也便没有什么了。”女孩子说。

“贵族的小姐虽然见得像一个死尸，然而其间也确有些美的地方的。我想，如果再努力些，走出外面运动起来，颜色和皮肤也便立刻强壮了。”

到这里，接续了片时的沉默。

“我独自在树林里走，是毫不害怕的。”小姐红晕了两腮，一面说。

“便是我，也什么山里都能去。”这样回答时候的百姓的儿子的心跳，我是很知道的。

“一个人在山上走，怕是不怕的。但我想，一个人比两个人却冷静。”

“我也想，两个人总比一个人热闹得多了。”

“两个人散步的时候，我最不愿意踢石头，顿脚，使屐子阁阁地响。”

“便是我，倘若两个人散步，也最喜欢穿了草鞋，静静地走的。我要从那条大路回家去了。”

“我最爱那条路上的右手的大石头和奇妙的峭壁，我也想走那一条路回家去。”

“那条路上的左手的大松树和大楠木的枝条的样子，我是最爱看的。”

宇宙所流的泪一般的露草，在这里已经没有了。两个孩子终于站起身，并且说：

“即使你和我一同来，我也不要紧。虽然乳母也许说些什么话。”

“便是我，即使跟着你走，也不要紧的。虽然朋友也许笑。”

于是，两个人都走进树林里去了。

那两个孩子的眼睛，先前虽然张开了，而他们的春的梦，还是接连着。

月光底下，精灵跳舞着。看着这个，莲花的妖女笑着。金鱼和萤，都做着欢乐的春夜的梦。

古怪的猫

我愿意忘却了那一日。

不知道有怎样的愿意忘却了那一日呵。

然而忘不掉。

那是最末的一日。

外面是寂寞而且寒冷。然而，那一日的我的心，比起外面的寒冷来，不知道要冷几倍；比起外面的寂寞来，也不知道要寂寞几倍了。虽然并没有测量心的寂寞和寒冷的器械……

我坐在火盆的旁边，惘然地想着。火盆的火焰里，朦胧地烧着留在我这里的恋恋的梦和美丽的希望。忽然，不知从那里来，虎儿跳到了（虎儿是这家里养着的雄猫的名字），便倒在我膝上，将我的膝用四条[1]脚紧紧地抱着似的发着抖。我正在想：这是怎么一回事呢？虎儿便用了轻微的声音说出话来：

“哥儿。

“唯一的亲爱的哥儿。

“唯一的爱我的哥儿。”

虎儿还想要说些什么的，但说了这话之后，似乎再不能说下去了。他的声音断绝了。

我心里想：“唉，又是梦么？梦是尽够了。然而，事实却尤其尽够哩。”可是毫不动弹，先前一般的坐着。

于是，虎儿的话接下去了：“哥儿。我是已经不行了。对于一切，全都悲观了。”

1　现代汉语常用“只”。——编者注

这时候，我想说："说什么不安分的话。我自己，其实是早就悲观了的，然而并不说。"但觉得虎儿有些可怜，连这也不说了。

虎儿又说他的话："主人、使女、厨子，因为我不捉老鼠，都说我是懒惰者！然而我并非懒惰，所以不捉老鼠的。我已经不能捉老鼠了。我已经没有了捉老鼠的元气了。也并非是指爪和牙齿没了力。是在这——虎儿说着，拍他自己的胸脯——这心里没有了捉老鼠的力量了。因为我不捉老鼠，老鼠便在店里、仓库里，任意地弄破米袋、咬面包、偷点心。近日里，听说将太太宝藏着的克鲁巴金的《面包的掠夺》这一部书都啃了。主人和使女和厨子都说这是老鼠的胡闹。然而这并不是老鼠的胡闹。老鼠是饿着，全然饿着。不这样，老鼠便活不下去了。哥儿，请你懂得我的心，一看我的真心的里面罢。"

虎儿用了颇为激昂的口吻说完话，便仿佛要催促我的理解似的，将尖利的指爪抓着我的膝。

"痛！好不安分的猫呵。小聪明的。便是老鼠没有食物，饥饿着，也不是什么一个要慷慨激昂的问题呵。便在人间，俄国、德国、奥国这些地方，有一亿几千万的人们在那里挨饿，然而我们不是漠不相关么？况且那些宣传臭的病症之类的鼠辈受着饿，这倒是谢天谢地的事哩。"我很想这样地对他说，但在我也没有说出这些话来的元气了。

"因为我不捉老鼠，主人说不应该再给我吃饭。这是哥儿也很知道的罢。哥儿，说着这些话的我，也正饿着呢。肚子空空，没有法想。倘使终于熬不下去，随便地拿一点什么食物，便立刻说是'吓，猫偷东西了'，大家都喧嚷起来。假使没有哥儿，我怕是早就饿死了罢。然而哥儿，我的肚子也仍然是空空的。虽然这么说，我却也没有全变成野猫的元气。唉唉，我不行了……

“主人和使女和厨子以为不给我饭吃，我便会捉老鼠，然而这是不行的。因为这心底里，想捉老鼠的一种要紧的元气已经消失了。唉唉，我已经不行。我是‘古怪猫’了。倘是人，就叫作古怪人的罢。”

这时候，我想这样地对他说：

“唔，客气一点，也许说是古怪人罢，但通常确叫作低能或是白痴！只给这样的称呼的。”然而在我也没有说出这话来的元气了。

“有一天，我坐在仓间里，等候着老鼠来偷米。老鼠终于来到了。都口口声声叫着：

“‘米！米！米！’的来到，成了山的来到了。我就动手做。我咬而又咬，不知道咬杀了几百、几千、几万的老鼠。然而，愈咬杀，且不必说想减少，却反而逐渐的增加起来。大鼠、小鼠、黑鼠、灰鼠、公鼠、母鼠、老鼠、幼鼠、亲鼠、子鼠，这都口口声声地说着一个题目似的，叫唤着：

“‘米！米！米！’重重迭迭地来到了。那连串，想不到什么时候才会完。从宇宙创成以来的老鼠不必说，此后还要生出来罢。仿佛是无限大的鼠，一时全都出来了的一般，而个个都用了更可怕的执拗的声音不断地叫着：

“‘米！米！米！’

“我听着这种声音的时候，觉得自己的心情有些异样了。而且，本以为只是老鼠们的叫声，却在这叫声里，似乎也夹着我辈猫的叫唤的声音了。阿，这猫鼠声音却渐渐的高大起来。什么时候之间，老鼠的声音已经消沉下去，只听得猫的声音却嚣嚣地响：

“‘米！米！米！’

“这正是猫的声音。我觉得害怕，失了神逃走了。我伏在暗的角落里，不住地不住地索索的抖。

“‘米！米！米！’

“这样叫的猫的声音，在我的耳中，不住的不住的只是叫唤着。

“从此以后，我不知道抖了几小时、几日夜、几个月呵，我从这时候起便不行了。几成了古怪猫了。

“这时候，我于‘老鼠是我的可爱的可同情的兄弟’这一件事，这才微微的有些懂得了。

“我从这时候起，便没有了捉老鼠的元气，而且不能不随意的暗地里取一点食物了。

“不能不随意暗地里取一点食物的时候，这时候，‘老鼠是我的真的兄弟’这一节，这才懂得更分明。至于此后的事，则是我的朋友们，便是最亲爱的朋友们，只要看见我，也便说是古怪猫，是疯猫，立刻逃走了的。不但这样，主人和使女和厨子，昨天也看出了我是发了疯，而且主人说要勒死我。勒死之类，我是不情愿的。

“哥儿。唯一的爱我的哥儿。去买一点吗啡，给我静静地睡去罢。你要可怜我。”

虎儿的话是很长。而且虎儿仿佛是想要我切实的记取似的，又将指爪抓在我膝上。

“唷，痛呵。”我叫喊说。我才回复了意识。我的膝上，是用了四条脚紧紧地抱着膝髁似的虎儿，索索地发着抖。我半在梦里，静静地摩着他的脊梁。火盆的火全熄了。留在我这里的恋恋的梦和美丽的希望，也和这火焰一同灰色的崩溃了。

正在这时候，父亲仿佛要偷窃什么似的，悄悄地走进屋里来。父亲不出声的踮着脚尖，走转到我的背后，于是突然扑进来，用口袋罩住了虎儿。

“呀，捉住了捉住了。畜生。究竟也捉住了。”

我惊骇到要直跳起来。

“父亲，这，这是怎的？”我咳嗽着，一面问。

“这畜生疯了。发疯了。倒还没有抓了你。昨天，带着到猫的医生那里去，说是这已经发了疯，不早早杀却，是危险的。”

“那么，弄死么？”

“唔唔，自然，昨天本就想弄死，但是这东西很狡狯，巧巧的逃脱了，大家都担心着，没有法子想。”

仿佛是这样了然的事，没有这样的仔细说明的必要似的，父亲便出去了。猫想逃出口袋去，挣扎着嗥叫。然而是异样的无力而且凄凉的声音。

我跑开去，抓住了父亲正要拿出去的猫的口袋，而且说：“等一等！”

“什么？”

“可是，岂不太可怜么？”

“什么可怜？不是发了疯的猫么？”

“不要这样说，父亲，恳求你，饶了他罢。”

“胡说！”

“那么，单不要打杀罢。听我去弄他死。因为我会去买了吗啡来，悄悄地弄死他的。”

父亲目不转睛地看定了我的脸。

“感情的低能儿。说疯猫可怜……这白痴东西。”

“父亲，请听我……”

“呆子！”

父亲的紧捏的拳头，从旁边拍[2]的飞到我的脸上了。

父亲便这样的出走了。

这时候，我觉得自己有些古怪了。这回并非梦中，却实际听得猫的声音不住地这样说：“哥儿，哥儿，救救罢，救救罢。”

---

2 现代汉语常用“啪”。——编者注

而且，在这声音里，渐渐地加上了别的猫和老鼠的声音，于是这便成了可怕的凄凉的合奏：

"哥儿呵。我们在受饿。我们在被杀。"

"哥儿呵，哥儿，救救罢！"

他们的叫声渐渐的廓大开去，渐渐地强大起来了。

我掩住了耳朵。但是，他们的叫声是并非掩了耳朵便可以防止的，响彻了身体的全部里，有一种强率，一直瑟瑟地响到指尖。数目也增多，声音也增大了。从宇宙创成以来生下来的一切鼠，一切猫，还有此后将要生下来的那无限的子孙，都想来增强这叫唤，增大这声音。我是什么也不知道，全然成了什么也不知道了。在这漆黑的旋涡的世上，只有一件，只一件。

"我已经不行了！"的事，却分明知道，宛然是成了雪白的浮雕。

"米！米！米！"

"哥儿，哥儿，救救罢。我们在挨饿！我们在被杀！哥儿，哥儿，救救罢！"

"喂，姊儿呵。"

"姊儿。"

我半在梦中的大声地叫。

使女从门口露出脸来："什么事呢？"

"来一来。"

"有什么事呢？"使女走进三四步，显了异样的脸色说。

"再近一点，近一点，这里……"

"哥儿，你怎么了？"

我帖着伊的耳朵说："姊儿，给我买一点吗啡来。"

使女出了惊："阿呀你，要吗啡做什么呢？"

"不，我不行了。我是低能，是白痴。我发疯了。"

使女的脸色苍白了："阿阿，这吓人，哥儿，哥儿。这真是，问你怎么！……哥儿。"

"姊儿。我是……以为猫，老鼠，你们使女，全都是兄弟。而且不但是这样想，是这样的感着的，很强烈的这样的感着的。以为猫和老鼠和你们使女，全都是我的可同情可爱的兄弟……"

我的声音颤动了。

使女不说话，看着我的脸。

那眼里是眼泪发着光。

我愿意忘却了那一日。

不知道有怎样的愿意忘却了那一日呵。

然而……

然而是……

两个小小的死

一

这是温暖的畅快的春天。太阳从东到西，自由的旅行在很高的青空上，时时有美丽的云片，滑泽的在青色的空中轻轻地流走，宛然是通过那青葱平静的海上的桃色的船。云雀似乎想追上他，唱着什么高兴的歌，只是高，只是高，高到看不见的，屡次屡次地飞上去。造在街的尽头的病院是幽静了。病院的花园，看着花园里的花的病人，一切都幽静。在那病院里，进了特别室，等候着“死”的来访的，有一个富家的哥儿。为要使哥儿不冷静，那旁边，瞢腾着一匹大的圣褒那的驯良的狗。笼子里，是可爱的金丝雀的一对，唱给听很美的歌。种在盆里的艳丽的花，也满开在屋子里。从对面的病室中间，也似乎为要使哥儿不冷静，有一个劳动者的孩子不断的送给他温和的微笑。那劳动者的孩子，也一样是等候着“死”的来访的一个人。他从出世以来，似乎已经等候着“死”的来访的了。而且无论什么时候，无论是还吸着多病的母亲的乳汁的时候，长大起来能够帮助母亲了的时候，后来又到那父亲在那里作工[1]的工厂里去作工的时候。无论什么时候，他都等候着“死”的来访。凡有看见他的人，几乎无不心里想：“死”怎么不早到这孩子这里去呢？不知为什么迟延着的。

然而，这孩子在自己的屋子里，却不能看见为要使他不冷静，坐在身边的圣褒那的驯良的狗，关在笼中的可爱的金丝雀，种在盆

1　现代汉语常用“做工”。——编者注

里的美丽的花。然而这劳动者的孩子，一看见那从病室的窗间，也如自己一样，眺望着从东到西，自由的旅行着的光明的太阳，和船一般轻轻地走过青空的，美的桃色的云的模样的富家的哥儿，都感着了兄弟似的温暖的爱和亲密的心了。于是，哥儿的狗和金丝雀和盆花，他仿佛也就是自己的所有了。他已经有这样的爱哥儿，而且觉得和哥儿有这样的亲密了。

二

酣醉于春的香，“死”静静地在病院里彷徨地走，雪白的面纱里藏了脸，而且挥着银的钩刀……

“都死呵。一切是，因为死，所以生下来的。小的，老的，美的，丑的，爱的，被爱的，穷的和富的，贤的和愚的，以至于国王，非人，都死呵。在我这里才是无差别。我才是无政府主义者。我才是平等的主张者。

“花是为死而开的。鸟是为死而唱的。人是为死而呼吸的。痛快哉。呜呼痛快哉。我喜欢破坏，因为我是壮快[2]的。”

絮絮叨叨的微语着，那“死”静静地走。雪白的面纱里藏了脸，而且挥着银的钩刀……

然而，谁也没有听到“死”的声音。因为仿佛要追上那船似的渡过苍空的桃色的云去，蓦地里腾起来的云雀的爽朗的歌，以及温柔的春风，和夹着秘密的低声的言语的美的花气息，“死”的话便谁也没有听到了。

“死”静静的进了劳动者的孩子的屋子里，然而孩子正看着苍空的颜色，不觉得“死”的近来。

2 现译“畅快”“痛快”。——编者注

"喂喂，小子。茫然是不行的。你已经非死不可了。"

孩子诧异似的凝视了遮着面纱的脸。

"说我死，莫非我历来是活着的么？"

"什么？你连自己历来活着的事都不知道么？"

"一点没有知道。单是今天，不知怎的略有一些疑心，觉得我莫非竟是活着……"

"钝东西。所以我说，劳动者这一流最讨厌。无论活着，无论死掉，似乎都以为是一样的事。是全不知道活着的价值的。即便取了这类东西的性命，也毫没有什么有趣！"自己对自己一般的唠叨着，于是又对孩子道，"喂，小子。你的性命再给延长一点罢，但得将你那最爱的朋友的性命让给我，好么？"

"朋友的性命？"孩子诧异地凝视着白面纱的脸。

"唔，是的，就是那哥儿的性命。"那"死"用了银闪闪的钩刀的尖子，指着靠了窗口正在眺望那苍空的颜色的富家的哥儿。

"哥儿的性命是哥儿的性命。我不知道。怎么能由我让给呢。"

"不要讲什么呆道理！凡有你所爱的东西的性命，是都在你的手里的。只要说将这让给我，就够了。"

孩子很疑心的看定了那脸。

"这真么？我所爱的东西的性命，都属于我的？"

"是的。赶快些，说道让给！"

劳动者的孩子静静的笑了。

"还有比劳动者这类东西更讨厌的么！无礼已极的东西。"

"死"粗暴地挥着银钩刀。劳动者的孩子又笑了。

"我这才仿佛有些觉得自己是活着。高兴呵，高兴呵。所以笑着的。"

"算了算了！快将那哥儿的性命让给我罢！"

“不行。所爱的东西的性命倘若在我手中，那么，这并非为了交给‘死’，却为了防御‘死’的罢。”

“专说随意的呆道理的东西！所以我说，我最讨厌的是劳动者。喂，小子，没有迟疑的时候了。将朋友的生命让给我呢，还是自己死呢，是两中拣一的了。”

“我自己死。”一面说，劳动者的孩子坦然地笑了。

“看来还没有懂得生命的价值哩。钝物！”独语着，“死”便焦躁起来，团团地挥着银钩刀。

“好罢好罢。朋友的性命怎么都可以，那就将那圣褒那的狗的性命让给我罢。”

“不不，不让的。给‘死’，是除了自己的性命之外，什么都不让的。”

“钝东西！那个金丝雀的性命怎么样？”

“便是金丝雀的性命也不行。”

“花的性命该可以罢？”

“这也不行。”

“钝东西呀！自己的生命的价值，竟丝毫不知道。所以我说，劳动者这一流东西，我是最讨厌的！”嫌恶似的独语着，又向了孩子粗莽地说道，“喂，小子，预备着死罢。”

“死”静静的走出房外去了。劳动者的孩子还是笑。

“唉唉，愉快呵！唉唉，愉快呵！我活着。这才分明地知道是活着了。比什么都更强的感到这个了。愉快呵，愉快呵。”

劳动者的孩子独自高兴着。

三

“死”静静的走进富家的哥儿的屋子里去了。然而，谁也没有觉到这，都酣醉于懒散的快活，辗转于酣美的现实之中了。金丝雀正将从父母那里听来的远地里的热带的岛的传说，讲给朋友圣褒那的狗。那狗一面听，一面计画着，想用尾巴去打杀那些缠绕不休的苍蝇。对了种在盆里的花，春风暗暗地低语着蜜一般甜的说话。哥儿是正在眺望那宛如滑走于青的海上的轻舟似的，轻轻地流过大空的美丽的桃色的云。“死”站在他的近旁，沉钿钿[3]地说话了。

“喂，哥儿！茫然是不行的。你已经非死不可了。”

因为病，成了青白色的哥儿的瘦小的脸，于是显了纯青。

“饶了我罢。再少许，很少许，放我活着罢。放我到看不见了那美丽的云的时候，那满着慈爱的太阳完全下去了的时候。”

“不要说任意的话。便是我这边，也不是任意地做的。”

“但是，但是，再少许。到那云雀落在树丛里为止。到那金丝雀的歌唱完了为止。请原谅，真是再少许……”

“你肯让给我那花的性命的罢？你所爱的东西的性命，是都在你手里的。给你的性命挨到云雀飞下来，但你肯将花的性命让给我么？”

“行，让给你。”

“还有那金丝雀的性命呢？”

“行的。”

“还有那圣褒那的狗的性命呢？”

哥儿凄凉地凝视了包着白的面纱的脸。

“不是迟疑的时候了。死已经逼紧了。将圣褒那的狗的性命也

3　现代汉语常用“沉甸甸”。——编者注

让给我么？你所爱的东西的性命，都在你手里……”

“行，让给你罢！”

“还有，那个你的朋友的性命——”

哥儿全然青色，显着苦痛的表情，要窥探那藏在面纱中间的“死”的脸似的，目不转睛地看。

“倘这样，我便给你延长性命，一直到看不见了那桃色的云为止罢。到那光明的太阳沉下去了为止。”

“行，让给你！”

“死”静静的走出屋外去了。但哥儿却将那青白的脸，深深地埋在枕中，永久地永久地呜呜咽咽地啼哭着。

四

第二日，一个体面的葬仪举行了。盖着黑的丧绢的体面的灵柩上，有亲戚朋友们送来的许多花，看起来也就很美的装饰着。然而，那些花是已经并不活着的了。许许多多的朋友们，都穿了美丽的衣装，悲哀的来送这灵柩。这是富家的哥儿的葬仪。

同时候，住在哥儿对面的房子里的，那劳动者的孩子的葬仪也举行了。小使两三个，将他的身体装进箱子里，运到不知那里去了。像是来送模样的人，什么地方都没有。只有一个，遮着白的面纱的年青的看护妇，送这棺材到了病院的门口，而且从面纱下，不断地流下美的泪滴来。棺材渐渐的将要不见了的时候，看护妇决心似的说：

“我也去，我也非去不可。真理在那里。”她说着，静静的向着贫民窟走去了。

有谁目送着她，低声说：

“死似的，罩着白的面纱，而且看去似乎手里拿着银钩刀。”

为人类

序

如诸位也都知道，我的父亲虽然名声并不大，但还算是略略有名的解剖学家。因此，父亲的朋友也大概是相同的研究解剖的人们，其中也有用各种动物来供实验的，也有同我的父亲一样，几乎不用那为着实验的剖检的。而且也有开着大的病院的人们，至于听说是为了自己的实验，却使最要紧的病人受苦。那时候我常常听到些异样的事，现在要对诸君讲说的故事，也不外乎这些事里的一件罢了。

一

有一条很大的街上，住着一个名叫K的有名的解剖学家。这学者对于脑和脊髓的研究，在国内的学者们之间不必说，便是远地里的外国学者们之间也有名。这学者的府邸里，因为实验，饲着兔和白鼠和狗，多到几百匹。那实验室虽然离街道还很远，但走路的人们的耳朵里，时常听到那可怕的惨痛的动物的喊声，宛然是想要告诉于人类之情似的，一直沁进心坎去。路人大抵吃惊地立住脚，于是说道："阿阿，又是解剖学者的研究罢。"便竭力赶快地走过了这邸前。然而，住在学者的家里的人们和邻家的人们，却早已听过了这惨痛的动物的叫声，无论从学者的实验室里发出怎样可怕怎样凄凉的声音来，大家都还是一个无所动心的脸。单有解剖学者的幼小的孩子，却无论如何总听不惯这叫声。倘若那叫声来得太苦恼了，幼小的哥儿便仿佛狂人一般，往往跳出窗门，什么也不见，什么也不辨，掩着耳朵，只是尽远尽远的逃走。一听得有这样事，学者非常恼怒了，而且说道："低能儿！退化儿！"一面凝视着他的脸。随后似乎要防止什么可怕的思想模样，在面前剧烈的摇手，退到自己的实验室里去，此后便两三日，不再出来，只是耽着实验。当这样的时候，从那里面，一定是不断地发出比平时更苦恼更惨痛的动物的叫声。家里的人不必说，便是邻人，也都明白地知道，这是解剖学者不高兴了。

哥儿的家里有一匹可爱的小狗叫L，而且在学者的家里养着的许多狗里面，以及四近的许多狗里面，这是最优秀而且伶俐的狗。解剖学者一看见他的头，总是微笑的。有一天——哥儿那时刚九岁——是学者的心绪比平时更不高兴的一个日子，从实验室里发出使人肠断似的惨痛苦恼的动物的叫声来了。母亲怕哥儿又逃到什么地方去，守在他的近旁。哥儿是拼命地掩着耳朵，竭力地想要听不到一些事。其时又发出了一阵尖利的可怕的狗的悲鸣。哥儿脸色便发了青，说道："母亲！那是L呵！是L呵！是L儿！确是L儿呵！"于是自己忘了自己，摆脱了母亲的手便走。他走进实验室，一面叫着"父亲！父亲！"的，一径跳上解剖台，用自己的小手抓住了锋利的解剖刀。对于圆睁的不动的眼，结了冰似的坚硬的可怕的脸的表情，从嘴里涌到发抖的唇上的水波一般的泡沫——哥儿的一切模样，怒视着的解剖学者，便怒吼道："低能！白痴！退化儿！"用一柄大的洋刀尽力地打在他头上。追着哥儿的母亲叫道："你！你！"捏住了学者的手，然而已经无及了。因为不能全留住学者的用劲的力量，那洋刀便砍进了哥儿的头。"唉——"哥儿叹息似的叫喊，一双血污的手按着头，和小狗并排地倒在解剖台上了。

女人将那看不见倒在解剖台上的儿子和拿着血污的刀的丈夫的伊的眼愕然似的惘惘地直看着说：

"阿呀你，你呵！"

男人惊异似的看着从刀上沥下来的腥气的血点，嘴唇却无意识的叫喊道："低能！狂人！退化儿！"

"阿呀你！你！"

和小狗并排，哥儿静静地躺着。

二

然而，哥儿没有死。父亲自己给他医治，三个月之后，又和先前一样完全治好了，只留着从额上到后面的一条很阔的伤痕。至于哥儿是否是和头的伤一同治好了心的伤，这我可不知道。L儿也没有死。暂时之后，他又和先前一样，喤喤地叫着，在学者的邸内闹着走。然而那小狗是否也治好了心的伤，这我可更其不知道了。

解剖学者为了儿子，三个月间不能做自己的事，所以哥儿的病一全愈[1]便用了加倍的精力，再去钻先前的研究了。那惨痛的动物的叫声，在三个月的平静之后似乎更厉害。邻人们都嗤笑，说学者是对于无罪的动物在复仇，而学者的心情，仿佛每天只是坏下去模样了。便是深知道他的朋友们，见了他那阴郁而且时时因为神经性的痉挛而抽动的疲倦的脸，由于顽固和劳乏而锋利了的眼睛，也不知怎样的觉得古怪，觉得可怕了。

有一晚，K解剖学者对着来访的友朋[2]们说：

"我们为了研究，费去多年的日子和几千匹的动物，努了力，而

1 现代汉语常用"痊愈"。——编者注
2 现代汉语常用"朋友"。——编者注

其结果大抵不过是一种假定。但要得和这相同的结果，不，比这尤其完全的结果，却有只在两三星期以内便能成功的方法的。”

这时候，客人一听，都诧异地看着他的脸。他们的眼睛里，判然地见得怀疑的光。

“……倘使我，代那兔和狗，却能够用活人的时候，……”在他眼里，似乎锋利的闪着黑色的光芒。

“阿呀你！你！”夫人只是这样说。

学者更其低声地接着说：“倘使为了实验，许我用一个，只一个活的人，便是低能儿也可以，则我的脑髓的研究，我一定在两三星期之内成功给你们看！那么，不但本国，便是一切人类，因此不知道要怎样的得益哩！只要一个，低能儿也好的，就只是一个……为人类，……”

那古怪的发光的黑眼睛，看在驯良地坐在屋角的他的儿子上头了。“母亲！母亲！”孩子无意识的叫唤。客人但如矿石一般的凝视他，屹然地坐着，口和身体都不动。学者的妻全身索索地发着抖，对于儿子，竭力的想用自己的身体来遮学者的眼睛。

“阿呀你！你！”

从外面尖利地响来了。L的凄凉的吠声，似乎要沁进很深的很深的心底里……

这一夜，就床的时候，哥儿叫了母亲，紧紧地揪着，将自己的口贴着母亲的耳朵说：

“母亲，母亲！如果是为人类，我是不要紧的。对父亲，好么，这样说去。将我也像那小狗一样，……因为不要紧的，如果是为人类……”

听到这话的时候的母亲的心情，用了笔能写出什么呢？至少在我是不能描写了。伊将孩子紧抱在自己的胸前，而且永远是永远是反复地反复地不断地叫道：“孩子！孩子！”从暗夜的昏暗里，听到了要沁透那很深的很深的心底里似的凄凉的叫声。

三

这一夜是黑暗的夜。哥儿无论怎样竭力地想要睡然而总是睡不去。他等到母亲的房里寂静了的时候，悄悄地离了床，跑到外面去了。哥儿试叫那小狗着："L！L！"L儿便幽鬼似的飞出了昏暗的暗地里，突然和哥儿说起话来："阿阿，哥儿，哥儿。"

哥儿擦着眼睛，一面想："这不知道是梦不是，倘不是，L儿不会有能说话的道理。……"

然而，L儿却道："请罢，哥儿，到我的家里去罢，因为有话说。……"一面说，便牵了哥儿的寝衣的衣角，要领向昏暗的暗地里。

"去也可以的，但你岂不是不会有能讲话的道理么？如果嗥嗥的叫，那自然不妨事。……"

"这等事岂不是无论怎样都可以么？便是给小狗偶然说几句话，也未必就关紧要罢。"

"要这样说固然也可以这样说，但倘若不是做梦，这样的道理是行不通的。"

这样地谈着天，哥儿被L儿伴到了狗的小小的房子里。最奇怪的是那小小的房子的门口，哥儿也毫不为难地进去了，那里面坐着一个四十来岁的，很像哥儿的母亲的女人，伊旁边又有一个十五六岁的，也和哥儿的堂兄的中学生很相像的男孩子。

L儿便说："母亲，现在，领了哥儿来了呵。"

"来得好。"那女人行了礼，很和气地说。

"对不起，穿着什么寝衣来见大家实在失礼了。"哥儿说着谦虚的行礼，但心里却想道："这狗子！畜生！明天一定给一顿骂。"他这样想着，去看L儿。怎样呢？原来L儿已经用了后脚直立起来，宛然是中学生脱着制服长靴和手套一样，正在脱下他小狗的皮来。于是和哥儿仿佛年纪的一个可爱的少年，便立在哥儿的面前了。

“你真会捉弄人……”哥儿大惊地说。

L儿不理会这话，只说道：“这是我的母亲。知道的罢？”

女人又谦恭的行礼说：“我是他的母亲，叫作H的。孩子始终蒙着照顾，委实是说不尽的感激。”

“那里那里！”哥儿想要这样说，但喉咙里似乎塞着一块什么坚硬的东西，什么都说不出来了。

“今天，又拜领了剩下的骨头和面包，实在很感谢。”

“不不，简慢得很。”哥儿想要这样说，但声音又堵住了，便单是微微的行一个礼。

“这叫S，是我的堂兄。然而如果他的父亲是家里的牛狗，那才是我的真堂兄，假使是那富翁家里的叫作约翰的牛狗，那便和我毫没有什么相干了。”

这叫作S的十五六岁的美少年，便宛然那中学校三年级生对于一年级生似的，不过略打一点招呼。哥儿想道：“不安分的东西！畜生！明天大大的踢一顿……”但也什么都不说，却谦虚地回了礼。

L儿和哥儿来接吻，并且说道：“哥儿，我们角力罢，这回可不输给你了。”于是，便和哥儿玩耍起来。S赶紧做了审定人，发出“八卦好，八卦好，未定哩，未定哩”的喊声，在周围跑走。母亲给他们奖赏，哥儿是一个鱼头，L儿也得了鱼尾巴，但哥儿因为客气，便将这让给S吃了。

哥儿虽然和S儿很有趣的游戏，但他的眼睛总不能离开那L儿先前脱下来的狗的衣裳。他乘了一个机会，便将衣服拿在手里，留心的仔细地看。S一见这，便略略对他一笑，仿佛那大人对于孩子似的。

“哥儿，何必这样诧异呢？狗和牛和鸟，便是鱼，内容和人们是没有一点两样的。两样的单是衣服罢了。”S说。

“不安分的东西。”哥儿又想。

“几千年之前，我们的衣服是和鱼的衣服全一样。至于我们的祖宗穿着狼的衣服，那可是近时的话了。哥儿，虽然不知道是几千年以后的事，我们也要你似的穿了洋服昂然地走给你看哩。”L儿接着说。

“听说是这就叫进化……”那母亲也插嘴，用了怯怯的声音。

“但在人们里面，也不能说是都进化，因为退化的东西正多得很哩……”

哥儿的脸红起来了，他想：“畜生！这是说我，听到了父亲所说的话了罢。明天得着实的打一顿。”

“那是，真有着人的价值的东西，实在不多呵。退化下去的东西，不是再改穿了狗和老虎的衣服，学学进化到人的事，是不成的了。”说着，S牢牢地凝视着哥儿的脸。

但L儿的母亲却担心似的，看着哥儿的通红的脸安慰说：“请你不要生气。这并不是你的父亲的事……”

哥儿不说话。他穿起L儿的衣服来了。L儿笑吟吟地嚷着：“阿阿，好高兴，好高兴。”也替哥儿的穿那他的衣服去帮忙。哥儿戴上了手套和帽子，穿好了长靴，大家便都拍手称赞道：“可爱的小狗，可爱的小狗。”

四

灿烂的朝日的光已经进了哥儿睡着的房里面，在他美丽的脸上、墙壁上，都愉快的跳舞起来了。“唉唉，好热。”哥儿醒来一面说，“唉唉，呆气。人也会做出很糊涂的梦来——什么我去穿L儿的衣服。”

哥儿独自絮叨着，一看那挂在对面壁上的大镜，而那镜里面，是一匹小狗，骇怪似的正看着哥儿。“唉唉，不得了了。我是小狗了。母亲！母亲！我是小狗了。L了。我是退化的人了。母亲！母亲！”

哥儿的母亲正在服侍他父亲用饭呢。从那边的屋子里，伊听得哥儿的大嚷的声音，便说道：“孩子在做什么呢？”于是，走向哥儿的房里来。伊到门口一窥探，只见哥儿像狗一般在全屋子里面走，嘴里也“喤喤！”的只有狗子的嗥叫，或者是一种不能懂得的声音了。

“孩子！孩子！怎么了？”

哥儿看见母亲，高兴地走近身边，于是狗似的跳到母亲的膝上，啧啧地舐着伊的手。从他嘴里，只听到高兴的叫声道：“喤喤！”

“究竟是什么事？”从食堂那边，听得父亲的声音说。

“没有事，全没有什么事。不要到这里来！……”一面说，母亲便锁了门。而且，伊将哥儿紧紧地抱在胸前，用接吻来防止这可怕的“喤喤”的叫声，想不传到父亲的耳朵里。

升得很高的朝日的光，进了屋里的角落，到处都在跳着高兴的跳舞了。

学者出现在窗前一瞬间。他一看，他只一看，便看尽了屋里的情形，于是退进自己的实验室去了。不多久，从那屋子里，便发出惨痛的苦恼的，仿佛发了疯似的阴惨的狗的嗥叫来。这又和小哥儿的“喤喤”的声音混合起来，成了珍奇的合唱，而绝望的母亲说道“孩子！孩子！”的悲哀的音响，便正是那伴奏了。

灿烂的太阳的光线，和那凄厉的合唱也协合起来，还在各处作轻捷的欢欣的跳舞。

昏夜又到了。一切物又都平静在安睡里。疲乏了的哥儿的母亲也亲爱的抱着可爱的哥儿，和衣睡去了。仿佛就等着这样似的，哥儿悄悄地离了母亲的手不出声息的急忙跑到房外面。他在昏暗的黑夜里，走向狗的家去了。那狗的家里，L 儿和母亲，和 S，正都等着哥儿的到来。大家见他一来到，便迎着说："哥儿，哥儿，快脱衣服。很遭了不得了的事了罢？"于是，大家都帮哥儿脱下 L 儿的衣服来。

"唉唉，实在不得了呵。我说的话谁也不懂我。我全然悲观了。"

"是罢。不知道你的母亲怎样的伤心哩。快回家去，给母亲欢喜罢。"L 儿的母亲一面说，和大家送哥儿到了那家的门口。

"再来罢。我的母亲说要给你做一套同我一样的新衣服。这么办，我们两个便来玩狗子游戏罢。"L 儿说。

哥儿走进卧房里去了。母亲还是和衣地睡在床上。照着电灯的光的那脸，毫不异于 L 儿的母亲；只是因为眼泪，那眼睛显得红肿；因为忧愁，那面庞显得青白罢了。哥儿暂时看着母亲的脸，于是将手搭在肩上，叫道：

"母亲，我又变了原来的人了，还没有完全退化的。"

母亲惊醒了。

"母亲，狗和人单是衣服两样，内容是全都相同的。我和 L 儿一点没有不同。母狗 H 也全和母亲一样。"

母亲高兴地凝视着哥儿的脸。那眼睛里，很长久很长久的闪着美如玉的泪的光，于是这点点滴滴地落下来了。

五

解剖学者的研究渐渐的进行前去了。而且那研究愈进行，学者的眼光便愈是长久地留在 L 儿的上面，L 儿的头，人的眼光一般聪明的眼——这些东西，在学者的眼睛里，似乎见得比别的无论什么动物都重要了。但是要分开哥儿和 L 儿，是谁都知道不能够，哥儿和 L 儿也其实似乎成了一个了。然而有一日，终于不见了L儿。而且他在那里，是没有一个不了然的。只是那科学者怕像先前一般，有谁走进实验室来搅扰他的研究，所以他已经下了锁将门紧紧地关闭起来了。

但一面和L儿同时也不见了哥儿。母亲仿佛成了狂人一样，这里那里的寻觅，邻人们和警察也帮着各处去搜寻；然而，哥儿终于没有见。

两三日之后，那母亲突然出现在伊丈夫的实验室里了。

"你哪，孩子寻不得呢。"伊说。

学者却是不开口。

"你哪，L儿怎么了？"

学者仍然不开口，指着一张挂在壁上的狗皮。

夫人取了那皮暂时目不转睛地只查看，但忽而指着头这一边说："你哪！看罢。L儿的头上不应该有这样的伤痕的。你看。"

皮上面，从前额到后头部，分明有着大的洋刀的伤痕。学者还默着，但将伊和狗皮比较地看。

"你看，这样的伤疤，L儿的头上不是并没有么？"

"你是狂人！"抖着嘴唇，学者喃喃地说。

"倘是狂人便也可以解剖我，供脑的研究之用么，为了人类的幸福！……"

不多时，学者的夫人也不在家里了。而且此后也没有一个和伊遇见；伊的踪迹，便是朋友里面也没有知道的人。而邻家的使女却说伊并未走出实验室。邻人和学者的朋友都相信，哥儿是被领到一个亲戚的家里去，在那里做养子了。然而，邻家的使女和工人却说是不见了哥儿的那一日，从实验室里分明听得他的悲惨的痛苦的声音。有几个人还说在邸宅里确然看见了夫人和哥儿的鬼。

有了这事的两星期之后，对于脑髓的新研究，由K解剖学者发表了。这不但在本国，简直是给全世界的科学者一个大革命一般的惊人的事。当同志的人们开一个会，给科学者做研究发表的纪念的时候，K 氏曾在席上说过这样意思的话："将这需用十年以上的工夫的大研究，自己在极短的时间里的便能成就者，是全由自己家里所养的出奇的聪明的小狗的功劳。"朋友们都以为这是指着 L 儿的事。

此后又经过了多少时，K 氏在研究中，忽然被癫狗所咬，死去了。在他桌子上留着这样的一封信：

"我现在为狂犬所啮，非死不可了，为一匹小小的可爱的狂犬……。当我专心于实验的时候，这小小的可爱的小狗便走进实验室来。为了什么呢？他那凝视一处而不动的眼。开得很大的嘴，从嘴里拖着的通红的舌滴滴地流下来的白的浑浊的泡沫——凡这些，只要一见，便无论何人一定便知道是狂犬。我自然也很知道。我立刻拿起解剖用的大洋刀。然而，解剖过几千匹强壮的兽的我的手，无论如何，竟不够打杀这一匹小小的狂犬的力量了。我的逃路也很多，然而我却不动地站着。这什么缘故呢？我不知道。我不是心理学者。我不过一个解剖学者罢了。小小的可爱的狂犬于是咬了我。然而，瞬息之后，这狂犬便睡在我膝上而且舔我的手。我是虽对自己的孩子，也可以说未尝给一回接吻的。然而，对于这小小的可爱的狂犬，却接吻了多少回呵。于是，从有生以来，在这时候我才想做诗。在这时候我才想试弹肖邦的《夜曲》和革理咯的《春的醒》。我又为什么先前不将美童话讲给人们呢，自己觉得稀奇。抱了小小的可爱的小狗，我嗅着哥罗叻而死亡。唱着舒伯特的《圣母颂》……"

写在信上的就是这一点。但对于 K 氏之死，朋友们最以为不可解的是学者抱着的小狗，却正是 L 儿，是朋友们先前以为给 K 氏的研究出奇的从速告成的那聪明的小狗 L 儿！……

六

这是数年以前的事了。我去访问一个现在还是活着的有名的解剖学者。这学者，是从在大学的时候起便非常爱我的人。这学者所立的病院，以及他那解剖学的实验室，几乎都是有名到无比的。此时他靠着大的解剖台，刚刚完毕了研究。我半躺在长椅上，凝视着他的脸。那瘦削的永远是疲劳着似的青白色的脸上，略显出为研究时情热所烧的微红。这学者的研究也专门是脑髓，所以我的说话，也便自然而然的移到K解剖学者的事情上去了："要有他这样深，又有他这样细，真实的研究的事，觉得到底是为难的。恐怕虽在两三百年之后，也未必能有新的东西，加到他的研究上面去。他真是一个不可思议的天才。这是确的。然而将他的脑髓的研究细细调查起来，愈调查，便愈觉得在他的研究上，用了和别的解剖学者所用的种类不同的材料。"

"材料？"

"材料呵。"我诧异地看着他的脸。

学者谜似的笑了。我又诧异地看着他的脸。

解剖学者低声说："K是确凿为了实验，至少解剖了两个活的人，确凿。你听到过K的儿子和夫人的事了罢？"

"有的，从父亲那里听到过孩子还小就不见，此后不久夫人也走了，是罢？"

"就是……"他自言自语似地[3]说，"至少两个……"

我默默地又凝视着他的脸。

学者并不对谁，但接着说："现在的社会上，为了土地和商业的

3　现代汉语常用"似的"。——编者注

利益，为了政治家和军人的野心，杀死了多少万年青的像样的人，毫不以为怎样。然而为人类为人间的幸福，为拼命劳作的科学者的实验，却不许杀死一个低能儿。这是现代的人道。这是我们自以为荣的二十世纪的文明……"

学者拿着洋刀嘲弄的笑，而且激昂地站起，无意识似的锁了实验室的门。

"便是现在称为模范的人们，对于争利益，争权力，争女人，因而杀人，因而犯罪的事，也以为不算什么一回事。然而为了科学者的进步，为了人类的幸福，却不能杀死一个白痴。这是现代文明人的道德。"他说，那眼里烧着狂热的光，那拿在手里的洋刀，在我眼前古怪的闪烁。

没有逃的路。然而，我也未尝想逃走，只是无意识的半本能地用双手掩了自己的头：

"我是不要紧的，如果是为人类……然而，倘不更好的做……不给一个别人知道，也不给警察那边知道……"

科学者忽然平静了。他那眼睛里，已经可以看见还在大学时代的，爱重我的恳切的表情。他放下洋刀，像平常一样的抱我了。

"我说了笑话呵。懂得？"

"自然懂得……"

"再会。"学者开了门，一面和我握手说。

"然而，"我在自己的手里接受了他的手，用力地握着说，"如果是为人类，我是什么时候都可以的。有必要时，倘若秘密的通知我……因为我是不要紧的，像那小狗一样……，但不要给一个人知道，要秘密……"

一回家，我便径走进父亲的实验室里去。

"父亲。K解剖学者的孩子和夫人，究竟是怎么的？"

“K 的孩子和夫人？”父亲吃惊地凝视着我的脸，“就是向来说过，都不见了。”

“单是如此么？”

“就是如此。”

“然而，调查起那人的研究来，不是说至少也有两个活的人，用在实验上么？”

“哼，这是那个科学者的话罢。你可曾问过他，他为了一样的事，自己亲手杀了多少人？”

“那结果是怎么了呢？”我什么都不懂了，看着父亲的脸。

“凡是胡涂东西，即使设立了很大的病院，为了实验杀死了几百个病人也一点没有功用的。然而在天才，有白鼠就尽够了。所谓科学因材料而进步之类的话，正是那一流人的话。”

“但是，父亲，你可有 K 先生并不杀掉自己的儿子的确凿的证据么？”

“有的。有着万无可疑的确凿的证据的。”

“那证据是？”

父亲异样地看定了我的脸。我无意识地用两手抱了自己的头。这里有一条从前额到后头部的可怕的伤痕，我在这时候方才觉着了。

“父亲！说是 K 先生的儿子就是我么？还有那科学者，就是我的堂兄么？”

“我什么也没有说。我岂不是并不开口么？”

“父亲，这是诳的！什么时候，父亲不是曾经自己想亲手解剖过我么？”

“这也说不定……”父亲转过脸去，自言自语似的说。

我看看这情形，永远永远地茫然地站着。

世界的火灾

一

唉唉，寂寞的夜！又暗又冷……这夜要到什么时候才完呢？

哥儿，亲爱的哥儿呵，睡不着罢？无论怎样地想睡觉，总是不成的呵，唉唉，讨厌的夜！这样的夜里，怎么办才好呢？只要在这样的夜里能睡觉，什么法子都想试一试看；而且，想将睡着的人，无论用什么法，强勉的催了起来，强勉地搅了醒来……

唉唉，苦闷的夜！而且，又是尽下去尽下去，不像要明的夜……

便是住在家里，也仿佛在无限的沙漠上彷徨似的；便是靠了火，也仿佛被冷风吹着，身心都结了冰似的。

唉唉，可怕的夜，在这样的夜里，怎么办才好呢？

然而，哥儿，无论这夜有怎样的寂寞，有怎样的寒冷，啼哭是不行的。到这里来，给你拭眼泪，将哥儿坐在膝上，紧紧地抱着，爱抚你罢，给可以温暖转来……

说是睡着的幸福么？

也许幸福罢，便是关在狭的笼中，也可以做自由的梦的，无论夜有怎样寒冷，也可以做暖和的春天的美的梦的。

然而，这样的夜，有已经醒过来的，便再也睡不着……

哥儿呵，不是吸鸦片，不是注射吗啡，是再也睡不着的了，那已经醒了过来的是……

说是鸦片也好，吗啡也好，什么都好，只要给你能睡觉么？唉唉，这真是可怜见的哥儿了，怎么的对付这哥儿才是呢？我更紧的拥抱你，在你颤动的嘴唇和悲凉的眼睛上，更久的给接吻罢，但愿再不要对我提起那鸦片和吗啡的事了。在你呢，想吸了鸦片去睡觉，原不是无理的事；想做那暖和的春的自由的梦，也是当然的。但与其吸了鸦片去睡觉，倒不如死的好，因为那是永久不会醒来，那是能永久地做着暖和的春的自由的梦……

然而，哥儿，再稍微地等一会看罢。

再稍微的……

便是这样的夜，也总该有天明的时候……

更紧的更紧的抱住哥儿罢，更久的更久的给接吻罢，而且一面等着天明，一面给哥儿讲一点什么有趣的话罢……

古老的话是怕不愿意，那就讲点现代的话罢，侦探小说模样的……

二

有一回，我因为事情到S市去，市中的客店都满住了客人，没有一间空屋，便完全手足无措了。然而在一所大旅馆里，看见我正在为难，便有一个好人似的亚美利加人来说，倘若暂时，那就住在自己的房间里也可以。我很欢喜，立刻搬行李进了这房间。据旅馆的小使说，那放我在他房间里的外人，便是亚美利加有名的富户，人都知道是S市的大实业家。听说他是一日里用着五大国的言语算帐[1]的。一听这话，我就很安心了。夜膳时候，看那聚到食堂里来的客，全是显着渴睡似的脸，做着金银的梦的诸公。那亚美利加的实业家虽然在用膳，一面还啃住算盘，用了五大国的言语在那里算什么帐。大约夜里十点钟光景罢，我和亚美利加的实业家都靠近火

1　现代汉语常用“算账”。——编者注

炉闲坐着。我也不知道甚么缘故，觉着不安，竭力的要不向那亚美利加的实业家方面去看了。于是，这外人似乎定了什么决心，正对面看定了我的脸，说道：

“可以看一看我的脸么？”

我怯怯地将眼光移在他那精细的剃过的脸上。实业家的透明的黄鼬似的眼睛，锋利地看着我，嘴唇上浮着静静的微笑。

“我不见得有些像狂人么？”他又问。

“那里那里，正是正式的亚美利加人的脸呵。”我回答说。

“我虽然也这样想。然而，不觉得我已经死了似的么？”他问。

我便说：“那有这回事，分明是鲜健地活着似的。”

“我虽然也这样想，……”实业家机械地说，便在烟卷上点了火。秋风在火炉的烟囱里，唱起寂寞的秋之歌来。被烟卷的烟霭所遮盖，实业家的脸完全不见了。这也使我增添了不安。

隐在烟霭里的实业家开口说：“我在年青时候，也如你们青年一般，最喜欢游戏。在纽约，都知道我是野球和蹴球的选手。赛船和长路竞走（Marathon race）的时节，我得到过许多回的金牌。跳舞不必说，便是溜雪和滑冰，也始终都说我是第一等。那时候，大家都以为我活着，我自己也觉得是像样地活着的……”

他暂时沉默了。遮蔽在烟雾里的幽魂似的他，我极想给哥儿一看呢……

外人又接着说：“不但如此，我那时总以为生在带着温暖的光的明亮的世界里；而且那时候，也没有人将我当作狂人，想送进精神病院去，倒是凡有我的意见，大家都以为不错似的。然而有一夜，我被冷风搅起了，从那梦中醒了过来，我才发见在称为纽约的暗洞里。秋的风，庭园的白杨和枫树都伸开枝条来，说是‘我们冷，我们要光明’，敲着我的房子的窗户。我赶快起来，生了睡在炉中的火；旋开屋里的电气，点上了黄金的洋灯和白银的烛台。然而，那风，那庭园的白杨和枫树，也还是说道‘我们冷，我们暗’，伸开枝条来敲着窗户。我全开了窗，风便欣然地进了屋子里，来应援火；白杨和枫树也都将枝条伸进屋子里，来应援我。我所看不见的遮在暗夜里的声音，听得更分明了，他们都叫喊道：‘我们冷，我们要光明。’

“秋风吹乱了我的头发；白杨和枫树都叫着‘荷荷’的应援我，剧烈地摇摆着他们的枝条。

“我在屋子中央生起一个大的火，体面的交椅和紫檀的桌子都做了柴。然而在暗夜里便是那大的火，也只像一点小小的贫弱的火花。看着这火，听着遮在暗中的眼不能见的寂寞的声音，我的心里发生一个大欲望了。我以为便是一小时也好，要试教这夜变成光明，便是一小时也好，要使那遮在暗中的得到温暖。抱着大火把，我于是一家一家的点起火来。阿阿，好个光明的夜呵，而且是愉快的……”

他沉默了。但是只要看他的神情，我便能明明白白地想出那被秋风所吹的火海；从吹着烟囱的风的呜咽里，我便仿佛是分明的听到了吃惊的纽约的市民的纷乱和火海的呻吟。

外人微微地笑了。

“愤怒的他们，决计要将我活抛在火里了，然而这却是我的最为希望的事。比这更明，比这更暖的坟，在这世上是没有的了。我向着这明的，这暖的，欢迎我似的呻吟着的坟，飞奔过去，一面诅咒着暗的夜，一面赞美着火的海……

“愿和烟焰同上了崇高的空际，溶在自然母亲的眷念的胸中。

“然而，我是一个有着在这世上还得觉醒一回的可诅咒的运命的不幸者……

“在纽约的狂人病院里，缚了手足，昼夜不断的，几星期用冰水从头顶直淋下去的我，不独是在这纽约的狂人病院里，简直是成了在全亚美利加的狂人名物了……

“叨了亚美利加有名的精神病科的博士们的荫，我不久便悟得自己是狂人了。而且分明的悟得之后，博士们便说我的病已经全好，教回到烧掉了的家里去。

“我造起比先前更体面的房屋，度起比先前更愉快的生活来了。选代表到国民议会的竞争，举大总统的游戏，究竟比野球竞争更有趣，比打牌更愉快。至于赛船和抛圈之类，则无论如何，总不及摆着势派，坐兵船去吓各国，以及驾了飞机，练习从空中高高地摔下炸弹来。然而虽然过着这样有趣的生活，我总还想放一回火，这回并不单在纽约市，却是全亚美利加，是全世界了……”

他从烟霭里伸出脸来，凑近了我的脸。我发着抖，竭力地退后了。他也并不留心，接着说：

“你以为这做不到么？一个人也许难，然而我已经不是一个人了。你也是我的同道罢？四面八方的点起这暗的火来，那可就怎样的明亮呵，怎样的温暖呵！而且飞向这火海去，这回决不错误，要和烟焰一同上了崇高的空际，溶在自然母亲的眷念的胸中。比这更明，比这更暖的坟，在这世上是没有的了……”

我站起来说：“你是狂人，确凿的狂人呵。”便跑出房外去。外人在我后面大声地笑了。一到廊下，却见比我的脸色更其苍白的旅馆主人和十二三个小使在那里抖。

一问“怎的”，他们便默默地指着窗门。从窗门向外一探望，只见满是巡警和巡官，水泄不通地围住了旅馆。主人吃着嘴，暗暗地对我说：“说是这旅馆里，藏着一个带炸弹的无政府党哩。”

我打电话给狂人病院去。不到半小时，便有四个强有力似的男人，坐着狂人病院的摩托车来到了。他们听得这有名的实业家成了狂人，也很以为可怜。我领他们到狂人的房外，他们怯怯地问我说："不会反抗么？"我回答道："不至于罢。"便走进房里去。狂人的实业家仿佛等着我似的，说道"劳驾"，他便大声地笑了。而且接续着这可怕的笑，毫不抵抗，他被四个男人环绕着，便即上了摩托车。深知道这实业家的巡警和巡官，也都说道可怜，目送着那车的驰去。一小时之后，从警察署传到了从上到下施行家宅搜索的命令了。检查了狂人实业家的行李的巡官，这时才知道那实业家，便正是他们极想弋获的亚美利加的有名的无政府党。于是，这回是巡官仿佛狂人似的，跑到狂人的病院去，然而已经迟误了。毫不抵抗，温顺地跟着病院的人们，那实业家平平稳稳地到了病院，但一出摩托车，他便对着茫然的病院的男人们，谦虚地说了应酬话，迈开大步逃走了。

也有巡官说，这是我故意给他逃走的，然而那些是随口说说的话。

三

哥儿虽然笑着，但从那时以来，我却很不安，很不安，打熬不住了。从那时以来，我失了做事的元气了。我的状态，仿佛是什么时候都等着火灾似的了。什么在全世界上放火，只有狂人才会有这样话。然而，我总是很不安很不安，不知道怎么好。但是哥儿怎么了？为什么这样的握着我地手呢？

为什么对着我的脸，用了那样的眼睛只是看的？怎么说？我们……

说我和你试去放火么？在那里？在世界？

喂，哥儿，怎么了，头痛么？这哥儿真教人不知道怎么对付才好呢。然而，哥儿，那声音是什么？听不出么？

那个……钟的声音么？唉唉，是钟了！

火灾了！火灾了！

快打开窗门看罢，再开大些！……

唉唉，空中通红了，……大火灾了……

那里呢？……西也有，北也有？这里还很暗罢？阿，哥儿，又抓住了我的手了。还对着我的脸，用了那样的眼睛只是看么？你在怎么说，说这回轮到我们了？轮到去做什么事呢？唉唉，这哥儿真教人不知道怎么对付才好哩。这样的可怕的夜，怎么办才好呢？……

爱字的疮

一

我是寒冷的国度里的人。深的雪和厚的冰是我的孩子时候以来的亲密的朋友。冷而且暗，而且无穷无尽的连接下去的冬，是那国里的事实，而温暖美丽的春和夏，是那国里的短而怀慕的梦——我在那国度里的时候虽然是这样，听说现在却是两样了。我愿意相信他已两样——那国里的人们，也如这世间的国里的人们一般，分为幸福者和不幸者。虽不知道是怎么一回事，我可也仍在不幸者一类的中间。

幸福者为要忘却那冻结了心一般冷的，和威胁于心一般暗的事实，便到剧场和音乐会之类的愉快的会上去，做些艺术的梦，那自然是不足为奇的，然而在不幸者，却不能不从冷的浓雾的早晨直到吹雪怒吼的深更，来面会这事实。

要不听到可怕的寒冷和凄凉的吹雪的呻吟，忘掉他们，幸福者是大抵躲到恋爱的城和友情的美丽的花园里去游玩着，然而在不幸者，却不得不自始至终，听那可怕的寒冷和凄凉的吹雪的凄凉的歌，和比歌尤其凄凉的话。为了又冷又暗的那国度里的事实，身心全都冰结了的我，将脸埋在冰冷的枕上，紧紧的紧紧的，至于生痛的紧咬了牙关。诅咒着自己，诅咒着别人，我仿佛寒夜的狼一般，真不知哭了多少回了。然而，比我哭得更甚的不幸者，还该有几千几万人罢？——现在是听说为了又冷又暗的事实而大哭的不幸者，在那国度里也减少了。我相信他已减少。这减少的事，我是从幼小时候就梦想着，从幼小时候就希望着的。我到现在还活着，大约也就为了这梦想和希望罢了。

只愿意永久的睡下去的一件事实，是成了那国度里的空气的。然而这心情却不限于寒冷的国度里，便在东洋的国度，南方的国度，这一种心情尤其强，这可是在当时未经知道的了。唉唉，那时候，我所不知道的事还是非常多；就是现在，我所不知道的事，比起知道的来，还该多于几亿倍罢……

二

十年以前的事了。那时我住在一个小村里。那村虽然小，然而村人们的无智实在大，迷信和偏见是多的。村旁就有一丛接连几里的白杨林；在这村的人们，是以为再没有比这白杨林更可怕，比这白杨林更可憎的了。倘使没有事，决没有人进这林子去。但因为村人所喜欢的我就憎厌，村人所憎厌的我却喜欢，所以我对于那树林也一样，村人愈憎厌，我也就愈加喜欢了。

先前什么时候，白杨树林所在的地方，本来是一片大平野。而那大平野，什么时候又曾经做过战场的。那时候，人类和动物接连多年的争斗着；就在那一片平野上，熊和狼和狐狸之类的动物，都领着大队，和人类决了最后的争雄。在这一战，人类完全败北了。就在人类流了血的地方，埋了骨殖的上面，成功了白杨的林子。

据这村里的人们说，是凡有常到白杨林里的人们，一定要变成古怪人，舍了村庄，跑往外国，或者寻不见，或者遭着横祸的。但是，我却毫不留心这些话，最喜欢走到那白杨的森林去。愈到森林去，村里的人们也就愈加猜疑我，终于说我是古怪人了。

有一夜是大雪纷飞的夜，狼在村的左近嗥叫的夜，我往白杨树林走去了。为什么在这样可怕的夜里往那边去，那时我可并没有深知道。大约有着这样的心情，是要在大雪纷飞的夜间，在林中看见春的梦；也有着这样的心情，是要在豺狼吓人的嗥叫的夜里，听些对于白杨的春的私语罢。现在想起来，这心情似乎颇古怪，但在那时候，在那大雪纷飞的时候，在那豺狼吓人的嗥叫的时候，这心情是毫不觉得古怪的。我走进树林里；我在一株大的白杨下，柔软的雪垫子上坐下了。雪下得很大；狼就在我的近旁呻吟。我静静地坐着，听那白杨树林的说话。

“尽先前，尽先前，这里原是一片大平野。尽先前，尽先前，人类是和熊和狼和狐狸战斗了。人类败北了，完全败北了……”

听着这些话之间，一个异样的老女人在我的面前出现了。那全身紧裹着熊的氅衣，很深的戴着海狸的帽，腰间挂一盏小小的灯笼的那年老的女人，就将说不出的异样的印像给了我。那相貌，也是只要一看见，便即终身记得的形容。

那老女人一面对我说“你是我的东西哩。从今以后，要跟着我走的呵”，一面径向林中走去了。我虽然说“第一，我并不是‘东西’；第二，我不愿意跟谁走”，然而说着的时候，我又不知不觉地起来跟着伊走去了。“好怪呀！”我自己想。

白杨的树木，似乎在那老女人的前面排成宽阔的长廊，行着规矩的敬礼。豺狼一见伊，也都行起举手的敬礼来。

我说：“祖母，那简直是兵队似的……”

伊却道：“兵队简直是这些似的。”

我这才觉得，高兴地笑道：“阿阿，这是梦呵。”

大雪纷飞着，四近就听得狼的声音。

“祖母，你是谁？”我问说。

“我是冬的女王呵。”伊回答，很认真地。

“的确，是梦了。”我笑着。

“还有，我们现在前去的是到你的宫殿里去罢？”

“对了。”伊又认真地回答说。

“祖母的宫殿是用了金刚石和玛瑙之类的宝石做起来的罢？”我问。

“对了。”伊又用了先前一样的口气回答说。

“唉唉，倒像一个有趣的梦哩。不使这梦更加有趣些，是不行的。”我想。

“祖母，在你的宫殿里，有一个年青的好看的雪的王女罢。”

“王女是没有的。”伊答说，“虽然有一个哥儿。”

“哥儿？”我又复述地说。

“十二岁的哥儿呵。”

“如果是哥儿，无谓得很呀。”我说着，自己觉得似乎受了嘲笑了。

“连梦也做不如意，好不无聊。若是梦，何妨就有一个好看的王女，……哥儿哩……无谓。”我一面絮叨着，却仍然紧跟在伊后面。

大雪纷飞着；狼就在四近呻吟。不一会，我们的前面就现出闪闪发光的东西来，又不一会，就分明知道那闪闪发光的东西便是金刚石的宫殿了。我想站一刻，远望他的景致，然而我的脚不听我，只是急急地跟着老女人走。伊毫不留滞，进了大开的门；我也跟随着。我们一进内，那金的门便锵的一声合上了。然而，伊还怕那门没有关得好，又去摸着看。

“行了。不会开的。”伊自己说，似乎放了心。

我向屋里的各处看。地上是铺着虎和熊的上好的皮毛，四壁和顶篷上是饰着各样的宝石。只有窗户，却有铁棒交成虎柙一般，给人以一种监狱似的不愉快的感觉。

“祖母，所谓宫殿，简直是牢狱呵。”

“并非到了现在，宫殿才成了牢狱模样，是什么时候都是这样的。”伊絮叨似的回答说。于是，从帽子和氅衣上拂去了积雪，一面向我说："你在这里罢。我进去一会就来。"便自走向里面去了。

"胡说。肯等在这样的地方的么？"我一面说，也悄悄地跟在伊后面。

走过了大屋二三间，伊就进了内室，紧紧地关了门。我走近门，暂时伫立着。伊在里面脱下衣裳来，一面又和谁说着话："今天晚上也是一个……"

"谁呢？也是农人么？"问的是可爱的哥儿的声音。

"那里，这么大雪的夜里，农人会进树林里来的么？"

"那么，又是谁呢？工人？"

"便是工人，这样的夜间也不到树林里来的。"

"那么，究竟是谁呢？"

"一定是一个呆子。"

听到这里，我愤然的就想打门了，然而竟也没有打。

"年青的？"

"廿一二岁罢。"

"那人也许知道我正在找寻的字呢。老年人虽然不知道这一个字，年青的人们却仿佛知道似的。"

"唔，怎样呢。虽然看去有些呆……"

"问一问好罢？可是即使知道，怕也未必肯教罢。"

"唔，怎样呢。虽然看去有些呆……"

"给点报酬呢？……"

"可是已经死掉了的，什么报酬也未必要罢。"

"但是，祖母，便将那生命做了报酬，怎么样？"

"那是已经不行了。"

"祖母，怎么不行？没有什么不行的。只要你答应……"

"已经不行了呵。是盖在雪里睡了两个时辰的。"

"但是，祖母，我如果不知道这个字，我就如死了的一样。年青时候便死掉，我是不愿意的。"

"已经不行了，是已经到了这里的。"

"但是，祖母，这倒也没有什么做不到。我知道的。"

"胡说，将你的生命当作那一条生命给了他，那又何须说的呢，自然是没有什么做不到的。"

"倘不是立刻给了我的生命，就不行？"

"并不是立刻。是到了那时候，到了廿二岁，便得承受那运命的。懂了么？……"

邻室里面的哥儿便凄凉地哭起来了。

"祖母，如果不知道那字，我也还是不想活着呵。"

"然而，岂不是没有法办[1]么？是已经盖在雪底下睡了两个时辰的。是已经到了这里的。但似乎自己却还没有知道死，是呆子呵。总之，照那人说过的话，给些报酬就是了。未必会要讨还自己的生命罢，因为还没有知道是死着的哩，而况又是呆子呢。姑且去问一问罢……"

哥儿站起身，走向我所站着的门口来了。我便竭力的不使出声，竭力的赶快回到先前的屋子里。而且，作为最后的言语，送到我的耳朵里来的是"要将自己的生命交出去，得用什么方法交付呢？"的哥儿的质问的声音。

"唉唉，有趣的梦呵。"

我说着，悠然地躺在虎皮上面了。不多久，我的屋子里，便毫无声响地走进一个十二岁上下的可爱的哥儿来。那哥儿，是没有一处不使我想起白杨树。模样宛然是白杨做成的美丽的雕刻；头发被[2]在肩上，好像白杨的花；而那全身，又似乎弥满着白杨的香味。

1　现代汉语常用"办法"。——编者注
2　现代汉语常用"披"。——编者注

他的声息，也给人起一种听到了白杨叶的摇动的心情。

“不相识的人呵，我是这家里的，是白杨的哥儿。”他一面对我行着礼，一面看定了我的脸，谦逊的开谈了。

“原来，是这府上的哥儿么？请，请坐。”我率直地说。

哥儿便坐在我的旁边。屋子里充满了白杨的香气。

“什么事呢？”

“对于不相识的人，有一件重大的请求哩。”

“那请求是？……”

哥儿暂时沉默着；于是，用了低微的声音，完全是白杨叶的瑟瑟的摇动似的，说出话来了。

“我是白杨的孩子。待长大起来，须得发出许多光和热，在这世界上燃烧的。成了柴木和火把，来温暖这世界，光明这世界，这是白杨的使命。然而要热发得多，要火把烧得亮，有一个字是必要的。胸膛上一个‘爱’字，是必要的。”

哥儿一面说，一面便脱了衣服，给我看那宛如白杨的皮色一般的胸膛。我全不知道怎么一回事，略略起身，向那胸前惘然的只是看。

哥儿接着说：“在这胸膛上，‘爱’的一个字是必要的。在这胸膛上，请写一个‘爱’字罢。”

“用什么写呢？”

我一问，哥儿便送过一把小小的金的刀子来，而且说：“望你就用这金的刀子写。”

“要割得深么？”

“愈深就愈好。”

“痛的呵。”

“不要紧的，因为是白杨的孩子。”

“还要出血呢。”

“不要紧的，因为是白杨的血……”

我接过金刀子，就在那胸前正当心脏的地方，认真的刻了一个“爱”的字。从胸脯上，就如清露滴在花上似的，流出几点鲜血来。一看见这刻着的字，哥儿的相貌便充满了喜欢。而且他又比先前更其可爱了。

“作为报酬，你愿意要什么呢？”白杨的哥儿这样问。

“要生命。”我笑着说。

我才说，哥儿的脸便变了青苍，那嘴唇，也如白杨的银叶似的，颤抖起来了。我看着，便觉得那美丽的哥儿很可怜。

“可爱的哥儿。白杨的哥儿呵。我只是说一句笑话罢了。我并不要生命。”一面说，我便和蔼地抱住了白杨的银叶似的抖着的哥儿。

“哥儿，不要怕罢。我单是说了笑话罢了。我并不是要生命的。作为报酬，我单希望给我接一回吻。只一回……”

我于是就在白杨的银叶似的发着抖的嘴唇上接了吻。忽然间，仿佛觉得有热的潮流通过了我的周身了。

“接吻是归还生命的方法。”哥儿紧握了我的手，低声说，“因为接吻，你取得了自己的生命了。至于我的生命是……”

——我睁开眼睛来。一瞬息中，便分明的知道了自己是在林中葬在积雪里，几乎要冻死的了。然而，接吻的热却似乎使全身都温暖。我竭力地站起身。大雪纷飞着。狼就在四近呻吟。我向村庄走去了。因为和白杨的哥儿接了吻，我的全身还温暖。我走到村庄了。大雪纷飞着，狼就在四近呻吟。

全村里的人们是没有一个不认识我的，因此我便去打第一家的门。听说有人受着冻，那家的主人便絮絮叨叨地来开门。然而，待到分明的见是我，那主人却又变了异样的相貌了。

“今天晚上，兵和侦探都在到处搜寻你呢，要逃走，还是赶快逃走的好罢。”主人说。

“兵和侦探都在搜寻我？为什么？”

“还说为什么哩，你自己总该明白的。”主人说着话，又眼睁睁地看我了。

“我是不逃的。我冻着呢。你肯救我一救么？”

“出多少？……”

“出十卢布，可以么？”

“太少。”

“二十呢？”

“如果出到二十五个，那可以……”

三

从那时候以来，早过了十年了。在这十年之间，我曾经住在东洋的国度里，也曾经住在南方的国度里。在这十年之间，我对于暖热的国度的梦话和东洋的国度的呓语，全都听得疲倦了。在这十年之间，我见了南方的国度的幻觉，也见了东洋的国度的催眠状态，于这世间已经厌倦了。我于是又回到那又冷又暗的事实的国度里去了。那时候，则正是那国度里所梦想着的春的时候。那国度里的人们，都希望这春比平常更其暖，也比平常更其长。一到了这国度里，我便又觉得总该一到那十年以前曾经住过的村庄去。但是这村庄，太阳虽然温和地照着，却是依旧的寒冷，虽在美丽的春季，却也依旧的凄凉。为人们所憎，为我所爱的白杨的树林也早已完全没有了。一看见曾经有过树林的大平原，便使我仿佛觉得人类和动物又挑中了这里开过战。而且这一回，是人类虽然得了胜，却毫没一处可以觉察出胜利的情形。

离村二里模样，还剩下一些大白杨的林子。我便从白杨的残株间，走向那剩下的林中去。正走着，又仿佛走在十年以前曾和冬的祖母一同走过的那廊下似的了。在这长廊的尽头，就是树林的边界，却看见一间小小的人家。我不由得走进家里去了，只见在屋子里，散乱着白杨柴木的中间，想些什么似的在床上坐着一个年老的妇女。那女人的相貌，便是只要一看见，便即终身记得的形容。

“是冬的祖母呵。”我心里说，心脏也怦怦的跳动，几乎生痛了。

“莫非又是做着梦么？”我又疑心起来。

“祖母！”我低声的叫唤，伊什么都不说，只是看定了我的脸。我那心脏的鼓动比先前更剧烈了。我就用两手按在胸膛上。

“祖母，你就是冬的祖母罢。”我低声地说。

伊什么都不说，只是看定了我的脸。我几乎跌倒了……

我坐倒在白杨的柴木上。暂时是不断的沉默。于是，伊仿佛定了神似的，粗卤地说：

“我是这里的砍柴的老婆子。”

“十年前，”我又问，“祖母这里有过一个十二岁的哥儿罢？”

伊的脸色变成青苍了。我也发了抖。暂时是不断的沉默。

“有的，但是现在已经没有了。”伊仿佛记起了什么似的说。

“现在在那里呢？”

“谁？”

“哥儿呢。”

“现在是，什么地方都不住了。已经烧完了。”

“烧完了。”

“为了爱字的病呵。”

伊见我不能懂，仿佛很以为奇似的又是锐利地看定了我的脸。在树林的幽静里，听到我的心脏的鼓动的声音。

“祖母，什么是爱字的病呢？”

“十年前，哥儿的胸膛上，生了一个‘爱’字模样的疮。这‘爱’字的疮，却又渐渐的侵进胸膛的深处去了。”

“还有呢？”

“哥儿的性子便古怪了。哥儿就说出这等话来，说是愿意拥抱了全世界的人，给他们温暖……”

“后来呢？”

“后来我穿了。哥儿还说是愿意做了火把，去照人们的暗路。”

“还有呢？”

“还有是做了火把，照着人们的暗路，于是烧完了。”

又是暂时的接着的沉默。伊却又看定了我的脸。

“你能写‘爱’字么？”

“唔唔。”

“那么，可肯给我在白杨的柴木上写个‘爱’字呢？”

“祖母，为什么？”

“写了‘爱’字的柴木，比平常的烧得更其暖，更其亮呵。”

伊异样地笑起来了。我一听到那笑声，便如淋了冰水似的发了抖。伊又站立起来，贴着我的耳朵低声说：

“在我的胸膛上，正当心脏的地方，可也肯给写一个‘爱’字呢？我也愿意像白杨哥儿一样，成了火把，照着人们的暗路，一直到烧完。”

我急忙站起身，自己分明地知道，只要再在那屋里一分钟，我便会发狂的。于是，也不再理会那老女人，我跳出屋子，向着村庄这面逃走了。

……

我在这晚上，便向着我所借宿的人家的主人，问他可知道住在树林里的砍柴的老婆子的事。

"知道的。"他说，"那是这里的有名的狂人；是树林里的妖怪。你遇见了么？给你说了些'爱'字的疮之类的话了罢。什么写了'爱'字，柴木便烧得更其热，真是妖怪呵。十字架的力，和我们在一处！"他于是画了三回的十字。

"然而，那哥儿是怎么死掉的呢？"我问说。

"那是全不足道的事。那是入了多数党，做了奇兵队，在这里活动的。幸而今年的骚扰时候，反给白军的奇兵队捉住，治死了。那样的东西么，愈是死得多，我们便愈多谢。"他向四面张望着，低声地说。

"是怎么治死的呢？"我又问。

"因为要威吓那样的东西，是活活烧死的。然而这是讲白军坏话的人们所说的话，不足为凭的。那样的东西，无论怎么治死，谁也不会当作一个问题看。只有那老婆子却可怜。从那时候起便发了疯，说着走着，说是哥儿成了火把，照着人们的暗路，烧完了。总而言之，实在是无谓。"

他一面说，一面剧烈的吐唾沫，后来似乎又记起什么来了，便又说：

"但是，讲些妖怪和杀人的话，晚上不相宜。十字架的力，和我们在一处！"

他怯怯地向着窗门看，画了十字许多回。我沉默着，凄凉的看他画十字。外面是渐渐地暗下来了；连着我的心……

…………

我又出了这国度。向外国去了。然而，便是到了外国，我的心还痛着：似乎觉得在我的心里，有了一条新的而且深的伤。而且，这伤，又似乎渐渐的深下去了。而且，这伤的模样，仿佛又并非"爱"字而为"憎"字，大的"憎"字的模样，而且这又渐渐地大了起来……

唉唉，将这心，须得怎么办才好呢……

小鸡的悲剧

一

这几时，家里的小小的鸡雏的一匹，落在掘在院子里给家里的小鸭游泳的池里面，淹死了。

那小鸡，是一匹古怪的小鸡。无论什么时候，毫不和鸡的队伙一同玩，却总是进了鸭的一伙里，和那好看的小鸭去玩耍。家里的主母也曾经想："小鸡总是还是和小鸡玩要好，而小鸭便去和小鸭。"然而，什么也不说，只是看着罢了。这其间，那小鸡却逐渐地瘦弱下去了。

家里的主母吃了惊，说道："唉唉，那小东西怎么了呢？不知道可是生了病？"

于是，捉住了那小鸡，仔细的来看病。但是，片时之后，主母独自说："小鸡的病是看不出的。因为便是人类的病，也不是容易明白的呵。"

一面却将那生着看不出的病的小病夫，给吃蓖麻油，用针刺出翅子上的血来，想医治那看不出的病，然而一切都无效。小鸡只是逐渐的瘦下去了。他常常垂了头，惘然的似乎在那里想些什么事。主母看见这，说道：

"唉唉，那小东西，不过是鸡，不过是小鸡，却在想什么呢？便是人类想，也就尽够了。"

这样说着，自己也常常不知不觉地落在默想里了。而且这些时，主母的嘴里便低声说："仍然是，小鸡总还是和小鸡玩要好，而小鸭便去和小鸭。”

二

有一天，小鸡仍照常和小鸭游玩着。这时候，太阳已经要落山了。小鸡对着小鸭说：

“你最喜欢什么呢？”

“水呵。”小鸭回答说。

“你有过恋爱么？”

“并没有有过恋爱，但曾经吃过鲤儿。”

“好么？”

“唔唔，也还不错。”

白天渐渐地向晚了。小鸡垂了头，看着这白天的向晚。

“你在浮水的时候，始终想着什么事呢？”

“就想着捉那泥鳅的事呵。”

“单是这事？”

“单是这事。”

“在岸上玩耍的时候，想些什么呢？”

“在岸上的时候，就想那浮水的事。”

“总是这样？”

“总是这样的。”

白天渐渐地向晚了。小鸡已经不再看，只是垂了头。

他又用了低声说：“你睡觉的时候，可曾做过鸡的梦么？”

“没有。却曾做过鱼的梦。梦见很大的，比太太给我们的那泥鳅还要大的。”

“我可是不这样……”

沉默又接连起来了。

“你早上起来，首先去寻谁？”

“就去寻那给我们拿泥鳅来的太太呀。你也这样的罢。”

“我是不这样……”

已经是黄昏了。然而垂着头的小鸡，却没有留心到。

“我想，我如果能够到池里，在你的身边游泳，这才好。”

“但是，怕也无聊罢，你是不吃泥鳅的。”

“然而到池里，难道单是吃泥鳅么？”

“唔，不知道可是呢。”

到了黄昏之后，家里的主母便来唤小鸡。小鸭和别的小鸡都去了。只有这一匹，却垂了头，也垂了翅子，茫然的没有动。主母一看到，说道：

“唉唉，这小东西怎么了呢？”

三

第二天清晨一大早，小鸡是投在池子里，死掉了。听到了这事的小鸭，便很美地伸着颈子，骄傲的浮着水说：

“并不能在水面上浮游，即使捉了泥鳅，也并不能吃，却偏要下水里去，那真是胡涂虫呵。”

家里的主母从池子里捞出淹死的小鸡来，对着那因为看不出的病而瘦损了的死尸，暂时惘然的只是看。

“唉唉，可怜的东西呵。并不会浮水，却怎么跑到池里去了呢？不知道可是死掉还比活着好。

“但是无论怎样，也仍然，小鸡总还是和小鸡玩耍好，小鸭去和小鸭，……我虽然这样想，……虽然这样想……”

伊独自说，对着那因为看不出的病而瘦损了的小小的死尸，永远是惘然的只是看。

朝日渐渐地上来了。

红的花

第一部曲

其一

我睡着，我睡了做着各样的梦，做着关于人类的运命的梦，和关于这世间的将来的梦……。那梦很凄凉，是这世间似的黑暗而且沉重的梦，然而我又不能不做这些梦，因为我是睡着的……

有谁敲了我的屋子的窗了。“谁呀，敲着窗门的是？”我暂时醒过来，讯问说。

“是我呵，春的风呵。”仍然敲着窗门，一面回答说。

“北京的风么？讨厌的东西呀。”

“我是春风呢。”

“什么事呢？”

“新的春来了。”

“春便是来，和我有什么关系呢？我是睡着的，我是正在做着这世间的梦的，春便是来……”

“春来了呵，真的春，比起你做着的梦来，春的现实美得多哩。”

“胡说……”

“在这世上，新的花就要开了。”

“怎样的花？”

“红的花呵，通红通红的血一般的通红的铃兰呵，赶快起来，来迎新春罢，美的鸟儿也就要叫了。”

“怎样的鸟？”

“红的鸟呵，通红通红的天鹅……”

“天鹅在临死之前，唱那凄凉的歌罢？”

“不的，那里那里，是天鹅在未生以前，唱那红的歌呵，通红通红的血一般的歌。”

“呸，要说谎，还该说得巧妙些，什么通红的歌……”

“不相信么？”

“谁会相信呢。不要再敲窗门了罢，我是睡着的，我是做着梦的。”

“这有什么要紧呢，还要打门哩！”他说着，就激烈地叩起门来了。

“唉唉，北京的风，怎样的善于捣乱呵。”我一面说，一面也便清醒了。

其二

有谁正在拼命地敲门。我想：大约是哥儿回来了罢。所谓哥儿者，是一个十六七岁的我的学生，和我住在一处的。我开了门，我的猜想也不错，那打门的也果然是这哥儿。哥儿进了房，暂时没有话，只听到那急促的呼吸。

“哥儿怎么了？”

“我们学生又闹起来了，”他无力地说，“而且又行了示威运动了。”

“又有了什么冲突了么？”

“对咧，给警察和兵队殴打了。”他低声回答说。

“很痛了罢。”

“那里，痛什么之类的事，有什么要紧呢。虽然并没有痛……”

“只要没有痛，那就很好了。”我说。

暂时没有话。

“打学生的也不只是警察和兵队，一到大街，也有从店铺里跳出来来打我们的。而且普通的人们也嘲骂我们，那些民众呵。”

“这真是劳驾劳驾了。”我笑着说。

“大哥，大哥。”哥儿看见我笑，便用两手掩了脸。我自己也觉得对于哥儿太残酷了，似乎很抱歉。

“哥儿，不要哭了罢，我不过是讲笑话。”我于是谢罪似的说。

“笑话是尽够了，”哥儿脸向着我说，“各处都正在说笑话，我不愿意从你这里再听笑话了。你倘以为我可怜，就该说些正经话给我听的。”他说着，脸上又显出要哭的模样来。

“所谓正经话，是怎样的说话呢。文学的事，还是世界语的事呢？”

“并不是这些事呵。”

“那么？……”

哥儿目不转睛地看着我的脸。

“为什么显了这样的相貌，看着我的呢？”我问。

“讲给我红花的事罢。”哥儿便断然地说。因为红花这一句话，来得太突然了，我不由得吃了惊，张大了嘴和眼睛对他看。

“红的花的话？”

“是的，通红通红的血一般的通红的铃兰的话……”

“并且和那红的鸟的话，通红通红的血一般的通红的天鹅的话？”

“还有这样的话么？”这回是哥儿吃了惊了。

“还有红的歌哩，通红通红的血一般的通红的歌……，唱一出试试罢。”我看见哥儿的惊疑的脸，又禁不住失了笑。

“又是笑话么？”这一回，他也当真要哭了。

“阿阿，哭是不行的。从此不再说笑话了……”

“你这里，一定有着红的花，”哥儿又看着我的脸说，“大家全都这样说着呢。”

“即使有着这样的花，这也已经是不开的枯掉的了。”

“这样看来，没有太阳的光和热，花便开不成的话，也竟是真话哪。”他自言自语地说，又向我说道，“但是，大哥，在这国度里，红的花开花的时候，也要来的，不多久。”

“怎么知道的呢？”

“因为太阳就要上来了……”

我笑了。暂时是沉默，忽而哥儿似乎想到了什么了，用力地握了我的手。

“大哥，送给我你那红的花罢，便是枯的也可以。”

“喂，哥儿，你在那里说什么？”

“你该懂得的罢。”

“不懂呀。”

“也仍然不肯给我红的花罢了。虽然怎样的爱我……”

哥儿苦笑着，放开了我的手。他走向窗面前，将湿着眼泪的脸，靠了玻璃，去看黑暗的夜主宰着黑暗的世界。什么地方鸡啼了。“那是第三回的鸡啼呵。”哥儿说。什么地方又是一回的鸡啼。

“大哥，那是第三回的鸡啼呵。”他又说，于是更加竭力地向着东边看。哥儿是热心地等着太阳的上来；我一见他那种热心地等着太阳，便也忍不下去了。

“哥儿呵，我来讲红的花的事给你听，就是不要再等太阳了罢。”

“为什么呢？”

“因为太阳是不上来的。”

“永远？”

“也许是永远。”

“可是已经第三回的鸡啼了。”

“那也许是第三千零三回的鸡啼哩。你以为只要鸡一啼，太阳就上来么？”

“虽然是这样想……大哥，要怎么办，太阳才会上来呢？”那熬着眼泪的哥儿，竟孩子似的呜呜地哭起来了。我用尽了在东洋各国学来的所有恳切的话，去安慰这哭着的哥儿，然而都无效。只望他哭得稍平静，我便叫哥儿赶紧躺下了，将头搁在自己的膝上，讲起红花的话来。

“讲红的花罢。”哥儿一听到，便渐渐的平稳下去了。单是从他眼睛里，还滔滔的流出热泪来，那身体，也正如痉挛许久以后似的，不住地发着抖。

第二部曲

其一

“红的花的故事，是一个国度里的故事。这国度，是从一直先前以来，为寒王和暗后所主宰的。那王有两个王子叫横暴和乱暴。叫作窃盗的人是这国里的总理；叫作精穷的一个术士是王的最忠的忠臣。受着这一流人物的统治的国民，那困难，像你似的哥儿怎么能领会呢。而且那国度的状态，像我似的不会说话的嘴，怎么能叙述呢。那凄惨的模样，实在是言语说不尽，笔墨也写不出的。那国度里的人民，从起来的时候起，到躺下的时候止，（这国里除了科学家以外，普通的人们都没有昼夜的分别，白昼称为起来的时候，黑夜称为躺下的时候。）总是迷路，碰着物和人，颠仆在泥涂里，坠落在深沟里。因为寒王，这国里的人们的全身总是发着抖；因为暗后，连灵魂都缩小了。在这国里的人们的起来的时候和躺下的时候，横暴和乱暴这两王子都带了和自己一类的人物，唱着国歌道：

"'喂，打打，推，喂，掮呀，杀杀！'一面疯狗似地在国度里跑，打男人，拉女人，惊孩子，威吓这全国度。唉唉，那种状态，在哥儿的国度里，是无论如何看不到的。

"那叫作窃盗的总理，又将那些'拿钱来''送孩子来，那边去，这边来'之类的命令，无论在这国里的人们的起来的时候，或者是躺下的时候，都不断地发表，而且差那叫作精穷的忠心的术士去施行这些命令去。这国里的人们是连夜梦里也发着抖的。点灯笼和洋灯不消说，即使点油松，对于暗后也是不赦的罪；倘想要自己住着的街和房子更便利，更温暖，虽然不过单是想，对于寒王也犯了不赦的罪的。犯了这样的罪的人们，那自然该受可怕的刑罚。"

哥儿完全不哭了，抬了湿着眼泪的可爱的脸，用了他吃惊的眼睛，只看着我的脸。

"大哥，这故事不太可怕么？"

"那里那里，可怕的故事多得很哩。不消说，虽然不是童话，却是真事情的话……"

"后来那国度怎么了呢？"

春风又来敲着窗门。第三千多少回的鸡啼，也来报黎明已到了……

其二

"那国度是全然困顿了。那国里的人们只有唯一的希望，就是像你一样地希望太阳的上来。只因为这希望，大家所以一代一代地活着。

“寒王和暗后也拼命地劝谕，教大家静静地等候太阳上来，而且还说，太阳一升到这国度里，他们便即让位给太阳，自己却来和国民过平等的生活。这是什么缘故呢？因为统治一国，是很不容易，非常为难的。所以，专等着太阳的上来是这国度里的人们的义务，而这国度里的人们也都驯良地等候着太阳。但是，无论怎么等，太阳在别的国里虽然也上来，也下去，只在寒王和暗后的国度里却不见有上来的模样。于是，这国里的人们都不知道怎么办才好了。寒王和暗后之间，却又生了第三个王子，叫作失望。

“这时候，这国里来了一个称为希望的外人，那是伟大的学者，懂得许多事情的人。然在这国度里，却以为惟有外人最讨厌；而且这名叫希望的学者，便在别的外人之间，也很被憎恶的。因是他从起来的时候起，到躺下的时候止，只研究着不利于暗王国的事，而且还计画着各国的灾祸。据人们说，希望外人又曾宣言，说是寒王和暗后统治着国度的时候，太阳是不会上来的。那就是太阳不上来的时候，这国里的人们便不会得到幸福的理由了。

“但这国里的人们，虽然从一直先前以来，即使各人都不幸，却总相信自己的国度是世界上最为幸福的国度，从来没有怀过疑。听了希望学者的话，诚实的人们都不信，然而性急的勇敢的青年们却因此很担心，没法放下了，并且这才觉到自己的国度并非幸福的国度。听到了这些事，横暴和乱暴两王子带了和自己相像的人物，用了比先前更响的声音，唱着‘喂，打打，推，喂，搐呀，杀杀！’的国歌，比先前更利害地在全国度里绕。窃盗总理和精穷术士也比先前更尽忠于寒王和暗后了。还有新降诞的叫作失望的王子，并不多久，也就长大起来了。但是，虽然这样，那性急的元气的青年们，却还是发各种的议论，终于跑到希望学者那里去商量。

“‘要怎么办，暗王国才会幸福呢？’那青年们对了希望学者首先问。

"'使全国开了红的花，就会幸福罢。'他简单地答。

"红的花的种子在这国度里是多到有余，性急的年青的人们便将那种子撒在学校和寺院的院子里、运动场里、市上的公园里、各处的田地里。"

哥儿兴奋了，抬了头看着我的脸。

"那红的花开了没有呢？"

"不，一朵也没有开。"

哥儿叹一口气，那眼珠又湿润了。

第三千多少回的鸡啼已经报了天明；春风微微的敲着窗户，说：

"可是这回却要开哩，红的花……，通红通红的血一般的通红的铃兰的……"

然而，哥儿将脸埋在我的膝上，没有听到了。

其三

"性急的元气的年青的人们，又跑到希望学者那里去，说：

"'红的花的种子虽然各处都撒到了，但是红的花却一朵也没有开。'

"'那是光和热不够的缘故。'希望学者静静地回答说。

"听了这话，年青的人们都愕然了。

"'那么，仍然是除了等候太阳上来之外没有法，这是寒王和暗后的国度，光和热当然不足的。'他们都失望了。希望学者却失了笑。他知道这国度的人们是以为各国各有一个太阳，即使别国的太阳早已上升，而本国的太阳没有上，是丝毫没有法子想的。希望外人这时候想到了这一节，于是就失笑了。

“‘虽然对诸位很抱歉，但是在这世上，为这世间的太阳是只有一个的，就是这太阳，什么时候都无休无息，给这世上温暖和光明。然而因为寒王和暗后统治着这国度，横暴和乱暴这两王子又在各处走，所以这太阳的暖和光都达不到这国度里。倘没有了寒王和暗后，这国度的上面，是一定可以看见温暖光明的太阳的。使这国度里开了红的花，那妨碍看见太阳的东西也就自然而然的没有了。’

“听了这些话，年青的人们便是忧郁，失掉了元气了。

“‘然而，能使开花的热和光不是不够么？’他们又说。

“希望学者又笑了。

“‘能使开花的热和光，无论在那一国，是多到有余的。’他说，而且笑。

“性急的年青的人们都目不转睛地看着希望学者的脸。他们里面，也有一个像你似的哥儿叫作有望，是最勇敢、最高尚的青年。暂时看着希望学者的脸之后，那有望哥儿也笑了。他于是用了锋利的刀割开了自己的胸膛，在自己的心脏中种下那红的花的种子去。从这哥儿的胸膛里，这才开了通红通红的、血一般的通红的铃兰的花……

“不多久，全国到处都开了红的花。一看见红的花，寒王和暗后便带了横暴、乱暴和失望这三个王子遁向东方，窃盗总理和忠心的精穷术士都忽而逃向西方了。在这国度上，从创世以来，那温暖光明的太阳这才给与光亮。从这时候起，这国度里的人们，这才学起生活于幸福的事来。

“然而，哥儿，那首先割开胸膛，使从这里面首先开花的有望哥儿们，却并没有看见光辉美丽温暖的太阳在这国度上。他们并没有在太阳之下，尝一点幸福的生活。

“有望哥儿们的生命，是成了红的花的生命了。哥儿呵，为了红的花，而交出了自己的生命和自己的心的热血的有望哥儿们，是忘记不得的……”

然而，我那可爱的，将眼泪沾湿了我的膝髁的哥儿，却已经睡着了。我目不转睛地看着泪湿的疲劳的美丽的脸，屹然地坐着。什么地方又起了第三千多少回的鸡啼，春风又静静的敲着窗户。

哥儿入梦了。我也一样……

第三部曲

其一

在将头藏在很高的青云里的山的山脚下，嚷嚷的聚集着许多工人们，他们都想走上那连着青云的一条很狭的山路去。但在狭路的两面，从山脚下一直到云端，都排列着几千百个收税官吏一般的人物。他们因为要使不纳税的不能走上这条道路去，正和冲过去的工人们战争。正当这时候，工人们里忽然跳出一个青年来，一面将金钱递给站在左右的官吏，一面径自上去了。工人们也暂时停止了和官吏的争斗，羡慕似的看那青年向上走，直到看不见了影子，才又格外的喧嚷起来。我走向闹着的工人们那边去。

“你们为什么闹的呢？”我问一个工人说。

“我们么，”他先抛给我一个怀疑的眼光，“我们到这里来，是想要一同上山去的，然而那班畜生，”他指着两旁的官吏，“说是拿钱来。吃饭尚且没有钱，上山还会有钱么？”

“上山又做什么呢？”我问。

“说是山上有着红的花哩，能使工人们得到幸福的红的花。”

“通红通红的，血一般的通红的铃兰的花么？”

“对咧，大家就是想要拿这个去，那些畜生们却是除了有钱的之外，谁也不放过去。”

“究竟前面的是什么山呢？”我问。

“你不知道？”工人又诧异地看我了，说，“那就是有名的学问山，是智识阶级的窠呵。在上面的能使工人幸福的红的花，就是智识阶级这些小子们在那里做出来的。但是，智识阶级这羔子能够相信么？我们也想自己上去看，然而那畜生……刚才上去的小子虽然也是我们的一伙……虽说替工人们去取了红的花，拿到这里来……手头有钱的小子，能够相信的么？有钱的都是强盗，都是吸我们的血的狗呵！”工人们各处叫喊，而且声音又逐渐的响起来了。

“打罢，动手！”工人们叫喊着，又开始了前进，在这时候，那青色的云端里恰现出先前上去的青年来。

“呀，回来了，回来了。”工人看见他，都大声说。

“喂，快下来，快下来罢，我们并不是到山上来旅行的。”工人喊着说。受着站在两旁的官吏的逐一的招呼，那少年走下来了。待他近来，我才知道他便是我的哥儿。他的眼睛发出光闪，那脸热得通红。哥儿一面往下走，一面对着工人热烈的说话。工人都张着嘴，茫然地听着。我虽然也分明的听到他地言语，却毫不懂那些言语的意义。我看着站在前面的一个工人的脸说：

“那说的是什么话呢？不懂呵。”

“不懂。似乎并不是我们所用的话。”

“那里的话呢？不懂呵，不知道可是美国话。”

“不，”一个工人说，“那是智识阶级所用的话呵，据说就是学问话。”

“喂喂，简单点！”各处发出工人的忍耐不住的声音来了。

“红的花怎么了？”

“拿出红的花来……”

“谈天不关紧要，先拿出红的花来罢！”工人们都叫喊。

“红的花在这里！”在喧嚣里提高了喉咙说，哥儿将红的花擎起在工人们的头上了。忽而大家都寂静，而红的花照入各人的眼中。在忽而平静了的沉默中，我分明地听到工人们的充满了希望的胸膛的鼓动。但是，过了一分时，工人们又像暴风雨中的大海一般的喧扰起来了。

“那是白的花，是染红的白的花……那是白纸做的花……那是用红颜色染过的纸的花。那是用原稿纸做的花，用红水染过的。”

“骗子！说谎的……打这畜生，动手！”大家叫喊着，捏起拳头，都准备攻击哥儿了。

“且住，且住，那是我的哥儿呵。”我一面叫喊，因为想帮哥儿，便跳进工人们的队伙里……

其二

幻景消失了。我的额上流着冷汗。一瞥那躺在我的膝上的哥儿的脸，只见他为恐怖所袭击，发着可怕的痉挛。我便不由得往后缩，我为要不看见他的脸，闭了自己的眼睛。我用手遮了他的额，许多回，无意识的反复地说道：“那不过是梦罢了，幻罢了。”

“我并不说谎；我并不想要欺骗工人。但是，那红的花，那用红水染出来的，用原稿纸做成的那花，怎么会在我的手里的呢？”似乎被谁诘问着似的，哥儿用了笑话，替自己辩护说。我用手抚着他的脸，许多回，反复地说道：“那不过是梦罢了，幻罢了。”那脸相终于沉静；哥儿已经熟睡了。有谁开了门，走进我的房里来，我直觉地知道：那是新的梦又复进来了。

“已经尽够了。不要进来！”我想说，然而竟不行。哥儿又在那里做梦了。我也一样……

其三

在起了大波涛，可怕地呻吟着的无限的人们的大海中间，出现了一座铁和石造成的金字塔一般的高塔。那铁制的门户，都密不通风，关闭得紧紧的。从许多窗子里，却看见机关枪和大炮。塔上面和塔下面，以及门前面，都站着许多的军人。那军人，全是造塔的石头一般冷，造门的铁一般硬，毫不动弹，只是静静的看着起了大波涛，可怕地呻吟着的无限的人们的大海。

"开门罢！"无限的人们的海发出咆哮来。铁匠的锤、樵夫的斧、矿工的锄，这些作工的器具，都做了工人的武器，当军人前面，抡在空气中。

"开门，开门罢！"无限的人海的呻吟逐渐响起来了。然而，塔是像石和铁所做的山一般冷，军人是像铁和石所做的塔一般不动摇，静看着这情状。

"开门，开门罢……"

"那塔是什么塔呢？"我向了一个抡着斧头的工人问。

"那是议院呵……"

"议院？"

"是的。"工人说着，又抡起斧头，叫道"开门开门"了，但忽又向着正在惊疑的我愤愤地说道，"据说那里面就有红的花哩。"

"红的花？"

"红的花呵，据说能使穷人得到幸福的红的花，就在这里面。"

"也有红的鸟么？"我无意识地问。这回是工人吃了惊，显了什么也不懂的脸相了。

“什么红的鸟?”

“通红通红的,血一般的通红的天鹅呵。”

“这样的东西,或者也有罢。我们已派了代表,教他无论如何,总要从有钱的小子们的手里,取了那能使穷人得到幸福的红的花来。但是,红的鸟,却并没有说起呢。也许又受了富翁的骗了。畜生!我们的代表本该早已回来的了,现在是怎么的呢?只是等候着,等候着。……在那里面的东西是没有一个靠得住的,全是畜生。因为都是不能够相信的坏种……”

“喂,开门罢,开门!”他们抡着工具,叫喊的声音比先前更响亮了。跟着这叫喊似的,静静的开了最上层的门;于是,第二层,第三层,瞬息之间,一切门都开了。在那里面,能看见从底到顶的雪白的大理石的阶级,充满着大约是温室里养出来的美丽的奇花。那两边,是排列着远方各国的有名的绘画和很古的雕刻;而在中间,则站着不动如雕刻、美丽如图画的军人。

无限的人海忽而冰冻了。石级上面,静静的现出一个年青的人来。

“那是我们的代表呵,体面罢。”拿斧的工人对我说。仔细地看了工人的代表,我的心却又鼓动起来了。

“喂喂,那是我的学生呵,那是我的哥儿呵。”我拉了工人的袖子说。

“胡说,畜生!”工人却仿佛骂我似的发恼了。

代表渐渐下来,工人的叫喊万岁的声音也渐渐的盛大,而在后面,铁的门也从上到下,一层一层的挨次关闭了。待到代表走完了石级,也就关上了最后的门,只见那高塔如石和铁做成的山一般,冰冷的先前一样的站着。

“红的花怎么了?拿出红的花来!”无限的人海如此呻吟。这时候，我已经知道那工人的代表确凿是我的哥儿了。哥儿很庄严地举了手，在那手里，便捏着鲜血染过了似的通红的花。无限的人海又冰冻了，然而这也不过是一瞬间的事。

“那是白的花。那是染了工人们的血的白的花；染了穷人们的血的白的花。奸细！凶手！”无限的人海又复呻吟，起了斧和锄和镰刀的波涛，奔向哥儿这面去。

“那是我的学生呵。那是我的哥儿呵。”我一面叫，便跳进了工人们的队伙里。

“教出奸细来，还要逞能么？畜生！”一个拿斧工人吆喝着，就举斧来劈我的头。我惊叫一声，向后一仰面，那斧便顺势落在胸膛上，立刻劈成两半了。

“那是我的学生呵。那是我的哥儿呵……”

其四

幻景消失了。我颤抖着。我聚起所有的元气来，去一看靠在我的膝上的哥儿的脸。那脸苍白到像一个死人，筋肉丝毫不动，也完全像是死尸的模样。

“死了！死了！”我叫喊着，又一摸他的额，冰冷如同石头。我又要去按哥儿的胸膛，这时才知道，他的胸膛已经分成两半了。

“死在斧上的罢。”我想。我又去一窥探，只见心脏还在那里面微微的动弹。

“死在斧上的呵！”我又想。而且，这时才记得，我的胸膛也是受了斧劈的了。我一看自己的胸膛，我的胸膛也分了两半，又去一窥探，只见心脏还在那里面微微的动弹。在心脏中，隐约的看见红的花，已经就要枯起来了。“拿掉罢。”我勉励自己似的说，从心脏中取出红的花来。“将这送给故去的哥儿，作为最后的纪念罢。”我说着，便将花种在哥儿的心脏里。这时候，哥儿的心脏却又复活过来，发生了鼓动；那死人似的哥儿的苍白色的脸上，也流通了新的神秘的生命；他的嘴唇，也凄凉的微笑了。

“我并不是奸细。我是寻觅着真的花的，但那染了工人们的血的白的花怎么会在我的手里的呢？”他握着我的手，低声的说。

“可爱的哥儿呵。那是我知道的，然而，那些不过全是梦罢了，可怕的幻景罢了。”

“是罢。”哥儿说着，将眼光转到那边去了。我也一样……

然而，那边的墙壁已经看不见了。

其五

在我的面前，有无限的大都会中的一片空地方，左边看见学问山似的高山，右边看见仿佛议院塔一般的高塔。其间有许多人，动弹着，然而不出声。空地的中央立着奏乐的高台，四面都围满了兵队。人们里面，仿佛觉得最多的是农夫。

“那是什么？”我指着兵队围住的高台，问一个年青的农夫说。

“那是断头台呀，砍人头、绞人颈子的。”他低声地答，很坦然。

“今天也有人要受死刑么？”

“对咧。”

我的心骤然间生痛了。

“今天是砍谁的头呢？”

“这我们怎么知道呢？虽然天天在这里砍人、绞人，但是砍的是什么人的头，绞的是为了什么事，我们统统不知道。总该是有什么缘故的罢，总该是因为做了什么坏事情罢……”他仿佛有所忌惮似的向四面看，而且放低了声音。

“听说做了好事情的人的头也砍。然而，我们是无智识的，所以什么也不懂的。”他于是接近了我的耳朵，用了更低的声音说：

“我们是小百姓呀，似乎不能排在人里面的。”

我吃了惊，目不转睛地看着他的脸。

“我们是人的影子呵。”他极低声地说。

我的心寒冷了。我于是知道他实在是人的影子。我想从他这里逃开，便走向守着断头台的军人那边去。我还怕军人也是人的影子，就去一触其中一个的手，觉得确是人，我不由得非常高兴了。那被我触着了的军人，当即转过眼来对我看。

“究竟在这里，今天处谁死刑呢？”我问。

“这些事，”他微微一笑说，“我们是不知道的。虽然每天在这里砍人、绞人，但是砍的是什么人，绞的是为了什么事，我们统不知道的，总该有什么缘故的罢，总该是因为做了什么坏事情罢……”

他说着，也如先前的农夫一样，惴惴地向四面看，于是放低了声音，挨近了我，说道：“听说做了好事情的人的头也砍。然而，我们是无智识的，所以什么也不懂的。”

他又像那农夫一样，接近了我的耳朵，而且用了比先前更小的声音：“我们是军人呀，似乎不能排在人里面的。”他说。

我更加吃了惊，目不转睛地看着他的脸。

“我们是机器呵。”他在我的耳朵边极低声地说。

我发了抖，我的心寒冷了。

有谁在我的后面笑；回头看时，是成了一小群，都是戴着红的假面和黑的假面的，正在站着笑我哩。我便走向他们那边去。

“究竟今天是砍谁的头呢？”我向了戴着红假面的一个人问。

“这我们是不知道的。虽然天天在这里砍人、绞人……”红假面也学着农夫的口吻说。红假面和黑假面都笑起来了，然而我却没有笑。

“你们是谁呢？”

“我们是假面。”

“你们为什么戴着红的和黑的假面的呢？”

“因为我们的脸还没有长成。”

“如果脸长成了？”

“便抛了假面了。”

“要什么时候，你们的真的脸才会长成呢？”

“红的花开了的时候……”

“今天是砍谁的头呢？”

“你为什么要问这等事？”

“因为我的心生痛呵。”

戴着红的和黑的假面的人们，都诧异似的看我了。

“这似乎不是影子……也不是机器……说是有心的……而且说是这心还会痛……”他们用了很低的声音，大家切切[1]地说。于是，经我最先问过的红假面便走近我的身边来了。

“今天是，要砍那种了红的花的人的头。”

“红的花？”

“红的花！今天就要砍那试种了使人们幸福的红的花的人的头呵。”

“那红的花是种在什么地方呢？那人是……公园里，还是田地里呢？”

“种在什么地方，我们不知道。似乎不是在公园，也不是田地里。我们也曾将红的花的种子下在这些地方的，但是都无效，那花一朵也没有开。将花种在什么地方这一节，我们也正想探问他，所

1　现代汉语常用“窃窃”。——编者注

以特地来到这里的。”

“来了！来了！”影子和机器都嚷起来了。影子们和机器们左右一分，让出一条大路，直通断头台。路上现出一辆自动车，棺木似的盖着黑布。这时候，捏着明晃晃的板斧的刽子手，也在断头台上站起来了。驶到断头台的阶级下，那黑的棺木似的自动车便停了轮。五六个军人和官吏，从车子里押出犯人来，并且带到断头台上去了，犯人的胸前，就开着很大的红的花。

“那是我的学生呵。那是我的哥儿呵。”我叫唤说。

军人将哥儿的头搁在高的树桩上，刽子手举起那明晃晃的板斧了。

“且住！且住！”我一面叫喊，一面跳到断头台上去。

“且住，且住……”

挂着许多勋章的官员一举手，刽子手的明晃晃的板斧停在哥儿上面的空中了。影子们和机器们全都不动了。

“且住，且住……这红的花是我的，并不是哥儿的花。如果为了红花而死，不该是这哥儿，却应该是我……”

挂着许多勋章的官员将他举着的手的小指只一弯，刽子手的明晃晃的板斧便闪电似的落下来了……哥儿的头，掉在我的脚下了。

“哥儿，哥儿……”

结末

其一

幻景消失了。我用两手掩了脸，啼哭着。

“说谎，说谎，这花是我的。这是我用了胸中的血和热养大来的红的花。”哥儿正在说笑话。

“哥儿，哥儿……”

春风比先前更用力地来敲窗。

“新的春来哩。不起来迎接么？”

哥儿醒来了。

“大哥，谁敲了窗门了？”

“谁也没有敲。”

“我分明听到的。”

“阿阿，那是春风罢了。”

“说了些什么罢，那春风？”

“不，也并不……”

“我分明地听到了。说是‘新的春来哩。不起来迎接么？’”

哥儿起来了。太阳升得很高了。

“大哥，我去了。”

“那里去？”

“那边，你不同去么？”

“我的路是不同的。”

“我却也这样想……”哥儿寂寞的说。

“哥儿，我们的路虽然不同，我们一同还要会见的。”

“在断头台上么？……”

我们都走出外面了。天空很澄明，春天的太阳很愉快的晃耀。春风摇荡着杨柳的下垂到地的枝条，切切地说：“春来了，还不起来么？”

哥儿微笑了。临别的时候，他紧紧的握着我的手说：“大哥，无论怎么说，那是总不还你的了。”

“什么？”

“你给我的那红的花呵。”

其二

在院子里，我和客寓里的主妇遇见了。

“唉唉，颜色好不难看，这是怎么一回事呢？”伊说。

“不，别的倒也没有什么。”

“昨晚上又是一点也没有睡着么？”

“倒也还算是睡着的……”

“和那美少年一起？”

“是的。”

“那可不好。”

“为什么？”

“还说为什么……总之，还是再去睡一会罢。”

“叫我再去睡下么？”

“自然，可是颜色太难看了……”

下垂到地的杨柳树，很深地吐一口气，说：“开起花来试试罢。红的花却不成，虽然对诸君很抱歉……”

我许多时，许多时，惘然的只站着。

时光老人

一

的确有一个大而热闹的北京，然而我的北京又小又幽静的。的确有一个住着阔气的体面的人们的北京，然而住在我的北京的人们，却全是质朴幽静而且诚实的。住在这样幽静的地方，混在这样幽静的人们里，我的心也本该平静一点的了。然而不然，无论如何，无论如何，总不平静，而且也不像会平静。到夜间，我尤其觉得寂寞，因为夜间是始终总是一个人的。一上床，我虽然竭力地想要做些什么梦，赶快地睡去，但是我的北京虽然睡着，却并非（使人）能睡的地方。

我的北京并不是做些美的梦的所在；便是先前什么时候做过的梦，也要给忘掉的了。一想起先前和那墨斯科[1]的东京的朋友们，一同到剧场、音乐会、社会主义者的集会这些地方去，夜里嚷嚷的闹过的事来，我就悲凉的叹息。一想起那时和三四个朋友在一处，拥抱着朋友，为朋友所拥抱，立定从那富翁和野心家，以及一切罪人（的手里）救出社会、国、全人类的方针，并且做过梦，是从我们的手里成了自由的乐园的世界，想到这些事，我就寂寞地欷歔了。太寂寞了的我，有时更将时辰钟放在身旁，想从那“滴答滴答”的音响中，听到辽远的朋友们的相思的声息。我是诗人，以为这该是能够的。

然而，一直到现在，在时辰钟的“滴答滴答”的音响中，却并没有听到相思的朋友的声息。只听得始终训斥我的那时光老人的严

1　现译“莫斯科”。——编者注

厉的声音罢了。但在老人自己高兴时，也就说我可怜，讲给听各样的话，虽然也并非什么愉快的话……

有一回，我非常之寂寞了。就如诸君所知道：我所相信，是以为人类大抵是向着自由、平等、同胞主义和正义而前进的；我所希望，是想这不幸的世界逃出了虐待弱者和穷人的利己主义者的迫压，变成爱人类、要求人类的幸福的主义者的天下的；而且无昼无夜，就是等候着，祈愿着这一回事。但看见青年的人们学着老年，许多回重复了自己的父亲和祖父的错处和罪恶，还说道我们也是人，昂然的阔步着，我对于人类的正在进步的事，就疑心起来了。不但这一件，还有一看见无论在个人的生活上，在家庭间，在社会上，在政治上，重复着老年的错处和罪恶的青年，我就很忧虑，怕这幸福的人类接连的为难了几千年，到底不能不退化的了。想到这事的时候，在我是最为寂寞的。

有一回，正适当时候了。一面想，这一回，青年的人们是一定要改正了父亲和祖父的错处，赎清了老年人对于人类的一切罪恶，绝无阻碍的，自由的进向幸福的时代的了。这样地安慰着自己，一面就上床，因为记挂着人类的事是苦痛的，便拿了时辰钟，以为这一次，在这“滴答滴答”的音响里，总该可以听到从富翁和野心家，和一切罪人的压迫中救了出来的朋友们的声音的了。于是，将时辰钟放在自己的身旁，殊不料不到二三分，替代了朋友的声音，却是严厉的时光老人的絮絮叨叨训斥我的声音，又渐渐地听到了。时光老人开始了下面的那些话……

二

人的蠢才[2]。滴答滴答，……滴答滴答，……并不是现在才成蠢

2　现代汉语常用“蠢材”。——编者注

才的，什么时候都如此。……便是过去，……便是现在，……便是将来，……滴答滴答，……滴答滴答……

人是不会聪明的了。没有可能的理。滴答滴答……

蠢才生蠢才，这蠢才又生下比自己更蠢的蠢才来。滴答滴答，……滴答滴答，……这就是人类的发达。羡慕罢？住口！滴答滴答，……滴答滴答……

想说是可怜罢？有什么可怜！滴答滴答，……滴答滴答……

因为并非从别个教做蠢才。是自己教自己做蠢才的，有什么可怜呢？滴答滴答，……滴答滴答，……你也是蠢才，连你的父亲……和祖父……住口！滴答滴答，……滴答滴答……

你想说，即使父亲和祖父是怎么样的蠢才，也非尊敬不可的罢？请便请便。滴答滴答，……滴答滴答……

跪在蠢才的祖宗面前，随意的拜他们去！横竖是不能更蠢上去的了。滴答滴答，……滴答滴答……

你的孩子们也一定以蠢才生，做许多蠢才的事，而以蠢才死的。一面拜着蠢才的你和你的祖宗。滴答滴答，……滴答滴答……

蠢才生蠢才，蠢才拜蠢才，人类开出来的是怎么样奇怪的花呵！住口！滴答滴答，……滴答滴答……

想要说，靠了现在之所谓新教育，人类便会好起来的罢？什么是新教育？就是讲英国话么？以为年青人学好了打弹子、野球、足球，人类就得救么？蠢才，滴答滴答，……滴答滴答，……滴答滴答，……滴答滴答……

我含了泪，默默的听着老人的说话。

暂时之后，老人又开始了说话了。

三

在这世界上有一所又大又古的寺院，有无从想像的那么大，也有无从想像的那么古。滴答滴答，……滴答滴答……

在这里面便站着许多做成各式形状，涂着各样颜色的，有无从想像的那么古的神道们。滴答滴答，……滴答滴答……

年老的人们，是拜着这古老的诸神，在他们面前奉行合样的仪式，年青的人们是不论昼不论夜，拼了自己的性命，守着这古老的诸神，管着这古老的寺院，帮助着对于诸神的仪式。滴答滴答，……滴答滴答……

贵重的供养品之中，最多的是人的泪、人的汗、人的血。然而，诸神最爱的供养却是在年青人的脑和心里面的东西。滴答滴答，……滴答滴答……

住在寺院里，守护着诸神的人们的最大的职务，是在于将太阳的光和新的空气，丝毫也不放进寺里去。滴答滴答，……滴答滴答……

有一个很古的传说，说是新的空气和太阳的光一入寺，就在这瞬间，住在寺里的人们便即一个不留的死掉了：这便是古的诸神的罚。所以，这寺院里，什么时候总黑暗；那空气，只是一天一天的坏下去罢了。滴答滴答，……滴答滴答……

古的诸神映着微弱的蜡烛光，笼着线香的烟篆，见得像是伟大而且神秘地活着的巨灵。一面念着神秘而含深意的圣经，一面行着将人们的脑和心献给古的诸神的仪式，是无可言喻的庄严。滴答滴答，……滴答滴答……

在沉重的空气里，因为神秘的音乐，谁也听不出献给诸神的人们的惜命的声音和诅咒诸神的句子来；因为照着微弱的烛光，笼着线香的烟篆，谁也看不见变了血的泪，怕死而青白了的脸，为苦恼而发的周身的可怕的痉挛。滴答滴答，……滴答滴答……

谁也相信，供养了古的诸神的人们是最幸福，这是无论什么时候总如此。滴答滴答，……滴答滴答……

虽然无论什么时候总如此，但是有一春，滴答滴答，……滴答滴答……

那是一个不可思议的春天。这一春的太阳，比无论那一春的太阳更明亮；那空气比无论那一春的空气更纯净、更暖和；这一春的花，比无论那一春的花更芬芳；鸟的歌也比无论那一春的鸟的歌更可爱。滴答滴答，……滴答滴答……

躲在寺院里，管着古的诸神的年青人们的心，在这一春，便比无论那一春更寂寞，比无论什么时候更其想着太阳的光了。滴答滴答，……滴答滴答……

在这春天，献给古的诸神的，人们的惜命的声音，以及诅咒诸神的句子，也比无论什么时候更强大，分明地听到了。那些人们的变了血的泪，怕死而青白了的脸，为苦恼而发的周身的可怕的痉挛，在这春天，也给谁都看见了。而且在这春天，管寺的年青的人们这才起了疑，以为在烛光中见得像是活着的巨灵的诸神，也许不过是石头所做的怪物。滴答滴答，……滴答滴答……

他们试去略略的开了一扇窗。滴答滴答，……滴答滴答……

春的天空比无论什么时候更其青，走在这天空中的明亮的小小的云，也比无论什么时候更其美。见这些的年青人们的心，便慕起真理来了。滴答滴答，……滴答滴答……

从略开的窗间射进来的太阳照着古的诸神，也分明的知道了不过是石头所做的怪物。滴答滴答，……滴答滴答……

年青的人们，忘却了太阳的光和新的空气一进寺院里，住在寺里的人们便要瞬息死完的这一种很古的传说，一回就大开了寺院的窗和门。滴答滴答，……滴答滴答……

从大开的窗和门，涌进太阳的光和新的空气来，古的诸神立刻都跌倒，全从高座上落在年青的人们的头上，年青的人们全都被压坏了。滴答滴答，……滴答滴答……

很古的时候传下来的传说，并不是诳话。开了寺院的窗和门户的人们，是一个不留的死掉了。然临死的时候，他们却也没有一个吝惜性命的。滴答滴答，……滴答滴答……

而且临死的时候，他们还对着聚在他们身旁的，从古的诸神解放出来的年青的人们说，说是古的诸神不毁坏，人们便不会有幸福，作为最后的遗言。但是为自由的欢喜所醉的年青的人们，看见倒在地上的古的诸神，却立刻将他们忘却了。滴答滴答，……滴答滴答……

醉在自由的欢喜里，或者去喝酒、下棋；或者神魂颠倒的，去耍野球、斗足球；或者又做些恋爱的歌，而且去歌唱。无忧无愁地玩耍着，暂时之间，那古的诸神不必说，便是为了自由而被压碎的人们，以及那些人们所遗留下来的言语，也全都忘却了。滴答滴答，……滴答滴答……

然而当诸神倒坏的时候，惊得暂时惘然的年老的人们，却一分时也忘不了这诸神。诸神倒后不多久，那老年的人们便悄悄地再聚在古的寺院里，不怀好意地叫道：“倒了的诸神，并不是不能再修好；大开了的寺院的窗和门户，也并不是不能比先前关得更紧的。”滴答滴答，……滴答滴答……

他们一面咒骂着太阳的光和芬芳的春的空气，一面修整着破了的诸神，将新的颜色，来涂改了丑恶的颜色，动手又要将他们摆在高座上。在紧闭了窗户的暗空气的沉重里，他们又在做起将人献给古的诸神的仪式的梦来了。滴答滴答，……滴答滴答……

但是，为自由的欢喜所醉了的年青的人们却毫没有觉察到这一件事，或者是喝酒下棋，或者是神魂颠倒的去要野球、斗足球，或者又做些歌而且去唱歌，竟将那古的诸神不毁坏，人们便不会有幸福的事，完全忘却了。滴答滴答，……滴答滴答……

滴答滴答，……滴答滴答，……但是，古的寺院就要修好了，将年青的人们献给古的诸神的仪式，就要开始了！……

“且住且住，老翁，略等一等罢。所谓古的诸神，究竟是什么？而那古的寺院，又在那里呢？”我迷惘地大声说。作为回答，时辰钟便铛地报了两点半。

四

我从床上起来，胸脯痛得要哭，头里是昏昏然，耳朵边还听到喊声，说是古的诸神不毁坏，人们便不会有幸福。唉唉！奉献了这不幸的生命，使人类能够幸福，这虽然是很好的事，……我独自言语着，便走出外面了。北京的十一月的夜间是冷的。十一月的夜间的北京是静的。唉唉！使我的心也像北京的十一月的夜间这么冷，也像十一月的夜间的北京这么静，这才好哩！向着一个谁，我这样地叫出来了！

附录

忆爱罗先珂华希理君

——代序

前四天，在我那官宪的极严峻的检束之下，被撂进凤山丸（译者注：这是船名）的一室里，从敦贺追放出日本去的爱罗先珂华希理君，大约今明日就要送到海参卫[1]的埠头的罢。是的，他并非作为一个旅客而到了海参卫的埠头，倒不如说，当作一个没有人格的物件而送到的更适当。何以故呢？因为由日本的官宪所经手的他的追放，对于他的人格，是蹂躏和蔑视都到了极度的了。

这样的受了蹂躏的爱罗先珂君，睽别了七年，再踏着眷恋的故乡的土地。那熏香的五月的风，梳沐着他亚麻色的头发的时候，不知道究竟抱着怎样的感慨呵。

日本海，四百九十海里的海路，在他一生中，恐怕是未尝经验过的酸辛的行旅罢。听着喷激船侧的波涛声，回忆他过去三十一年多难的生涯，不知道暗地里揩了多少回的眼泪，或者想而又想，也许便俯伏在小床上。有时候，也许聊以自遣，微吟着心爱的故国的民谣。一想到这些事，我的心便不能不猛烈的痛楚；我的眼也不能不自然的湿润了。而与这同时，对于蹂躏他到这模样的人们，我不能不发从心底里出来的愤怒了。

委实，他的追放是，无论有谁想要怎样的强辩，然而被说为彻头彻尾全用着暴力，恐怕也无话可说的罢。

下了退去命令的那一夜，为要催爱罗先珂君到淀桥署，先来到中

1　现译“符拉迪沃斯托克”（海参崴）。——编者注

村屋（译者注：面包店的名字，著者就寓在这里）的四个高等系，容纳了中村屋主人相马氏的“又是盲人，又是夜里，请等到明天的早上罢”的恳请，单是守在屋外边，并没有行怎样的强制。然而一过十一点，攘攘的成堆跑来的三四十个正服和私服（译者注：指穿制服和便衣的巡警），却一齐叱咤着：“内务大臣阁下的命令，没有不就在这一天接受的道理的。一个盲人，倒倔强！”一面破坏大门，破坏格扇，带靴拥上爱罗先珂君住着的楼上的一间房里去。于是，围住了因为过于恐怖而哭喊的他，践踏、踢、殴打之后，不但乱暴到捉着手脚拖下了楼梯，这回又将他推倒在木料上，打倒在地面上，毫不听他不住地说“放手罢，放手罢”这反复的悲鸣，听说还在新宿街道上铺着的砾石上沙沙的一径拖到警察署。一想起狗屠的捕狗，还用车子载着走的事来，便不能不说爱罗先珂君是受了不如野狗的酷薄的处置了。

然而，加于他的身上的酷薄还不止此。被检束之后的他，除了相马氏以及别的两人之外，无论什么人都绝对的不准见。便是他到日本以来的好友秋田雨雀君，便是那温顺的秋田君也不准。而且，我的一个朋友送东西去，却以“不至于饿死的东西是喂着的，不要多事罢”这一种极其横暴的话，推回来了。即以这一句话，也便知道爱罗先珂君是受着怎样的酷薄的处置了罢。其实，他因为太激昂太悲叹了，似乎并没有吃东西。平常尚且难吃的警署的饭，在这样景况中，不能下他的喉咙，也正是当然的事了。

到决定了极对检束之后，相马氏请托说：“因为须收拾行李，暂时也好，可以给回去一趟么？”而他们却叱咤道：“若是行李，便在衙门里也能收拾！”将敞车拉到中村屋，运了所有的行李到警署去。这些东西，听说爱罗先珂君便蹲在不干净的昏暗的收押房的一角里，说着“这拿回俄国去”，或者是“这替我送给日本的谁”，或者是“这不要了，替我抛掉罢”，一样一样的摸索着挑选开来，极无聊赖似的独自怆然的作那最后的收拾。那时候，他想起和自己的各个东西联络着的种种的记忆，尤其是想起从此不得不永远分离的日本的亲密的朋友们的记忆，从那紧闭的眼睑的深奥里，许是屡次的浮出伤心的眼泪罢。一想到这，我至今还即刻成了难堪的心情。

然而，深于疑心的日本的官宪却毫不睬这酸楚的情形，倒似乎从旁还看他是否当真看不见或是看得见。而且，听说，疑到绝顶的他们，竟残酷到还想要硬挖开他的眼睛来。但到得明白了也仍然是真的盲人的时候，他们对于自己的下劣已极的猜疑心，究竟怀着怎样的感想呢？如果到这样而还不愧死，他们便总归不是人了。

不，猜疑还不独关于那盲目。什么他是日本的社会主义者无统治主义者和俄国的那些的连络[2]者，什么从俄国的波尔雪维克拿了许多钱，做着宣传的事这些事，是根本的被着猜疑的。诚然，他自称是无统治主义者。然而，他那无统治主义的思想，却并非从俄国，以至从印度，带到日本来的。这却是他再到日本之后，从日本的青年受了那洗礼的。就此一节，日本的官宪对于他用了怎样的颠倒的看法，那倒是值得悯杀的了。听说就在检束的时候，爱罗先珂君所有的钱非常少，便是官宪也觉得大出意料之外了。即此一端，也就知道他们是用了怎样的谬误的看法了罢。

但是，我在现在却并不想为爱罗先珂君来铺叙些辩解似的言辞。何以故呢？因为在现在，无论什么于他都是无补的了。我单要说一句话，那就是：加于他的追放，是和日本社会主义同盟的解散，都是前警保局长川村君做出来作为临行的赏钱的。那结果，川村君是，也许博得权力万能主义者的一顾，于腾达不无若干的裨益罢。

然而，因此而很深地刻在天下青年的心上的恶印像，川村君究竟预备怎么办呢？刻到这样深的憎恶之心，对于权力主义的憎恶之

2 现代汉语常用“联络”。——编者注

心，恐怕非驱了天下的青年，为随后要来的社会的大变事，钻通一条更深奥的坑道，是不会完的罢。到那时，川村君果将以怎样的心情，谢罪于所谓亲爱的国家之前呢？

我和爱罗先珂君先后只见过两回面：一回是在四月十八日的夜间，开在神田青年会馆里的晓民会的讲演会上；还有一回是在五月九日，日本社会主义同盟第二回大会遭了解散这一夜的警察署的监房中。然而，这两回，他都给了我终生不能忘却的很深很深的印像了。

波纹的一直垂到肩头的亚麻色的头发，妇女子似的脸，紧闭的两边的眼睛，淡色的短衣和缀着大的铜片的宽阔的皮带，还有始终将头微微偏右的那态度，以及从这全体上自然流露出来的诚然像是艺术家的丰韵，都在我的心上渗进了不可言喻的温暖的一种东西去了。尤其是火一般热的握手，抒情诗地发响的幽静的那声音，便分明地说明了他是一个怎样的激烈的热情的所有者和美的梦幻的怀抱者。

现在这样地挥着万年笔之间，他的模样明明白白地浮在我的眼前了。尤其是他在晓民会的讲演会上的演说，便在此刻一想起，也还使我禁不住发出惊叹的声音。

那时的演题是《灾祸的杯》。“可怜的人类，可悯的社会，是从远的希腊、罗马的古时候起，一直到今日，为要从压制者的手里，解放出自己来，好几回喝干过很苦的很苦的灾祸的杯了。希腊、罗马的奴隶是要从他的可怕的主人，法国的百姓是要从那可恶的贵族，还有，俄国的劳动者和农奴是要从那无限量的压制者，救出自己来，好几回拼了性命，喝干过很苦的一杯了。世界是，在现今，都又想要重新来喝干这灾祸的杯。然而，为可怜的人类，为可悯的社会，但愿这回的杯，是须得喝干的最后之杯罢。”他说过了这样的意思之后，更翻然[3]一转，论到思想古老的人们对于社会运动和劳动

3 现代汉语常用“幡然”。——编者注

运动的看法，是怎样地颠倒了原因和结果。

“人说，没有了老鼠，那人家便会有火灾。然而，其实是因为有火灾，老鼠所以离开那人家的。人又说，马蚁离开了河堤便要有洪水。然而，事实是因为有洪水，马蚁所以离开了河堤的。头脑陈旧的人们以为因为社会主义者劳动者在那里闹，所以时世坏，然而其实是也就因为时世坏了，所以社会主义者劳动主义者在那里闹的。”

前后将近四十分，这样意思的话从他的嘴里说了出来的时候，三千的听众几乎没有一个不感动的了。

那时候的他的演说，实在是一曲音乐、一篇诗。带着欧洲人一般腔调的日本话和欧洲人一般的句法，得了从他心坎中涌出的热情和响得很美的调子的帮助，将听众完全吸引过去了。实际，听众是好几次好几次，送给他真心地喝采和拍手。其中还有人这样说：“今夜单听了爱罗先珂的演说，已经尽够了。以后便是什么都没有也可以了。”

然而，我们是，他那诗一般的演说，恐怕今生再不能听到了罢。这就因为他的再来日本的事，在目下是全然不能预期的了。不特这，便是他平安的回到故乡的事，也仿佛全然无望似的。

何以故呢？说是他在海参卫登陆之后，某国的官宪就送了□□，要在沿海洲的一角□掉他。而其理由，则为俄国人中，再没有人比他更深知某国社会运动的真相。所以，倘使他回到俄国，讲了一切，便说不定要结了怎样的联络，有怎样的宣传的手要进到某国来了。某国的官宪于此一端，比什么都恐怖。

我于现在的风闻，并不一定要是认他，而也并不一定来否认。只是，一想到他在沿海洲的一角落在□□的手里而被□掉的事的时候，一想到妇女子似的柔和的他的身体成了一个冰冷的死尸，土芥一般的抛弃在无涯的西伯利亚旷野之中的事的时候，新的悲哀和愤怒和憎恶便又骎骎的来咬着我的心了。

爱罗先珂君是无统治主义者，是世界主义者，是诗人，是音乐家，而同时又是童话的作者。然而，他所住的世界，却全然不是现实的世界，是美的未来的国，是乌托邦、自由乡，是近于童话的诗的世界。他的无统治主义和世界主义，也无非就是从这美的诗的世界所产出的东西罢了。

渴望着乌托邦自由乡的盲目的诗人，此刻正在日本海彼岸的什么地方彷徨呢？用了他柔软的手，摩着印在身上的日本官宪的靴痕，肿成紫色的靴痕，而且，熬着深入骨中的那痛楚，向着那里，那破靴的趾尖想要前去呢？

然而，看见这样伤心的模样，也许只有这旬日之中罢了。而且，这旬日过去之后，不知什么时候他也许已经不是这世上的人了，因为是什么时候□□要暗袭他，也说不定的。一这样想，我的眼便又自然的湿润，我的心不得不弥满了烈火一般地愤怒了。

我惟有向运命祈祷，愿怎样的给他生命的安全，此外再没有别的路。

一九二一，六，一五

这回爱罗先珂君的第二创作集《最后的叹息》要付印，足助氏和许多人都劝我做序文。然而，我现在很失了健康，到底没有做序的力，没有法，便将我曾经为《读卖新闻》文艺栏所作的一篇文章来替代了。现在，爱罗先珂君是躯壳总算平安地到了上海，在那里寂寞的过活。单是关于生命的危险，在目前大抵似乎可以没有的了。所以，也许有读了这篇文章，觉得奇怪的人。然而，这里所写的是在追放当时的我的实际的心境，所以请用了这样的意思看去罢。

一九二一年十一月一日，在那须温泉，江口涣

桃色的云

[俄]爱罗先珂

序

爱罗先珂君的创作集第二册是《最后的叹息》，去年十二月初由丛文阁在日本东京出版，内容是这一篇童话剧《桃色的云》和两篇短的童话，一曰《海的王女和渔夫》，一曰《两个小小的死》。那第三篇已经由我译出，于今年正月间绍介到中国了。

然而，著者的意思却愿意我早译《桃色的云》，因为他自己也觉得这一篇更胜于先前的作品，而且想从速赠与[1]中国的青年。但这在我是一件烦难事。日本语原是很能优婉的，而著者又善于捉住他的美点和特长，这就使我很失了传达的能力。可是，延到四月，为要救自己的爽约的苦痛计，也终于定下开译的决心了，而又正如预料一般，至少也毁损了原作的美妙的一半，成为一件失败的工作；所可以自解者，只是“聊胜于无”罢了。惟其内容，总该还在，这或者还能够稍慰读者的心罢。

至于意义，大约是可以无须乎详说的。因为无论何人，在风雪的呼号中，花卉的议论中，虫鸟的歌舞中，谅必都能够更洪亮的听得自然母的言辞，更锋利的看见土拨鼠和春子的运命。世间本没有别的言说，能比诗人以语言文字画出自己的心和梦，更为明白晓畅的了。

在翻译之前，承S. F.君借给我详细校过预备再版的底本，使我改正了许多旧印本中错误的地方；翻译的时候，SH君又时时指点我，使我懂得许多难解的地方；初稿印在《晨报副镌》上的时候，孙伏园君加以细心的校正；译到终结的时候，著者又加上四句白鸽的

1 现代汉语常用“赠予”。——编者注

歌，使这本子最为完全；我都很感谢。

我于动植物的名字译得很杂乱，别有一篇小记附在卷尾，是希望读者去参看的。

一九二二年七月二日重校毕，并记。

读了童话剧《桃色的云》

［日］秋田雨雀

爱罗先珂君：

我在此刻，正读完了你留在日本而去的一篇童话剧《桃色的云》。这大约是你将点字的草稿，托谁笔记下来的罢。有人对我说，那是早稻田的伊达君曾给校读一过的。字既写得仔细，言语的太古怪的也都改正了，已成为出色的日本话了的地方也似乎有两三处。除此以外，则全部是自然的从你的嘴唇里洋溢出来的了。看着这一篇美丽的童话，便分明的记起了你的容貌、声音，以至于语癖，感到非言语所能形容的怀念。我当此刻，正将你的戏曲摊在我的膝上，坐在那曾经和你常常一同散步的公冢地的草场上，仰望着广阔的初秋的天空。不瞬的，不瞬的看着，便觉得自己的现在的心情，和出现于你的童话里的年青的人物的心情相会解、契合而为一了。你之所谓“桃色的云”，决不是离开了我们的世界的那空想的世界。你所有的“观念之火”，也在这童话剧里燃烧着。现在，日本的青年作家的许许多，如你也曾经读过了都清楚，大抵是在灰色的云中，耽着安逸的梦，也恰似这戏曲里面的青年。

你所描写的一个青年，这人在当初，本有着活泼的元气，要和现世奋斗下去的，然而不知什么时候，已经丧失了希望和元气，泥进灰色的传统的墙壁里去了。这青年的运命，仿佛正就是我们日本人的运命。日本的文化，是每十年要和时代倒行一回的，而且每一回，偶像的影子便日加其浓厚，至少也日见其浓厚。然而，这一节，却也不但在我们所生长的这一国为然。就如这一次大战之前，那博识的好老头子梅列日科夫斯基，也曾大叫道“俄国应该有意志”。而俄国，实在是有着那意志的。你在这粗粗一看似乎梦幻的故事里，要说给我们日本的青年者，似乎也就是这“要有意志”的事罢。

你叫喊说：“不要失望罢，因为春天是，决不是会灭亡的东西。”是的，的确，春天是决不灭亡的。

一九二一，一一，二一

桃色的云（三幕）

时代

现代

地方

东京附近的一个村庄

人物

春　子　十三四岁的女儿

其　母　将近五十岁

夏　子　约十七岁的孤儿

秋　子　约十八岁的孤儿

冬　子　男爵的女儿（不登场）

（夏子、秋子、冬子）春子的邻人

金　儿　春子的未婚夫（东京一个医学校的学生）

自然母　女王　五十岁以上

冬　　自然母的第一王女　约二十岁

其从者　冬　风

酿雪云

落叶风

风吹雪

（冬风、酿雪云、落叶风、风吹雪）武装的军士

秋　　自然母的第二王女　约十八岁

其从者　秋　风

灰色的云

（秋风、灰色的云）阴郁模样的男人们

夏　　自然母的第三王女　约十七岁

其从者　夏　风
　　　　夏　云
　　　　龙　　　奴仆模样的男人们
　　　　雷
　　　　闪　电

春　　自然母的第四王女　约十三四岁

其从者　春　风　美少年的音乐家
　　　　桃色的云　美少年

春的花卉们

福寿草
破雪草
钓钟草　年青的男人们
蒲公英
萝　卜

外有春的七草等

梅
樱
紫地丁　年青的女人们
勿忘草

紫　藤
踯　躅
雏　菊
紫云英　少女们
樱　草
含羞草

桃 毛　茛 水　仙	少年们
蕨 车前草	学者
鬼灯檠	教育家

外有蔷薇、风信子等

暮春的花卉们

百　合 玉蝉花 燕子花	富家的小姐们
铃　兰	富家的小儿子
牡　丹	富家的哥儿

夏的花卉们

向日葵	博士
月下香 朝　颜 昼　颜 夕　颜	女的科学家

秋的花卉们

达理亚 菊 芒　茅 白　苇 桔　梗 女郎花	中产阶级的年青女人们

外有秋的七草等

胡枝子 珂斯摩	中产阶级的年青男人们

春的昆虫们

蜜　蜂	作工的女人
胡　蜂 虻	作工的男人们

夏的昆虫们

萤的群	真的艺术家
夏　蝉	假文人
蝇	无业的女人
蚊	无业的男人

秋的昆虫们

蜻　蜓	女伶
金铃子	女的音乐家
寒　蝉 蟋　蟀 聒聒儿 螽　斯	男的音乐家
黄　莺	诗人的音乐家
鹄的群	艺术家
蛇的群	堕落的艺术家
蛙的群	不良少年少女们
蜥蜴的群	递送夫
胡蝶[1]的群	女伶们

1　现代汉语常用“蝴蝶”。——编者注

春　蝉　　舞女

外有云雀、燕子等

土拨鼠的家族

祖　父 ⎫
　　　　⎬ 皆六十岁以上
祖　母 ⎭

其　孙　年青的理想家

舞　台

始终分为两个场面

上面的世界　强者的世界(为太阳所照，明亮的。)

下面的世界　弱者的世界(虽为希望所包，然而暗淡的。)

第一幕

第一节

（上面的世界里，在后面看见春子、夏子、秋子的小小的田家模样的房屋。左手有男爵的府第。舞台的一角里，看见美丽的结了冰的池。正面有樱、桃、藤之类的树木。几处还有雪。

下面的世界是暗淡的，隐约看见挂在后面的三张幕。一张桃红，一张绿，还有一张是紫的。左手看见城门似的东西，角上生着一株松树。那树的根上，有土拨鼠的窠，时而依稀看见，时而暗得不见了。

从下面的世界通到外面——上面的世界——去的门，分明看得出。

开幕的时候，上面的世界是明亮的。

冬风经过，一面向着下面的世界唱歌。）

小小的花儿呀，睡觉的呵，驯良的，
小小的虫儿呀，也睡觉的呵，到春天为止。
驯良的，做着相思的梦，春的梦，夏的梦，
睡着觉的呵，到春天为止。

（风又用了那粗鲁的手，触着树木的梢头，说。）

风 喂，你们也睡觉的呵。

桃 知道的，好麻烦！

风 （发怒，愤然地说，）怎么说？胡说，是不答应的。

樱 （向了桃，）阿阿，你这才叫人为难呢，不要开口了罢。（于是向了风,)风哥,不要这么生气,不也好么。大家都好好地睡着的。看看梅姊姊罢。睡得不很熟么?说是不到今年的四月,是不开花的。大姊不开,便是我们也那里有先开的道理呢?只有我,因为爱听风哥的温柔的歌,略略地醒了一醒就是了。

风 好罢好罢,真会说话,但是今年却不受骗了。去年托福,大意了一点,梅小子在正月里便开起花来了。我挨了冬姊姊怎样的骂,你们未必知道罢。

樱 阿呀,这真是吃了亏了!

紫藤 真是的!

踯躅 竟骂起这样和气的老人来,好不粗卤呀。

樱 (向着妹子们,)你们,静静地睡着罢。

风 你们,还没有睡着么?

紫藤 我是,刚才,此刻才醒的。

踯躅 我也是的。

风 快快都睡觉罢。给冬姊姊一看见你们都醒着,就糟了。

紫藤 噢噢,已经睡着哩。

踯躅 我也是的。

风 今年如果不听话,可就要吃苦了。在今年里,那些偏要崛强[2],一早开花的事,还是歇了好罢。

桃 为什么又是这样说?难道今年有什么特别的事么?

风 会有也难说的。

桃 说诳,说这些话,是来吓呼我们的。便是今年,那里会和先前的年头就两样。

风 好崛强的小子呵。只因为觉得你们可怜,才说哩。

樱 (向了桃,)阿阿,不要开口,不好么。(向了风,)风哥,今年有什

2 现代汉语常用“倔强”。——编者注

么异样的事么？告诉我罢。

风 那是冬之秘密呵。

樱 阿呀，告诉我。我是，如果风哥要听什么春之秘密，都说给的。

风 也肯说桃色的云的秘密么？

樱 肯说的。

风 那是始终跟着春天的罢。

樱 唔，不知道可是呢。

风 最为春天所爱罢。

樱 唔，也许是的罢。

桃 喂，姊姊，不小心是不行的。

樱 不要紧的，你不要开口罢。

风 今年是，春天不来也说不定的了。

一切树木 阿呀！怎的？

桃 大概，说诳罢了！

樱 说教你不要开口呢。（向了风，）这不是玩话？

风 真的。

一切树木 阿呀！

紫藤 怕呢，我是。

踯躅 （要哭似的声音，）这怎么办才好呢，哥哥？

桃 不要紧的。有我在这里，放心罢。

紫藤 但是倘使春天不来，我可不高兴的。

踯躅 我也不高兴的。

樱 （向了妹子们，）静着罢。（向了风，）哥哥，怎么单是今年，春便不来呢？

风 那是，我也不很知道。总之，听说春姊姊休息的宫殿是今年早就遭了冬姊姊的魔法的了。但是，都睡觉罢。给冬姊姊一看见，可就不得了。要吃大苦的。

（风唱歌。）

驯良的，做着相思的梦，春的梦，夏的梦。

睡着觉的呵，到春天为止。

（讽喻地笑着，风去。）

梅 已经走了么？那么，我开罢。

樱 还是等一等罢，我连一点的准备也还没有呢。况且不又有风的话么？

梅 不要紧的，我可要开了。你怎样？

桃 如果姊姊们开起来，我自然也开。

紫藤 我怕呢。

踯躅 我也怕呢。

桃 没有什么可怕的，跟着哥哥开，不要紧的。

紫藤 但是哥哥开得太早，我就冷呢。

踯躅 况且春天如果不来了，又怎么好呵？

桃 不要紧的，自然母亲会来给好好地安排的，放心了出来罢。

樱 倘若自然母亲真肯给想些法子，那自然是放心了，……然而是上了年纪的人呵。太当作靠山就危险，况且那风的话，也教人放心不下哩。

梅 那倒也不错。就再略等一会罢。

桃 静静的！似乎有谁来到了。

（树木都睡觉。春子在廊下出现。）

第二节

（春子站在廊下，冷清清的一个人唱歌。）

美丽的花儿呀，睡觉罢，驯良的，
美丽的虫儿呀，也睡觉罢，永是这么着。

（春子惘然地立着向下看。夏子和秋子同时在廊下出现。）

夏子 阿呀，外面好冷呵。

秋子 正是呢。（看见春子。相招呼，）春姑娘，今天好。

春子 今天好。

夏子 春姑娘怎么了？

春子 不，一点也没有怎样。

夏子 可是，不是闷昏昏地站着么？

春子 那是，冷静呢……

夏子 什么冷静呢？

春子 那倒也并没有什么……

秋子 金儿还没有信来罢？

春子 （销沉[3]的声调，）是的。

夏子 金儿究竟怎么了呢？

秋子 金儿么，听说是有了新的朋友了。还有，金儿是，听说无日无夜地只想着那新朋友，春姑娘，是罢？

春子 哦哦。

秋子 （仍用了讽喻似的口调，）金儿是，听说还愿意和那朋友到死在

3 现代汉语常用“消沉”。——编者注

一处哩。不是么，春姑娘？

春子 哦哦……

夏子 很合式的朋友罢？

秋子 那是很合式的，比我们合式得多呢！是罢，春姑娘？

春子 也许这样罢。

夏子 我想，这倒是好事情。

秋子 自然是好的，谁也没有说坏呢。但是，听说金儿和这位朋友是，一处玩不必说，单是见面也就不容易，因此悲观着呢。是罢，春姑娘？

春子 说是这样呢。

夏子 为什么不能见面的呢？

秋子 为什么？那总该有什么缘故的罢。可是么，春姑娘？

春子 哦哦，是罢。

夏子 不知道那朋友可也像那男爵的女儿冬姑娘似的只摆着架子的？

秋子 也许这样罢。喂，春姑娘？

春子 哦哦……

夏子 但是，像那男爵的女儿一样摆着架子的，可是不很多呵。

秋子 一多，那可糟了，冬姑娘一个就尽够了。

夏子 然而，金儿说过，是最厌恶那些摆阔的东西和有钱的东西的。

秋子 那是从前的事呵。

夏子 金儿自己还说是社会主义者呢。

春子 是的呵。

秋子 那是先前的事了。这些事不管他罢。那男爵的女儿冬姑娘是上了东京了，春姑娘，知道这？

春子 哦哦。

秋子 不知道为什么要上东京去？

春子 不知道。

秋子 夏姑娘知道么?

夏子 不很知道。也许是因为乡下太冷静,又没有一个朋友罢?

秋子 不是这么的呵。说是上了东京,请父亲寻女婿去的。听说冬姑娘今年已经二十岁了。

夏子 哦?(暂时之后,)阿阿,冷呵冷呵。

秋子 正是呢。

春子 (叹息,)唉唉,冷静。

秋子 是罢。

夏子 男爵那样的人,无论要寻女婿要寻丈夫都容易,只是在我们这样穷人家的女儿,若要寻一个男人,可是教人很担心了。

秋子 一点不错。

夏子 春姑娘真教人羡慕呵。

秋子 这真是的。

春子 那里话,也没有什么使人到羡慕的处所呢。

夏子 但是,已经定下了女婿了。

春子 没有这么一回事的。

秋子 没有?知道的呢。金儿不就是女婿么?

春子 那是,那可是还没有说定的。

夏子 不,那已经是明明白白的事了。金儿是好的。相貌既然长得好……

秋子 又会用功。

夏子 而且居心又厚道。

秋子 还听说就要毕业,做医生了。

夏子 这真教人羡慕呵。

春子 有什么教人羡慕的事呢。就是凄凉罢了。

夏子 阿阿,好冷好冷,我还是靠了火炉,看些什么书去罢。

秋子　我也……

夏子　春姑娘也来罢。

春子　好的，多谢。

秋子　当真的，你来罢。

（夏子和秋子两人下。春子惘然地站着。）

第三节

（母亲走出廊下来，暂时望着春子。春子毫没有留心到母亲，像先前一样，惘然地站着。

从外面听到风的歌。）

母　春儿，怎么了？

春子　母亲，听着风的歌呢。

母　怎样的歌？

春子　母亲却没有听到么？

母　春儿，你究竟怎么了？

春子　你听一听罢。（于是自己唱歌。）

相思的梦，春的梦，夏的梦，
已经过去了，再也不来了，
凄凉的心，睡觉的呵，驯良的，永是这么着。

（春子哭。）

母　你究竟怎么了？（摸着春子的头，）阿呀，热得很呢，春儿，春儿，你不是在说昏话么？唔，头痛？

春子　唉唉，痛的，各处痛，（用手按着头和胸口，）这里，……这里也痛。

母 为什么到此刻不说呢？这么冷，为什么跑到外面来的？

春子 母亲，为什么没有金儿的信来呢？母亲，不知道金儿的那新的朋友是男人呢，不知道那朋友可是女人。……母亲，金儿的新的朋友究竟是什么人？

母 阿阿，这怎么好呢。

（母亲硬将春子带进家里去。冬风又在场面上出现，而且唱歌。场面逐渐的昏暗起来，下面的花的世界便渐渐分明的看见。）

第四节

（花的群睡着。在那旁边，蛙的群、蛇的群和其他春的昆虫们，夏的昆虫们，秋的昆虫们都睡着。有的睡在窠里面。有的在卵上，有的蹲在花下睡觉。后面全部被三张幕分作三分。那幕是以桃红、绿、紫的次序挂着的。春的花看得分明。但是夏的花和秋的花却在左手的大的暗淡的门那边，依稀连接着。自然母亲睡在幕前，头上看见宝石的冠，肩上是笼罩全世界的广大的外氅，魔法的杖竖在旁边。通到上面的世界去的门，看得很清楚。

风的歌渐渐的听得出了。）

紫地丁 我怕呢。

福寿草 不要紧的。

水仙 我是不怕的。

毛茛 便是我，也何尝怕呢。

车前草 难说罢？

菜花 静静的罢，给听到可就糟了。

蒲公英 不妨事的，已经走了。

雏菊 一听到那歌，真教人很胆怯。

勿忘草　对了。教人想起春天可真要不来的事来。

钓钟草　一点不错。

蕨　来是来的，迟就是了。

花们　为什么迟来的呢？

樱草　迟来可教人不高兴呵。

紫云英　我也不高兴。

紫地丁　这是谁都一样的。

萝卜　默着罢，春是总归要迟的了。

蕨　去年春姊姊起得太早了，很[4]挨了冬姊姊一顿骂呢。

花们　哦，原来。

樱草　我是不喜欢冬姊姊的。

紫云英　我也不喜欢。

紫地丁　那无论是谁，总没有喜欢冬姊姊的。

花们　那自然。

雏菊　说是冬姊姊最粗卤呵。

勿忘草　总摆着大架子，对么？

钓钟草　一点不错。

破雪草　而且是残酷的。

福寿草　是一个毫不知道同情的东西！

钓钟草　一点不错。

萝卜　贵族之类就是了。

蒲公英　听说心里还结着冰呢，不知道可真的？

雏菊　唉唉，好不可怕。

女的花们　这真真可怕呵。

水仙　我是不怕的。

4　现代汉语常用“狠狠地”。——编者注

毛莨 便是我，也何尝怕呢。

鬼灯檠 小子们，静静的。

蕨 那心里也许结着冰罢，然而头脑却好的。听说自然母亲的学问，独独学得最高强哩。

福寿草 哼，一个骄傲的东西罢了。

破雪草 不过是始终讲大话，摆架子罢。

菜花 静静的罢，给听到可就糟了。

福寿草 那有什么要紧呢。

蒲公英 听说那东西说出来的道理，比冰还冷呢，不知道可是真的？

雏菊 阿阿，好不可怕。

女的花们 这真真可怕呵。

水仙 我是不怕的。

毛莨 便是我，也何尝怕呢。

鬼灯檠 小子们，静静的。

福寿草 在那样的东西那里，不会有道理的，全是胡说罢了。

蕨 那可是也不尽然的。那是一个很切实的，男人一般的女人，又认真，听说对于自然母亲的法则还最熟悉呵。

车前草 听说对于自然母亲的神秘，也暗地里最在查考哩。

女的花们 阿呀！

蒲公英 听说还在那里研究魔术呢，不知道可是真的？

雏菊 阿阿，好不可怕。

女的花们 这真真可怕啊。

水仙 我是不怕的。

毛莨 便是我，也何尝怕呢。

鬼灯檠 小子们，静静的。

车前草 的确是也还在那里研究魔术似的。

萝卜　研究些魔术之类，那东西想要做什么呢？

福寿草　用了魔术，来凌虐几个妹子罢。

破雪草　可恶的东西！

萝卜　知识阶级罢了。

菜花　静静的罢，给听到可就糟了。

水仙　不要紧，谁也没有来听的。

毛茛　母亲正睡得很熟呢。

鬼灯檠　小子们，静静的。

蕨　自然母亲有了年纪了，所以冬姊姊就想压倒了春和夏和秋的几个妹子们，独自一个来统治世界似的。

一切花　阿呀，那还得了么。

福寿草　那有这样的胡涂事呢。

破雪草　肯依着那样东西的胡涂虫，怕未必有罢。

七草　那是没有的。

水仙　我是即使死了，也不依。

毛茛　便是我，也不依的。

鬼灯檠　小子们，静静的。

菜花　静静的罢，给听到了怎么办？

福寿草　哼，有什么要紧呢。

紫地丁　男人似的女人，是可怕的东西呵。

雏菊　我就怕那样古怪的女人。

樱草　我也嫌恶古怪的女人的。

紫云英　我也是的。

紫地丁　无论是谁，总不会喜欢那样的女人的。

女的花们　自然不喜欢。

福寿草　没有同情心的残酷的东西，我是犯厌的。

破雪草 自然犯厌。

萝卜 这类的东西，我始终想要给他们吃一个大苦，但是……

七草 自然。

菜花 静静的罢，给听到，那可就很糟了。

水仙 不要紧，谁也没有来听的。

毛茛 母亲正睡得很熟呢。

鬼灯檠 小子们，静静的。

樱草 春真教人相思呀。

紫云英 又暖和，又明亮，这真好呵。

（女的花卉们一齐静静的唱起歌来。）

暖和的早春呀，到那里去睡着觉了。
什么时候才起来，来到这里呢？
快来罢，暖和的春，
一伙儿，都在等候你……

（声音渐渐地微弱下去了。）

菜花 静静的。

（一切花都似乎睡觉模样。）

第五节

（金线蛙直跳起来，唱歌。）

唉唉，好味道，好味道，
捉住了好大的虫了。

癞虾蟆[5] （醒来，眼睁睁地四顾着，）好味道的虫么，在那里？

别的许多蛙 （醒来，向各处看，）那里是好味道的虫，那里？

雨蛙 什么，梦罢了。

别的蛙 唉唉，单是梦么？

青蛙 好无聊呵。

蜜蜂 （从窠里略略伸出头来，）虾蟆[6]的声音呢，不知道可是交了春了？

别的蜜蜂 哦，交了春了？

（都到外面。）

胡蜂 那里，虾蟆说是做了一个春梦罢咧。

蜜蜂 哦？

金线蛙 唉唉，有味的梦，醒得好快呵。

蜜蜂 究竟做了怎样的梦了？

胡蜂 怎样的梦呢？

蝇 什么无聊的梦罢。

金线蛙 唉唉，那是好吃的梦呵：在满生着碧绿的稻的田地里，我因为要捉一匹苍蝇，跳起来时，那却是一个比飞虻大过几倍的东西呵，是有胡蜂这么大的东西哩。

别的一切蛙 唉唉，那是非常好吃了罢。

胡蜂 无聊的梦罢了。

蝇 做那样的梦，是只有虾蟆的。

虻 试去叮这小子一口看罢。

蚊 险的，静着罢。

（金线蛙唱歌。）

5 现代汉语常用“癞蛤蟆”。——编者注

6 现代汉语常用“蛤蟆”。——编者注

和好朋友在田圃里，
看着青天游泳是，
好不难忘呵。
吃一个很大的虫儿是，
好不开心呵。

胡蜂　无聊。再不会有那样无聊的曲子的了。

蜜蜂　唱那样曲子的是，只有那一流东西罢了。

蝇　说是池塘的诗人呢。

虻　我虽然还没有叮过诗人，不知道那血可好的？

蚊　那里会好呢，又冷又粘的。

（黑蛇动弹起来。）

黑蛇　唔，蛙么，真是好吃的声音呵。

别的蛇　真是的。

青蛇　该就在四近什么地方……

花蛇　（欠伸着，）唉唉，不给我去寻一下子么？

蜥蜴　静静的罢，要挨自然母亲的骂的呢。

黑蛇　但是，那是太好吃的声音了。

青蛇　那是什么呢，不知道可是金线蛙？

花蛇　雨蛙也就好，给我悄悄地寻去罢。

金线蛙　蛇么？这糟了！

雨蛙　不要紧，春还没有起来呢。不要慌罢。

蜥蜴　自然母亲不曾说过，春还没有起来的时候，是不许动弹的么？

黑蛇　然而，即使春还没有来，好味道的虾蟆却也想吃的。

花蛇　因为雨蛙也就好。

金线蛙　自然母亲那里去了呢？

雨蛙　静静的！

癞虾蟆　自然母亲一定还在睡觉哩。

金线蛙　有了年纪的母亲，是不行的了。

别的蛙　真的呢，单是会睡觉。

雨蛙　静静的。

（风在上面经过，唱着歌。）

蛇呀，虾蟆呀，睡着觉的呵，驯良的，
好吃的梦，春的梦，夏的梦，
一面打熬着，睡着觉的呵，到春天为止。

黑蛇　已经打熬不住了。

蜥蜴　静静的罢，给听到可就糟了。

金线蛙　蛇小子总是嚷嚷的，驯良的谨听了风哥的话，不好么？

黄蜂　在说什么呵，自己便正是嚷嚷的呢。

蝇　怪物呵。

别的虫　真的，厌物罢了。

（风又唱歌。）

小小的虫儿呀，睡觉的呵，驯良的，
小小的花儿呀，也睡觉的呵，到春天为止。

菜花　噢噢，都睡着呢。

（风去。）

第六节

萝卜 不必这么多管闲事，似乎也就可以了。

一切花 真是的。

福寿草 那样厚脸的保傅，我最犯厌。

破雪草 那是谁都这样的。

菜花 静静的罢，给听到了怎么办？

水仙 不要紧的，已经走了。

雏菊 倘若母亲起来，不知道要怎样的给骂呢。

勿忘草 真的呵。

钓钟草 一点不错。

福寿草 哼，有什么要紧呢。

水仙 不妨事的，母亲不起来的，睡得很熟呢。

萝卜 （暂时看着自然母睡着的所在，）悄悄地出去看一看罢。

春的七草 去，去。

水仙 有趣呵。

毛莨 我也去。一点也没有什么害怕的。

菜花 不如等一等罢。

蕨 还早哩。

别的花 是罢。

福寿草 虽然还早，太阳却教人恋恋呢。

向日葵 （将头向各处转着说，）太阳么，在那里？

月下香 静静的罢，太阳这些，也并不是值得这么闹嚷的东西呵。倘是月亮，那固然很有趣。

昼颜 怎么说？说月亮有趣？说太阳并不是值得闹嚷的东西？这真是

敢于任意胡说的了，实在是万想不到的。

向日葵 古怪得很。

夕颜 这有什么古怪呢，是不消说得的事呵。月亮比太阳有趣，那是谁也知道的。

昼颜 阿呀，那一位又怎么了？

月下香 那些人们，怎么会懂得夜的幽静和月亮的美呢，乡下人之流罢了。

夕颜 （恐怖着，）这固然是的，但是不至于会来咬罢？

牡丹 想起来，花里面也有着许多疯子的。给这类东西，便是温室也罢，总该造一点什么才好。

向日葵 而且要是第一名疯花，便应该将牡丹似的摆阔的东西关进去。

月下香 不错。

向日葵 不懂得太阳的光的东西，无论怎样阔，总不行。

昼颜 是的呵。

月下香 不知道月亮的光的东西，无论怎么美，也不行的。

夕颜 自然。

牡丹 说什么！

玉蝉花 阿呀，算了罢。和那样的下流东西去议论，只是和人格有碍罢了。

朝颜 阿阿，说是那样的东西也有人格的？

燕子花 静静的罢，倘给自然母亲听到了，可就要挨骂的呵。

铃兰 那一伙究竟在那里闹什么，我是一点也没有懂呢。

百合 那是，向日葵以及月下香之类研究着光的那一伙，都说玉蝉花和牡丹等辈，只有美，而摆着架子的这一伙，也可以当作疯子，关到温室里面去。但是玉蝉姊和牡丹兄这一面，却说是将光的研究者先当作疯子关进温室去的好。

铃兰 便将那两伙都关起来，也未必大错罢。无论那一伙，都没有什么香，一没有香，就无论怎样摆阔，也总没有什么所以为花的价值了。

牡丹 连你们那样的东西，也有了开口的元气了么？你们的糟蹋空气，已经够受了。

月下香 真的，糟蹋了空气，给大家怎样的为难，自己也应该想一想才好。

朝颜 厚脸皮的人罢了。

玉蝉花 实在是无可救药的人呵，糟蹋了空气，还要摆阔……

牡丹 不要脸的畜生！

向日葵 不知道太阳光的奴才！

月下香 不懂得月亮光的奴才！

玉蝉花 全是几位连什么美都不知道的人们呀。

燕子花 好好，静静的罢。

（风在上面的世界经过，而且唱歌。）

相思的梦，春的梦，夏的梦，
驯良地做着，睡着觉的呵。

（风讽喻的笑着，去。暂时都沉默。下面的世界渐渐昏暗起来。）

第七节

（先前昏暗了的下面的世界，左手的场面略略明亮。在微弱的光里，隐约的看见土拨鼠的窠。土拨鼠的孩子躺在床上，祖父和祖母坐在那旁边。

祖母唱着歌。）

阿阿，我的孙儿呀，可爱的孙儿呀，

静静的睡觉罢，不要哭呵睡觉罢。
没有爹的儿，
不要哭的呵，不要哭的呵，虽在暗的夜。
没有妈的儿，
不要哭的呵，不要哭的呵，虽在睡觉的时候。
夜梦里，爹爹一定来，
抱着孩儿，给看好东西。
夜梦里，妈妈一定来，
抱着孩儿，给你好东西。
阿阿，我的孙儿呀，静静的睡觉罢，
静静的睡觉罢，不要啼哭着！

孙 祖母，不行，我已经不是孩子了。

祖父 不是孩子，也应该睡觉的。

孙 睡不去，祖父。

祖母 这是怎么说呢？

孙 祖母，你唱一个歌，使没有爹娘的我的心的凄凉能够睡觉罢。

祖母 阿呀！

孙 不论睡下，不论起来，凄凉总是时时在胸口里动，蛇似的……

祖母 阿呀。

孙 使这凄凉能够稍微睡去的，给唱一个歌罢。

祖父 为什么又是这样的凄凉起来了。论起吃的来，又有蚯蚓……

祖母 又有虫。

孙 祖母，父亲和母亲是怎么死掉的？

祖父 那两个都是古怪东西呵。

祖母 哦哦，对了。两个总是想到那可怕的上面的世界去。

祖父 于是，终于一个给人类杀死了，一个给猫头鹰捉去了。

祖母 唉唉，上面的世界真可怕，始终是明晃晃……

孙 祖父，为什么我们始终住在泥土里，到那太阳照着的上面的世界去是不行的？

祖父 太阳照着的那上面的世界，是被那些比我们强得多多的一伙占领着的呵。

祖母 那世界是强者的世界，危险东西的世界呵。

祖父 我们是泥土里就尽够了，又有蚯蚓……

祖母 又有虫……

孙 强者住在那太阳照着又美又乐的世界上，而我们却应该永远地永远地住在泥土里，这事我已经忍不住了。这是岂有此理的。

祖母 那是自然母亲这样的办下了的呵。不要多讲费话呵。

祖父 自然母亲的首先的定规，是强者胜，弱者败的。

祖母 所以，还是不要和强者去胡闹，驯良的住在泥土里最平稳呵。

祖父 况且泥土里又有蚯蚓……

祖母 又有虫呵。

孙 我就想着那太阳照着的世界。我只想着那泥土上面的美的世界。

祖父 不要胡说。我们是早就住在泥土里的了，所以即使现在走到那个世界上去，也不见得有什么好处的。

祖母 那里会有呢。在那个世界上，日里是人类摇摇摆摆地走着，夜里是可怕的猫头鹰霍霍的飞着，怎么会有好处呵，只有怕人的事罢了。

祖父 便是在花卉和昆虫们都很见情的太阳，也不是我们的眼睛所能看得见的。因为那光，我们便瞎了。小鸟歌咏着的太阳的暖和，也不是我们所能受得住的。一遇到这，我们不久便死了。不将这些事牢牢记着，是不行的。

孙 祖父，这是知道的呵，但是倘使我们许多代，接连的住在上面的世界里，那么我们的子孙，也一定能住在太阳照着的美的世界上了。

祖父 这也许如此罢，然而遇到微弱的光便瞎了眼的我们，又怎么能防那开着眼睛的强有力的东西呢？

祖母 唉唉，在那样的满是危险东西的世界里，我是一分钟也不想住。

祖父 对了，比起外面来，不知道这里要稳到多少倍，又有蚯蚓……

祖母 又有虫……

孙 我要做强者；我要能够看见太阳照着的美的世界的眼睛；我要力，要人类和狐狸一般的智慧。

祖父 胡涂虫！

祖母 阿阿，赶快，睡罢睡罢。

孙 睡不着。我都羡慕，熊的力，人的智慧，花的美，都羡慕。我又都憎恶，强者，有智慧者，美者，都憎恶。

祖母 阿唷！

祖父 这小子可不得了了。

孙 连那有着父母的孩子，有着亲爱的朋友的谁，有着智慧的自己的朋友，我也都怨恨。一面怨恨着一切，一面觉得凄凉。祖父，祖母，这怎么办才好呢？

（孙土拨鼠哭。）

祖母 阿阿，不要哭罢。没了父母的孩子，真是难养呵。

祖父 没有父母的孩子，是一定变成坏东西的。

祖母 这自然，但也可怜呵。

孙 我不想变成坏东西。我想爱一切。不，我爱一切的。想做一切的朋友的。然而一切都不将我当朋友，因为我是土拨鼠……祖母，我已经不愿意在这里了。或者成了强者，住在太阳照着的美的上面的世界里，或者便到永久黑暗的死的世界去，这都可以的，只是泥土里却不愿意再住了。(起身要走。)

祖母 阿阿，那里去？(拉住。)

祖父 静着罢，胡涂东西，此刻出得去么？

孙 怎的出不去？

祖母 通到外面的门上头，冬姊姊早已牢牢地下了锁了。

祖父 今年是，如果春天不起来，花和虫都未必能够出去罢。那些东西去年太早地跑出世界去闹起来了，冬姊姊不知道怎样的为了难呢，所以今年如果春天不起来，便谁也未必能够出去了。

祖母 那些东西嚷嚷地闹起来时，我真不知道多少担心哩。

孙 我去叫醒春来罢。为了花，为了虫……

祖父 不要胡说罢。便是自然母亲，在今年也还不容易叫起春来呢。

祖母 是呵，那些东西第一是不要胡闹的好。

孙 怎么叫不起春来？

祖母 说是冬姊姊在春妹子息着的宫门上，早已用上了魔术了。

孙 怎样的？

祖母 说是那宫殿的门呵，倘不念魔术的句子，便无论谁都开不开。

孙 这句子谁知道呢？

祖母 哦，说是知道的却不很多呢。

孙 祖母知道？

祖母 阿阿，早早地睡罢，睡罢。

(风在上面的世界经过，而且唱歌。)

外面寒冷呵，凄凉呵，
这么想着睡着觉的呵，驯良的，
到春天为止。

祖母 外面糟哩，又冷又亮，人类也摇摇摆摆地走着，猫头鹰也霍霍的飞着……

祖父 然而竟还有想到那样地方去的胡涂虫，这有什么法子呢？

祖母 阿阿，静静的……

（场面全然昏暗，在看客看不见了。于是有花的地方渐渐明亮起来。）

第八节

福寿草 听到了么？

一切花 （醒来，）什么？

福寿草 说是冬鸦头要教我们出不去，已经在外面的门上上了锁了。

菜花 这真的么？

破雪草 正像冬鸦头做得出来的事。

樱草 冬是我最犯厌的。

紫云英 我也犯厌。

蒲公英 真会想呵。

蕨 虽然是呆气……

水仙 可恶的东西！

毛茛 真是可恶的东西呵。

鬼灯檠 小子们，不要闹。

萝卜 畜生！

七草 真是畜生忘八[7]的。

菜花 阿阿，静静的！

雏菊 如果母亲起来了，不知道要怎样地给骂呢。

7 现代汉语常用“王八”。——编者注

水仙　不妨事，不起来的。

毛茛　正睡得很熟呢。

鬼灯檠　小子们，还不静静的么？

福寿草　但是，或者倒不如出去看一看罢。

七草　去罢，去罢。

破雪草　门不开，便打破他。

水仙　打破他，打破他。

毛茛　我是强的呵。

鬼灯檠　小子们！

福寿草　仿佛我们不出来，春便不会起来似的。

萝卜　我们是春的先驱。

一切花　的确这样。

菜花　倒不如等一会罢，现在也还冷呢。

蕨　还是等一等好罢。

车前草　我却也这样想。

福寿草　等什么？冷，有什么要紧呢。

七草　自然不要紧。

水仙　我是毫不要紧的。

毛茛　我也不要紧的，然而冷也讨厌。

鬼灯檠　小子们，静静的。

萝卜　外面虽然冷，但是自由呵。

七草　不错。

破雪草　自由是最要紧的。

七草　不错。

福寿草　自由的世界万岁！

水仙、毛茛、七草等　万岁！万岁！

女的花们　阿呀，好闹。

菜花　自然母亲会醒的呢。

水仙　不要紧的。

毛茛　不会起来的，不要紧。

鬼灯檠　小子们！

福寿草　冷的自由世界，比暖的监狱好。

七草等　一点不错。

雏菊　如果母亲起来了，不知道要怎样的给骂呢。

水仙　不要紧。

毛茛　不起来的，睡得很熟呢。

鬼灯檠　小子们，还不静静的么！

紫地丁　我虽然爱自由，但是冷也讨厌。

勿忘草　暖比什么都好呵。

钓钟草　一点不错。

福寿草　这些话，就正像女人要说的话。

萝卜　所以我是最厌恶女人的。只要暖，别的便什么都随便了。

紫地丁　爱什么萝卜之类的女人也不见得多的，放心就是了。

破雪草　比女人更无聊的东西，不知道可还有？

紫地丁　在破雪草中间搜寻起来，也许有的罢。

蒲公英　我虽然喜欢男人似的女人，而于扭扭捏捏之流却讨厌。

水仙　单知道时髦！

毛茛　却还要摆架子。

鬼灯檠　小子们！

勿忘草　时髦之类，是谁也没有学呵。

钓钟草　对了。

樱草　我们虽然没有学……

紫云英 我也没有。

萝卜 （看着钓钟草，）我以为比女人似的男人更讨厌的，是再也没有的了。

七草 的确，的确。

钓钟草 这话是在说谁的？

菜花 阿阿，吵闹这等事，歇了罢。

一切花 真是的。

福寿草 吵闹这类的事，算了算了。不愿出去的这一伙，可以唱一点什么歌，使自然母亲稳稳地睡着。至于要跟我出去的这一伙，那么都来罢。

性急的花们 去呵，去呵。

（破雪草、紫云英、水仙、七草、毛茛、车前草、樱草、蒲公英等，还有一直睡到此刻的花们也都醒来，向着门这一面去。留下的花卉们一齐唱歌。）

睡觉罢，睡觉罢，自然母亲呀，
做着过去的梦呵，和那未来的梦，
静静的睡觉罢，自然母亲。

福寿草 （用力地推门，）很不容易开。

萝卜 大家都来推着试试罢。（推门。）

破雪草 也不行。

樱草 没有钥匙，怕不行罢。

紫云英 是罢。

水仙 试去推一推看。

毛茛 我是强的。

鬼灯檠　（从对面这边说，）喂，小子们。

水仙　住口，已经不怕了。

毛茛　我也不怕。

萝卜　来，推一推看罢。（推不开门，）畜生。

大众　真是畜生呵。

孙土拨鼠　（进来，）开不开么？

福寿草　哦哦，如果没有钥匙……

土拨鼠　再推一回看罢。

（留下的花卉们在对面这边唱歌。）

忘了罢，忘了罢，自然母亲，
看着恋恋的往昔，和相思的未来，
忘了罢，
单将今日忘了罢。

（福寿草等辈拼命地推门。）

破雪草　不成！

樱草　我是，已经，乏了。

紫云英　我也是的。

水仙　我是一点也没有乏呢。

毛茛　便是我，也好好的。

鬼灯檠　喂，小子们。

水仙　什么？默着罢，不怕的。

毛茛　无论怎么吓呼，也无益的。

萝卜　这畜生！

大众　畜生。（门仍不开。）

蒲公英　听说春不起来，这门是开不开的，不知道可的确？

水仙　去叫起春来罢。

毛茛　我嚷起来试试罢。

鬼灯檠　喂，小子们。

水仙和毛茛　不怕的！

土拨鼠　那春休息着的宫殿是，听说冬已经用了魔术咒禁起来，倘不知道魔术的句子，是谁也开不得的了。

大众　畜生。

福寿草　不知道这四近可有知道那句子的？

土拨鼠　我的祖母虽然像知道……

破雪草　虽然很劳驾，可以去问一问么？

福寿草　就是为了一切花的缘故，拜托拜托。

一切花　千万拜托。

土拨鼠　知道了，然而说不定可能够。

水仙　再推一回试试罢。

毛茛　我这回可要尽力地推哩。

鬼灯檠　喂，小子们。

毛茛　（低声，）畜生。

萝卜　推罢。

破雪草　喂，在那里唱歌的列位，可以也过来帮一点忙罢。

菜花　我是去的。

紫地丁　我也去的。

含羞草　我虽然也想去，但惹着我是不行的呵。

水仙　谁也不来惹你的。

勿忘草　我怕呢。

雏菊　如果自然母亲醒来了，不知道要怎样地给骂呢。

钓钟草 其实倒是不要性急的好。

铃兰 本来是驯良一些也可以的。

牡丹 我是敬谢不敏了。

福寿草 不愿意去的那一伙，默着罢。

萝卜 孱头！

破雪草 低能儿！

牡丹 你们在说准呢？

破雪草 那畜生摆什么架子。

萝卜 惧惮你的可是一个也没有呢，胡涂小子。

一切花 畜生！

牡丹 怎么说?！

土拨鼠 喂，再不听话些，就要吃掉你的根了。

牡丹 （低声，）我可是什么也没有说……

一切花 （在里面说，）孱头，畜生！

百合 对于群众真是没法呵。

玉蝉花 下等呀！

雏菊 阿阿，静静的罢，岂不害怕么？

福寿草 来，推哩推哩，一，二，三，（推门，）再一回。

土拨鼠 喂，虾蟆们，你们也不起来帮一帮么？

金线蛙 （起来，）帮去的。

黑蛇 （也起来，）我们也帮去。

癞虾蟆 帮忙本来也可以，但是蛇小子要胡闹，可就难。

土拨鼠 不妨事，谁也不胡闹的。（向了蛇，）如果胡闹，是不答应的啊。

黑蛇 请放心罢。

（蜜蜂、胡蜂、蝇和别的昆虫们许多都起来。）

蜜蜂 我们本也可以去相帮的，只是虾蟆可怕呢。

金线蛙 不要紧，饶你们这一天罢。

蜥蜴 （起来，）我们也来帮一帮罢。

（大家都走近门边去。）

福寿草 好，再推一回试试罢。（推门。）

含羞草 惹着我是不行的呵。

毛茛 谁也不来惹你的。

（风进了上面的世界，大声地唱歌。）

外面寒冷呵，凄凉呵，
这么想着睡着觉的呵，驯良的，
到春天为止。

（风讽喻的笑。）

福寿草 什么外面寒冷呵之类，是说诳的，风的诳话罢了。（推门。）

风 喂，谁呢，说些不安本分的话的是？

福寿草 是我们。

风 草花么？

大众 对了。

风 畜生，驯良的睡觉罢。要给吃一顿大苦哩。

破雪草 哼，有什么要紧呢。（奋勇的推门，门略动。）

风 喂，你们的意思是不依冬姊姊的命令么？

大众 自然不依。

破雪草 那样东西的命令，也会有来依的胡涂虫么？（推门，门略动。）

大众 唉唉，动了，动了。

破雪草 再一回。（大家一齐推门。）

风 倘不便歇手，就要叫冬姊姊了。

大众 叫去，有什么要紧。

破雪草 好，再一回。

大众 自由的世界万岁！

（听到风的可怕的口笛，大家歇了手，都害怕。）

紫地丁 我怕呢。

菜花 总之，还是早些回去罢。

（有的花便赶忙地跑回了原处。

冬的王女在上面的世界里出现，是一个高大壮健的、强有力的美少年似的女人，脚上穿着溜冰鞋，披白氅，头上闪着冰的冠。）

冬 喧嚷的是谁呀？

风 是草花们想到外面去，正在毁门呢。

冬 畜生，想到外面去的是谁，福寿草，还是七草这些小子呢？春天的引线儿！

风 仿佛还不止这些呢。虫和虾蟆和蛙，也都在喧嚷似的。

（蛙和蛇和昆虫都想逃回自己的地方去。）

黑蛇 诳呵，我们都睡着。

蛙 我们也是的。（狼狈的寻觅着自己的位置。）

冬 可恶的东西，可要给吃一顿大苦了呵。可是，母亲怎么了？

风 自然母亲是正在安息哩。

冬 是罢，将宇宙交给这样上了年纪的老婆子，那有这样的胡涂东西的呢。

（冬将钥匙放进通到下面世界的锁里，想要开门。花卉们都逃走。）

福寿草 我是不逃的。

水仙 我也不。

萝卜 我也不要紧的。（躲在墙阴下站着。）

雨蛙 （迷了路，不知道往那里走才好，彷徨着，）怕呵。这怎么好呢？

土拨鼠 不要紧的，到这里来罢。（用自己的身子护住了雨蛙。）

第九节

（冬进了下面的世界。都装着睡觉模样。）

冬 不成不成。我是不受你们的骗的。春的线索儿。（抖动氅衣，雪落在花上。这其间，水仙和福寿草等偷偷地跑出门外，梅也开起花来。）

花 阿阿，冷呵冷呵。

冬 还要给你们冷下去哩。（舞动氅衣，雪大下。）

花 母亲！

冬 （见了虫和蛙，）也不受你们的骗的呵。（抖动氅衣，雪落在虫和蛙上。）

虫和蛙 母亲，母亲！

冬 （看见土拨鼠，）你在这里做什么？

土拨鼠 我也想到自由的世界去。

冬 想到自由的世界去？畜生！冻死你。（抖动氅衣。）

雨蛙 母亲！

土拨鼠 咬你。我和花不一样的。

冬 不要说不自量的话，要咬，咬罢。（提起脚来要踢去。）

土拨鼠 （跳上前，一面大叫，）咬你！

冬 （吃惊，退后，）这畜生，记着罢！

大众 母亲！

土拨鼠 （跳到自然母的膝上，）母亲，母亲，快起来罢，赶快，赶快！

自然母 （醒来，）怎么了？地球又遭了洪水呢，还是富士山浅间山又闹什么玩意儿了？阿阿，冷呵。不知道可是地球又回到冰河时代了不是……

大众 母亲，冷呵，冷呵。

母 （擦着眼睛，仔细地看，见了冬，）阿呀，那还了得，冬儿，你怎么到这地方来？这不是你来的地方呵。快点出去，快点快点。

冬 母亲，你太不行了，什么时候总睡觉。这一伙以为这是机会了，不正在毁那到外面去的门么？

母 阿阿，顽皮的孩子们呀。

冬 这些东西，我已经犯厌了。都给冻死了罢。（舞动氅衣。）

大众 母亲，母亲。

母 唉唉，不行。岂不可怜呢，你！

冬 那里，这有什么可怜呢，畜生。（抖动氅衣，雪大下。）

大众 母亲。

母 （用自己的氅衣遮了花，）住手罢，不知道同情的鸦头。

冬 还有什么能比同情和爱更其呆气的呢，这都是怯弱的没用的东西的梦话，低能儿的昏话罢咧。因为母亲始终只说着这样的梦话，这些东西便得意起来，纷纷地随意闹，去年，他们在二月里已经跑出去了。母亲呢，不单是笑着不管么。可是今年，我却不答应的，给他们都冻死。

（冬将氅衣奋然的抖擞，雪下在昆虫上，自然母护住了昆虫。）

母 阿阿。你，莫非发了疯么？赶快地出去罢，我说赶快的。（要逐出冬去。）

虫 母亲。

冬 不不，今年一定给都冻死。（将雪洒在花上。）

母 唉唉，好一个残酷的鸦头。春儿，给我快来罢。

冬 （笑着说，）春那里会来呢。

母 春，春，快点起来罢。

冬 不中用的，不起来的。（抖着氅衣，将雪注在花卉和昆虫上。）

大众　母亲，母亲！

母　住手罢，冬儿，春怎么了呢？

土拨鼠　母亲，春姊姊那里，是遭了魔术了。倘不知道魔术的句子，那便出不来，也进不去的。

冬　住口，要给你吃一个大苦呢。

母　阿呀，你做了这样的事么？

冬　（笑着，）今年是，可要给全都冻死了。（抖着氅衣，雪大下。）

大众　母亲，母亲！

母　立刻出去！

土拨鼠　母亲，我试去调查了魔术的句子，迎接春姊姊去罢。

冬　住口，要给你吃一个大苦呢。（将雪来洒土拨鼠。）

土拨鼠　不怕的呵，要迎接春去了，我知道魔术的句子呢。

冬　畜生。（要洒去许多雪。）

母　（拿起魔术的杖来，静静的挥动着，）走，去罢。

冬　（向了土拨鼠，）记着罢，我是决不忘掉的。

土拨鼠　不怕的，我要迎接春去了。

冬　（受了自然母的抑制，怏怏地出门，看见门外的福寿草和水仙，）畜生，已经跑出来了。给你们，可真要给吃一个大苦哩。（将氅衣狂纵抖擞着。）

大众　母亲，母亲！

母　歇了罢，岂不可怜呵。

冬　这有什么可怜呢！

（自然母关了门。）

冬　（看见上面的世界的梅花，）连这些小子们都已经开起来了，畜生。

（雪大下。冬风又来。）

冬　不给这些东西都冻死，是不答应的。

风　冻死他们。（风大作。）

福寿草水仙等　母亲，母亲。（声音渐渐微弱下去。）

母　唉唉，好不可怜呵。

花和虫　（走近自然母去，）母亲，冷呵，冷呵。

母　是罢是罢，就给你们暖和哩。（将自己的氅衣盖住他们，又用手抚摩着，）已经好了？

大众　还很冷。

（自然母坐下。蛇虫都进了伊的怀袖中，虾蟆跳到膝上。）

大众　冷呵冷呵。

母　（抚摩着他们，）好罢好罢，就给你们暖和哩。

（冬在上面的世界里唱歌。）

花们　冷呵冷呵。

母　静静的罢，就给你们暖和起来……

（冬的歌还不完。）

不安本分的草花们，讨人厌的虫豸们，
恶作剧的树木这些畜生们，都睡觉的呵。
不要醒，不要醒，
醒得太早的畜生是，
要给吃一顿大苦的。
都睡觉，不要醒，
单将做梦满足着罢。

（敲着春子的家的门，冬还是唱。）

不安分的人类的儿也睡觉的呵，驯良的，

醒过来时是危险的，
醒得太早的小子是，
就要吃一个大苦的。
睡得熟，不要醒，
单将做梦满足着罢。
喂，睡觉罢，都睡觉，
连那不安本分的草花们，讨人厌的虫豸们。
恶作剧的树木这些畜生们。

（冬唱着歌，去了。）

花 好冷好冷。

母 我不是早对你们说过，教不要顽皮的么？不听母亲的话，是无论什么时候都要吃苦的。做母亲的本以为一切规则都定得很正当的了，到了现在，却不知道为什么一切都不如意。我那说出来的话，本来也就想打算你们的利益的……

土拨鼠 （靠在母亲的膝上，）母亲，强者生存，弱者灭亡。强者住在美的、太阳照着的世界上，弱者不能不永远在泥土里受苦。这母亲的第一的法则，难道也为了我们的利益么？这法则，在我已经够受了……

花和蜂 我们是不赞成这样的规则的。

雨蛙 我们总是被蛇和鹤吞吃的事，是不愿意的。

蛙的群 不愿之至的。

黑蛇 住口。虾蟆被蛇吞吃这一条规则，是很好的，至于我们被别的东西欺侮这一条，那自然要怎样的请删去了才是……

蛇的群 对了，请删去罢，请删去罢。

花蛇 不知道可能请另定一条规则，将人和猪都给我们吃么？

蛇的群 这好极了，真真好极了。

黑蛇 母亲，赶紧定下这样的规则来罢，大家都在拜托你。

一切蛇 拜托呵，拜托呵。

蛙的群 不行，不行。

蝇 被虾蟆吞吃，我们也不愿意的。

虫们 自然不愿意，自然不愿意。

金线蛙 不要胡说！这是当然的事，无论怎么说，总归不行的。

蛙的群 不行，不行。

虫们 我们可是不甘心呵，母亲。

母 阿阿，静静的罢，静静的罢。（用手抚摩着他们。）强者生存弱者灭亡这法则，的确是我的第一的法则。然而，所谓强者，是怎样的呢，有着强有力的手脚的，有锋利的爪牙的，有可怕的毒的，这样的东西，就是强者么？

大众 那自然是强的呵，自然是。

母 不然的，这样的东西并不是强者。对于一切有同情，对于一切都爱，以及大家互相帮助，于这些事情最优越的，这才是第一等的强者呢。同情、爱、互助，全都优越的，这才永远生存下去。倘使不知道同情和爱和互助的事，那便无论有着怎样强有力的手脚和巨大的身体，有着怎样锋利的爪牙，有着怎样可怕的毒，也一定，毫不含胡，要灭亡下去的。

黑蛇 这一层我们是不赞成。

蛇的群 自然不赞成。

大众 静静的。

母 还有一层，你们似乎专在将自己的生命和子孙的生命都竭力延长起来的事，作为目的，以为靠着这事，便可以得到幸福了。殊不知这是大错的。无论是十年的生命，一万年的生命，一亿年的生命，对于永久，都不过一瞬息。这是时的问题，而并非心的问题了。只有以弥满着美的爱的生活，作为目的的，才能够得到幸福。倘能在自己的生活上，表现出自己的心的最好、最美而且最正的事来，即使那生命不过接续了一分时，这比那接续了几亿年，而表不出一些心的好的、美的、正的事情的白费的生命，却尤其崇高，尤其重要。为什么呢？因为有那又美又正的爱弥满着的生命，是这宇宙即使灭亡，也永远地永远地被我使用，作为永久的模范的。我想要将这永久的使用的。不要忘却，牢牢记着罢。只在以美的正的爱弥满着的生活作为目的者，才有幸福。

（自然母说话之间，黑蛇悄悄地从伊怀里伸出头来，想捉雨蛙。）

一切蛙 阿阿，危险危险，蛇，蛇……

雨蛙 母亲，母亲。（蛙们都跳下膝髁去。）

青蛇 怎样？到手了？

黑蛇 唉唉，脱空。

花蛇 废料！

黑蛇 对我，可是谁也不给同情呵，所以都要灭亡的罢。

土拨鼠 （跳到自然母的膝上，）吃了我也可以的，如果是这样的肚饿……

（都吃惊，比较地看着蛇和土拨鼠。）

黑蛇 不知道味道可好？

花蛇 唔，可好呢，没有吃过呵。

黑蛇 总之，今天姑且绝食罢。（缩进怀里。）

大众 蛇万岁！

或者 土拨鼠万岁！

母 （摩着土拨鼠，）懂得我的话了。阿，都睡罢。冬又来哩。

（风在上面的世界出现，且唱歌。）

喂，睡觉罢，都睡觉，

单将做梦满足着罢。
连那不安本分的草花们，讨人厌的虫豸们，
恶作剧的树木这些畜生们。

（都睡了觉。）

自然母 （独自说，）我本以为一切规则都定得很正当的了，到了现在，却不知道为什么一切都不如意……

（于是，自然母也睡了觉。上面的世界里，下着大雪。）

第二幕

第一节

（场面同前。梅花盛开，树下的雪地里，开着水仙和福寿草之类。下面的世界是暗淡的，花和虫仍然睡着。

秋子走出外面，一面劈柴，一面唱歌。）

凄凉的心，不要痛，不要痛罢，
苦恼的胸脯呵，不要汹汹的烦扰罢，
隐藏了痛苦的重伤，不要给人看罢，
将那给你重伤的人，不要忘掉罢，
不要忘掉，而又去亲近罢。

（夏子担着水，从对面走来。）

夏子 春姑娘怎么样？

秋子 总是这样子。

夏子 热可退了一点么？

秋子 退什么呢，只有加添上去罢了。

夏子 也还是说昏话？

秋子 哦哦，总一样。

夏子 怎样的？

秋子 这个，说是地下世界的黑的土拨鼠，就要来迎接了……

夏子 唉唉，好不怕人，春姑娘就要死罢。

秋子 说不定呢。

夏子 这真真可怜呵。伯母已经打电报给金儿了？

秋子 没有……

夏子 为什么不打去？

秋子 那是，即使打了去，也是空的罢……

夏子 为什么？打去，便回来的罢？

秋子 那里会回来呢。什么时候，春姑娘不曾经说过的么，说是金儿有了朋友了。

夏子 哦，还说和那朋友，愿意到死在一处……

秋子 哦哦……

夏子 只是那朋友究竟是谁呢？

秋子 那朋友么，听说是富翁的女儿。

夏子 阿阿……然而，这是谣言罢？……

秋子 那里，怎么会是谣言呢，金儿现将这事写了信，寄来了。

夏子 唉唉。

秋子 伯母因为看得春姑娘可怜，到现在还没有说。然而，春姑娘却仿佛已经知道了似的。

夏子 但是，金儿会和那女儿结婚么？

秋子 这会罢。便是金儿，也一定喜欢有钱的。

夏子 这固然就许如此罢。因为已经穷够了的，只是伯母却真可怜。便是伯母，一直到现在不知道为金儿费了多少心力呢。单是每月寄学费，也就不是容易的事了。

秋子 这自然。但是，金儿一到那边去，就会来还钱，听说那女儿是非常之有钱的。

夏子 即使这样，想起春姑娘的事来，也还教人气苦。我以为金儿是有些可恶的，春姑娘这样地爱他，伯母这样地重他……

秋子 现在的世上，金钱第一呵。没有钱……（声音中断，）没有钱……没有钱的是不行的。没有钱，现在是什么事都不能做。便是想求学也不行，想做自由的人也不行。永是这么着，永是这么着……只是，有钱的东西可真讨厌。（气急败坏模样），我是最不愿意在人面前低头的！

夏子 金儿正也这样的罢。你是，本来总和金儿合式的呵。

秋子 你说什么?!（气急败坏的，眼里淌出泪来。）

夏子 秋姑娘怎么了，也还是可惜金儿去做富翁的女婿罢?

秋子 金儿到那里去，和我有什么相干呢?

夏子 金儿还常常说：和大家一同和睦的劳动着，也如不在富翁面前低头一样，要努力的并不在那男爵面前低头哩。

秋子 再不要提起这些事来了，拜托你。

夏子 这回却反而自己想做富翁了，好不教人酸心。（抱着秋子啼哭。）

秋子 金儿的事，不要再提起了。

夏子 然而，倘使做得到，秋姑娘也要和富家结婚的罢?

秋子 不，我已经打算不结婚了。

夏子 为什么?

秋子 无论为什么……

（秋子放了夏子，吐一口气，眼里淌下泪来。）

秋子　我是，想做一个自由的女人呢。

夏子　做一个自由的女人，那么？

秋子　那么……

夏子　那么？

秋子　（掷了劈柴的斧，）那么成了社会主义者，去运动去。

夏子　阿阿，秋姑娘！

秋子　哦，到里面去罢。（检集了木片，走进自己的家里。）

夏子　（担着水桶，）秋姑娘，也携带我罢，秋姑娘。

（两人去。

和风都唱歌。）

被魔术的力睡下了的
春是不再起来了，
永是这么着，永是这么着。

（下场。雪静静的下。）

第二节

（场面同前。上面的世界仍然明亮。）

萝卜　好冷呵。

七草　真是的。

福寿草　我以为就要没有性命的了，这回可是不要紧了。

水仙　我也不要紧了。

萝卜　梅姊，这样的冷，要拖到什么时候呢？

梅　到什么时候呢，本来是春就该到来了的……

萝卜　说是春被囚在自己的宫殿里，不知道可是真的？

樱　那宫殿上着了魔术，是真的呵，我不愿意开花呵。

福寿草　好不孱头的姊姊。

水仙　（用了低声，）我最讨厌这样的姊姊，单知道时髦……

七草　嘘！

萝卜　虽说是倘不知道魔术的句子，要到那宫殿里去进出都不行……

梅　这是诳罢。

桃　怎么会是诳呢，冬是始终憎恶着春的妹子的，所以这回用了魔术教春吃些苦，也不是意外的事。

紫藤　那么，我们怎么办才好呢？

踯躅　我们已经冷不过了。

七草　我们也是。

桃　这也用不着啼哭的，再忍耐些时罢。弟兄们总会替我们想什么法子的罢。

樱　那些不安分的东西，那里靠得住。

桃　这虽然如此……

樱　都没用，又胆怯……

萝卜　并不然的，可靠的也有呢，虽然女的那些却这样。

水仙　自己正胆怯，还说人。

樱　说女的怎样？

萝卜　女的胆怯呵。

水仙　对了。

樱　可恶的小子们。

桃　阿阿，不要开口了罢。

梅　真的，静下来罢。

樱　可是实在太胡闹……

梅 静静的，似乎冬姊姊来到了。

（冬和风上。）

风 暂时之间，还看不见春的令妹罢？

冬 岂但暂时之间呢？如果我不愿意，怕未必能来罢。

风 在春的令妹休息着的宫殿上，听说姊姊用了魔术，不知道这可是真的？

冬 这算什么呢，比这事还有紧要得多的事情哩。虽然不知道在那里，却听说有一朵桃色的云。是真是假，你去查一查罢。

风 桃色的云——这云的事，从春风那里倒曾经听到过的。那一伙（指着樱等，）也常常谈着这等事。听说桃色的云是始终跟着春天的，所以一定在那春的宫殿里。

一切花 我们是什么也没有说，并不是这样的呵。

樱 默着罢。

风 说诳么，不饶的呢。

冬 如果说诳，要给吃一顿大苦的呵。

樱 的确在春的宫殿里。

一切花 姊姊！

萝卜 奸细！

樱 默着罢。

冬 这当真？倘说诳，不饶的呵。

樱 何尝说什么诳呢，桃色的云是确在春的宫殿里……

大众 姊姊，奸细！

冬 （向了风，）总之，托你去将那云仔细的查一回罢，因为我想要将那云作为自己的朋友呢。

风 是是。

（冬和风俱去。下面的世界略略明亮。）

一切花 奸细。

桃 姊姊，泄露了春的秘密，不羞么？

梅 这真是怎么一回事呵。

一切花 奸细！

樱 （笑，）不要说呆话罢，春雨从那里下来的，可知道？桃色的云不出外面，春雨是不下的呵，懂么？

大众 静静的。

（下面的世界逐渐明亮。听得风的歌。）

紫地丁 我一听到那声音，就只害怕，只害怕，怕得挡不住了。

雏菊 我也是的。

勿忘草 我也是。

破雪草 这有什么可怕呢？

樱草 虽没有什么可怕，却教人不高兴呵。

紫云英 我也不高兴。

蒲公英 因为是女流呀。

毛莨 我是不怕的，只是水仙不在，却觉得很冷静。

紫地丁 （向了蒲公英，）即使是女流，要像你那样，从冬这里逃走出来，可是并不为难的。

蒲公英 说我逃走了？再说一遍罢！

菜花 阿阿，静着罢，给听到可就糟了。

毛莨 不要紧，谁也没有来听呢。

鬼灯檠 小子！

百合 像这模样，永远是战战兢兢地生活着，实在厌了。

一切花 自然是厌了的。

牡丹 春究竟想要睡到什么时候呢？

玉蝉花 真是的，本来到差不多的时候也就可以起来了。

车前草 然而说是春的宫殿上着了魔术，不是真的么？

蕨 真倒也仿佛像真的，但是那一伙说些什么，是莫名其妙的。

玉蝉花 未必有这样的事罢。

牡丹 自然是没有的，那一伙东西总喜欢将世界看得黑暗。

破雪草 不要胡说。只有你们，却总是带[8]了桃红的眼镜看着世界的。

蒲公英 因为是一班低能儿呵。

毛茛 因为是胡涂虫呵。

鬼灯檠 喂，小子。

牡丹 说胡涂虫的，是谁呢？

破雪草 都说的。

玉蝉花 唉唉，下等的东西真讨厌。

菜花 静静的。

雏菊 如果自然母亲醒来了，不知道要怎样地给骂呢。

勿忘草 真是的。

钓钟草 的确，是的。

毛茛 不妨事，不起来的。

鬼灯檠 小子，还不静静的么？

月下香 月亮真教人相思呀。

昼颜 月亮疯子哩。

向日葵 有着很体面的太阳，却竟会有记挂月亮的呆子。

朝颜 真是的。

昼颜 月亮疯之流罢了。

燕子花 阿阿，静静的……

金线蛙 春还早么？肚子饿了呵。

（于是，唱歌。）

8 现代汉语常用“戴”。——编者注

和好朋友在田圃里，
看着青天游泳是，
好不难忘呵。
吃一个很大的虫儿是，
好不开心呵。

胡蜂 唉唉，好不讨厌的歌。

蜜蜂 说是池塘的第一流诗人的歌哩。

（昆虫们都笑。）

雨蛙 （冷清清的，）土拨鼠那里去了呢？

金线蛙 不要去愁土拨鼠罢。到这边来，我怜惜你。

雨蛙 唉唉，不行。

金线蛙 怎么，这有什么不行呢？

一切蛙 静静的。

青蛙 蛇要来了。

黑蛇 蛇来了呵。

绿的蜥蜴 静着罢。

别的蜥蜴 真的，静静的罢。

金线蛙 本来还是静静的好。

胡蜂 自己一伙整天地闹着，却来说人。

蜜蜂 讨厌的东西呵。

蚊 将这些东西，我就想使劲地叮一叮。

金线蛙 谁呢，说要来叮我的是？

蚊 不是我呵，只不知道飞虻可说什么。

虻 说诳。

蜜蜂 孱头。

胡蜂 说诳的东西。

蝇 阿，静静的。

金色的蝶 我，就想跳舞一回呀。

银色的蝶 为什么？

金色的蝶 虽然不知道为什么。

春蝉 春还没有来，却道想要跳舞了。

金色的蝶 可是，不知道春要什么时候才来呢。

金线蛙 好，跳罢，我在这里看。

癞虾蟆 有味的罢。

金线蛙 蝴蝶的跳舞么？

癞虾蟆 坤角呵。

金色的蝶 唉唉，讨厌的话。

春蝉 静静的岂不好呢。

萤 真的，没有伴奏就说要跳舞，真是外行的话了。

银色的蝶 外行？你以为自己是内行？

萤 倘没有月光和细流的声音，我可是不跳舞的。

蝶的群 唉，奇怪。

银色的蝶 那一伙是不能和我们做谈天的对手的。

夏蝉 究竟那蝶儿，不知道为什么只摆阔。

金色的蝶 因为美好的声音呵。

夏蝉 畜生。

春蝉 静静的岂不好呢。

萤 真是畜生的忘八羔子了。

春蝉 要给母亲叱骂的呵。

萤 可是太教人生气了。

寒蝉 然而知了的声音，我却不敢领教。

蜻蜓　那些蝴蝶的舞蹈，我便是一生不看见，也尽够了。

夏蝉　发了那讨厌的声音的是谁呢，金铃子么？

金铃子　连我的声音和寒蝉的声音也分不清，一定是那耳朵非常古怪的东西了。

蟋蟀　对了，那样的东西，说是没有耳朵的，也不算错。

寒蝉　喂喂，老兄，你从什么时候起，也批评起声音来了？

蟋蟀　胡说。

聒聒儿　好不嚷嚷。什么也不懂，却来作音乐的批评，岂不是对于艺术的罪恶么？

螽斯　喂喂，聒兄，不提罢，就是不提音乐的话罢，唉唉，已经都认错了。

聒聒儿　真教人生气，音乐也不懂，却来批评。

螽斯　静静的罢，不是已经都在认错么。

蕨　诸君只是这么吵闹，不知道遭了魔术的春姊姊怎么会得救？

破雪草　岂不是对不起春姊姊和梅姊姊们么？

一切花　是呵。

樱草　梅姊姊不知道正怎么冷呢。

一切花　是罢。

紫云英　然而尽熬下去，怕未必做得到的。

一切花　自然。

毛茛　水仙和七草兄们，也不知道怎样地等着春的到来呢。

一切花　是呵。

雏菊　但是，须得怎么办，春姊姊才会来到呢？

勿忘草　真是的，怎么办才好呢？

蒲公英　总得想点法才好。

车前草　倘使春竟不来了，大家打算怎么办？

一切花　真是的呵。

月下香　便是春不来，也并非值得吵嚷的事。

夏花们　自然。

向日葵　这在春党也许是必要罢，但在我们，却即使春天永不来，也并非担心的事呢。只要有夏来，就好了。

夏花们　自然。

月下香　只要有夏来，就尽够了。

燕子花　阿，这也不能这么说的呵。

玉蝉花　春便是来，倒也不妨事的。

牡丹铃兰百合　这自然。

聒聒儿　无论是春，无论是夏，便是永不来，都并非值得担心的问题呵。我们等候的只是秋。

（略略作歌。）

相思的秋呀，快来罢，
大家等候着。

秋虫们　自然自然。

螽斯　默着罢。

蝇　土拨鼠这小子说定过，去问开门的魔术的句子的，那究竟怎么了呢？

金线蛙　将土拨鼠这小子当作正经的，只是胡涂虫罢了。

虻　这小子，我早该使劲地叮他一下的。

雨蛙　默着罢。

金线蛙　哼，有什么默着的必要呢。

大众　阿阿，静静的。

雨蛙　我试来叫他罢。列位，请都静静的罢。

（都平静。雨蛙唱歌。）

相思的我的朋友呀，
等候着什么而不来的呢？
你不知道我的胸中的凄清么？
你不见我的心的悲凉么？
早早地来罢，我等候着。
我的人呀，我的相思的人呀。

金线蛙　听了这样的歌还会不来，那就奇怪了。

蛇的群　真有味儿。

花蛇　连肚底里都震动了。

蜥蜴　默着罢。

春蝉　其实也并非了不得的声音呢。

金色的蝶　虽然比春蝉好一点……

春蝉　畜生！

萤　真是畜生呵。

金铃子　从外行的听来，这声音却也许是好的呵。

螽斯　住口，低能儿。

（土拨鼠进来，和大众招呼。）

土拨鼠　诸君，来迟了，对不起。

大众　呵，土拨鼠来了，土拨鼠来了。

（雨蛙唱一句歌。）

我的人呀，相思的人呀。

土拨鼠　（和雨蛙格外招呼，）来迟了，实在对不起。

雨蛙　那里那里。

（又唱一句歌。）

你不知道我的胸中的凄清么？

大众　魔术的句子怎么了，魔术的句子？

菜花　静静的。

土拨鼠　开门的魔术的句子已经知道了。

大众　土拨鼠万岁！

菜花　静静的罢，如果母亲起来，就糟了。

毛茛　不要紧，不起来的，睡得很熟呢。

鬼灯檠　喂，小子。

雨蛙　我那土拨鼠万岁！

金线蛙　多嘴。

菜花　替大家查了烦难[9]的事来，多谢多谢。

大众　都感谢的，感谢的。

（土拨鼠对大众应酬。）

雨蛙　我也很感谢呢。

（土拨鼠和雨蛙格外应酬。）

金线蛙　发蠢。

土拨鼠　为大家还想做尤其烦难的事哩。但是去罢，先去试开那门罢。

雏菊　只是如果母亲起来了，不知道要怎样地给骂呢。

金线蛙　用言语来开门，没有把握的。

雨蛙　有什么没有把握呢？

金线蛙　多嘴。

蝇　姑且去看看罢。

9　现代汉语常用“繁难”。——编者注

蜜蜂 有趣呵。

虫们 自然有趣。

雏菊 有趣固然有趣，可不知道被母亲怎样叱骂呢。

破雪草 不去也可以的。

雏菊 然而也想去呢。

勿忘草 都去看看罢。

含羞草 我也去，但是惹着我是不行的呵。

毛茛 谁也不来惹你的。

黑蛇 那门里面，也许有许多好吃的虾蟆呢。

别的蛇 去瞧瞧罢。

金线蛙 这东西是危险的呵。

癞虾蟆 不要紧，去罢，那边有许多虫哩。

（大众静静地走。）

寒蝉 我虽然没有见过春的样子，就去看一眼罢。

金铃子 都去罢。黄莺和杜鹃和云雀这些，在春姊姊那里，该是都跟着的罢。

秋虫们 去罢，去罢。

菊 我是不去的。

珂斯摩 我也不动弹。

秋的七草 我们也不去。

白苇 太烦扰了。

芒茅 那是春党的举动呵。

达理亚 我随后去望一望情形来罢，替你们。

胡枝子 费神。

秋花们 真是的。

菜花 一面唱着使母亲睡得安稳的歌，一面过去罢。

大众　是呵。

（都唱着歌，向挂着紫幕的门进行。）

睡觉罢，睡觉罢，我的母亲呀，
做着过去的梦和未来的梦，
静静的睡觉罢。

（都在门前停住。）

土拨鼠　（对了门，）为爱而开。

大众　（跟着说，）为爱而开。

（门不动。）

大众　不开呵。

金线蛙　那里会开呢？

雨蛙　一定会开的。

（都反复着说，门依然不动。）

蛇　这小子在骗我们哩。

金线蛙　岂非笑话呢，说是用言语可以开门……

牡丹　不知道那一伙是否在那里骗我们？

玉蝉花　因为是下等东西，所以也未必可靠的。

破雪草　默着罢，低能儿！

黑蛇　假如吃了那小子，不知道味道可好？

蜥蜴　默着罢。

虻　倘使终于开不开门，可要使劲地叮了。

蚊　我也叮。

蜜蜂　我也叮。

胡蜂　俺也叮。

蕨　行使魔术的时候，不是这样胡乱吵闹的。

车前草　精神统一最要紧呵。

大众　静静的。

雨蛙　一定要开给你们看呢。

土拨鼠　为爱而开。为爱而开。为爱而开。

大众　为爱而开。为爱而开。为爱而开。

（门静静地开。）

大众　开了，开了。

雨蛙　看罢，我不说过会开的么？

金线蛙　多嘴。

大众　静静的。

（都向门里面窥探。）

第三节

（里面看见栗树和枫树。正是秋的黄昏。红叶坠在各处。中央有收获的稻屯，秋姊姊静静地睡在这上面。在那当头的树上，依稀的闪着紫色的灯笼。秋是头戴葡萄的冠，插着柿和橘子的首饰，腰间系着用梨子和苹果之类所穿成的带，右手拿斧，左手持镁。衣服是质朴的。在遥远的一角里，看见灰色的云。他睡着。秋风在一角里冷清清的吹笛。

大众暂时都凝视着这风景。）

菜花　那不是春姊姊呀。

达理亚　（在后面说，）的确是秋姊姊呢。（向了秋花们，）列位，赶快来罢。秋了，秋了。

（珂斯摩和秋的七草都跳着进去。）

金线蛙　说是秋了呢，糟透了。

癞虾蟆　又得睡觉么？我实在厌了。

一切蛙　自然厌了。

黑蛇　不要开玩笑罢，我是肚子已经饿得说不出怎么样了。

别的蛇　都是这样呢。

金线蛙　我如果不吃了那蝇，怕要饿死了。

蝇　唉唉，不行。

大众　静静的。

（听得秋花的歌。）

冷的风呀，秋的风，
不要吹了罢。

寒蝉　（高兴地走进里面去，）已经到了秋天哩。

（别的昆虫们也跟在那后面。
寒蝉跳舞着，而且唱歌。）

夏，夏，夏呀，等一等罢，
有话呢，好的话。

（金铃子也唱歌。）

有歌呢，美的歌呵。

聒聒儿　一会儿就可以，等一等罢，拜托你。

蜻蜓　有跳舞呢，好的跳舞。

金色的蝶　说是有跳舞哩，真笑话。

寒蝉　说是有歌哩，一定是无聊的歌罢了。

春虫和夏虫　是罢。

蝇　即使秋来了，也并不是值得这么嚷嚷的事呵。

大众　真是的。

蚊　倒应该悲伤。

黑蛇　岂但悲伤，简直是生命的问题了。

花蛇　什么也不吃，却又去睡觉，有这样离奇事的么？

蜥蜴　这话真对。

雨蛙　阿，静静的。

土拨鼠　这不像春的宫殿哪。

紫地丁　然而也颇有趣呢。

别的花　真是的。

雏菊　有趣固然有趣，可要给母亲叱骂的呵。

勿忘草　那自然。

钓钟草　是呀。

菜花　静静的。

（蜻蜓跳舞着，而且唱歌。）

来，早早的，早早的，早早的，
寒蝉呀，金铃子呀，出去罢，
太阳下去夜来了。出去罢。
送着太阳游玩罢。
迎着夜晚跳舞罢。

（寒蝉、金铃子加入跳舞。别的虫也跳舞。）

向日葵　说是太阳下去了，真笑话。太阳还没有上来就下去，有这样离奇事的么？

昼颜　真是的，这是怎的呢？

月下香　即使什么太阳之类并不上来，倒也毫不担心的。

夕颜　那自然。

月下香　既然夜晚到了，也许月亮就要出来的呢。到那边去罢。

（于是，加入秋花里。）

蝇　我们也去跳舞也好。

金色的蝶　不邀我们去跳舞，好不懂规矩呵。

银色的蝶　因为是秋的一伙呀。

（蜻蜓跳舞着，而且唱歌。）

来，早早的，早早的，早早的，
螽斯呀，聒聒儿呀，
早年的，到这里来罢。

（螽斯和聒聒儿都加入，于是跳舞着，一同唱歌。）

来，早早的，早早的，早早的，
夏的虫，秋的虫，
早早的，到这里来罢。
夏过了，秋来了。
早出来，早早出来罢。
告别了夏游玩罢。
迎接着秋天跳舞罢。

（蝶、蝇、蝉等都加入。）

雏菊　说是秋来了，好怕呵。

毛茛　我不怕。

勿忘草　如果母亲起来了，不知道要怎样地给骂呢。

大众　真是的。

土拨鼠　秋姊姊动弹了。

一切花　唉唉，这可糟了。

牡丹　秋的云动着呢。

玉蝉花　唉唉，好怕。灰色的云动着呵。

破雪草　静静的。

（秋花们唱歌。）

灰色的云呀，秋的云，
不要动弹罢，为了花。

蛇　肯听你呢。

绿蜥蜴　对咧，全不像肯听似的。

跳舞的虫们　（扰攘着，）唉唉，可怕，糟了。

（将下细雨模样。
昆虫们唱歌。）

冷的雨呀，秋的雨，
不要下来罢，为了虫。

花们　为了花。

蜻蜓　为蜻蜓。

金线蛙　真笑话。

癞虾蟆 好不胡涂，说是为了虫哩。

春蝉 一伙不要脸的东西呵，说是为蜻蜓呢。

土拨鼠 秋姊姊又动弹了。

（秋略略起来，梦话似的说。）

我的云呀，灰色的云，到那里去了？
我的风呀，凄凉的风呀，吹笛子罢。

（风大发。云次第扩张。细雨静静的下。）

虫们 唉唉，冷呵冷呵。（纷乱的逃走。）

花们 唉唉，怕呵怕呵。（逃走。）

菜花 阿，静静的。

勿忘草 如果母亲醒来了，不知道要怎样地给骂呢。

含羞草 惹着我是不行的呵。

（都逃入前边的场面里。）

土拨鼠 不妨事，这里是不来的。

金线蛙 那倒是……

黑蛇 未必就不来呢。

大众 是呵。（发着抖。）

雨蛙 不来的，一定不来的。

金线蛙 多嘴。

夏蝉 唉唉，好冷，好冷。

大众 真的是。

土拨鼠 已没有再迟疑的时候哩。这回试去开这一重门罢。

樱草 唱一点歌，给母亲不要醒来罢。

大众 唱罢：

忘了罢，忘了罢，自然母亲呀，
忘了现在罢。
看着恋恋的往昔和相思的未来。
忘了罢，
单将今日忘了罢。

（都向挂着绿幕的门进行。）

含羞草 来惹着我是不行的呵。

毛茛 谁也不来惹你的。

鬼灯檠 小子们，静静的。

土拨鼠 （向了门，）为爱而开。

大众 为爱而开。

（门不动。）

黑蛇 不成不成。

金线蛙 这回可是开不开了。

雨蛙 一定会开的。

蕨 静些，行使魔术的时候，不是这样胡乱吵闹的。

车前草 精神统一最要紧呵。

土拨鼠 为爱而开。为爱而开。

大众 为爱而开。为爱而开。

（门静静地开。）

蜥蜴 这回是两遍便开了。

雨蛙 我不说过会开的么？

金线蛙 多嘴。

大众 静静的……

第四节

（秋的场面仍然开着，昏暗，依稀的看得见。

在这回开了的门里面的场面上，现出盛夏的白昼的景色来。石被日光所炙，发着光闪。美的碧绿的果树园的苹果树间，系着绳床，其中静静地躺着第三王女的夏。伊身穿游水衣，右手拿扇，左腕抱着浮囊。头发用手帕包着，那旁边放一顶游水帽。近旁有美丽的大理石的喷泉，泉水发出清凉的声音向下坠。水里是金鱼一口一口地吹起泡来。开着的荷花旁，有鹤拳了一足站着，将头插在翅子下面睡觉。在后面，夏云缩作漆黑的一团，蹲在龙背上，也睡觉。夏王女的身边站着风。风也睡着，但时时仿佛记起了似的，用扇子来扇夏王女。不知道从那里，听得渴睡似的牧童的角笛。在果园里，和果子一同挂着金银的铃子，每逢风动，便发出幽静调和的声音。

站在门外面的花卉和昆虫们，都暂时凝视着这景色。）

黑蛇　不是夏么？

别的蛇　仿佛是的。

黑蛇　快去罢。（进内，躺在石上，）好温暖。

（蜥蜴的群大高兴，跑着唱歌。）

相思的我的夏呀，永是这么着，
不要过去，留在这里罢。

黑蛇　好不渴睡呵。

夏蝉　唉唉，幸而也醒来了。原来都是梦。唉唉，真是讨厌的梦。秋梦呢还是冬梦呢？唉唉，好不无聊的梦呵。（飞到苹果树上去。）

夏虫们　夏来了，夏来了。游玩罢。（进内，跳舞。）

虻　不知道有没有可叮的东西……

黑蛇　唉唉，真会嚷。

花蛇　本可以驯良的睡着……

别的蛇　是呀。

夏花们　阿阿，高兴呵，高兴呵。（也进内。）

向日葵　虽然像做梦，但确乎有太阳呢，那边。（于是，将自己的脸向了太阳走着，但那脸却总和太阳正相对。）

昼颜　确乎有的，阿阿，高兴呵。

月下香　倘到了夜，也许可以高兴，但现在却只是想要睡觉罢了。

夕颜　我也这样呢。

金线蛙　唉唉，好热，好热。当不住了。

癞虾蟆　那边去罢，有水呢。（向泉水奔去。）

金线蛙　一，二，三！（都跳进泉水里。）

癞虾蟆　凉水的愉快，知道的有几个呵。（没到水里面。）

（夏花们唱歌。）

相思的风，夏的风，
便是微微的，也吹一下罢。

（风略摇扇子。铃子作声。听到渴睡似的牧童的角笛。）

雨蛙　我虽然热得受不住了，却也不想到那边去呢，如果单是我。（向着土拨鼠看。）

破雪草　我似乎要枯了。

菜花　我也是的。

樱草　哦哦，都这样。

紫云英　唉唉，好不难受呵。

勿忘草　还是早点回去罢。不知道要被母亲怎样的叱骂呢。

雏菊　真是的。

钓钟草　这自然。

牡丹　我虽然不像要枯，却是不舒服。

玉蝉花　我也是。

土拨鼠　我的头异样了，在我是什么都看不见。

雨蛙　这是怎的呢，定一定神罢。靠在我这里就是，定了神。

黑蛇　（渴睡的，）应该像蛇似的聪明，才好。

土拨鼠　我不行了，就要跌倒了。

雨蛙　定一定神罢，定着神。

春花们　这究竟怎么的？

蚊　略叮一下子试试罢？

春蝉　不要胡说。

春花们　这究竟怎么的？

春蝉　夏姊姊动弹哩，唉唉，这不得了了。

（夏王女略略起来，梦话似的说。）

风呀风，睡着觉是不行的。
云呀云，躲起来是不行的。

（风大发，铃子作声。云浮动，龙也醒了。电闪，雷声。蝉、蛙、蛇等都嚷着逃走。晚间的暴雨下来了，大众逃出门外。）

大众　唉唉，不得了，不得了。

含羞草　惹着我是不行的呵。

毛茛 有什么要紧呢？

（可怕的雷声，电光。）

黑蛇 （向着土拨鼠，）喂，赶快关门罢。喂，喂。

金线蛙 还迂什么呢？

雨蛙 说是不舒服呢，说是头痛呢？

癞虾蟆 说是不舒服？不要娇气罢。

黑蛇 快关门罢，快关门，喂。

虻 使劲地叮一下，也许会见效的。

蜜蜂 我也叮一口试试看。

胡蜂 俺也叮。

（雷的大声。大众都狼狈。）

蛇和蛙 （向着土拨鼠，）喂，关上门。喂，快点。

雨蛙 静静的。

土拨鼠 我不知道关门的句子。

金线蛙 好一个不自量的小子呵，开了门，却还说不知道关起来的方法哩。

大众 真是的呵。

黑蛇 所以说，应该像蛇似的聪明才好。

雨蛙 便是聪明到你似的，却反而是损呵。

黑蛇 吞掉你。

（冬跳舞着，进了上面的世界。听到冬的歌。）

阿阿，高兴呵，高兴呵，
不安本分的草花们，讨人厌的虫豸们，
恶作剧的树木这些畜生们，都睡觉的呵。
被魔术的力睡下了的

春是不再起来了。

永是这么着，永是这么着……

（冬于是跳舞，北风、西北风也跳舞着进来。风吹雪也出现。极大的雪下起来了。

夏的场面上还有雷声。花卉们挤作一团，发着抖。）

大众 唉唉，怕呵，怕呵。

勿忘草 去叫起母亲来，不知道怎样？

雏菊 也许要挨骂的，然而还是那么好罢。

土拨鼠 如果那么办，一切可就全坏了。

（冬和风唱歌。）

不安本分的草花呀，
睡觉的呵，永是这么着。
单将做梦满足着罢，永是这么着。
被魔术的力睡下了的
春是不再起来了。
永是这么着，永是这么着。

破雪草 胡说，谁睡呢？

蝇 闹了这样的大乱子，还说什么“睡觉的呵”这些话，太没道理了。

菜花 静静的，给听到可就糟了。

雏菊 冬姊姊倘到这里来，就糟了。

大众 唉唉，好怕。

毛茛 虽然并不怕，然而也还是不来的好。

土拨鼠 已经没有再迟疑的时候了。来，试开这最后的门罢。

大众 唉唉，可怕，可怕。

雨蛙 不要紧的。

土拨鼠 要留神！

（冬和风在上面唱歌。）

人类的儿也睡觉的呵。
醒得太早的东西是
就要吃一个大苦的，
单将做梦满足着罢。

（大众走近挂着桃色的幕的门。）

土拨鼠 为爱而开。

大众 为爱而开。

（门静静的开了大半，然而没有全开。）

蜥蜴 这回是一遍便开开了。

第五节

（现在所开的门里面，是春的场面。

春的场面上，月光像瀑布一般静静的流下。在里面见有一个美丽的池。那池旁边，有蔷薇、风信子和别的外国的花卉；树木的茂密，滃郁地围绕着池的周围。许多小流发出美的调和的声音，经过林中，向池这一面流去。池中央浮着一个心形的花的岛，岛上的花中间站着第四王女的春。伊还是年青的少女，花的冠戴在头上。

春的衣服是将虹的七色样样的混合起来做就的。做枕衾的也是花卉。枕边有云雀和燕子站着睡觉。春的身旁立着桃色的云。那是一个强有力似的美少年；那衣服，无论什么地方，总使人联想到医学校的学生去。

离客座较远的岸上，立着春风，躲在蔷薇的影子里。他时时用了大团扇，使浮泛的岛像摇篮一般动摇。那旁边立着竖琴；风常使这静静的发响。池中有许多白鹄的群。那鹄群派一只在岸上做斥候，别的或则在池水中照着自己的姿态化妆，或则想捉那映在水中的月影而没入水里去。不知从那里，传来了水车的声音。

秋的场面上，秋风正在吹笛，细雨不住地洒在黯淡中。也时时落下通红的枫叶。

又在夏的场面上，则晚间的暴雨已经过去了，又看见先前一样的明亮的白昼的景色。渴睡似的牧童的角笛声和清凉的泉水声，以及流水的低语，伴奏起来了。

立在门外的花卉们，都暂时静静地凝视着春的场面。）

鹄甲　不行不行，很不容易捉。

鹄乙　这回我来试试罢。

鹄丙　也不行罢。

鹄甲　一齐来试试看。

大的鹄　静静的，听那黄莺的歌罢。

紫地丁　阿阿，真美。

牡丹　可怀。

玉蝉花　可念。

菜花　静静的游玩罢。（进内，成了列跳舞着。）

夏花　我到那边去罢，晚雨似乎已经下过了。

别的夏花们　我们也去。

（都回到夏的场面去。只有月下香却加入春花中间游戏。）

秋花们　秋真教人相思呵。

珂斯摩　去看看来罢。

白苇　静静的。

（都回到秋的场面去。雨止，紫色的灯笼在黄昏中微微发亮。秋花随意地散开。）

秋虫之一　我也去呢。

寒蝉　我看这里。

别的秋虫　我也进去了。

土拨鼠　静静的。

（黄莺唱歌。）

我的胸呵，满了爱而凄凉了。
我的心呵，为情热所烧而苦痛了。
这情热以及这爱，
是为谁而燃烧的？
唉唉，美的爱之歌，
是为谁而颤动的？

黑蛇　不知道可是为我？

蜥蜴　不要妄谈罢。

黑蛇　然而，像我这样喜欢音乐的，可是再也没有的呢。

花蛇　便是我，也以为莺的音乐者却很好。

蜥蜴　阿，静静的……

（黄莺唱歌。）

这胸呵，为了星而燃烧的么？

美的爱之歌，为了桃色的云而响亮的么？
并不然！
春，春呵，年少的春，
我的胸是为你而燃烧的，
我的歌是为你而响亮的。
只是为你而响亮的，
唉唉，我的春。

桃色的云 为了春，是没有唱什么这样的歌的必要的。

风 静着罢，倒也还可以不至于发怒呢。因为那不过是诗人唱着歌，给自己散散闷的。

桃色的云 是诗人固然不妨事，……却又在看着上面数星儿……

寒蝉 唔，不坏。然而要算作世界的音乐家，却觉得似乎还有点不足的处所……

金铃子 这自然。但因为是春的诗人呵，无论怎样有名，总未必能够比得上秋的诗人的。

土拨鼠 静静的……

鹄甲 我藏到那树里去，你们寻一寻看。（没入映在水中的树影里。）

鹄乙 这是极容易的事，（也没入，和甲同时昂头，）不行，不行。

老鹄 静静的。

（听得风的竖琴的声音。与这相和，白鹄们唱歌。）

雄鹄 没有梦而过活的儿，
这世上是没有的。

雌鹄 活在没有爱的世上，
那是苦痛的呀。

雄鹄 没有梦的夜，是冷的，是凄凉的。

雌鹄 没有朋友的夜，也苦痛，而且悲凉的呀。

雄鹄 梦要消了……就在这夜里，

我的魂也消了罢。

雌鹄 朋友的心变了的那一日，

我的魂呀，离开了世间罢。

（白鹄的群静静地唱着歌，游泳着。）

寒蝉 虽然是新的形式……

聒聒儿 是印像派呵。

金铃子 说是未来派，也可以的。

蟋蟀 我总以为还是古典的音乐好。

别的虫们 这自然。

黑蛇 那一伙，我们吞不下罢。

青蛇 那里那里。无论如何……

花蛇 倘若单是脑袋，却也许吞得的。

蜥蜴 又是吃的话么？

蛙 有味，有味。

蝉 也还好。

土拨鼠 赶快去叫起春姊姊来罢。

雨蛙 桃色的云和春风都睡着呢，怎么……

黑蛇 不忙也好，也许又要下雨的。

蜥蜴 说不定也要动雷的。

（听得牧童的角笛，渴睡似的。）

金线蛙 我们也玩玩罢。

大众 阿阿，高兴呵，高兴呵。

（蛙的群开始跳马的游戏。）

金线蛙 我们也唱歌罢。

黑蛇 省事些罢。听了你们的歌，只使人肚子饿。

别的蛇 是的呵。

蜥蜴 歌还是任凭他唱，那是春的第一流诗人呢。

（金线蛙独唱。）

星儿耀耀呀，那夜里，
和要好的朋友一同玩，
真是高兴哪。

（合奏。）

休息了，尤其高兴呵。

（独唱。）

嗅着肥料的气味，那时候，
被要好的朋友抱着而唱歌，
好不难舍哪。

（合奏。）

不唱歌，尤其难舍呵。

（独唱。）

太阳晃耀的一日，白天里。
住在凉快的泥中，
被朋友抱着而谈心，
诗的呵。

（合奏。）

不开口，尤其诗的哩。

蛇的群 唉唉，不堪，不堪。（乱追蛙的群。）

蛙的群 救命，救命！（逃入池塘里。）

（斥候的白鹄递一个暗号。雄鹄飞上岸来，向了蛇，武士似的挺直地站着。）

蛇 唉唉唉。（静静回到原地方。）

黑蛇 蛇似的聪明罢！

雨蛙 而且鸽子似的温顺……

黑蛇 再多说，便吃掉你。

土拨鼠 静静的。

（雄鹄仍然回到池里。）

鹄甲 并没有什么危险的事。

（鹄的群又静静的游泳。

蛙的群又跳上池边，聚作一堆。）

蛙甲 这回赏月罢。

寒蝉 虽说是春的第一流诗人，也不见得很可佩服呵。

金铃子 这自然，下等的。

蟋蟀 和秋的诗人不能比。

聒聒儿 那歌的催促蛇的食欲，也并不是没来由的。

蛇的群 自然不是没来由的。

夏蝉 如果春的诗人们的歌要催促食欲，那么，秋的诗人们的歌便最合于睡觉了。

聒聒儿 只有你的歌，是催人呕吐的呢。

夏蝉 无礼的小子们！

秋虫们 这在说谁？

土拨鼠 静静的。

（风拨动了竖琴。萤的群飞到中间，排成轮形跳舞着。听到萤的歌。）

相思的朋友们呵，
等候着什么而不来的呢？
太阳下去，月亮出来了，
等候着什么而不来的呢？
没有看见恋之光么，
没有懂得胸的凄凉么？
快来罢，等候着，
朋友们呵，相思的朋友们呵。

（暂时跳舞之后，又唱歌。）

我的人呵，我的相思的人呵，
何以不来，等着什么呢？
幽静的夜，什么歌不能唱；
眷恋的夜，什么话不能说；
在这夜里，什么梦不能做呢？
相思的这夜，正在等候你；
草花用了金刚石的泪珠，
都在哭送你。
何以不来，等着什么呢？
没有看见恋之光么，
没有懂得恋的凄凉么？
快来罢，等候着，
我的人呵，相思的我的人呵。

蛙和虫 （大叫，）杰作呀，杰作呀！（于是喝采。）

土拨鼠　静静的。

雨蛙　桃色的云动弹了。

蛇的群　又要下雨哩。

蜥蜴　说不定也要动雷的。

虫们　唉唉，好冷。

花们　唉唉，可怕。

（虫和花都凝视着桃色的云，准备逃走。）

金线蛙　诚然，岂不是为歌所动的么？

大众　静静的。

桃色的云　（唱歌，而且说，）以为倘是云，没有风便不动，那是大错的。愿为爱和恋所动，走遍了全世界。

黑蛇　说要走遍全世界哩，好一个顽钝的东西。这等事，全世界不知道要以为怎么麻烦呢。

蛇的群　那自然。

蜥蜴的群　从那样的东西的手里，很不容易逃得脱。

雨蛙　静静的，风动弹了。

金线蛙　唔，诚然，那也像为歌所动似的。

（风弹着竖琴，而且唱歌。）

春风是容易变的，
春风是容易动的，
所以不知道爱，也不知道恋；
我被人这样说，好不凄凉呵。
因为要爱，所以易变的，
因为慕朋友，所以易动的，
唉唉……

黑蛇 那一伙儿似乎在那里对谁认错呢。

蜥蜴 可不是想骗谁罢?

雨蛙 便是美的云,我也不相信。

虫们 那是谁也不信的。

紫地丁 春风即使怎样的讲好话,我们都不信。

花们 自然不信。

金线蛙 哼,这是疑问了。

女的花们 什么是疑问?

土拨鼠 静静的,静静的。

黑蛇 总之,倘不像蛇似的聪明,是不行的。

雌鹄甲 在池里面看起我们的形相来,似乎很不少呢。

同乙 有多少呢?

甲 我数一数罢。

（*白鹄们游泳着点数。*）

甲 不行。

丙 大家都在动,数不清的。

土拨鼠 （*看着云和风,说,*）总而言之,这些小子们如果不睡下,我们无论如何,总未必能够叫起春来的罢。

蛙的群 不起来也好,还是来赏月罢。

蛇的群 春如果起来,一定要下雨。

蜥蜴的群 说不定也要动雷的。

勿忘草 而且不知道要被母亲怎样叱骂呢。

土拨鼠 说这些话,都不中用的。上面的世界怎样的受着冬的窘,你们难道忘却了么,叫起春来,并非为自己,是为了冻着的上面的世界。

花们 这固然如此……

蝇　下雨可是讨厌呵。

虫们　对了。

蜥蜴　雷也很可怕。

雨蛙　默着罢。

金线蛙　说是并非为自己哩。

菜花　那么，唱点歌，教桃色的云和春风睡去罢：

睡觉睡觉罢，桃色的云，
静静的睡觉罢。
做着桃色的梦、春的梦，睡觉罢。
静静的睡觉罢。

金线蛙　很不像要睡觉呢。

雨蛙　唉唉，不要性急罢。那并不是你似的渴睡汉。

别的虫　可惜！

金线蛙　胡说。

（菜花们又唱歌。）

睡觉睡觉罢，春的风，
静静的睡觉罢。
做着温柔的梦、竖琴的梦，睡觉罢，
静静的睡觉罢。

白鸽　休息罢。

（都藏在池畔的杨柳的影子里，只留下一只做斥候，后来连这也睡去了。渴睡似的牧童的角笛、秋风的笛、铃子和流水声，都和泉声成了伴奏。)

土拨鼠 似乎已经睡着了。

(大众静静地走近池畔。花卉们低声作歌。)

春呀春呀,美丽的,
起来罢,为了花。

(都暂时等候着。)

金线蛙 那里会为了你们这些东西起来呢。

虫们 让我们来叫罢:

春呀春呀,相思的,
起来罢,为了虫。

花们 不要闹笑话罢,为了你们这些东西是不见得起来的。

蝉 为了蝉!

大众 不行。

蛇 为了蛇!

大众 不行的。

蛙 为虾蟆!

大众 也不行。

蝇 为苍蝇!

大众 更不行了!

蜥蜴 为蜥蜴!

大众 唉唉,不要胡缠下去了罢。

雨蛙 究竟要怎么着,春才起来呢?

大众　真的呵，要怎么着才起来呢？

勿忘草　春姊姊遭魔术的力睡了觉，已经不再起来的事，你们竟都忘记了。然而只有勿忘草是不忘掉的。

大众　的确是的。

雏菊　这怎么好呢，好不烦腻呵。

大众　真是的。

土拨鼠　我再来叫一回罢。

金线蛙　算了罢，已经尽够了，不起来的。

雨蛙　起来的。一定起来的。叫去罢。

金线蛙　多嘴。

（土拨鼠唱歌。）

春呀春，眷恋的春呀，
起来罢，为了桃色的云！

（春微微开眼，于是头略动，于是梦话似的唱歌。）

我的云呀，所爱的云呀，
不要离开我，不要忘掉我，
永是这么着，永是这么着。

（春又睡去。春起来时，通到上面的门略开。上面世界的樱树将积雪从枝上摆落，开起花来。同时，在上面和下面的世界，都听得“高兴呵，高兴呵，春起来了，春起来了”这一种声音。

花卉和昆虫们都向门跑去。

白鹄的斥候递一暗号，白鹄们都飞出。睡在枕边的云雀和燕子之类，也起来飞去了。

在上面的世界里，春的七草唱歌。）

喂，快快的，喂，快快的，朋友们，起来呀。
春是起来了，
虫儿呵，小鸟儿呵，起来呀。
春是起来了，
说是外面冷，诳罢了，风的诳罢了。
春是起来了，
快快出去迎春罢，朋友们呵。

大众 去哩，去哩。（都跑去。）

含羞草 惹着我是不行的呵，不行的呵。

第六节

自然母 （极慌张地跳起身，）孩子们，孩子们，这怎的？静下来，不要闹罢。（于是挥动魔术的杖，大众混杂着停住。）

含羞草 惹着我是不行的呵，不行的呵。

破雪草 但是，母亲，春已经来了的。

母 唉唉，这糟了，谁开了门呢？

（听得上面的世界里的歌。）

说是外面的世界冷，诳罢了，
风的诳罢了。

母 （挥着杖，）住口，住口。

（上面世界的歌忽而停止了。）

母 都静静的，还太早呢。谁开了门，谁叫春起来的？

蛇的群 却并不是我们……

蛙的群 也不是我们。

母 （见了土拨鼠，）这是你的淘气罢。

土拨鼠 母亲，这不是淘气。这并非为自己，是为那受了冬的凌虐而冻着的上面的世界，叫起春来的。

破雪草 上面的诸位哥哥正不知道多少冷哩。

雨蛙 这并不是土拨鼠的淘气，我们也都托付他的。

金线蛙 你还是不去辩护好罢。

雨蛙 你默着罢，乏小子。

金线蛙 什么？再说一遍看！

母 静静的。

土拨鼠 母亲，冬是已经尽够了。又冷又暗的冬是已经尽够了，母亲。

大众 已经尽够了，真是已经尽够了。

土拨鼠 要太阳，要温暖光明的太阳，母亲！

大众 母亲，要太阳，要温暖光明的太阳。

母 静静的罢。（对着土拨鼠，）你自己不知道你是不能活在太阳所照的世界上的么，还是明知道，却偏要到那里去呢？

土拨鼠 母亲，即使不能活，死总该能的罢。

雨蛙 母亲！

母 静静的，统统，再睡一会罢。

（自然母向池这一面去，大众都跟着。自然母歇在池边，大众都进了怀中或跳到膝上。白鸽的群也只留下一个斥候，别的都聚在自然母的身边。）

母 （独自说，）我本以为一切规则都定得很正当的了，不知道为什么，一切都不如意。

（春的王女睡着的岛漂到岸边。自然母唱歌。）

睡觉罢，睡觉罢，我的春呀，
我的宝贝，我的心，静静的睡觉罢。
花呀，不要谈罢，将那美的话；
虫呀，不要私语罢，将朋友的梦想；
鸟呀，不要唱罢，恋的歌；
春是睡着做梦呢——桃色的云的梦。

（一面看着云，）

云呀云，春的云，
桃色的云，不要离开了我的春罢。

大众 不要离开了我的春罢。

母 友呀友，春的友。
桃色的友，永是这么着，
无论怎么着，不要离开了我的春罢。

大众 永是这么着，无论怎么着，不要离开了我的春罢。

（牧童的角笛、秋风、合了调和的铃声、细流的幽静的私语，全都睡着了。说不定从那里，听得水车的声音。

冬非常急遽的进了上面的世界。风跟在那后面。）

冬 说是春起来了，不会有这等事的。

风 可是春的花卉们都这么说。

冬 不安分的东西，畜生。（看了樱，）这是怎的，早说过教睡着。要给吃一通大苦哩。（抖动氅衣，下雪。）

樱　冬姊姊，原谅我罢。

冬　不要胡说。

春的七草　母亲，母亲！

冬　放心，母亲不会到这里来的，住口。（开了门，走进下面的世界去，吃惊，）花们都怎么了呢！（叫喊着四顾，）门都开了，有谁知道了魔术的句子了。（看见自然母，）原来，一切都是土拨鼠的淘气做的。这样的东西，给吃一通大苦罢。（静静地走近春的处所，）哈哈，桃色的云在这里，我正在这样搜寻着的那桃色的云。现在倘不将这带了去，怕未必再有这样好机会了。（静静地走到岛上，停在云的面前，）是美的人儿呵。（在那额上接吻。）

桃色的云　（睁开眼，）春儿！

冬　我呢。

云　冬姊么？

冬　是的，跟了我去罢。

云　（比较地看着冬和春，）去罢。

冬　那么，去罢。（起身走去。云看着春，还踌躇，）不必担心的。走罢，要爱怜你呢。

云　真的，不骗我么？

（冬笑着走。云跟在那后面。

二人出门走去。春雨如丝的下。这瞬间，春忽然醒来。）

春　我的云，我的桃色的云，我的要紧的云怎么了？（于是跳起。）

第七节

（春的门大开。春的昆虫和花卉们都向门跑去。从上面的世界里，听得“朋友们，起来呀，春是起来了”的歌声。）

大众 阿阿，高兴呵，高兴呵，春是起来了，春是起来了。

春 （发狂似的奔走，）母亲，我的云，我的桃色的云！

自然母 （睁开眼，）怎么了，又是孩子们的淘气？

春 母亲，我的桃色的云不见了。谁偷了我的云去了？不知道可是夏姊姊。（跑向夏这里，）姊姊，姊姊，将我的云怎么了？

夏 （惊起，）唉唉，吓了一跳。你的云，我不知道呢。若是我的云，那倒是在这里的罢。

（夏的云微动，雷电俱作。夏的昆虫和花卉们都向门跑去。）

大众 阿阿，高兴呵，高兴呵，夏是起来了，夏是起来了。

春 不知道可是秋姊姊带去的？

夏 不知道呵，快问去罢。

（都向秋这里跑去。

自然母什么都不知道，出惊地看着花卉和昆虫们的扰攘。雷鸣。）

春 姊姊，姊姊，还我罢。

秋 （吃惊，跳起身，）什么呀，还你什么？

春 还了我那桃色的云……

秋 （错愕，）还了桃色的云？

夏 春儿的桃色的云不见了。有谁拐去了似的。姊姊可看见？

秋 没有呢。我这里，只有灰色的云在手头罢了。

（秋的昆虫花卉们都和秋同时起来，向着门走去。）

大众 阿阿，高兴呵，高兴呵，秋是起来了，秋是起来了。

夏 究竟桃色的云怎么了呢？

秋 不知道可是冬姊姊带去了不是？

春 是罢，是罢，一定是冬姊姊了。

夏 那一位姊姊总是恶作剧，好不苦恼人。

自然母 （向了秋这面走，而且说，）你，你怎么了？（看着昆虫和花卉们，）那里去，到那里去？

虫和花 春起来了，夏起来了，秋起来了！

母 阿呀，都发狂了。我的杖呢，谁拿去了？（向着秋和夏，）你们怎么了呢？都睡罢！不是还没有到你们起来的时候么？快快地，赶快睡。（向着花和虫，）站住，不要跑！

（自然母的话，谁也不理，仍然大闹。）

春 母亲，我的云，我的桃色的云。（哭。）

秋和夏 冬姊姊偷了春儿的云哩。

母 阿呀，不得了，睡下，睡下！我的杖，我的杖呢？（向了虫，）停一停，停一停，说是不要跑呵！

（谁也不理。雷鸣。秋的云也动弹起来，扰乱逐渐扩大。）

虫和花 春起来了，夏起来了，秋起来了！

（都向门拥挤着。在上面的世界里，听得歌声。）

母 唉唉，头里很异样了。（向了门，）为了爱，门关上罢。

（秋和夏的场面之前的幕同时垂下。花和虫都停住。）

燕子花 怎的！

向日葵 夏怎么了？

夏蝉 正以为夏是来了的呢。

秋虫们 的确见过秋天了的。

夏花们 不知道可是梦。

大众 是怎样一个奇怪的梦呵。

达理亚 那一伙春的畜生尽闹，所以闹成这样的罢。

春虫们 （也停在门前，）我们也还早呢。

蝇 虽然并没有什么早，然而下着雨哩。

（蛇和蜥蜴也浑身湿淋淋的从上面的世界回来。）

蛇 唉唉，好冷好冷。

蜥蜴 真吃了老大的苦了。

虫们 等一会罢。

黑蛇 不像蛇似的聪明，是不行的。

蜥蜴 然而，不像蛇似的淋得稀湿，也不坏呵。

蛇 不要紧，就会干的。

玉蝉花 我们也仿佛还早呢。

牡丹 那自然。

铃兰百合 我们也等一会罢。

第八节

（上面的世界里，春的花卉们成排的跳舞着，蛙和土拨鼠也在那里奔走，而且唱歌。）

春雨呀，春雨呀，相思的春雨呀。

（花的合唱。）

被春雨催起了，谁的根不欢喜，
谁的花不快乐呢？
春的根是相思的；
春的花是美的。

（蛙的合唱。）

被春雨催起了，谁的胸不低昂，
谁将歌不歌唱呢？
爱之波，相思的爱之波；
恋的歌，美的恋的歌——听着春的雨。

（大众的合唱。）

被春雨催起了，谁没有朋友呢？
朋友的颜，又有谁不看呢？
春的友，相思的春的友，
友的颜，美的友的颜——春雨下来的时候。

樱 静静的，静静的，冬来哩。

（冬进来，于是转北，向了男爵的府邸这面走。）

冬 唉唉，好大的雨，好大的雨呵。

桃色的云 （跟在那后面，）那却是我的雨呢，实在对不起。

冬 快点，快点。（跑去。）

（花卉们唱歌。）

云呀云，春的云，
桃色的云，不要离开了我的春罢。

（云略停，踌躇着。）

冬 畜生，住口！这已经不是春的云了，是我的云了，是我的云了。好，走罢。

（云踌躇着。冬坚决的走去。）

冬 随意罢，不走也可以的。

云 去的去的。

（冬和云俱去。春子只穿一件寝衣，然而赤着脚，从屋里迸跳出来，头发蓬松的散乱着，径奔二人走去的方向。春子的母亲、夏子、秋子，都吃惊的在后面赶。）

春子 还我，还我。冬姊，还我罢。

母 （赶上春子，从背后拖住，）春儿，孩子呵，怎么了？到那里去呢？

春子 （想逃出母亲的手中，挣扎着，）放手罢，母亲，放手。那男爵的女儿冬儿，将我那桃色的云拿走了。放手罢。

母 春儿，孩子呵，这是昏话罢，那里有什么桃色的云呢？

（夏子和秋子也赶到，帮着春子的母亲，不使春子挣出。）

秋子 并没有什么桃色的云的呵。

夏子 这都是发热的昏话罢了。

春子 不的，不的。的确，那男爵的女儿偷了我那要紧的云去了。

夏子 唉唉，好不吓人的昏话。

秋子 （低声，）伯母，那事情春姑娘什么都知道？

母 （也用了低声，）本该还没有知道的。

秋子 总之，还是去请医生来罢？

母 哦哦，就这么罢。

秋子 这就请去。（跑去。）

夏子 给金儿打一个电报，不行？

母 唔，那么，就这么罢。

夏子 这就打去。（跑去。）

（母亲像抱小孩似的抱了春子，走进家里去。）

春子 我的云，我的桃色的云！（哭。）

第三幕

第一节

（场面同前。樱、桃和此外各样的花都开着。下面的世界里，晚春的花和秋花、夏花，都睡在原地方。夏和秋的昆虫们也睡在花下。在先前一场的时候见得昏暗的门，这回却分明了。那门显出古城的情形。上面的世界正照着太阳，青空上有美丽的虹，远远的离了客座出现。池里有白鹄游泳。花间则春虫们恣意的跳舞着。说不定从那里，传来了水车的声音。也有小鸟的鸣声听到。蛙和蜥蜴在角落里分成两排，作跳马的游戏，闹着。只有雨蛙却惘然的立着，远眺着虹的桥。

听得花的歌。）

谁的根不欢喜呢，对那温暖的春日。
谁的花不快乐呢，对那美的青空。
谁的胸中不相思呢，对那七色的虹的桥。

（蛙们且跳且唱歌。）

太阳晃耀的一日，春的日，
和要好的朋友一同跳，是高兴的。
（合唱。）
不同跳，尤其高兴哩。

（昆虫们唱歌。）

虹的桥是美的；
虹的桥是相思的。
虹的桥上是想要上去的；
虹的桥上是想要过去的。

金线蛙　唉唉，很美的桥。

大众 这真美呀。

蜥蜴 到那地方为止，跳一跳罢，看那一队先跳到。

大众 跳罢，跳罢。

癞虾蟆 那样的地方，跳得到的么？

蜥蜴 并不很远呢。

绿蜥蜴 就在那边。

大众 来，跳罢。

蛙的群 要跳也可以的。一，二，三！（都跳。）

雨蛙 那边，那边，那桥的那边，就有幸福呢。

（昆虫和花卉们一齐唱歌。）

那桥的那边有美的国，
相思的虹的国。

蝇 我本也想要飞到那边去……

春蝉 大家一同飞一飞罢。

蜜蜂 飞一飞原也好，但是做蜜忙呵。

胡蜂 我也因为蜜的事务，正忙着。

蝇 我虽然幸而不是劳动者，但要自己飞到那边，却也不高兴呢，如果有马，那自然骑了去也可以……

金色的蝶 我们虽然也不是劳动者，可是须得练习跳舞哩。

银色的蝶 因为是艺术家呵。

春蝉 这真不错，像我们似的艺术家，是全没有到虹的国里去的闲工夫的。

蛇 倘是看的工夫，那倒还有。

蝇 所谓艺术这件事，并不是谁也能会的呀。

大众 那自然。

金线蛙 （离了列去追虫，）艺术家的小子们，单议论虹的国的工夫，似乎倒不少。

虫们 唉唉，危险，危险。（逃去。）

蜥蜴 我们胜了，胜了。

蛙 说诳。

金线蛙 休息了之后，再玩一遍罢。

大众 好，再玩罢，再玩罢。

（蜥蜴的群都舒服地坐下。昆虫们又渐次出现，唱歌。）

和了你，那桥上是想要过去的，
和了你，那国里是想去居住的。

雨蛙 谁肯携带我到那国里去呢？

金线蛙 只有这一件，我是敬谢不敏的。

癞虾蟆 我也不敢当。

雨蛙 也并不想要你们携带呵。

金线蛙 唉唉，多谢。

雨蛙 能够带我到那地方去的，只有土拨鼠。

癞虾蟆 噢噢，那么全凭那小子去。

青蛙 唉唉，乏了，乏了。

（金线蛙一面嗅，一面唱歌。）

和要好的朋友谈天虽高兴，
（合唱。）
不谈天，尤其高兴呵。

（雨蛙也唱歌。）

我的人呵，相思的我的人呵。
等候着什么而不来的？
没有懂得恋的凄凉么，
没有知道胸的苦痛么？
快来罢，等候着，
我的人呵，相思的。

土拨鼠 （出来，）来了，来了。（但忽被日光瞎了眼，竦立着。）

雨蛙 快点，快点，到这里来。真不知道怎样的等候你呢。

（土拨鼠摸索着，略略近前。）

雨蛙 快到这里来，看这青空罢。

（于是唱歌。）

虹的桥是美的；
虹的国是相思的。

土拨鼠 我什么也看不见。

（雨蛙唱歌。）

那桥上是想要过去的；
那桥上是想要过去的。

雨蛙 （向土拨鼠，）和你一同去的呵。

土拨鼠 然而我什么也看不见。

（合唱。）

那桥的那边有美的国，
相思的虹的国。

雨蛙 我就想住在那样的国里去，和你。

土拨鼠 （失望，）可是我什么也看不见，什么都不……

雨蛙 （吃惊，）什么都不？

土拨鼠 什么都不！

雨蛙 连那青空？

土拨鼠 什么都不。

雨蛙 连那虹的桥？

土拨鼠 什么都不。我在这世界上，是瞎眼的。

雨蛙 说诳，说诳，这样明亮的白天，还说什么都看不见，有这样的怪事的么？你在那里说笑话罢。来，睁开眼来看罢。

土拨鼠 不行的，什么也看不见。

（合唱。）

和了你，那桥上是想要过去的，
和了你，那国里是想去居住的。

雨蛙 那么，你不肯带我到虹的国里去么？

土拨鼠 并非不肯带你去，那是我所做不到的。我很愿意带你到无论什么地方去，然而这事我现在做不到。我现在什么也看不见。我虽然相信倘在这明亮的世界上，接连的住过多少年，我的眼睛该可以和这光相习惯，但现在却不行！

（合唱。）

虹的桥是美的；
虹的国是相思的。

雨蛙 唉唉，可怜，我错了。我以为只有你是强者，能够很容易地带我到虹的国里去，在长长的一冬之间，只梦着这一件事，只望着这一件事而活着的呵。

（合唱。）

那桥上是想要上去的，
那桥上是想要上去的。

雨蛙 然而，全都不行了。我竟想不到你是瞎眼。既然是瞎眼，为什么到这世界来的？快回到黑暗的世界去罢。明亮的世界并不是瞎眼所住的世界呵。

（合唱。）

那桥的那边有美的国……

土拨鼠 略等一等罢，略略的。

（蛇的群进来。）

青蛇 有愿意上那虹的桥的，都到这边来。有愿意到那虹的国里去的，都到这边来。

蛙的群 蛇，蛇，危险。（想要逃走。）

青蛇 放心罢，并不是平常蛇。全是学者，全是毫无私欲的蛇，因为都是不吃鸟雀和虾蟆，是素食主义的，只吃草。

蛙的群 说不定……

金线蛙 相信不得的呵。

癞虾蟆 科学者里面也有靠不住的呵。

紫地丁 说是只吃草的蛇的学者哩，这可糟了。

一切花 是呵，真的。

蒲公英 有牛马，已经够受了。

菜花 况且素食主义又只管扩张到人类里去……

车前草 这似乎连蛇的学者也传染了。

一切花 这真窘哩，这真窘哩。

青蛇 蛇的学者们因为哀怜那些仰慕着虹的国的大众，所以定下决心，来作往那国土里去的引导。

金线蛙 不知是否不至于将那些仰慕着虹的国的东西，当作食料的？

雨蛙 可是，不是说，统统是不食蛙主义么？

金线蛙 学者的话，靠得住的么？

雨蛙 我是去的。带我去罢。

别的蛙 我也去，我也去。

金线蛙 我客气一点罢。

土拨鼠 雨蛙呵，也带我一同去罢。

雨蛙 这意思是要我搀了你去么？

土拨鼠 （低头，）哦哦。

雨蛙 说是永远这么着，一直到死，搀着你走么？

（土拨鼠默然。）

雨蛙 你以为这是我做得到的么？以为我便是一直到死，便是住在虹的国里，也能做瞎眼的搀扶者的么？

土拨鼠 只要如果相爱。

雨蛙 还说只要如果相爱哩，除了也是瞎眼的土拨鼠之外，怕未必有相爱的罢，即使到了虹的国。（笑着走去。）

青蛇 快快地，快快地，到虹的国里去的都请过来，已没有再迟疑的时候了。

（蛙们匆匆地聚集。那蛙群被蛇围绕着，绕场地走。场上听到歌声。）

虹的桥是美的，
虹的桥是相思的。
虹的桥上是想要上去的，
虹的桥上是想要过去的。

（那歌渐渐远去，隐约的消失。）

金线蛙 我远远地跟去瞧瞧罢。

土拨鼠 母亲，母亲，自然的母亲呀，给我眼睛，为了居住在明亮的世界上的缘故，给我眼睛罢！（倒在地上。）

一切花 好不可怜呵。

菜花 给遮一点阴，不要晒着太阳罢。

一切花 就这么办罢。（用叶遮了土拨鼠。）

（花卉们唱歌。）

谁的胸中不企慕呢，对那美的青空；
谁的心不相思呢，对那七色的虹的桥。

虫们 静静的，静静的，人类来了。

（都很快的躲去。）

第二节

（金儿和春子进来，挽着臂膊，暂时凝视着虹的桥。）

春子 我想，那桥的那边，是有着美的国土的。

金儿 不要讲孩子气的话，那不过是光的现像罢了。

春子 那该是的罢，然而我和你这样地走着，便仿佛觉得渐渐的接近了那国土。而且，又觉得被你带领着，过了那虹的桥，到那虹的国，是毫不费力的事似的。然而，你不在，我便无论如何，总不能到那国土去。

金儿 为什么不能去呢?

春子 一个人到那边去，没有这么多的元气呵。（泪下。）

金儿 歇了罢，又是哭。真窘人，什么时候总是哭的，自己说了呆话，却又哭起来，你是怎样的一个没志气的女人呵。

春子 对不起，再不哭了。但是，金儿，我似乎觉得倘使你不在旁，便只能到那土拨鼠所住的黑暗的世界去。

金儿 又说呆话。

春子 你不在旁，我总是想着异样的事的。我是，时时很分明的看见那黑暗的土拨鼠所住的世界。而且，在那世界里，也分明的看见像关在牢狱里一样，住着昆虫、花卉，以及别的柔弱的东西。而且呵，金儿倘不在旁，我除了到那土拨鼠所住的黑暗的世界去之外，更没有别的路。这一节，也分明的觉着了。

金儿 你因为荏弱，所以这样想的。不强些起来，是不行的。这世间，并不是弱者的世界。在这世界上，弱者是没有生存的权利的。这世间，是强的壮健者的世界。像你刚才看见的一样，被蛇盘着的虾蟆，全都被蛇吞吃了。我们也就是被蛇盘着的虾蟆呵；

我们倘不比蛇更其强，倘不到能够吃蛇这么强，便只有被蛇去吞吃罢了。强者胜，弱者败，强者生存，弱者灭亡，强者得食，弱者被食。春儿，你须得成一个强的壮健的女人才好。

春子 像那男爵的女儿似的？

金儿 对了，像那冬儿似的。

春子 可以的，一定可以的。我从今以后，每天练体操、浮水、赛跑、骑马、打枪，一定练成一个强壮的女人给你看。只是金儿倘不是始终在我的身边，是不行的。金儿。

金儿 又说呆话。我是男人呢。我不是看护妇，也不是保姆。从今以后，我也还得成一个更强的男人。

春子 这虽然是如此，但和强者在一处，我也就会强起来的。

金儿 你以为我是强者，这可非常之错了。我也弱。我也正在寻强者。

春子 现在，寻到了罢。

（金儿默然，眼看着地面。）

春子 金儿，已经寻到了罢，那强者？

金儿 （在花丛中发见了土拨鼠，）土拨鼠，土拨鼠，好看的土拨鼠。

春子 这是我的土拨鼠，是我的东西。（敏捷的取了土拨鼠，抱在胸前，）来迎接我了么？我以为还早呢。

金儿 说什么梦话。交给我。

春子 不行，这是我的。这是来迎接我的。

金儿 胡说，说是交给我。（想要强抢。）

春子 不给的，不给的，不给的。你想拿去剥制罢。不给的。（拒绝。）

金儿 春儿，好好地听着我的话罢，你不是爱我的么？

春子 哦哦。

金儿 而我也爱你。

春子 真的？

金儿 自然真的。我曾经允许过一个朋友，一定给做一个土拨鼠的标本的。我的朋友，我的最爱的朋友，现正等候着呢。不是为我，却为了爱我的，最爱我的朋友，拿出这土拨鼠来罢。

春子 但是治死他，岂不可怜呢。

金儿 春儿，说这种伤感派的话，不觉得羞么？不成一个更坚实、更强的女人，是不行的。土拨鼠可怜，等等，是心强的女人所说的话么？

春子 然而要交出来，却是不愿意呢。

金儿 我不是爱你的么？为了这爱，好罢。

春子 这我不知道。

金儿 我给你接一回吻，就将这交给我罢，你是好人儿呵。（于是接吻。）

（金儿再接吻。春子交出土拨鼠来，金儿接了往家里走。春子跟在后面。）

春子 那最爱的朋友是谁？告诉我真话罢。

金儿 为什么？

春子 还说为什么，那朋友是女的？

金儿 女的又怎样呢？

春子 那名字是？

金儿 为什么要问？

春子 那名字，告诉我那女的名字罢。（激昂着。）

金儿 胡闹。（走进家里。）

春子 这女的是冬儿，是那男爵的女儿冬儿罢。将真话告诉我，将真话告诉我。（哭着，跑进家里去。）

（听得花的歌。）

谁的根不欢喜呢，对那温暖的春日。

谁的花不快乐呢，对那美的青空。

谁的胸中不相思呢，对那七色的虹的桥。

（昆虫们跳舞。）

花们 土拨鼠好不可怜呵。

蜜蜂 那些不安分的池塘诗人们都给蛇吞吃了的话，真的么？

胡蜂 真的呀。

虫们 阿阿，高兴呵，高兴呵。

金色的蝶 会有这样的好事情，难于相信的。

蝇 虽然很想赶快去谢谢蛇……

虻 没有虾蟆，我们真不知道要平安多少哩。

大众 阿阿，高兴呵。

（都跳舞着唱歌。）

虾蟆和癞团，受了蛇学者的骗，吞掉了，
高兴呀，高兴呀。
听到这消息，谁的心不欢喜呢？
谁的脚不舞蹈呢？
谁的翅子不振动呢？
虾蟆和癞团，受了蛇学者的骗，吞掉了，
快意呀，快意呀。

金线蛙 （跳出，）可恶的东西呀。并没有全给蛇吞去呢，剩下的还有我呢。可恶的东西，这可要给吃一个大苦哩。（拼命地追赶昆虫们。）

花们 静静的，人类来了。

（昆虫们都躲去。）

第三节

（春子的母亲走到院子里。）

母　到这里来，有话呢。

（金儿出来。两人都坐在草上。）

金儿　伯母，无论怎么说，已经都不中用了。这问题早完了。

母　金儿，我的好孩子，你要给男爵的女儿做女婿去，也不是无理的。你想娶那标致的体面的姑娘来做新妇，也是当然的事。你已经厌了贫穷，耐不住穷人的学生生活了罢。你想要赶快的度那自由舒适的生活，这事在我比什么都分明懂得。但是，金儿，我的宝贝的孩子，再一遍，只要再一遍，去想一想罢。

金儿　伯母，你还教我想一遍，我曾经几日几夜没有睡地想过，伯母怕未必知道罢。伯母深相信，我是天才，是聪明人，以为我一在学校毕了业，立刻便是一个像样的医生，能过适意的生活的。殊不知我并非天才。我也并没有别的才绪。我是一个最普通的平常人，不过比平常人尤其厌了贫穷罢了。伯母以为我是聪明人，虽然很感激，然而我其实并非聪明人。我是一个最普通的人。伯母，我是年青的呆子呵。我也如别人一样，愿意住体面的房屋，吃美味的东西，上等的葡萄酒也想喝，漂亮的衣服也想穿，自动车也想坐，也愿意和朋友们舒畅的玩笑着到戏园和音乐会去的。伯母，便是我，也年青的。我直到现在，除了度那学生生活，熬些生活的苦痛之外，全没有尝过什么味。毕业之后，仍得做一日事，才能够敷衍食用的生活，我已经不高兴了。我不希望这事。我愿意尝一尝舒畅的一切的快乐。这是我最后的希望，而这也就是结末了。这事在穷人是做不到的；倘不是有钱，这样的事，是做不到的。

母　住口，说出这样的话来，不羞么？为了阔绰的生活，到男爵家做女婿去，不觉得羞么？这模样，你还自以为是人么？你是不长进的东西了，畜生了。

金儿　伯母，并非为了阔绰，所以到男爵家去的。冬姑娘不但是一个体面的女儿，像伊一样的聪明女人也就少。伊似的深通学问的，便在男人中间也不多见呢。我尊敬伊；我从心底里爱着伊；即使和伊一同遭了不幸，也毫不介意的。

母　好，好，懂了，已经不要春子了罢。

金儿　伯母，并非不要春子。然而，春姑娘还是孩子呢。况且，伯母，春姑娘不是肺结核么？

母　金儿，再听几句话罢。春子是比性命还爱你的。你一出去，春子的病怕要沉重起来，不远就会死罢。一定要死的。然而如果你仍旧住在家里，帮帮春子，那病也就好了。医生这样说过的。我也这样想。

金儿　伯母，我也是医生呢。那样的柔弱的孩子，是医不好的呵。春姑娘似的人，即使病好了，也无论到什么时候，总不能成一个壮健的强的女人的。还有，伯母，冬儿的事，春姑娘是已经知道的了。

母　你已经告诉了？

金儿　便不告诉，也已经知道的了。

母　唉唉，那可完了。

金儿　伯母，我愿意过健康的生活；我愿意要精神上肉体上，全都健康的强壮的友人。而且，倘有了孩子，也想将那孩子养成强的壮健的孩子。这是我做男人的对于社会的首先的义务。

母　金儿，很懂了。无论什么时候，出去就是。

金儿　伯母宽恕我罢。便是我，也是年青的男人呢，并不是调理病人的看护手。调理病人这些事，在我是做不到的。（哭。）

母 哦哦，明白了。好罢好罢，不要哭，好孩子。（摩他的头。）

金儿 伯母，宽恕我罢。

母 哦哦，什么都宽恕你。好，不要哭了罢，好孩子。

金儿 伯母的恩，我是永远永远不忘记的，而且出去之后，还要尽了我的力量，使伯母和春姑娘能够安乐地过日子。使伯母能够带了春姑娘到什么地方去转地疗养的事，我也一定设法的。单是看护病人这一节，却恳你免了我。伯母，我还年青呢，而且我直到现在，还没有尝过人生的欢乐哩。

母 哦哦，很明白了。照着自己以为不错的做去罢。

金儿 伯母，宽恕我罢。在法律上，我已经是男爵家的人了。

母 哦，这很好。可是不要哭了，不要哭了罢。好孩子。（抱着金儿，走进家里去。）

（昆虫们出现，于是唱歌。）

虹的桥是美的；
虹的国是相思的。
虹的桥上是想要上去的；
虹的桥上是想要过去的。

第四节

（下面的世界明亮起来。）

女郎花 谁在哭着哩。

桔梗 不知道可是人？

胡枝子 畜生罢了。

白苇 虽然不像牛……

芒茅 不知道可是狗?

珂斯摩 不一样的。

菊 也还是人类呵。

女郎花 为什么哭着的呢?

芒茅 不知道可是遭了洪水了。人类是很怕洪水的呵。

珂斯摩 不知道可是给飞虻叮了,听说那是很痛的。

菊 不知道可是毛虫爬进怀里去了,听说那是害怕的。

白苇 静静的。

(在上面的世界里,听得花的歌。)

胡枝子 春的小子们嚷嚷的闹,我最讨厌。

大众 对了。

桔梗 本来驯良些也可以。

白苇 那一伙是最会吵闹的。

胡枝子 而且最不安分。

珂斯摩 什么也没有知道,就想跳出世间去,嚷嚷的闹着,那是花的耻辱呵。

胡枝子 也没有什么一贯的思想。

达理亚 也没有经验。

菊 道德心又薄。

向日葵 连真的光在那里这一件事都不知道。

女郎花 真是可怜的东西呵。

胡枝子 不过是不安分的东西罢了。

月下香 凡是首先要跑到世上去的,大抵是趋时髦的东西呵。

珂斯摩 不是趋时髦,便是不安分。

菊 而且道德也薄。

玉蝉花　真的，就如樱姊姊似的。

达理亚　樱姊姊真没法，那么时髦，我便是一想到，也就脸红了。

牡丹　哼，有这样羞么？

珂斯摩　桃哥哥也是男人里面的耻辱。

牡丹　哼，这样的么？

白苇　藤姊姊也没法想。

月下香　便是踯躅姊姊，也一样的。

牡丹　哼哼，这样的么？

达理亚　而且那一伙，又都是很大的架子呢。

菊　因为是下等社会的东西呵。

达理亚　在那样的社会里，仿佛无所谓羞耻似的。

铃兰　静静的罢，姊姊们倘听到要骂的。

别的花　对了。

胡枝子　不要紧的，不安分的和时髦的东西，会有羞耻么？全没有什么思想。

珂斯摩　也不懂什么道理。

达理亚　也没有经验。

菊　道德又薄。

女郎花　真是可叹的东西呵。

胡枝子　不过是不安分的东西罢了。

珂斯摩　无论是不安分，是时髦，总之头里和心里，都是精空的。

大众　是呵。

月下香　凡是时髦的一定是下流。

达理亚　上等的是不肯时髦的。

珂斯摩　上等的对于时髦的事和趋时的东西，都轻蔑的。

大众　是呵。

牡丹 对于说些不安本分的话的东西，也轻蔑的呢。

珂斯摩 那是谁呀？

牡丹 我呵。

燕子花 阿阿，静静的罢。

达理亚 招人争吵，是全不知道礼数的下流东西所做的事罢了，我想。

珂斯摩 小心着罢！

燕子花 招人争吵，只有那些下等的全没有什么教育的东西罢了。

胡枝子 这是只有春初的小子们，或是夏初的小子们的。

达理亚 那便是经验不够的明证呵。

菊 那便是道德不很发达的证据了。

向日葵 那正是不知道光在那里的第一明验。

大众 静静的。

（土拨鼠祖父和祖母进来。）

祖父 春要什么时候才去呢？

祖母 春是不见得要去，也不听得要去呵。

祖父 春再长住下去，孩子们都要古怪了。

祖母 总得想点什么法才好。

祖父 那小子那里去了？

祖母 想起来，也许是跑到外面去了罢。

（蜥蜴从上面的世界里跑来。）

蜥蜴 不得了，不得了，那黑土拨鼠呵，那年青的，曾经给我们叫起春来的那土拨鼠，给人类捉去了。

祖母 阿呀，也竟是跑到外面去了呵。

祖父 真么？

蜥蜴 千真万真[10]。还听说要剥制了，送给男爵的女儿做礼物呢。

10 现代汉语常用“千真万确”。——编者注

祖父 唉唉，这全是春的小子们的造孽。因为花和虫始终赞美着太阳的世界，所以到了这田地了。

祖母 对咧，孩子听到了，便总是想出去，想出去，没有法子办。

祖父 是的，已没有再迟疑的工夫了。倘不吃尽了那些春的小子们的根，土拨鼠的孩子们不知道要成什么样子哩。

祖母 是呵。

祖父 来，赶快。（开始去吃花卉的根。）

花们 （在上面的世界里叫喊，）母亲，春姊姊！

（春的王女穿着美的，而且质朴的衣服出现。头戴花的冠，带上挂着桃色的灯笼，右手是小锹，左手是自然母拿过的杖。春的王女挥着杖。紫藤和踯躅开起花来。）

春 闹什么？

花们 土拨鼠，土拨鼠在啃我们的根哩。

春 讨厌的东西呵。（开了门，到下面的世界里。开了灯笼，在那里看见永久不灭的光。为那光所照耀，下面的世界显得很奇妙。看见土拨鼠，）这淘气是什么事呢？赶快歇了罢！

祖父 但是，那些小子们整天的赞美着太阳。土拨鼠的孩子们的脾气都古怪了。

祖母 因此我的孙儿也跑出外面去了，而且被人类捉去了，还听说要剥制他，送给男爵的女儿做礼物呢。

春 不的。你们的孙儿是做了冬姊姊的俘虏了。但是，我去给你们讨回他来，静着罢。（走近秋这方面，叩门，）为爱而开，为爱而开，为爱而开。

（土拨鼠去。门静静地开，秋的场面出现。秋风凄凉的吹笛。红叶静静的下坠。）

春 姊姊，我已经来了。准备好了没有？

秋 （带上挂着紫的灯笼，出来，）哦哦，就去的。

（秋的花卉和昆虫们，喊着“秋来了”，在秋的场面上出现。蜻蜓跳舞着唱歌。）

喂，早早的，来呵早早的。
寒蝉呀，金铃子呀，
出去罢，游玩罢。

秋 不安静些，是不行的。又要给母亲叱骂的呵。

（昆虫们静静的跳舞。）

秋 （走向夏这方面，叩门，）为爱，为爱。

（门开。夏的场面再现。清冷的泉声。）

春 夏姊，准备好了？

夏 （挂着绿的灯笼，出来，）已经好了。

（夏的花卉和昆虫们在夏的场面上走，而且唱歌。）

风呀风，夏的风，
便是微微的，也吹一下罢，吹一下罢。

（夏风挥扇。起了调和的铃声。听到渴睡似的牧童的角笛。）

夏 不再驯良些，可不行，那是又要给母亲叱骂的呢。

（都向左手的门这方面走。
被三个灯笼照着的下面的世界，显得很玄妙。）

夏 好不黑暗呀。

秋 不要紧的，就到了。

春 （抖着，）唉唉，好怕。

秋 不要紧的，有姊姊们在这里呢，振作些罢。

（都近了门。）

秋 为憎而开罢。

（门静静地开。）

第五节

（在昏暗中，看见戴雪的松树和杉树。冰雪在昏暗中奇异的发光。三人都进内。被三个灯笼照耀着，那场面见得庄严。春夏秋的场面和下面世界的三个场面，一时都在客座上看见。）

夏 唉唉，冷呵。

春 我要死了。

秋 不要紧的。

（秋用自己的氅衣遮盖二人。二人拥抱秋。）

秋 再抱紧一点罢。

（三人都藏匿了自己的灯笼。）

夏 什么也看不见呵。

秋 静静的。

（极光晃耀起来，当初见得很远、很小、很弱，渐次的扩大，不多时，一切场面便全浴了极光的奇妙的光，一切东西都绚烂如宝石。）

夏 （用手掩眼，）眼睛痛呵。

春 看见了什么没有？

秋 哦哦，静静的。

（看见冬的王女在雪中间，坐在冰的宝座上。那身上是海狸的衣，两足踏在白云上。前面生着少许火。）

夏　冬姊姊在和谁说话哩？

秋　哦哦，静静的。

（冬背向着看客，没有觉到三人的到来。）

冬　你在先前，曾经想要咬过我呢。你还记得向我扑来的事么？阿阿，忘了？然而那样无礼的事，我是不忘记的。

（冬用手殴打着什么模样。听到声音。）

声音　唉唉，不要虐待了罢，赶快杀了我……

冬　不必忙的。

声音　唉唉，冷呵，冷的手。

夏　唉，可怜见的……

春　唉唉，那是土拨鼠，是叫起我来的土拨鼠呵。

秋　静静的。

冬　还有，查出了魔术的句子的是谁呢？你不知道罢？然而，这边是分明知道的。

声音　唉唉冷呵，我已经冻结了。

冬　到冻结，还早哩。我还要给你温暖起来呢。

（冬将土拨鼠烘在火旁，这才为看客所见。）

冬　使你冻结，是没有这么急急的必要的。慢慢地办也就行。唔，暖和了罢？现在到这里来，我要爱抚你。

土拨鼠　赶快杀了我罢，拜托。

冬　在这里肯听你的请托的，可是一个也没有呢，不将这一节明白，是不行的。

夏　唉唉，可怜呵。

冬　（赶忙用氅衣遮了土拨鼠，转向门口，）在这里的是谁？

秋　是我们。

冬　谁？唉唉，妹子们么？好不烦厌呵，来做什么的？

春　姊姊，我今年起得太早，对不起了，请你宽恕罢。

冬　年年总一样，还说对不起对不起哩。青青年纪，却带了一伙什么也不懂得的胡涂东西们发狂似的跑到门外去，嚷嚷的吵闹，这是怎么一回不雅观的事呢。

春　对不起了，宽恕我罢。

夏　姊姊，恳你饶了妹子罢。

秋　我也恳你。自然母亲也恳你。

冬　真烦，真烦，你们究竟来干甚么的？

春和夏　（发着抖，）唉唉，冷呵，冷呵。

冬　这里冷是当然的。倘冷，可以不到这里来。谁也没有叫你们呢。究竟来干甚么？

秋　姊姊，请你不要生气罢。

春　姊姊，请你还了桃色的云罢。

冬　（笑，）还了桃色的云？不行，不行，不还的。

春　姊姊，还了罢。

冬　说过不行的了，真不懂事。

秋　姊姊，大家都恳你。自然母亲也恳你。

冬　真烦腻。但是，要还桃色的云也可以，可是你有什么和我兑换呢？

春　什么都给。将那熏风奉上罢。

冬　什么熏风等辈，是不要的。

夏　送了七草也可以罢。

秋　还有梅花。

春　虽然可怜，送了也可以的。

冬　还说可怜。胡涂呵。这边却还不至于这么胡涂，会肯要那样的无聊东西呢。梅花和七草，都尽够了。

夏　还是冬姊姊想要什么，再送什么罢。

秋　这虽然是为难的事……

春　哦，就送姊姊想要的东西罢。

冬　是了。在你这里，听说有美的虹的桥呢。

春　哦哦。

冬　说是过了那桥，便能到幸福的国的。

春　哦哦，能到虹的国的。

冬　我是，想要过了虹的桥，到那虹的国里去了。倘将那桥送给我，我虽然不情愿，也还可以还了桃色的云。

秋和夏　阿呀，虹的桥那里可以送给呢。

春　这是不可以的，没有这桥，便是我，也就什么地方都不能去了。

冬　这全在你，随便罢，如果不情愿。我并没有说硬要索取呢。然而，桃色的云是不还的。

春　姊姊！

冬　我以为你是只要有了桃色的云，便什么地方都不必去了的……随你的便罢！

春　姊姊！

冬　快回去罢。好麻烦！

夏和秋　姊姊！

冬　事情已经完了罢。回去，麻烦。

三人　姊姊！

冬　不回去么？来，风，酿雪云。

（风和酿雪云出现了。下雪，发风。）

三人　唉唉，冷呵，冷呵。

秋　虽然可怜，给了怎样？

夏　虽然实在可怜，必要的时候，借了我那虹的桥去也可以的。

冬　还在胡缠么？来，风吹雪。

（风吹雪的声音。）

夏和秋 姊姊，等一等罢。

冬 （向了风吹雪，）等一等。什么？

夏 （向了春，）给了罢，虽然可怜。

秋 桃色的云和虹的桥那一样好，赶快决定罢。

春 可是，两样都是必要的呵。

冬 喂，风吹雪。

（风吹雪近来。）

夏 等一等罢，姊姊。

冬 我没有和你们胡缠的工夫呢。

（风吹雪进来。）

三人 姊姊，等一等罢。

冬 烦腻的人呵！（向了风吹雪，）等一会。

春 姊姊，答应了。

冬 你们也都听到了罢，说过是虹的桥从此交给我，倘此后还向母亲去说费话，是不答应的呵。懂了？

三人 哦哦。

冬 是了，桃色的云，这里来。春妹来迎接你了。

（云进来。

然而，这已经并非桃色，却是近于灰色的云了。但一见，还可以确然知道是先前的美少年，而且也和先前一样，总有什么地方给人以医学生的感得。只是那脸几乎成了灰色，眼眶则显出青色的圆圈，而且头顶也似乎秃起来了。在他一切动作上，脸的表情上，都能看出非常堕落的情形；在脸上，又现出已经染了喝酒和狎妓的嗜好模样。在他肩上，见有可怕的龙。

三人都吃惊，倒退。）

春 （几乎跌倒，）交出了我那桃色的云来，交出了我那先前的桃色的云来罢。

冬 （笑，）胡涂呵，你真是胡涂虫了。你以为桃色的云，是能够永远是桃色的云的？真胡涂呵。（向了云，）春妹已经不认识你了。说是成了灰色，头也有些秃，已经不是天真烂漫的美少年了。

（桃色的云凄凉的低了头看着下面。）

冬 而且你那最要紧的朋友，仿佛也并不中春的意呢。因为是孩子呵。你虽然还年青，谅比大人尤其懂得人生罢。

春 姊姊，云已经不要了。将土拨鼠还我罢，那可怜的土拨鼠。

冬 这回说是还你土拨鼠？不要胡说。你以为我能够涵容你的任性，可是错了。

（自然母亲进来。）

自然母 冬儿，还了土拨鼠。妹子是不当欺侮的。

夏和秋 姊姊，还了罢，还了罢。（都近冬去。）

冬 不要胡说。还的么？喂，风吹雪。

（风吹雪暴烈起来。）

夏 喂，云。

（背在龙脊上的夏云出现。动雷。）

秋 来，秋风。

（秋风出现。都逼冬。）

夏和秋 姊姊，还了罢，还了罢。

冬 （防卫着自己，）还的么？

（北风、西北风、落叶风，一一进来。场面上发生了非常的大混乱，有可怕的雷声、电闪。在先前的夏的场面——绿幕内——的夏虫和花，秋的场面——紫幕内——的秋虫和花，都吃了大惊，向门口跑去。）

虫和花　不得了了，不得了了。

（然而在上面的场面里，却太阳静静的照耀。青空上看不见一片云。美的虹的桥仍然挂在空际。春的昆虫们在那里跳舞、唱歌。）

虹的桥的那边，有着美的国……

（在下面的世界里，自然母亲挥着杖。）

母　歇了罢，歇了罢，宇宙不知道要怎么样了。

冬　管什么宇宙。宇宙如果没有了，那顶好。

春　取到了，取到了。

（春取了土拨鼠逃走。夏和秋跟着逃走。）

冬　到过一回我的手里的东西，便是取了去，也早是不中用的了。（讥讽地笑。）

（可怕的雷声。暴风雨声。）

母　（挥着杖。）为爱，为爱。

（门一时俱合。）

花们　唉唉，可怕极了。

胡枝子　究竟那是怎么一回事呢？

芒茅　不知道可是洪水？

珂斯摩　确乎动了雷的。

桔梗　秋风也发过了。

女郎花　不说罢，又给听到，便糟了。

蜻蜓　不去看一看外面的样子来么？那地方仿佛也不见得这么可怕似的。

虫和花　看去罢，看去罢。（都向外走，近门。）

（土拨鼠出现。）

祖父 孙子不知道怎么了。

祖母 似乎得了救哩。

祖父 到门口去望一望罢。

祖母 去也好，可是险呵，人类也走着，猫头鹰也飞着。

祖父 不要紧，只在门口。

（二人和花卉们一同站在门口向外看。）

第六节

（上面的世界里，春子、夏子、秋子从家里跑出，金儿在伊们的后面追着出现。）

春子 取到了，取到了。

金儿 还我罢，还我。

夏子 还的么？奸细。

秋子 男爵的狗。

春子 （将土拨鼠交给夏子，）赶快地拿到稳当地方去罢。

夏子 （接过土拨鼠来，）出了社会主义者的丑，不觉得羞么？

秋子 做了富家的狗，恭喜恭喜。

夏子 畜生！

秋子 富家的狗子。

（两人迭连地说着，走去。）

金儿 （赶上春子，想要打，）说了还我还我，昏人。

春子 早已去了。什么也没有了。

金儿 畜生！（批春子的颊。）

春子 再打也好。我实在错了。将那么可怜的动物交给你去杀掉，是怎样的残酷的事呢。为了冬儿，那男爵的女儿，为了剥制，交付了那么可怜的动物，我实在错了。

金儿 昏人。你怨恨冬儿，所以这样说的罢。

春子 不不，怨恨之类是一点也没有。

金儿 说诳。冬儿比你美，比你健壮，而且比你聪明，所以你只艳羡，只艳羡，至于没法可想了。

春子 不不，没有这样的事。便是美，便是壮健，都毫没有什么的。

金儿 因为我爱着冬儿，你因为憎恶着那人罢了。我是仔细地看着你的心的。

春子 憎恶倒也并不……

金儿 我只得和你绝交了。我从此走出这家里，不再回来了。忘了我就是，因为我也要立刻忘掉你。保重罢。（向了男爵的邸宅静静走去。）

春子 金儿，金儿，金儿……

（金儿略略回顾。）

春子 保重罢，冬姑娘面前给我问问好。

（金儿走去。

花和虫唱歌。）

云呀云，春的云，桃色的云，
不要离开了我的春罢。

春子 金儿，金儿。（向前追去。）

（金儿站住，又回顾。）

春子 （也立刻站住，）保重罢，冬姑娘那里问问好。

（金儿走去。

花和虫唱歌。）

友呀友，春的友，桃色的友，
永是这么着，无论怎么着，
不要离开了我的春罢。

春子 （又追去，）金儿，金儿，金儿。

（金儿进了对面的邸宅里，看不见了。春子坐在樱树下的草上。）

春子 金儿，金儿，金儿。（剧烈的咳嗽，于是吐血。）

（樱花的瓣落在伊身上。听得杜鹃的啼声、水车的幽静的声响。与风的竖琴合奏着，听到白鹄们的歌声。）

梦要消了……就在这夜里，
我的魂也消了罢。
朋友的心变了的那一日，
我的魂呀，离开了世间罢。

（春子的母亲进来。）

母 春儿，春儿，我的心爱的孩子呵。（将春子坐在膝上，抱向自己的胸前。又将自己的颊偎着春子的颊，哭泣起来，）春儿，春儿，我的心爱的孩子呵。

春子 母亲，我终于，被冬儿，那男爵的女儿，取了桃色的云去了。（于是咳嗽，又吐血。）

母 春儿，我的可怜的孩子。

（秋子和夏子拿着土拨鼠进来。）

夏子 想放他走，却已经是死了的。

母 因为在太阳光下晒得太久了呵。

春子 拿到这里来罢。

夏子 要这做什么呢?(交去。)

春子 (抱了土拨鼠,)这是,那下面世界的使者呵,来迎接我的。(于是吐血。)

(花的歌。)

人类的儿,不要哭,不要悲伤罢。
美的梦,相思的梦。
是不离清白的心的,永是这么着。

春子 夏姑娘,秋姑娘,我终于,被冬儿,被那男爵的女儿,取了桃色的云去了。败在那男爵的女儿的手里了。(吐血。)

(秋子、夏子都哭。)

夏子 不要再睬这些罢。

秋子 早早地忘了那奸细罢。

(虫的歌。)

人类的儿,不要哭,不要悲伤罢,
为了好人儿,美丽的花是不枯的,
永是这么着,永是这么着。

春子 那虹的桥已经消下去了。(诵俳句:)和消散的虹一齐的,连着我的虹。

夏子 为了那富家的狗,是用不着伤心的。

秋子 将那富家的狗子立刻忘了罢。

(花和虫一齐唱歌。)

人类的儿，不要哭，不要悲伤罢，

好人儿的心里，眷恋的春是不逝的。

永是这么着，永是这么着。

春子 母亲，就只是使那虹不要消去罢。夏姑娘，秋姑娘，单是那虹，不要给消去。那虹的桥一消掉，我便什么地方都不能去了。除了那黑暗的下面的世界之外，什么地方都不能去了。母亲，就只是使那虹不要消去罢。（吐血。）

夏子 伯母，这是谵语罢？

（母以点头回答。）

秋子 去请医生来罢？

母 医生是已经不要了。

秋子和夏子 只是，伯母？

虫和花 （祈祷，）恳切的神呵！

花们 花的神。

虫们 虫的神。

土拨鼠 土拨鼠的神呀。

大众 以幸福与欢喜，给人类的儿罢。

春子 夏姑娘，秋姑娘，哭是不行的。我已经决意了。我决意，拼到那下面的黑暗的世界去了。然而我不死。我是不会死的。谁也不能够致死我。我是不死者。我是春呵。

夏子 唉唉，异样的谵语。

秋子 伯母，请医生来罢？

母 医生是已经不要了。

春子 我现在虽然去，可是还要来的。我每年不得不到这世上来。每年，我不得不和那冷的心已经冻结了的冬姊姊战斗。为了花，为了虫，为桃色的云，为虹的桥，为土拨鼠，我每年不得不为一切弱的美的东西战斗。假使我一年不来，这世界便要冰冷，人心便要冻结，而且美的东西、桃色的东西，所有一切，都要变成灰色的罢。我是春。我并不死。我是不死的。

（从男爵的邸宅里，传出竖琴的声音来。）

春子 （起来，）金儿，金儿，金儿，保重，冬姑娘那里问问好。上面的世界，光明的世界，告别了。然而，又来的呢。我并不死。我是春。我是不死的。（跌倒。）

夏子和秋子 伯母，伯母。（弯身，将脸靠近春子。）

（樱花零落。杜鹃的啼声。虹的桥渐渐消去。从男爵的邸宅里，不住地响着竖琴的声音。）

虹的桥是美的，
虹的桥是相思的。
虹的桥上是想要上去的，
虹的桥上是想要过去的。

（和花卉昆虫们的歌声一同，幕静静的下。）

记剧中人物的译名

我因为十分不得已，对于植物的名字，只好采取了不一律的用法。那大旨是：

一、用见于书上的中国名的。如：蒲公英（Taraxacum officinale）、紫地丁（Viola Patrinii var. chinensis）、鬼灯檠（Rodgersia podophylla）、胡枝子（Lespedeza sieboldi）、燕子花（Iris laevigata）、玉蝉花（Iris sibirica var. orientalis）等。此外尚多。

二、用未见于书上的中国名的。如：月下香（Oenothera biennis var. Lamarckiana），日本称为月见草，我们的许多译籍都沿用了，但现在却照着北京的名称。

三、中国虽有名称而仍用日本名的。这因为美丑太相悬殊，一翻便损了作品的美。如：女郎花（Patrinia scabiosaefolia）就是败酱，铃兰（Convallaria majalis）就是鹿蹄草，都不翻；还有，朝颜（Pharbitis hederacea）是早上开花的，昼颜（Calystegia sepium）日里开，夕颜（Lagenaria vulgaris）晚开，若改作牵牛花、旋花、匏，便索然无味了，也不翻；至于福寿草（Adonis opennina var. davurica）之为侧金盏花或元日草，樱草（Primula cortusoides）之为莲馨花，本来也还可译，但因为太累坠[1]及一样的偏僻，所以竟也不翻了。

四、中国无名而袭用日本名的。如：钓钟草（Clematis heracleifolia var. stans）、雏菊（Bellis perennis）是。但其一却译了意，即破雪草本来是雪割草（Primula Fauriae）。生造了一个，即白苇就是日本之所谓刈萱（Themeda Forskalli var. japonica）。

五、译西洋名称的意的。如勿忘草（Myosotis palustris）是。

1 现代汉语常用“累赘”。——编者注

六、译西洋名称的音的。如：风信子（Hyacinthus orientalis）、珂斯摩（Cosmos bipinnatus）是。达理亚（Dahlia variabilis）在中国南方也称为大理菊，现在因为怕人误认为云南省大理县出产的菊花，所以也译了音。

动物的名称较为没有什么问题，但也用了一个日本名，就是雨蛙（Hyla arborea）。雨蛙者，很小的身子，碧绿色或灰色，也会变成灰褐色，趾尖有黑泡，能用以上树，将雨时必鸣。中国书上称为雨蛤或树蛤，但太不普通了，倒不如雨蛙容易懂。

土拨鼠（Talpa europaea）我不知道是否即中国古书上所谓"饮河不过满腹"的鼹鼠，或谓就是北京尊为"仓神"的田鼠，那可是不对的。总之，这是鼠属，身子扁而且肥，有淡红色的尖嘴和淡红色的脚，脚前小后大，拨着土前进，住在近于田圃的土中，吃蚯蚓，也害草木的根，一遇到太阳光，便看不见东西，不能动弹了。作者在《天明前之歌》的序文上，自说在《桃色的云》的人物中最爱的是土拨鼠，足见这在本书中是一个重要脚色了。

七草在日本有两样，是春天的和秋天的。春的七草为芹、荠、鼠曲草、繁缕、鸡肠草、菘、萝卜，都可食。秋的七草本于《万叶集》的歌辞[2]，是胡枝子、芒茅、葛、瞿麦、女郎花、兰草、朝颜，近来或换以桔梗，则全都是赏玩的植物了。他们旧时用春的七草来煮粥，以为喝了可避病，惟这时有几个用别名：鼠曲草称为御行，鸡肠草称为佛座，萝卜称为清白。但在本书却不过用作春天的植物的一群，和故事没有关系了。秋的七草也一样。

所谓递送夫者，专做分送报章、信件、电报、牛乳之类的人，大抵年青，其中出产不良少年很不少。中国还没有这一类人。

一九二二年五月四日记，七月一日改定

2 现代汉语常用"歌词"。——编者注